汗漫

著

上海记

Shanghai

GUANGXI NORMAL UNIVERSITY PRESS

广西师范大学出版社

·桂林·

上海记
SHANGHAI JI

图书在版编目（CIP）数据

上海记 / 汗漫著. -- 桂林：广西师范大学出版社，
2024. 10. -- ISBN 978-7-5598-7228-9

Ⅰ. I267

中国国家版本馆 CIP 数据核字第 2024U1F658 号

广西师范大学出版社出版发行

　广西桂林市五里店路 9 号　　邮政编码：541004

　网址：http://www.bbtpress.com

出版人：黄轩庄

全国新华书店经销

广西民族印刷包装集团有限公司印刷

　南宁市高新区高新三路 1 号　邮政编码：530007

开本：880 mm × 1 230 mm　1/32

印张：15.625　　　　　字数：267 千

2024 年 10 月第 1 版　　2024 年 10 月第 1 次印刷

印数：0 001~5 000 册　　定价：62.00 元

如发现印装质量问题，影响阅读，请与出版社发行部门联系调换。

人必须有爱，有忠诚，也有短暂的逃亡。

大海走在前面，并且跟随着我。

我拥护大海。

　　　　　　　　　——加　缪

目　录

1

如何表达南京路，是一个难题。避开它，就是避开上海、避开自我。书写它，就是迎难而上。

在中国各个城市，以"南京路"命名的道路很多。或许因为南京那一座城，那一个又名"金陵""石头城""白下"的古老城阙，积淀了中国太多的喜悦、沉痛和孤独，从"旧时王谢堂前燕"，到"商女不知亡国恨"，再到"潮打空城寂寞回"……

当然，最著名的南京路在上海。从外滩开始，经人民广场，到静安寺结束，绵延十余里。这一大街像上海的船舷，充满深入东海与人海的动感与势能。上海，雅称"海上"，"到大海上去"，就是这座城市开阔宏大的使命。

上海简称"沪""申"，分别源于一种渔具、一个古人。"沪"，竹编，口小腹大，鱼群在涨潮时冲入沪口，落潮时留于沪腹——当下上海也是一种放大了的渔具，用钢筋、玻璃、爵士乐、灯火、金融、时尚、梦想、欲望等等材料编结而成，捕捉新时代浪潮中的鲜活利益。"申"，即战国时代"门客三千"的春申君黄歇。是他重建苏州城，疏通黄浦江。明清时期，上海已成为中国南方经济发动机的核心。名士云集，才子辈出。当下环绕上海的快速交通网，有意设计为"申"字格局。当我开车在"申"字上奔跑，就有笔尖移动的快感——申，也是申述与申辩。

南京路是"沪""申"这两个简称内的一个重要笔画。

二十年前移居上海，一次次在这条路上闲荡、吃饭、喝茶、会友人，这条路就深刻参与我的生活和记忆。某些街角，总是唤醒一些脸、身影、往事，这条路像插图和脚注，进入我的个人史。在中国近代史、革命史、现代文学史和当代新经济学中，南京路就是关键篇章，因为它联系无数人以至一个民族的生死荣辱。

呐喊与彷徨之间的鲁迅，诗歌与子弹之间的柔石，烈士肝胆与美人颜色之间的郁达夫，桃花与鲜血之间的龙华，英法德意日等等外语与汉语之间的租界，《何日君再来》与《义勇军进行曲》之间的霞飞路亦即淮海路，鸳鸯蝴蝶与风花雪月之间的张恨水，沉香袅袅与电梯轧轧之间的张爱玲，黑夜与黑社会之间的杜月笙，蓝领与白领之间波澜壮阔的市场经济，牛叫与熊叹之间此起彼伏的上海股市，陆家嘴与外滩之间的一江灯火，豫园与城隍庙之间的导游旗帜，老虎灶与衡山路酒吧之间的饮者、咏叹者，石库门与新天地之间的旧事前情……

上海的一切，都以南京路作为种种事件的隐秘动机、契机与转机。

如果以古人作文方法中的"凤头""猪肚""豹尾"之说，衡量这一大街，同样贴切：凤头是外滩的妩媚（江水、灯火、西式建筑群形成的起伏不定的天际线、和平饭店……），猪肚是人民广场的丰富（第一百货、新世界百货、大光明电影院、国际饭店、美术馆、大剧院、地铁站、人民公园……），豹尾是静安寺的力量（寺内有高僧说法，做狮子吼，棒喝，醒世；寺前两头石狮蹲伏，感觉自己尾巴中的力量不输于豹子臀部——它们隐约看见一头豹子，在静安公园内的池塘边饮水并回头致意）。

当然，它更像一行长诗，逶迤无尽的词汇与语调，横贯这座城市腹部——又像剖腹产手术留下的一行刀痕，在痛苦中，生育无限的活力、魅力、生命力。

走在这条大街，我充满一个错别字将被删去的危机感，又充满新生命的惊喜与狂想。

2

南京路初名"大马路"——大马们载着洋人（金融家、水手、租界官员、记者、牙医、工厂主、游客……），从外滩奔向静安寺，马蹄溅起铺成这一条路的煤渣，感觉不太舒服。路旁植物繁茂，鸟鸣蛙叫。赛马者欢腾耸动于马背，看四野空旷，看那戴着瓜皮帽、留着长辫子的晚清臣民在欢呼。

一八六二年，英国驻上海领事麦华佗，受二十年前长江上康华丽号英国军舰内签订的《南京条约》启发，将大马路改名为"南京路"——从《南京条约》出发，强势西方长驱直入懦弱晚清的一条道路，像一把剑，穿城而过。

南京路周边日渐成为黄金地段。犹太商人哈同看出商机，主动向工部局申请自费改造南京路，获准后，斥巨资将煤渣路面更新为铁藜木路面。哈同沿路所购地块迅猛升值，吸引冒险家们纷纷租地、造房、开店。早期沿街建筑，多为瓦屋顶或瓦楞白铁顶两层砖木结构建筑，店堂、仓库、宿舍混合为一。之后，逐步升级。

日本风格的黄包车、马车，在南京路上奔跑。阿拉伯种马匹，像踔厉奋发的武士，着锦毯，戴小笠。最早的马车，以铁皮包裹木轮，后采用橡皮轮胎，舒适度提升。马车车厢冬天封闭，春、夏、秋则敞篷，载着洋人、中国士绅及其亲属、妓女，去西郊踏春避暑、伤秋观雪。但洋人马车要走在中国人的马车前边，像总裁要走在经理前边一样，这是租界交通法规，华人若违规超车则被罚款责骂。连马车夫的服装也须模仿清朝官员的缨帽箭衣，以尽嘲谑、游戏之乐，促成上海滩时尚一景。

一九〇一年，丹麦籍医生柏克，驾驶上海市第一辆汽车穿越南京路，消失于烟尘尽头。上海巨富周湘云羡慕，让自己的马车夫练习驾驶汽车，练习用汽油而不是青草来燃烧出奔驰的力量。他购买了上海华人自己的第一辆汽车，花大价钱买了"No.1"的第一号车牌。哈同向英国定购的汽车迟到半月，从工部局领取的汽车牌照只能是"No.2"。他感到自己的身份与"No.1"才相称，派人与周湘云谈判高价购买"No.1"，未果。遂让流氓在上海滩宣扬："见到'No.1'的汽车就砸了它！"于是，在上海，只能见到"No.2""No.3"之类的汽车一掠而过。"No.1"汽车停在车库里，胆怯地生锈。周湘云偶尔爬进去坐两分钟，叹口气，再让那个恢复成马车夫身份的司机搀扶下来，在客厅中喝半小时闷酒，重新提振在上海滩奋斗不息的信心。

一九〇八年，哈同经营的上海第一条有轨电车，出现在南京路。有轨电车的轨道，在太阳照耀下闪烁幽光，像两条长蛇平行游动。周湘云拒绝去坐电车看风景。直到三十年代，周湘云的汽车终于开始奔驰，掠过哈同花园（哈同送给他情人的花园），消解多年怨愤——拥有众多地产、深刻影响南京路及周围地域风貌的哈同，死了。这个一八七三年来上海，家族籍贯中包含土耳其、伊拉克、英国、印度、中国等等地名，来历混沌但终点鲜明的犹太混血者，从沙逊洋行仓库的守门人做起，冒险复冒险，成为南京路上的传奇人物。

让一个人腾达或堕落、狂想与绝望，就让他去南京路、去上海。

3

紧邻外滩的南京路口有两幢大楼双峰并峙，共称为"和平饭店"。其中，南楼建于一九〇六年，时称"汇中饭店"。北楼建于一九二九年，原名"华懋饭店"。南北楼高达百米，外墙采用花岗岩石块砌成，街上行人仰望楼顶如身处峡谷，自卑感油然而生。

"这么高的房子给谁住啊？"一人问，另一人鄙夷之："你确实屁都不知——是给黄浦江涨潮时没地方住的人准备的！"三十年代《申报》上一幅漫画，有这样的对话。上海滩首富、第一次世界大战中留下腿疾的英籍犹太人沙逊，坐在华懋饭店顶层唯一带有大阳台、面朝黄浦江的房间里，读到这一漫画和对话，大笑不止。这一房间，是饭店主人沙逊的卧室与工作间，可俯瞰黄浦江与外滩，沙逊拍下众多照片，感觉自己像一只凌风振翼的水鸟，比跛足而行愉快几分。

项美丽等外籍记者，在华懋饭店下榻、交流消息、为《时代周刊》《字林西报》《上海泰晤士报》等媒体写稿，语调充满新奇和嘲谑，比如，"全上海的流氓都在华懋饭店大堂里晃荡"。美国人马歇尔将军在此眺望外滩、俯瞰上海，成就感、控制欲相当泛滥。卓别林携恋人、影星宝莲·高黛在此下榻，在梅兰芳、胡蝶陪同下去附近新光大戏院看京剧。蒋中正、宋美龄在此举行订婚典礼，像签一个战略合作框架协议。

和平饭店旁，南京路与江西路交叉处，立一根悬挂着"上海最早的灯柱"纪念标志的铁质灯柱。一八八二年，英资上海电气公司成立（后相继更名为"新申电气公司""工部局电气处"），在此立起中国划时代的电灯灯柱。一台十六马力的发电机，为其供电。初期，上海道台邵友濂下令禁止华人使用电灯，以免发生触电、火灾等不测。但，电灯、霓虹灯这些充满启蒙意义的光源，最终充盈上海滩，使这座城市呈现妖艳与壮丽。

光，是重要的。《申报》报道表明：电灯普遍出现后，大幅度降低街头犯罪率。光，帮助人类改变世界观。法国印象主义画派就源于电灯的诞生，莫奈们吸取科学家对光学的研究成果，在画布上表达出光线对周围环境的新反应。上海月份牌中的美人面部，由画家们擦皴出柔光，同样受电灯启发。

新时代上海女性尝试用面膜、整容手术激发身体内部之光，使男子们心动魂牵、献上爱情和钱包。光线，依靠阴影的暗示而存在，女性懂得这一原理，遂用眼妆术强化瞳仁深处的夜色。

一条南京路积聚上海百分之几十的光线与阴影？

永安公司、先施公司、大新公司……在南京路比邻而立，各自含有旅馆、娱乐中心、扶手电梯、屋顶花园、与街道连接的骑楼式廊道。

在南京路，中国商业史出现商品定价制度，抛弃讨价还价的古老传统。女性开始剪短发、站柜台、领月薪。乐队在阳台上演奏、广告。永安公司出现一个销售自来水钢笔的"康克玲皇后"谈雪卿，装扮时尚，姿态柔美，服务热情。青年学子与秃顶商人，麇集其柜台前，饱览风采。某一暗恋者，家里买了一抽屉的"康克玲"牌自来水笔。谈雪卿未婚生一女儿，托付给章士钊作为养女，名章含之。章含之用"英雄"牌钢笔，帮助丈夫乔冠华翻译演讲稿。今天，顶级超市梅陇镇广场、恒隆广场、中信泰富广场，在南京路西端三足鼎立，不卖钢笔，满眼商业英雄。

先施公司，一九一七年开张，是上海第一个华人资本背景的超市。商人马应彪在一九一四年筹建选址前，与弟弟分别站在南京路两侧，上衣口袋放一把豆子，走过一个行人，就拿一粒豆子移入裤子的口袋中。连续数天，从早晨，到黄昏，两兄弟依据裤子口袋中豆子数量，计算出南京路两侧平均每日人流量差异，确定：在南京路北侧奠基先施公司，并把楼层加高，超越旁边正在建设的永安公司。

中国商人面孔在二十年代以后，密集活跃于南京路。"上海各路商界总联合会"建立，试图以商业规则重构南京路、上海甚至中国生活的新秩序。一九二三年，北京政变，军阀曹锟把总统黎元洪赶下政治舞台，上海各路商界总联合会通电全国："民国犹一公司，国民犹之众股东，京内外凡百执政，总分公司之职员耳。今各职员横行无忌，居股东地位者，断无任其败坏破裂，置公司血本于不问之理。"此即中国近代政治学著名的"南京路原则"——用商人眼光，打量茫茫九派穿越而过的广大中国。

中国早期密集出现的电话线，细腻分割南京路上空的云朵和雨滴，像蜘蛛网，货币像蜘蛛一样吐丝。商店间，商店与资本家私宅间，商店与外滩码头仓库间，商店与报社间，商店与银行间，商店与夜总会间……电话线像神经、血管、肠道，联结起一个个利益共同体。"电话"一词最初音译为"德律风"——关于资本和欲望的道德律，像阵风？摇柄式电话机或壁挂式电话机，在南京路两侧昆虫般繁殖，将英语、法语、日语、汉语等不同腔调的市场资讯或流言蜚语，花粉般，飞散上海滩——当然，南京路主要流通汉语和英语。这一条被美国商人恍惚以为"回到纽约"的大街，建筑物高大如曼哈顿。

与南京路平行的霞飞路，现名"淮海路"，路两侧一概是低矮平和的法式别墅，种满法国梧桐。早年法国商人聚集在那一带，喝咖啡、跳舞、读巴尔扎克。思念塞纳河就起身去黄浦江边，看帆樯云集，听钟声隐隐。

5

"要在无数势利眼下立脚跟、钻门路、撑市面，第一靠穿着装扮。上海男女从来不发觉人生如梦，却认知人生如戏。"作家木心如是说。服装就是戏服，上海滩就是戏台，演好了风生水起，演砸了末路穷途。

南京路早期的西装店，一概由旗袍店改造而成。如，清末荣昌祥呢绒西服店。店主王才运，曾任南京路商会会长。孙中山自日本回国来南京路，带一件日本陆军士官服，要求店主以此为基样，改造、设计出一件中国现代服装：领子改成直翻领，胸、腹前各做两大两小有袋盖的四只贴袋，两只小贴袋盖做成倒山形笔架样式，隐喻"革命要靠知识分子"这一理念。王才运将这一款式化为现实，经孙先生一穿，果然美观，风行全国。服装设计师孙中山，创造"中山装"。穿中山装，就是政治表态，要演一台以"共和与革命"为主题的大戏。

西装店之外，一九二七年，南京路出现中国第一家女子时装公司"云裳服装公司"。创办者是上海名媛陆小曼、唐瑛。名媛须出身名门、容貌姣好。"南唐（唐瑛，北洋政府熊希龄的侄媳妇）北陆（陆小曼，徐志摩夫人）"，是一南一北两个代表性民国名媛。云想衣裳花想容。两个美人创办的时装品牌，风靡上海滩。"去云裳买衣服"，是上流社会女子茶余饭后交流话题之一。

通俗小说家周瘦鹃，云裳服装公司股东之一，常在报刊为"云裳"品牌写软文。不知道这一公司有没有作家木心赞美的蓝布旗袍："蓝布旗袍天然的母亲感、姊妹感，是当年洋场尘焰中唯一的慈凉襟怀——近恶的浮华终于过去了，近善的粹华也过去了。"蓝布旗袍当下少见，天然的母亲感、姊妹感，少见。

民国以来各时代女性崇尚的事物还有皮草、珍珠、香水……

张爱玲小说、李安电影《色·戒》中部分情节，发生在南京路西端的绿屋、第一西伯利亚皮草行等时尚店内。"色，是我们的野心，我们的情感，一切着色相；戒，是怎样能够适可而止，怎样能做好，不过分，不走到毁灭的地步。"李安如此解释这个二十世纪三十年代传奇故事：上海学生王佳芝，在南京路色诱汉奸易先生，未果，牺牲。易先生是不看电影的。他怕黑，怕影院黑暗中的眼睛和银幕上的光。

《色·戒》电影海报上，李安在"色"与"戒"之间加上一条分隔线"I"。他觉得，张爱玲原意"只是把它区分；它原来应该是一个句点，当时，出版商因为以前用过这种用法，所以为了要区隔，就给它打了一个逗点。我觉得，应该按照她的意愿做一个区隔"。我觉得，这条海报上的分割线"I"，像南京路——右边的色，左边的戒。无数前人今人，走在这条由资本、富贵、华美、色相、小丑、烈士等纷纭内涵组成的大路上，左顾右盼，彷徨，纠结，一往无前。

6

曾被誉为"远东第一影院"的"大光明电影院"，如今依然矗立在南京路中间"猪肚"位置。从无声电影到有声电影、黑白电影到彩色电影、欧美电影到中国电影，这一著名电影院，让南京路上的商人、学徒、游荡者、情人、恶棍、政治家、仆从，有了展示一致、消除差异的时间和空间。

上海市民普遍喜欢美国电影"大团圆"式结局，进电影院前备好瓜子、泪水和笑声。欧洲电影"正不压邪"的情节走向遭冷落，上座率不高。中国二三十年代文学的代表人物鲁迅、施蛰存、刘呐鸥等等，也是大光明电影院常客。他们甚至安排小说中的男女人物，到大光明电影院来消遣、颓废或抒情。不同于好莱坞电影"一女两男"的纷争模式，上海作家的言情小说、三角恋往往发生在"一男两女"间，在南京路某座商场和两个后花园之间。

大光明电影院旁是幽深弄堂，盆汤弄、五福弄、石潭弄等等，像大河两侧必有许多支流。这些弄堂，比那些垂直于南京路的河南路、四川路、黄河路、山东路、福建路、江宁路、常德路，要细微、短促几分，烟火气息也就浓重几分，适宜发生一些微妙情事。弄堂两侧店铺里，陌生年轻男女一抬头，隔着路人和细雨，即可交流目光和心跳。

弄堂两侧公寓，住着革命者、隐士、花花公子、破落贵族、文人，比如，就职于金城银行的"九叶派"诗人辛笛。楼下停着他的小汽车，家中雇有淮扬菜厨师，尤其是扬州汤包，给作家李健吾的味觉造成深刻眷恋。上海沦陷期，郑振铎为国家秘密收购的一部分珍本书籍，就藏在辛笛家天花板上。

　　列车轧在中国的肋骨上
　　一节接着一节社会问题
　　比邻而居的是茅屋和田野间的坟
　　生活距离终点这样近
　　…………
　　瘦的耕牛和更瘦的人
　　都是病，不是风景！

这是辛笛在南京路旁一盏台灯下写出的悲怆名句。

香粉弄也著名，像柳永写下的一行香艳宋词。一八六六年的英租界地图，标有香粉弄。直到民国，持续充满各类香粉作坊和艳丽女子。民谣曰："美人一身香，穷汉半年粮。"曹雪芹在《红楼梦》中借他人之口，对扬州"戴春林香粉"屡屡赞美。杭州的老字号香粉品牌，是"孔凤春"。慈禧太后喜欢用的和合牌鹅蛋形状的扑面粉块，来自上海"老妙香室粉局"。

我读到过一则三十年代小报上关于"老妙香室粉局"的商品广告："本号创设上海将有百载，精制各种香粉化妆品，特聘技师以化学方法提取百花之精华，久用此粉涂面能消斑美容，敷饰胸口胳膊则光滑如玉，异香扑鼻寒暑皆宜。"言辞动人心弦。

如今，香粉弄与上海其他弄堂无区别。香粉铺早已消失，代之以小餐馆、旅馆、鲜花店、烟杂店、旅行社，浩荡人烟。路标仍然存在，供游人驻足端详，走神两秒钟，短暂脱离现实的寡淡和重负。

王安忆长篇小说《长恨歌》中的美人王琦瑶，似乎就是香粉弄人物——在新中国的列宁装、劳动服海洋里，坚持穿一件素色旗袍，走出去几步就是南京路和外滩的华丽，回头、回过神来，继续陷入弄堂深处的暧昧与纷乱、明艳与隐疾。

7

弄堂深处藏豪门。

豪门是寒门的反义词。门面堂皇，门庭若市，存门户之见，有门徒如云，最终门可罗雀——此即豪门那一扇门之"小传"。

南京路边斜桥弄，本是一条曲折小溪，后淤积、填平成为吴江路，保持小溪逶迤状。五十年代，这里是菜市街，以鱼腥气和青菜露水，招待那些家门中豪气与寒意没有区分的市民。而今，这里变成美食街——食客在火锅上斜放一双筷子，纪念流水上斜陈一座小桥？

从晚清，到民国，此地曾云集三大豪门：盛宣怀、李凤章和邵友濂三大家族。

在睁开眼睛看世界的洋务派中，盛宣怀是李鸿章信任的干将与先锋，创办中国第一家电信企业、第一家内河航运公司、第一条南北铁路干线、第一家银行、第一家钢铁联合企业等等，以"官督商办"政策为掩护，形成亦官亦商复杂面目，纵横牟利于官场商场。一九〇九年，盛宣怀以"挽救轮船招商局"为名，将其由官办改为商办，亲任董事会主席，财力、势力之浩大难以想象。拥有七房妻妾，生育八子八女。子女又与其他豪门联姻繁衍，开枝散叶，春华秋实。一九一六年四月去世，盛宣怀的送葬队伍从斜桥弄一直延展至外滩，盛况空前。终究盛极而衰，这是规律、道、真理。

李凤章是李鸿章五弟，李氏家族资产最富裕之人，子孙迷上京昆与管弦，名角言菊朋、荀慧生常来府上走动指教。尤其是曾孙李家载，在一九四九年后，从工厂到上海京剧院，从潦倒公子哥到言派名角，摆脱李氏家族阴影，为来上海视察的首长在宾馆清唱。"叫寡人怎舍得开国的元勋，你我是布衣君臣"《上天台》中刘秀这句唱腔，使新一代开国元勋心潮难平。

邵友濂曾任上海道台，长子娶李昭庆女儿，次子娶盛宣怀女儿，门当户对。邵洵美即为邵友濂之孙、盛宣怀之外孙，娶盛宣怀孙女盛佩玉为妻，又遇到美国女记者项美丽，节外生枝，群莺乱飞。那座斜桥，像斜搁于砚台上的狼毫或羊毫，勾勒一卷上海传奇。

不论寒门与豪门，都有苦、辣、酸、甜、臭、麻、咸，各自品味，难以言传。众多餐馆纷然杂陈南京路：丰泽楼、七重天、新元素、小杨生煎、新雅粤菜馆、六月半、艾美轩、西域新娘、沈大成、苏浙汇、淡淡的忧伤、云庐、上海人家、翠园、广东道……时代焕然一新，口感依旧，喜、怒、哀、乐、悲、恐、惊，依旧。

功德林素菜馆，位于民国跑马场亦即当下人民公园旁，有百年历史，誉满江南。门口总有排队等座的人。一九三三年，某日中午，宋庆龄宅邸内一方餐桌旁，围坐如下人物：萧伯纳、宋庆龄、蔡元培、鲁迅、林语堂、杨杏佛。一九六〇年末，新月派诗人、民国时代出版人邵洵美，请复旦大学教授贾植芳为他申述：宋宅内那一次聚会，是邵洵美在功德林订的素餐，餐费由他支付，共计四十六块银圆，但新闻报道中没有其名字。

邵洵美期望证实：自己是能够与鲁迅一起吃饭的人，是革命者。但学界对邵洵美是否参加过这次午聚并付费，午餐是否来自功德林，存争议。与谁吃饭，吃什么饭，是大问题。但也不是什么问题。绮筵终有人散时，酒剩残卮一梦空。

8

鲁迅、胡适、林语堂、邵洵美们，在四马路、豫园一带常常出现，走进笔庄、画铺、宣纸店选拣购置。画商云集，颜色云集。月份牌画家流连四顾，暗自观摩竞争对手新作，琢磨关于酥胸玉臂的特殊绘技，秘而不宣，笑而不谈。

更早，晚清，自苏州来沪躲避太平天国战乱的画家，把桃花坞年画技法植入上海年画，在旧校场路一带开设众多画铺，产生《麒麟送子》《四马路洋场胜景图》《竹林七贤》等等佳作，发表在《点石斋画报》，或走进寻常人家点缀市井生活。那些画铺，如今烟消云散。

唯有朵云轩，在南京路名动不息。开张于一九〇〇年，与北平荣宝斋齐名南北，近悦远来。朵云，即书信，典出于五代韦陟，其写信落款处字迹似几朵白云。从自制印笺、扇子开始，扩张到艺术品收藏、拍卖、复制等领域，一百年过去，朵云轩屹立南京路，迎送一代代文人、商人、艺人、情人。在手写情书的年代，去朵云轩选择合适颜色和款式的信笺，是重要的事情。当下，微信、邮件中的情话可随时删除否认，一对恋人分手，像从未爱过且无痕迹佐证，这是徐志摩、郁达夫等著名情书作家无法想象的事情。

朵云轩后院，有木版水印工作间。我随朋友进入观察。一幅任伯年的《群仙祝寿图》，约需十余匠人用十年光阴才完成模板，而后批量印出的作品，与原作毫厘不差、难辨真伪。那一天，我见几位长者和女子，埋头在台灯下绘制或镂刻，仿佛身处南京路之外、上海之外——"转过这芍药栏前，紧靠着湖山石边"，像昆曲中男女，在山水草木间无邪天真。

二十年代以后，南京路出现众多照相馆，让擅长人物写真的画家，嫉妒、郁闷、不安，画铺生意萧条。

克里米亚犹太青年沈石蒂，为躲避十月革命风暴来到上海。他最初在一家照相馆门口擦皮鞋，后进入照相馆当学徒。一九二七年，在南京路开设"上海美术照相馆",雇三十多名照相师。顾客盈门。宋美龄、宋子文、周璇、胡蝶……达官显贵、英美外交官、富商、江湖英雄、影星、名妓、学生、教授、少女……著名或无名的民国人物,纷纷进入沈石蒂的照相机,在相纸上手工晕染出的光辉里,获得美感与永恒。一九四八年,以色列国成立,大批犹太人离开上海,沈石蒂因爱上大学生南希而滞留。一九五五年,照相馆转卖,他独自乘船去以色列。我不知道南希后来的故事。见过南希一张照片:一清新女子,站在开满玉兰的树下,表情惆怅。应该是沈石蒂拍摄的吧。"影落空阶初月冷,香生别院晚风微。"沈石蒂应该不知道文徵明这一首咏叹玉兰的诗。所以,他带不走南希。

王开照相馆同样著名。《色·戒》中女主人原型、色诱汉奸最终牺牲的中统特工郑苹如,有一幅登上《良友》杂志封面的照片,就是在这里拍摄。不少电影导演也常来王开照相馆翻阅照片、寻觅新人,改变相关者命运,就是改变上海叙事的细部乃至大局。

一座城市的美艳与诱惑力,隐藏在多少画卷、影集、银幕里?

9

美琪大戏院,南京路上唯一的戏院,位于江宁路与南阳路交叉口。由建筑师范文照在一九四一年设计建造,现为历史保护建筑。无数明星以在这里登台亮相成名为荣。

全面抗战期间蓄须八年的梅兰芳,待光复后,欲重登舞台,请来琴师帮助吊嗓子,发现音高拨不上去了。梅兰芳急得搓手。若慢慢恢复唱功、长久不复出，政治不正确。友人俞振飞见状，灵机一动，建议梅兰芳先以昆曲复出，再从长计议。梅兰芳眼睛一亮：对呀，昆曲低柔。俞振飞遂拿出笛子伴奏。思南路梅家庭院，有笛音与声腔如风似水、洽和为一。

一九四五年十二月二十八日，至次年一月七日，梅兰芳和俞振飞日日联袂登台，演出《断桥》《思凡》《牡丹亭》等剧目，满城热议、争睹、传诵，"不到园林，怎知春色如许？""行来春色三分雨，睡去巫山一片云""她临去秋波那一转，铁石人，情意牵""百计思量，没个为欢处"……

为庆祝光复，南京路举行过驻沪同盟军"人力车皇后"竞赛。由中国车夫拉同盟军女兵，从外滩沿南京路向西竞跑，直到亚尔培路即今陕西南路。车夫姜二毛与车上的加拿大籍珍妮兰小姐获冠军，得奖金一万元，双方平分。这一时期，发生多起美军士兵在南京路醉酒斗殴、驾车撞人事件，引发市民愤怒。

用抒情的昆曲，缓解南京路重负和剧痛？很难。

我热爱当代宁静春色。走过市场经济南京路，进入浪漫主义美琪大戏院，就能由一个在合同与契约间屡屡负情忘义的铁石心肠人，突变为情意牵连的前代小生？二〇一八年初，美琪大戏院上演由金宇澄小说改编而成的话剧《繁花》。结尾处，舞台上传来《新鸳鸯蝴蝶梦》歌声：

> 看似个鸳鸯蝴蝶，不应该的年代，
> 可是谁又能挣脱人世间的悲哀，

花花世界，鸳鸯蝴蝶，

在人间已是癫，何苦要上青天，

不如温柔同眠。

"与谁同眠才能得到温柔"，是一个再著名的戏院也化解不了的古老疑难。只能由观众在戏院外百计思量，追寻各自的蝴蝶与鸳鸯。

10

仙乐斯舞厅与百乐门舞厅，分别立于南京路中段和末端。

跛脚沙逊在百乐门舞厅受舞女冷遇，化羞愤为力量，在上海跑马场（今人民公园）旁建造仙乐斯舞厅。此舞厅现已消失，原地矗立起仙乐斯广场。百乐门舞厅仍存在于静安寺旁，佛林狮子吼与舞池小夜曲交响，使上海在身体与精神之间保持平衡。

一九三二年，百乐门由商人顾联承投资七十万两白银建成，被称为"东方第一乐府"，共三层。底层为厨房和店面。二层为舞池和宴会厅，舞池地板用汽车钢板托起，跳舞时产生波动感，以支持舞者脚步、臀部、胸部、脑部一涌而出的快感。可供千人同时跳舞。大舞池周围分割出若干小舞池，供萍水相逢的男女浮萍流水般习舞或幽会。红衣舞女月收入可高达三千元甚至六千元，是乐队演奏员的十倍以上。三楼设置旅馆，以舞蹈为前戏的男女，在此达到高潮、完成交易。舞厅顶层装有巨大圆筒形玻璃钢塔，服务生在塔中守候，见舞客离场，就亮明相应汽车牌号。楼下等候多时的司机仰望、会意，将汽车发动起来，开到门前，一个充满醉意、倦意的男人下楼、上车，绝尘而去……

这样的空间滋生艳事与传奇，顺理成章。太平洋战争期间，一舞女因拒绝为日本人伴舞被枪杀。一九五四年，百乐门将主要建筑改为"红都戏院""红都电影院"。九十年代恢复原名，经营咖啡、简餐、下午茶，萨克斯乐队演奏老上海舞曲，红衣舞女迟迟没有重现。

身着橙黄袈裟的僧人，在静安寺内念经，红色功德箱贴着微信付款码。克服旁边百乐门的诱惑，是一门功课。静安寺，始建于三国孙吴赤乌年间。每年农历四月初八浴佛节，商贾云集，游人如织，逐渐形成庙市。从古代幽静乡郊出发，静安寺一动不动，迈进新时代闹市繁华。寺钟依稀，供喧嚣骚动的街头人群偶尔听见，放慢步伐，调整心率。

一头抽象豹子，看见两头石狮在守卫寺内安静，放心了，转身消失于静安公园的莲花与池水。

11

用"凤头""猪肚""豹尾"的作文方法，探究南京路这篇文章，恍惚间，感觉南京路似乎就是一头由凤凰、猪、豹子混血而成的奇兽。它独特，所以无敌。它吞咽并消化一切极端、异类，以及各种概念所难以除尽的人性余数，从漫长的自我中，蒸腾生发出新一轮妩媚、复杂和力量。

一代代游子、过客、浪游人，是南京路的组成部分。在商品、商人、商讯构成的景观面前，他们心境大致相似：亢奋而倦怠，茫然而坚定，朝着似是而非的方向，奔走而后消失。南京路常读常新，永远未完成，像上海，永远未完成。

在《发达资本主义时代的抒情诗人》一书中，本雅明描述的巴黎"休闲逛街者"，就仿佛是在言说南京路上的我和周围无名者，"独自一人的时候就感到不自在"，需要"将自己隐藏在人群中"，而"人群是抒情诗的一个新主题"，像诗人波德莱尔憎恨布鲁塞尔的街道冷清且没有橱窗一样，"喜欢孤独，但喜欢的是人群中的孤独"……本雅明、波德莱尔以及喜欢在热闹街道旁旅馆里临窗写作的巴尔扎克、狄更斯，如果来上海游荡观察——灯光、阳光、雨水在大厦与石头街廊之间换算和互译，人群中交臂而过的美妇人眼含秋波、胸藏春桃，黄浦江上的汽笛惊醒外滩钟楼……他们，也会爱上这条异样的东方长街。

我爱这条大街、这一混血之作，一次次来闲荡、吃饭、喝咖啡、会友人。周末，一次次捏手机街拍，试图定格那些在街头、十字路口转瞬即逝的美与奇迹。南京路及周边弄堂，二十年代的弹痕、三十年代的烟草广告、七十年代的最高指示残痕和向日葵图案、八十年代的摇滚明星海报，隐约可见。一个过气的影星歌星舞星、穿旧西装进入西餐厅的"老 colour"——这衰老的花朵、花花公子，随时闪现。

一座涌现鲁迅、茅盾、巴金、郁达夫、柔石、丁玲、萧红、张爱玲、王安忆等等作家的城市，必然拥有无限的精神景深。在他们笔下，一代代内陆或乡村里的失败者、叛逆者、幻想者，沿苏州河、黄浦江或沪杭铁路、沪杭公路，进入南京路，创造传奇、史诗或流言蜚语。这些虚拟的人，酷似现实中的你、我、他，在上海获得新转机——转乘一架飞机，抵达幸福或痛苦的远方，或失去消息。

从中原移居上海，在南京路旁一座写字楼谋生，我成为"上海生活实验者"，于无数因缘际会中寻找结论和目标。介入、旁观，又被周围事物旁观复介入，深刻体会一个无名者走在南京路上的冷意和炙热。庚子年初，新冠疫情突发，全球化进程顿然止步，人间萧条。南京路橱窗内裸体木质模特脸上的裂纹，像泪痕。一些直接省略头颅和思辨力的塑料模特，有着保养得很细腻的脚尖、手臂、脖颈，无路可去，在隐喻一种处境？"我是谁，从哪里来"，这些问题可由健康码来回答，但"我到哪里去"，再健康的符码也无法提供一个正确答案。上海到哪里去、这个世界到哪里去，我能否有一己的判断？

　　跟随本雅明、波德莱尔，以及喜欢在热闹街道旁旅馆里临窗写作的巴尔扎克、狄更斯，跟着那些穿燕尾服、用燕子尾巴隐藏身份的异乡人，我，正被上海改造成为投机者、野心家、工商时代抒情诗人？我，跟随我、围观我、质疑我、维护我、抛弃我、寻找我……

　　幸而还有书写的愿望和能力。以写作自我辨认和纠正，让一支笔作为压舱石，抵抗生命之舟的轻浮和倾覆。

　　幸而南京路这一船舷，永远迎风破浪，证明一座城市持续到大海上去，获得新新不已的海平线、风暴、自由、开阔、日出……

1

我常在苏州河边晃荡。

一条源于太湖、途经苏州的河流，成为上海历代言说者叙事、沉思、抒情的背景。比如，孙甘露这样写下关于苏州河的句子：

> 再远处是外白渡桥，它似乎是我灵魂中唯一的桥，我的邻人在此处溺水而死。我记得那兄弟俩在扶栏上飞身跃下的身姿，在空中，仿佛是长机和僚机。

英国领事馆、百老汇大楼、邮政局大楼、自来水厂、圣约翰书院、新天安堂、上海大厦、俄罗斯总领事馆、中华基督教青年会大楼、礼和洋行、新亚饭店……一八四三年十一月十七日上海开埠，一系列欧式建筑群落，率先出现于苏州河与黄浦江交汇处。之后，外滩、南京路渐次形成。一座城市、一个国度的沧桑巨变，从外白渡桥开始，沿苏州河向西，向中国内陆缓缓推动，像一个伟大者逆流而上。

约七千年前，海岸线缓缓东撤，上海西部开始成陆。马家浜文化出现，有水井、水稻、陶罐等遗存，让后人面对、发呆。约五千三百年前，崧泽文化出现。约四千二百年前，良渚文化出现。约四千年前，广富林文化出现。约三千二百年前，马桥文化出现。约三千年前，今嘉定、闵行、奉贤一带成陆。约两千年前，今上海主城区及浦东一带渐次成陆，盐场随海岸线变迁而逐步东撤。

春秋战国时期，此地系楚国春申君黄歇封地。七五一年，唐天宝十年，上海建城，隶属于华亭县，简称为"申"。九九一年，宋淳化二年，海岸线东撤加剧，大船已无法进入变得狭窄的吴淞江即苏州河，泊于黄浦江，沿江一带初现繁荣局面：饭馆、旅店、餐馆、货栈、妓院……

一二六七年，南宋咸淳三年，设上海镇，属华亭县。一二九二年，元二十九年，设上海县，属松江府。一四二一年，明永乐十九年，明王朝自南京迁都北京，海外贸易禁令颁布，使上海随后衰落两百多年，城市规模急剧减小。

一六八四年，清康熙二十三年，废除自明代开始实行的禁海令，使根植于海上运输贸易业的上海，焕发生机。随后设立江海关，地址位于南市小东门，业务管辖区域为整个江苏省出海口。一七三〇年，松江府所属"苏松道"道署，由苏州迁移至上海县城，故又称"上海道"。在江南乃至中国的经济、政治版图中，上海的位置日渐显得醒目、重要。

直到一九二七年，"上海特别市"（一九三〇年改称"上海市"）设立，隶属关系由江苏省改为国民政府，完全确立上海对于中国现代性进程所肩负的责任：一肩是黄浦江，另一肩就是苏州河。这水质的双肩，充满忍耐和柔情，更利于扛起历史和未来。也是在这一年，鲁迅、茅盾移居上海；阮玲玉出现于可口可乐的第一个上海街头广告；蒋中正与宋美龄在西摩路（今陕西路）教堂举行婚礼；外滩海关大楼启用；上海音乐学院的前身"国立音乐院"成立，后更名"国立音乐专科学校"，萧友梅任校长，其作曲的《卿云歌》成为中华民国第一首国歌；中国第一首流行歌曲《毛毛雨》，由作曲家黎锦晖创作，风行一时……

　　显然，具有分水岭、里程碑性质的一九二七年，为未来种种变故和变革，积蓄充沛的动机和动力。

　　当下，苏州河边，晚清、民国时代建设的楼群依然存在，内涵巨变。它们曾经是荣毅仁等著名家族的工厂、码头、仓库。中国现代纺织业、粮食加工业，在河边起步，通过河上驳船、黄浦江上轮船，入海，影响中国乃至东亚的经济和社会面貌。二十世纪三十年代中期，上海工业资产总额约占全国的百分之四十，产业工人约占全国的百分之四十三，工业产值约占全国的百分之五十。由此可见上海对于中国现代化进程的意义，苏州河对于上海和中国的意义。

　　一条贸易之河，就是一座城市的血管、动脉、热肠、肺腑肝胆，焕发出磅礴生命力。

　　不断有污泥、浊水、鲜血、呐喊、呜咽注入，但苏州河从未放弃奔流，像一个忍辱负重的母亲。新世纪以来，经强力改造，各式各样的排水管道隐蔽在淤泥之下，水质持续改善，鱼群和垂钓者开始出现。风气清新，鸟类反应强烈，啼叫声充盈喜悦感。

　　旧时代的枪眼弹痕，在岸堤、桥墩、河边建筑上依然可见。无法改造也无须改造，像细碎的伤口、眼睛，继续保持痛感和视力，才不至于灾难重现。四行仓库，因金城银行、大陆银行、盐业银行、中南银行四家银行公用而得名，墙壁上的枪眼弹痕尤其密集硕大，成为当下游客举目凝思的焦点。一九三七年十月二十六日至十一月一日期间，这里是全世界关注的淞沪会战的最后战场，也是一个政治舞台——中校谢晋元带领的四百余名中国军人在此拼死抵抗日军，演出一幕壮剧，让苏州河边租界里的欧美人士坐在窗口、阳台上，像坐在戏院包厢里一样观看、评述，再把感想传播至全世界。蒋中正就是这幕戏的导演，试图以此唤起国际社会对中国抗战的同情与支援。

牢记其中一个细节：傍晚，雨中，某个女孩游过苏州河，给守军送去一面中国国旗。

2

这是五月，雨丝间夹着雷声，
我从楼廊俯望苏州河，
码头工人慢吞吞地卸煤
而炭黑的河水疾流着。

一艘空船拉响汽笛，
像虚弱的产妇晃了几下，
驶进几棵洋槐的浓荫里；
雨下着，雷声响着。

另一艘运煤船靠拢码头，

"接住"，船员扔船缆上岸，

接着又喊道："上来！"

随后他跳进船舱，大概抽烟吧。

轻微的雷声消失后，

闪出一道灰白的闪电，

这时，我希望能够用巴枯宁的手

加入他们去搬运湿漉漉的煤炭，

倒不是因为闪电昏暗的光线改变了

雨中男子汉们的脸膛，

他们可以将灌满了他们全身的烧酒

赠送给我。

但是雨下大后一会

停住了，他们好像没有察觉。

我昔日冒死旅行就是为了今天吗？

从雨雾中捕获勇气。

以上是肖开愚的诗《下雨——纪念克鲁泡特金》。

一道灰白的闪电，让当代诗人肖开愚想起巴枯宁的手，并以此诗向克鲁泡特金致意。据说，巴枯宁和克鲁泡特金这两个俄国人，重组生成了一个中国作家的笔名和内心——巴金，一个隐秘的无政府主义者、自由主义者，像苏州河上的这场雨，想怎么下，就怎么下。一个写作者的笔尖，必须像闪电迅疾划破天空，即便枯萎，也能短暂改变现实的光亮度，让船工般承受重负的人们，"从雨雾中捕获勇气"。

肖开愚是苏州河上船工劳动场面的观察者。视角似乎来自河边华东政法大学的楼廊。

华东政法大学前身，是一八七九年建成的圣约翰大学。孙中山曾在此面对学子演讲应上海《中国晚报》所作的留声演说，邹韬奋、宋子文、荣毅仁、林语堂等名人曾求学于此，在孙先生的言语和手势中热血沸腾。肖开愚站立的楼廊，无数才子曾经英俊地站在那里，看河水东流入海，心潮起伏。河上的劳动场面，在二十世纪九十年代以后消失。为了河水的清澈度，煤炭们的黑脚只能避开这条水路，去走生硬的铁路。我在新世纪之初移居上海，居住在华东政法大学楼廊的对岸，与苏州河的关系是新的，只能靠想象力抵达从前的场景。

当下，战士、码头工人、工业、资本家消失，艺术、艺术家涌现。苏州河边的仓库与工厂成为文化遗存，改造成别致的画家工作室、美术馆、艺术设计车间、画廊。长发飘飘或光头闪烁的人们，进进出出。艺术品收藏者、拍卖师、游客，进进出出。我曾经进入河边莫干山路一个由纺织厂改造成的美术馆，看达利作品展，印象深刻——

《永恒的记忆》。钟表瘫痪在树枝上、木桌边，时针分针无力地固定在六点五十分左右的位置，成为超现实主义著名符号。像这座城市里的人们想起老上海，就会说："那三十年代啊……"

《带抽屉的维纳斯》。女人胸前一左一右两个抽屉，装着什么？爱情、回忆、购物凭证？少年时代某个中午，在父亲抽屉里翻读到他与母亲热恋时的情书，我慌乱而好奇。在上海，各种写字楼里的抽屉都必须锁紧秘密。如果将那些抽屉移植到官僚、商人、职员的胸前，随身游走，能增强他们的安全感吗？在异乡，在途中，一个忽然丧生的人，有可能给清理其抽屉和遗物的亲人，带来巨大震惊——他竟然有那么多不为人知的秘密。上海，有那么多不为人知的秘密。

《消失的影像》。双影像画法。一个正在读信的女子。仔细看去，女子的头部、胸、腹、裙子，又幻化为其他人的眼睛、鼻子、嘴巴……像一行诗叠加若干意象、一个梦堆积众多的梦、一条苏州河汇聚众多溪水和流言，像上海，一言难尽。

达利，一九〇四年生于西班牙，一九二九年在巴黎爱上诗人艾吕雅的妻子——俄国女子加拉。加拉最终选择达利，成为其唯一的模特儿和爱人。加拉先照亮一个诗人，转身照亮一个超现实主义画家。诗人大都比画家寂寞，诗人的爱大概比画家的爱寂寞几分。加拉不寂寞了，造就达利，也造就她自己，在达利一系列传世之作里获得永恒。一九八二年，加拉在塞纳河边去世，达利为此一病不起，七年后追随妻子而去。

苏州河被誉为"中国的塞纳河"。加拉出现在苏州河边画廊内的画框中，是合适的。

美术馆外，遗存一座烟囱，像苏州河这一位苏先生手持的烟斗，向巴黎雪茄致敬。

3

郁达夫撑一把伞站在苏州河边，等客船，去杭州。

这是一九二七年四月十三日晨，大雨倾盆，冲洗着街道上前一天冲突中死难者的血迹——中国革命史称此流血事件为"四一二"反革命政变。

经长久预谋，以蒋中正为代表的国民党右翼势力，自四月十二日开始，与杜月笙代表的江湖势力合谋，在上海大肆屠杀国民党左翼人士、共产党员和工人。广州、北京相继出现类似屠杀事件。四月十八日，蒋中正在南京成立国民政府，与武汉国民政府分道扬镳。四月二十八日，李大钊遇难。七月十五日，国共第一次合作全面破裂。

"四月是残酷的。"郁达夫知道艾略特这一名句。"曾因酒醉鞭名马，生怕情多累美人。"这是郁达夫自己写下的名句。三十一岁的诗人、作家、创造社成员，风头正劲，已出版小说集《沉沦》，在新文学运动中拥有醒目位置。

此刻，罢工、对抗与镇压仍在全城持续。风雨中，时时有枪声隐约响起。河边码头上站满候船的人。郁达夫心绪黯淡。他要去一个名叫王映霞的女子那里寻找安慰。

沪杭铁路已因流血事件而中断。等了五个小时后，郁达夫上船。轮船先是向东航行，经外白渡桥进入黄浦江，再一路经过董家渡、高昌庙、闵行、松江、金山……入运河，天已暗下来。四月十四日清晨，至嘉兴。傍晚，抵达杭州拱宸桥，郁达夫看见码头上一个花园般的女子，迎面扑来。

一九二八年，郁达夫不顾鲁迅劝阻，与原配离婚后，在杭州与王映霞举行婚礼。之后，与友人发起成立中国左翼作家联盟，参加抗日舆论宣传。后果然为情所累，移居新加坡，再次婚变。一九四五年遭日军杀害，四十九岁，尸体下落不明。王映霞后来定居上海。与人聊天或接受记者采访，喜欢回忆郁达夫，不再提戴笠等蜜蜂一样试图在她身上采蜜的政客和商人。一个诗人给了一个女子寂寞，也给她虚荣，算是几十年前一场恋爱的利息，足以慢慢享用。"那辰光啊，我俩每月日常开销有二百大洋呢，吃得比鲁迅家还要好。""那辰光啊，苏州河上起航的船很慢，我看着钟表等他。"

像加拉反复出现于达利油画作品，王映霞也反复出现于郁达夫日记——

南风大，天气却温和，月明风暖，我真想煞了王君。

我的钱，已经花完了，今天午前，就在此地做它半天小说，去卖钱去吧！我若能得到王女士的爱，那么恐怕此后的创作力更要强些。

天上浮云四布，凉风习习，吹上她的衣襟，我怀抱着她，看了半天上海的夜景。

映霞的丰肥的体质和澄美的瞳神，又一步也不离的在追迫我。向晚的时候，坐电车回来，过天后宫桥的一刹那，我竟忍不住哭起来了。

天后宫桥，即当下河南路桥。得名于苏州河北岸的"天后宫"——那里是上海的第一座海神庙，负责为沿苏州河扬帆出海的人们提供吉兆和信心。经天后宫桥或其他桥梁过河，步行或坐在电车、汽车、马车、轿子里，一个人如果泪水滂沱，就能确保苏州河在上海精神世界里的水位，始终不会下降。他痛苦复痛哭，从一条河流的无穷涌动中，重新捕获生存的勇气。

二〇〇〇年，王映霞在杭州去世，九十二岁。

4

"招商局内河轮船码头"，"戴生昌码头"，这两个颜体书写的横幅标志，一前一后，竖立于苏州河边。

众多旗帜半舒半卷。吹动旗帜的风，大约是晚春初夏时节的风，暖融融，懒洋洋。码头上的人影，看不清是在下船还是准备登船。

河上，一艘客船与一艘似乎装满青菜的货船，纠缠在一起，像性格不合的人、主义不同的党派，有了纷争，出拳相向。河面窄，彼此要小心避让，方可各自通过……

一张苏州河老照片让我看到上述情景。拍摄者大约站在山西路桥或河南路桥，朝河面及岸边俯瞰拍摄。照片上的颜色，由照相馆师傅手工点染，挥霍红色与绿色，喜气洋洋。

它大约是晚清或者民国初期的照片，苏州河北岸尚未凸现著名的河滨大楼。一九三五年，公和洋行因势赋形，在地块形状限制下，将河滨大楼设计成手枪形状，解决了建筑通风采光问题。从空中俯瞰，它大致上像"S"，契合这一大楼拥有者沙逊英文名字中的第一个字母。底层设置游泳池，用不自然的水，向自然的苏州河致敬。

河滨大楼故事多。米高梅公司、哥伦比亚公司等美国电影制作机构，都曾在此租居办公，通过窗前的河流获得一些美感和灵感。公寓居民大都是外国高级职员。二战期间，沙逊作为上海犹太商人协会会长，将此大楼作为犹太难民营。淞沪战役结束，日军在此建立集中营，关押英美侨民。一九四九年后，众多知识分子和南下高级干部入住。在后来历次政治运动中，河滨大楼自然成为种种创痛的重点。

那一座大楼的手枪形状，隐喻了种种伤害和不安？

现在，河滨大楼享受历史保护建筑待遇。德高望重，苍凉寂寞。我在一个午后前去窥探。大楼内格局混乱，居民身份不一。廊道堆积各种杂物。有"剪发请进""定制旗袍"等生意招揽的字样，出现在几张门帘上。炒菜的嗞嗞啦啦声和油烟味，电视里的沪剧吟唱和洗发水广告乐曲，荡漾缭绕。几个妇人围聚在楼梯拐角开阔处，撑起麻将台，霸气十足地瞥了我一眼、两眼、三眼。

赶紧下楼，我在苏州河边松一口气。水鸟成群飞来，巩固河边的吉祥局面。

5

太湖水进入大海的途径有三条：吴江，东江，娄江。

吴江，苏州河最初的名字，河面当时宽约十公里，浩浩汤汤。黄浦江仅为其支流。杜甫来江南，写下诗句："剪取吴淞半江水。"吴江自此被称作"吴淞江"。这句诗，还引发出一九一八年所建的私家园林"半淞园"，后毁于日军轰炸，只留下一条"半淞园路"，在雨天隐隐作痛？

唐代，吴淞江边的青龙镇（今青浦），是一座国际性港口，南洋、日本、新罗等国的商船屡屡可见。日本遣唐使自东海方向迢迢而来，沿吴淞江，经青龙镇、苏州，辗转奔赴长安城。自苏州、杭州、湖州、漳州、泉州、越州、温州、台州而来的大船小舟，更是满载货物和人物，在此地交易交流，生发财富与传奇。为了给夜晚航船指示方向，吴淞江边建起众多古塔，七层，八面玲珑，灯火通明。"……僧人正数玲珑塔，抬起头来看分明：天上看，满天星。地上看，有个坑。坑上看，冻着冰。冰上看，长着松。松上看，落着鹰……"戏院、茶馆及至当下电视中，时常有艺人表演的经典说唱《玲珑塔》，即与吴淞江从前的形势有关。

北宋以后，海岸线持续向东撤退，吴淞江相应缩小宽度至两公里左右。至元朝，河宽急剧缩小至六十米。明初，苏州巡抚海瑞，通过建设水闸、分流、疏浚，使一贯热衷于泛滥改道的吴淞江，转变成黄浦江的支流。曾经吸引米芾、梅尧臣、苏轼、秦观、王安石们造访的青龙镇，沉寂了，烟火万家化作芳草连天。上海镇取代青龙镇的位置，迅速盛大。上海地图中的虬江路，乃吴语"旧江路"讹音，正是明代吴淞江的河床，目前路貌仍约略可以看出早年流水委曲前行之状。

上海在一八四三年开埠后，与苏州之间航线空前繁忙，两座城

"你侬我侬，忒煞情多"。一八四八年，英国领事阿礼国与上海道台麟桂在扩充租界协议中，首次将吴淞江称为"苏州河"，后声称："上海租界是一个自治共和国。"两年后，一八五〇年，上海首家英文报纸《北华捷报》创刊号登载《上海外国居民一览表》，共计一百四十一人，其中专任领事两人，商业人士一百一十三人，医生五人，传教士十三人。大英轮船公司开辟上海至香港航线，美国罗素轮船公司开辟上海至纽约航线……众多航线的开辟，使上海港迅速成长为亚洲第四大港。苏州河上船舱内的货物，与黄浦江沿岸货轮中的货物构成紧密互动关系：鸦片、棉织品、稻米、丝绸、棉布、煤炭、原材料、蔬菜、布匹、唱片、茶瓶、肥皂、汽油、书籍、玩具、家具、服装、手电筒、自行车、收音机、缝纫机、化妆品……

苏州河吐故纳新，似新郎生气勃勃，让上海这座魔幻之都持续处于新婚期——上海何以成为上海？苏州河如此成为苏州河。

一九〇八年沪宁铁路通车，一九〇九年沪杭铁路通车。此前，上海人出行方式，除了乘汽车、马车、轿子，就是到苏州河边乘船。江南水网密集，走水路进出上海很方便。人心在船上慢下来，对眼下的疑难深思熟虑，上岸后就能做出妥当的应对举措，即便冒险、下赌注，也会多一分成功的概率。五四运动后，柳亚子接受马克思主义思想，遭国民党通缉追捕，不敢坐汽车火车，化装成水乡妇女自故乡黎里划船摇桨，沿苏州河吱呀吱呀而来，在十六铺码头坐轮船去日本避险。后来回国，他也是走这样一条路线，只不过方向相反。

三十年代后，上海周边的铁路、公路网加速密集，苏州河许多航线停运。但上海与西塘、南浔、乌镇、横扇、松陵、锦里等偏僻小镇之间，人们还是愿意乘船相往来。这些简短航线，一直保留到二十世纪六十年代。潘家湾、谭子湾、药水弄、番瓜弄、陆家宅、沈家宅等河边区域，大致上由苏北移民聚居而成。靠河吃河。他们练习软糯沪语，在码头上群山般的货物间穿行挑货，或紧邻码头开面馆、茶馆、理发店、旅店……甚至在小船上设妓院，待客人入舱，就摇桨至僻静港湾，停顿一段辰光。随之衍生一个暧昧词语"入港"，意思是"事情办成了"。

火车、汽车、尖底海轮，相继取代平底小火轮。失业的船夫，要么去大海上做水手，要么上岸另辟生路。挑夫们则去火车站、汽车站谋生，学习与现代化车轮建立感情。这些船夫与挑夫，偶尔回头看苏州河一眼，像面对旧情前欢，产生一丝羞愧和伤感？

目前，苏州河的客运功能完全消失。旅游公司的快艇，大大小小的码头，南腔北调的游客，都崭新得像急于否定过往的绝情者，旧上海痕迹气息一概荡然无存。

6

对苏州河目前的新局面，小说家金宇澄不满意。

多年前，在巨鹿路一个餐馆里，他、我和另外两位作家，曾经吃过一次晚餐。那时，他尚未名动南北。谈起八十年代以前的苏州河，他坦言，喜欢这一条河流的芜杂、喧嚣、污浊、生机勃勃。

那时，金宇澄从世居的陕西南路，移居于苏州河之北的曹杨新村，每周一、三、五，骑自行车经江苏路桥，去《上海文学》杂志社上班。

过苏州河时都会刹车、单脚着地，看看河面，养眼。不响。再用力一蹬，扬长而去，车铃叮当。

苏州河进入他后来引爆文坛的长篇小说《繁花》，自然而然——

　　阿宝慢慢走上三官堂桥，背后的景色，已让无数屋顶吞没，脚下的苏州河，散发造纸厂的酸气，水像酱油，黑中带黄，温良稳重，有一种亲切感，阿宝静下来，靠紧桥栏，北岸是62路终点站，停了一部空车，张开漆黑大口，可以囫囵吞进阿宝，远远离开，可以一直送阿宝，到遥远的绿杨桥，看到夜里的田埂，丝瓜棚，番茄田。

三官堂桥，就是江苏路桥。八十年代的彩色宽银幕电影《大桥下面》，就在这座桥下拍摄而成。演员龚雪、张铁林并肩看着苏州河，说着很抒情的话。

茅盾在长篇小说《子夜》中，也安排主人公、资本家吴荪甫及其父亲吴老太爷，出现在苏州河上——

　　太阳刚刚下了地平线。软风一阵一阵地吹上人面，怪痒痒的。苏州河的浊水幻成了金绿色，轻轻地，悄悄地，向西流去……
　　…………
　　过了北河南路口的上海总商会以西的一段，俗名唤作"铁马路"，是行驶内河的小火轮的汇集处……
　　…………

......码头上冷静静地，没有什么闲杂人；轮船局里的两三个职员正在那里高声吆喝，轰走那些围近来的黄包车夫和小贩。苏甫他们三位走上了那"公司船"的甲板时，吴老太爷已经由云飞的茶房扶出来坐上藤椅子了。

上述的"云飞"，就是戴生昌轮船局的小火轮。茅盾坐过这一小火轮，回乌镇，或者从乌镇来上海。有感情了，就把它写进小说。那小火轮应该配置有藤椅。

茅盾大约也坐这样的小火轮去苏州吃鱼。上海滩流行一个去苏州吃鱼的时间表：正月塘鳢肉头细，二月桃花鳜鱼肥，三月甲鱼补身心，四月鲥鱼加葱须，五月白鱼吃肚皮，六月鳊鱼鲜如鸡，七月鳗鲡酱油焖，八月鲍鱼先吃肺，九月鲫鱼要塞肉，十月草鱼打牙祭，十一月鲢鱼吃只头，十二月青鱼要吃尾——不去苏州吃鱼，在上海餐馆内坐等苏州河上货船运来的水鲜，菜价就比苏州馆子贵了。

一个上海作家没有写过苏州河，是可疑的。像一个上海人没有在苏州河边出现过，很可疑。最好像茅盾那样，用毛笔和繁体字写这一条河。苏州之"苏"，繁体字由"草""鱼""禾"组成，充满细腻入微的美感和爱意，值得珍惜。简体的"苏"，像一个抽象、空泛的人，如何能托付情感和信任？

在三官路桥亦即江苏路桥下晃荡多次，作《苏州河腊月的一个黄昏》，但我只会用简体字写，很惭愧——

桥洞里，一个流浪者在人行道边的破被子下

沉沉大睡，像头熊

用冬眠来对待冷峻的现实。

卡车、货车反复穿越桥洞中间的道路

隆隆作响像春雷，试图结束美梦或噩梦——

像医生在对流浪者进行穿刺？

河面上波纹缕缕，像神的指纹、证词和诺言：

"再努力半个月，

你就是一河春水了。"

有鸟飞过的柳树，会先绿两三天。

仰头看见鸟飞的人

推迟五分钟进入暮年。

7

郁达夫之后，苏州河边的爱情和树木，继续开枝散叶、落花结果。

"爱与寻找"这一主题的故事片，无时无处不在上演——即兴演，按照命运之神编写的剧本来演，纪实风格地演。何况，这被两岸高楼挤逼而成的一条河流，的确像伤心断肠人的一缕柔肠。

娄烨导演的电影《苏州河》很凄美。少女牡丹跳入苏州河殉情前呼喊："我变成美人鱼也要来找你。"扮演邮差马达的贾宏声，开始寻找周迅扮演的牡丹，但却遇见酷似牡丹、依然由周迅扮演的舞女美美……

驳船突突突突掠过，装载建筑材料、狗、灯火、花花绿绿滴水的衣裤……像春心，突突突突，一阵跳荡。河面恢复平静，则如同死了心一样。

我喜欢在苏州河边晃荡，沿苏州河路曲折地走——这条路的走势取决于河的走势。端午时节，河上会有锣鼓声、呐喊声响起。一年一度的龙舟赛，众男女扬桨击浪、形势雄壮，每每从武宁路桥出发，至外白渡桥结束，需要一个小时。晚清文人、中国新闻报纸之父王韬，报道过外国人在苏州河上"斗舟"的情景："西人以操舟为能事，虽富商、文士亦喜习之。每于春秋之交，择黄浦空阔处斗舟乐。"一九〇五年，中国第一家赛艇俱乐部成立于外白渡桥旁。船和划船的人，眼下都消失了，像鸣蝉破壳而去，留下空虚的旧址。

沿苏州河晃荡，众多景象扑面而来：练瑜伽的少女，拍婚纱照的新郎新娘，把假肢扔在远处诱发路人同情的乞讨者（假肢和他裤腿之间是一片青草），背手风琴的外国人，蹲在路边翻读《唐诗三百首》的拾垃圾者，仰头看风筝的孩子，用二胡演奏豫剧《花木兰》的盲人……我在盲人面前停下来、掏口袋。一把硬币落入空碗的叮叮当当，为《花木兰》加上一段明快节奏。盲人、豫剧、花木兰，让我用几秒钟时间想到故乡中原。

"想到故乡卡达克斯就感觉到深切的宁静。夏天的傍晚……画……早起的夜月，乡愁，一种宁静的爱……反光与蓝色天空，海……纯白的泡沫，快乐！一条回航的渔船及黄昏第一颗星星的闪耀……"这是画家达利的话，一点也不抽象、怪诞、超现实，素朴动人。想到中原就使我感觉到深切的宁静。那是我祖父、祖母、外公、外婆、父亲的长眠之地。达利的油画《父亲的肖像》，写实。肖像中的父亲，一个雅好艺术、爱跳萨尔达纳舞的小镇公证人，头顶微秃，侧望远方，背景是达利童年时代居住的一座小楼，在河面微微映出白色轮廓……

在苏州河边一系列画廊里出入，我发现：从达利，到当下中国先锋画家，在表达爱情和亲情时，都转身回到传统写实画风，笔调沉着，一丝不苟。家书与情书的写作原理，似乎也是如此。在热烈处，必出现结实的细节和直叙，方能确证爱意与深情的存在，而不至于凌虚蹈空。也许，超现实主义有利于揭示时代的迷乱，唯写实，能够明晰爱人与亲人的体态容颜——像一道真切的光，破开黯淡和虚无，"从雨雾中捕获勇气"。

我想起一九九七年冬天去世的父亲：小镇上的公务员，三个男人的父亲，书法、象棋、美酒爱好者。知道上海和苏州河，但一生足迹没有越出中原。他没有留下太多照片，我也不是画家。通向他，只有文字和梦这两种途径。我也算回航的渔船，在远方黄河与眼前苏州河之间，反复摇荡。周围，成功者、冒险家、大师们熙熙攘攘，像巨轮，汽笛高亢，电视直播他们非凡的航线、海平线，万众迎接或送别。而我身体之舱内，有一盏灯，照亮鱼、菩萨雕像、香火、桨，很美好。头顶，有黄昏第一颗星星的闪耀，很美好——

苏州河尽头的外白渡桥像外婆，张开铁一般坚韧的双臂，接纳我的童年和少年。

江西路：
一弯新月

Jiangxi Rd.

1

客舱里响起日语广播："上海即将到达，上海即将到达。"艾米丽·哈恩和姐姐海伦走上甲板，呼吸长江入海口处咸腥的空气。崇明岛像巨大鲸鱼浮出海面。

一艘来自日本的"秩父九号"客轮，缓缓驶进吴淞口。上海的轮廓渐渐明晰、放大。黄浦江边标示浅滩的红色浮标，像艾米丽·哈恩动荡不定的心。

一九三五年二月的这个下午，美国《纽约客》专栏作家艾米丽·哈恩，从东京来到上海。亚洲两座大城，是姐姐海伦选择的两枚药品，为艾米丽·哈恩治疗情伤。服了第一枚，无效，妹妹依旧郁郁不乐。不知道第二枚的药效——上海的药效，怎么样。

春寒与失意很洽和。姐姐故作开心，逗妹妹看江面上低飞的水鸟："它们算是海鸥还是江鸥？"妹妹含糊嘟囔："反正都是鸥啊。"由于一场爱情、一个情人的丧失，这个三十岁的女子体内有毫不含糊的创痛，一阵阵袭来，像客轮上一声声汽笛。

艾米丽·哈恩出生于密西西比河与密苏里河两条大河的交汇处。少女时代，想研读化学，后来又谋划当雕塑家。只因威斯康星大学"矿冶工程系从来不招女生"之规矩让她愤怒，就赌气，执意考取这一男性化的专业。"从荒凉群山里勘探、冶炼出火焰与金属"，的确可作为这女子一生的总结，无论爱情还是写作。不过，此时，她还没有洞悉这一专业与未来之间的隐秘关联。

大学毕业，艾米丽·哈恩在矿冶公司工作一段时间后，就厌倦了。一九二七年，美国飞行员驾驶单翼飞机横跨大西洋的消息，蓦然唤醒她。辞职，像单翼飞机一样横跨非洲，她在刚果丛林部落中生活了两年。回国后，把非洲的壮丽传奇转化为《纽约客》上的一篇篇文章，从此成为这一著名杂志的专栏作家。在大学讲授写作课，当演员，做广告代理商、兼职导游，爱上有妇之夫、好莱坞某剧作家，无果，受挫感强烈。遂有了姐姐操持的这次东方之行，计划半个月之后回美国。

其实，转道香港回美国，推迟到了九年之后的一九四三年，她作为著名作家项美丽誉满天下——上海治愈她、成就她，用一个名为邵洵美的作家、出版人、花花公子、文化抗战者、中国丈夫，作为中药药引。

秩父九号缓缓接近十六铺码头。

犹太富翁维克多·沙逊所建的华懋饭店，金色尖顶闪烁光辉。英文刊物《字林西报》所在的大楼，一行行窗口面朝江水，像英文打字机上排列有序的字母，暗含了上海叙事的一切可能性。再稍微远一点，位于江西路上圣三一教堂的尖顶，依稀有鸽群飞起……

所有这一切都像是舞台，虚位以待，静候一个美国女子登台、叙事、抒情。

此时，艾米丽·哈恩或者说项美丽，还不知道谁来与她演对手戏，台词、悬念与高潮是什么。

2

江西路是一条与外滩、四川路相平行的马路，南至延安东路，北到苏州河，三公里左右的长度。

我在江西路来回走了一下午，寻找艾米丽·哈恩被邵洵美改名为项美丽后租居的公寓。无法认定眼前哪座建筑，收留过一个美国女子的爱与孤独。新一代男女居住其中，创作出新一代的孤独与爱。

在回忆录中，项美丽对江西路公寓的表述，仅有如下文字：

公寓位于中式河岸建筑中的一楼，窗户对着拥挤扰攘的大街。河对面有日本人虎视眈眈。

房间漆成绿色。前房客在床上大约堆了六十个抱枕，外皮是五颜六色的鲜艳缎布。床头旁是一座塞满书的书架。

其余家具，木头灯座、椅子、小桌子，全部漆成绿色和银色。天花板也贴满点点星斗，甚至绘出一弯新月。

显然，我无法根据这些表达，确认项美丽所租公寓位置。就像无法根据上海天空那一弯真实的新月，判断人间处于秋夜还是春宵。

盯着江西路边一座座历史保护建筑上的铜制铭牌，一路读下去，像打开一系列名人小传。项美丽应该反复走过它们。从公寓，步行到外滩的字林西报社上班，或者去华懋饭店参加沙逊的宴会、沙龙，或者与友人去跑马场看马头攒动，时间都不会超过二十分钟。

我想象她走在江西路上的样子——短发，长裙，掠过一座座银行、钱庄、咖啡馆、酒店……在红砖尖顶的圣三一教堂前，停下脚步。教堂内传来盛大管风琴声与合唱，大概就是胡蝶与潘有声在举行婚礼。周边挤满看客。项美丽笑了。继续走自己的路，想象自己的婚礼？她也的确在被路人观看。她不知道自己美得自然而然。如果开着沙逊赠送的那辆浅蓝色雪佛兰跑车掠过街头，则更像一场旋风，卷起周围枯叶般衰败的目光，引发各种艳羡、非议、传言。比如，为摄影爱好者、拥有上海第一台禄来福来照相机的沙逊当裸体模特，等等。她是当时上海滩各类小报关注的话题之一。写上海，就必然被上海书写。

几十年后，当我看旧照片中这个女子，目光也像枯叶，用衰败向青葱春日致敬。她有一双坦率无邪的大眼，肩膀上蹲着名为"密尔斯先生"的长臂猿。项美丽的这一独特宠物，往往蹲在她的大衣口袋里、背包里、衣架上、茶几下、副驾驶位置，突然蹿出，就可能破坏了一番觊觎、一场试探、一次挑逗。也让一个女子的上海之夜，缓释了恐惧和寂寞。

这只长臂猿是项美丽上海生活的观察者，视角独特，比我乃至比邵洵美，都更深刻地了解一个美国女子的处境与心境。

江西路南端与福州路交界处，位于十字街头的四座建筑，各自向后凹出一个圆弧形轮廓，相互呼应，组成著名的圆形广场。它们分别是：一九二二年落成的工部局大楼，一九三三年落成的汉弥尔登大楼，一九三四年落成的都城饭店，一九三六年落成的建设大楼。其中，汉弥尔登大楼、都城饭店的所有者，都是沙逊。时代，将像一个伟大导演，在此构思、排演，呈现出种种深渊与高潮。

项美丽在一九三五年出现于上海，恰逢其时。上海正发生剧变。

这一年，上海电通影片公司拍摄抗日题材故事片《风云儿女》，田汉作词、聂耳谱曲的电影主题歌《义勇军进行曲》，震撼人心，广为传播。阮玲玉自杀身亡，三十万市民送行。这一年之前，一九三四年，郑振铎、巴金、靳以编辑的《文学季刊》，发表曹禺的话剧《雷雨》，后在日本引起反响，以中华话剧同好会的名义在东京首演。这一年之后，一九三六年，鲁迅去世，抬棺者有宋庆龄、蔡元培、茅盾、胡风、巴金、黄源、鹿地亘、黎烈文、孟十还、靳以、张天翼、吴朗西、陈白尘、萧乾、聂绀弩、欧阳山、萧军等人。埃德加·斯诺经宋庆龄介绍，自上海赴延安采访毛泽东，历时三个月，写作《西行漫记》，后于一九四一年被当局取消记者资格，离境回国。

这一切，为一对男女演出不寻常的爱情，提供不寻常的背景音乐和旁白。

项美丽在一九三五年出现于上海，恰到好处——都城饭店刚刚启用。一切都是崭新的：床榻，街景，高处的风声与鸟叫。她与邵洵美在这里开始同居、进入新生活，很合适。黄浦江上的流水与帆影，像爱情诗集里的插图，很动人。在窗口，俯瞰街道上的行人和那个圆形广场，邵洵美解释了汉语中两个古老的词组："相思""花好月圆"。项美丽笑了："真美！比英文中的'爱'复杂动人啊！"

不久，他们就租居于江西路北端的无名公寓。与酒店里的华丽冷艳相比，公寓散乱喧嚣，更能让一对情人体会到日常性和永恒感。酒店，总是提醒一个居住者：你是过客，你处于酒醉后的幻觉里，你的情感如梦幻泡影。

都城饭店外十字街头的圆形广场，是关于满月的一个幻象？被江西路、福州路垂直交叉，分裂为四瓣、四弯新月？

3

从抑郁的、游客身份的艾米丽·哈恩，转身为欢乐的著名作家项美丽，缘于一九三五年四月十二日，邵洵美出现了。

自二月末登陆上海，艾米丽·哈恩与姐姐海伦，就在朋友、交际明星弗里茨夫人引领下，以旁观者、记者的眼光，审视并记录罂粟花般盛放的上海：

——参与第一次世界大战而受伤、跛脚的沙逊，从棉花到大烟、炮弹、房地产、娱乐等领域无不涉足的上海滩第一富翁，在华懋饭店顶楼江景卧室内，陷入一群群艳丽女子的包围，像蜜蜂陷入花丛。他用一瓶纽约香水、一打巴黎丝袜，就能赢得芳心热吻。位于八层的"马与猎犬"酒吧，名称透露出沙逊对于女人之外的其他爱好：马与猎犬。爵士乐队驻场演奏，名扬远东，舞裙蹁跹。"下午茶"传统，也是由沙逊引入并蔓延上海滩。饭店大堂内，金融家、政客、掮客、大使、艺术家、黑社会白相人，来来往往，交流勾兑着种种讯息与情感。

——万国艺术剧院内的音乐会、讲座、辩论会、晚宴，西服与长衫同在，香水与狐臭并存。

——乘黄包车在弄堂游荡，耳边是阵雨般的麻将声、沪剧声腔、叫卖声，侵入呼吸系统的是杏仁甜汤和飞利托杀虫剂的气味，时时瞥见弄堂或街头的倒毙者。

——法租界逸园内的跑狗场、酒会，兴奋的狗与酒意。

——酒吧内的英美醉水手，萨克斯抽泣声，拥舞在一起耳鬓厮磨的寻欢者。

——花园里的陶瓷圆形凳子，寓意天人合一，但却"让臀部回忆起那股冰冷、不适的触感"。椅子靠背过矮，也让高大者的头颈找不到依赖。"皱巴巴的旧报纸在热风中发出塞塞窣窣的刮擦声。"

——中餐馆里冗长的聚会。菜都凉了，聊天的人意犹未尽。

——弗里茨夫人别墅内闪烁出没的各色人物：领事，三面间谍，孙中山保镖，名媛，诗人，明星……

艾米丽·哈恩对这一切都厌倦了。上海，缺乏非洲达姆鼓声一般的激越、浪漫。姐姐海伦已回国。尽管在《字林西报》谋得职位，在上海滩新闻界初有声名，报道过药店悬挂装有东南亚树獭的笼子吸引客人等逸闻奇事，艾米丽·哈恩仍提不起兴致。失眠。数次提起行李去十六铺码头，准备一走了之。又转身，回到华懋饭店——总该发生一些新惊喜、新创痛再离开吧，否则，如何回忆上海？

具有分水岭、里程碑意义的四月十二日，终于到来。

弗里茨夫人爱好京剧，投资组建了梅兰芳、邵洵美参与运作的京剧团。四月十二日晚上，京剧团在兰心大戏院演出《王宝钏》。观众席上，艾米丽·哈恩懵懵懂懂。中国的"寒窑"意味什么？她只觉得舞台上那一个女子的水袖和扮相很惊艳。

演出结束，京剧团成员欢聚共饮。艾米丽·哈恩终于看见自己一生的对手戏扮演者，内心战栗。若干年后，出版自传体长篇小说《我的中国丈夫》，她这样描写第一眼看到的邵洵美："头发柔滑如丝，黑油油的，跟其他男人那一头硬毛刷不可同日而语。当他不笑不语时，那张象牙色的面孔是近乎完美的椭圆形。不过当你看到了那双眼睛，就会觉得那才是真的完美，顾盼之中，光彩照人。他的面孔近乎苍白，在那双飞翅似的美目下张扬……"

邵洵美也在这女子身上，重逢一九二五年、一九二六年留学伦敦和巴黎时的异国风致。一种异样的美，吸引他在这女子面前倾情展现才华和魅力。用英语互相赞赏、探寻，酒杯轻轻相碰，像两具迅速升温的身体——红酒，的确有着火焰的本色与使命，去燃烧，去毁灭。

"邵先生给我起个中文名字好吗？"艾米丽·哈恩撒娇。邵洵美笑了："这不难的——艾米丽，上海话的读音就是'项美丽'啊！"艾米丽·哈恩惊叹："哇！上帝！这么好的名字，这么中国！——我是项美丽了，从今天开始！"她向周围朋友朗声宣布，掌声、笑声、碰杯声响起来。

"我再给你起一个小名——中国女子都有小名——你是'蜜姬'，甜蜜女子。"邵洵美握着项美丽或者说蜜姬的手，在纸上，一笔一画，郑重写下这两组汉字。

一对貌相极端搭配的男女，热切互动。周围的人，相互交流眼神，预感到某种故事的发生。上海从来不缺乏这种故事，尤其是诗人作为主人公的故事，从徐志摩与陆小曼，到郁达夫与王映霞。言情小说家、《礼拜六》杂志主编周瘦鹃引领的"鸳鸯蝴蝶派"，只能产生于这剧变的城市、剧变的时代——文学与生活相互模仿，事实与虚构有着抹去边界的巨大势能。据学者考证，"明星"一词，就出自周瘦鹃的灵机一动。

弗里茨夫人旁观邵洵美和项美丽，脸色暗淡下来，后悔自己成为某种故事的动因。她暗恋邵洵美已经多年。

四月是美好的、残酷的。一切细枝末节，迅速成长为粗枝大叶，结出果实——甜蜜或者苦涩。

4

他躺到左边的小床上，面对一个盘子，点燃了那盏灯。他的朋友，一位名叫华清的小个子男人也面对盘子，躺到另一边。他们各自把小杯子放在某种竹器的一端，又将自己的嘴唇凑近竹器的另一端，将竹器悬放在灯火上以后，深深吸一口。一道蓝烟从口中呼出，空气中突然弥漫着一股气味，那正是我在上海街头曾经闻到过的异味。

在自传体长篇小说里，项美丽写了这一中午场景，发生在邵洵美家。她好奇、入神地看着。刚刚认识数天的中国诗人告诉她，这叫"吸大烟"，吸过后就感觉内心宽大了。"比吸雪茄有意思多了，来，尝尝，亲爱的。"

项美丽从这个被蓝色大烟渲染出颓废之美的男子手中，接过那个陌生竹器——烟枪，深深吸一口。神志渐渐模糊。躺在一个中国诗人身边。似乎回到故乡两条大河的交汇处，又像来到苏州河与黄浦江约会碰头的外白渡桥……

缓缓苏醒。听邵洵美说已是半夜时分，她吃一惊，原以为仅仅迷糊一小会儿。"大烟的力量这样大！"邵洵美告诉她："多抽几次，力量就弱了——有些像恋爱？"两个人都笑了，互相看对方一眼，又赶忙移开视线。

四月下旬，在邵洵美邀请陪伴下，项美丽去南京游玩一次。两个人都明白，某种对手戏汹涌开演，势不可当。在南京中山陵，第一次合影。背靠玄武湖边古城墙，邵洵美告诉项美丽，他在一九二七年从政，参与南京城市建设。拆迁城墙，是最痛苦最痛心的工作，于是愤然辞职回上海，"从此万事不关心，过自己的日子——我原名云龙，云中龙，自由自在才好啊。"

项美丽问："你是国民党员吗？"邵洵美说："曾经是。我相信过这一个党。现在，我厌倦它，厌倦政治。我只想着写作、翻译，把手中几本杂志办好，把我的时代印刷厂办好，给作家们出版好书——我……现在……只想着你了……"声音突然颤抖起来，像高烧者的梦呓，附近鸡鸣寺的钟声和鸡鸣也不会唤醒的一种梦呓。

两年后，一九三七年"八一三事变"，上海沦陷，邵洵美、项美丽将会彻底明白：政治不会讨厌每一个人。携带军事、经济、文学，政治疾风骤雨般敲响每个人的家门心扉并叩问，让他必须对充满疑难的时代，做出回答——就连"爱谁，为什么爱，如何爱"，也是两个人之间的小政治，关联全世界。

此时，一九三五年春天，在南京，项美丽沉醉在邵洵美的绚烂独白里。返回上海的火车里，他们火焰般紧紧拥抱在一起，台词如下——

邵洵美："我知道这一切都要发生。我一看见你就知道了。"

项美丽："我也是，我身体有某种东西在疯长，我知道，它们是爱、是爱你……"

邵洵美："你还想着去非洲、回美国吗？"

项美丽："不！哪里也不去了。爱上你，像爱上大烟，力量这样大……"

邵洵美："我们名字里都有一个'美'。"

项美丽："那一天为我取名的时候，就有意的吧……"

之后，有了江西路南端都城饭店的汉语解词课，关于"相思""花好月圆"；有了苏州河边某座公寓里"密尔斯先生"的反复审视、排斥和接纳，针对一个总是随夜色到来的高大中国男子；有了项美丽的代表性作品《大烟》……

"我觉得中国没有邵洵美就不可爱了。"多年后，项美丽在书中这样写道。

5

"我一看见你就知道了"，这句话其实是旧台词，邵洵美在多年前就说给表姐盛佩玉听了。

一九一六年四月，十岁的邵洵美在外公盛宣怀葬礼上，第一次看见盛宣怀孙女盛佩玉。

葬礼盛大，轰动上海滩乃至全中国。送葬或旁观的人流，自静安寺路上的盛府，迤逦延展至外滩。抬棺者六十余人。在上海停棺一年半，在苏州停棺三年，才告别这难舍难分的人间，落土安葬于盛宣怀的祖籍地江阴。

作为李鸿章的心腹同僚、洋务派运动代表人物，盛宣怀哀荣备至，对称于生前创造的众多"中国第一"之荣光：第一家民用股份制企业轮船招商局，第一家电报局中国电报总局，第一家银行中国通商银行，第一条铁路干线京汉铁路，第一所高等师范学堂南洋公学，第一所近代大学北洋大学堂，第一家慈善组织中国红十字会……商人与官绅兼备，算盘与权柄并举，盛宣怀是中国现代史的一个个重要段落和注脚。

在盛宣怀停棺于苏州的三年间，一系列祭奠仪式次第举行。邵洵美反复遇到并喜欢上大自己一岁的盛佩玉，偷偷为她拍照。以死亡为背景的初春，触目惊心，像残雪中怒放的一丛红梅。

邵洵美开始热衷于追随母亲去盛府走亲戚，期待碰到表姐。一个鼻梁高挺的希腊风格少年，暗恋一个圆脸细眉的典型东方少女。读《诗经》，邵洵美懂得了表姐名字的来历："将翱将翔，佩玉琼琚。彼美孟姜，洵美且都。"遂自作主张废弃了原名"云龙"。盛佩玉问表弟为何改名，邵洵美说："表姐懂——咱俩在一首诗里了呀！"

一部《诗经》，决定一对少女少男的名字，间接影响了若干年后一个美国女子的汉语命名。人间的事，就是这么幽长抒情。

一九二五年，十九岁的邵洵美出国留学，临行前敦促母亲提亲。盛府的人，大都对衰落中的邵家不看好。尽管祖父邵友濂曾任驻俄头等参赞、湖南巡抚、台湾巡抚、上海道台，尚能荫泽后世，但邵洵美的父亲沉溺于吃喝嫖赌、不走正途。盛佩玉对家人说："关键不在于表弟的家，关键在于我。"语气决绝。定亲。盛佩玉为邵洵美织一件白绒线马甲。表弟给表姐写了一首题为《白绒线马甲》的诗，发表在《申报》。这张报纸被盛佩玉珍藏一生，在晚年，仍时时拿出来看。

邵洵美与盛佩玉去照相馆合影，揣着照片，去十六铺码头乘船去了伦敦、巴黎。一路寄回印刷异国风景的明信片，写下爱意充盈的短句子，就有了后来出版的诗集《天堂与五月》，献给表姐。诗集封面有邵洵美设计的图案：一朵茶花。盛佩玉生于茶花盛开的五月，盛宣怀就给这个孙女起了小名"茶"。

因家中名下几幢房产失火焚毁，邵洵美提前结束学业，与在异国学府相识的徐悲鸿、蒋碧薇、徐志摩、张道藩、常玉等友人，一一道别后回沪。

一九二七年元宵节，邵洵美与盛佩玉在卡尔登饭店结婚，轰动上海滩乃至全中国。邵洵美、盛佩玉的证婚人，是复旦大学创始人马相伯。两人的西式婚纱照刊登在《上海画报》封面。友人云集庆贺，有徐志摩、陆小曼、郁达夫、刘海粟、钱瘦铁等等。

婚礼当晚，郁达夫就去霞飞路上的尚贤坊，约会刚认识不久的王映霞，一起到福州路裕丰泰酒馆痛饮。王映霞已悉郁达夫心思，席间颇殷勤，风情无限。不久，结婚，又是一个引发媒体热议的鲜艳事件。徐志摩、邵洵美、郁达夫，三个诗人，次第把不食人间烟火的爱情故事，贡献给记者兴致与笔端、上海滩流言与闲谈。

对新婚生活的回忆，盛佩玉在晚年回忆录《盛氏家族·邵洵美与我》中写到，邵洵美最让她动心的话就是："我一看见你就知道了……"

让人动心的话，像台词、诗，有着非现实的虚幻感，但又合乎量子力学中的"观测者效应"原理：一种事物，会因为他者的观测而改变。也暗通于王阳明的话："你未看此花时，此花与汝同寂，你来看此花时，此花颜色一时明白起来。"

邵洵美的"看""观测"，是重要的、有意义的，让盛佩玉、项美丽一一明艳起来。

6

我一看见盛佩玉的全身照，就知道了：这是一个孤单、宁静、美好的女子——

她站在花园一角，身着白底碎花旗袍，脚穿一双缀有珠玉的鞋子。双手环抱胸前，好像在代替邵洵美的手臂搂着自己。衣襟上别一小朵茉莉花，表明时在初夏时节。目前，上海街头仍有挽竹篮卖茉莉花的老人。盛佩玉望镜头，面色洁白，眉目淡远，像宣纸上刚刚落笔的一痕春山，风再稍微大一些，就会吹散这些水墨——中国画嫁给一座古希腊雕塑，格格不入？更像互补共生。

项美丽出现在一九三五年时，盛佩玉已生育五个孩子。丈夫成长为民国时代杰出的出版家、编辑家、新月派诗人，先后出版十几种刊物，如《狮吼》《金屋月刊》《新月》《诗刊》《时代画报》《论语》《人言周刊》《万象》等等。在苏州河北岸杨树浦办起的印刷厂，拥有当时世界上最先进的德国印刷机，新中国成立后捐献国家、运往北京，印刷《人民画报》。理想主义、完美主义的邵洵美，不计成本出版、印刷，总是亏损，倾尽家财。盛佩玉毫无怨言，用自己从娘家带来的陪嫁和积蓄填补。

"我把金的、银的、铜的、锡的甚至木的，陆续当了、卖了，还能过日子就好。没了首饰，不影响我的颜色。"盛佩玉这样安慰丈夫。邵洵美用修长双臂环绕妻子的腰，像枝条抱紧一朵茶花。

盛佩玉以姐姐态度处事，使邵洵美一生保留了弟弟般的天真气。

听徐志摩说四明村有夜莺鸣叫，邵洵美喜欢济慈的诗《夜莺颂》，就去四明村徐志摩家连续住两个晚上。终于听见了，欢天喜地地回家，要拉着盛佩玉一起去听，被姐姐教导："要懂事啊！人家夫妻要过小日子的呀好不好。"多年后，为替好友的遗孀陆小曼祝寿，家境困窘的邵洵美拿出一枚吴昌硕雕刻的"邵氏图书珍藏"白色寿山石印章，换了十元钱，置办一桌酒席招待客人。因思念徐志摩，邵洵美还曾用一盘菜、一双筷子，痴痴坐待那一个长相和风格与自己酷似的兄长前来一聚，从子夜，等到天亮。

重情重义轻金银。邵洵美以"海上孟尝君"闻名文化界：早年，把自己的头等舱船票，换成三张普通舱船票，与两个囊中羞涩的朋友一道，自巴黎回国；民国时代上海文学界的聚会，只要他在，都由这一个世家子弟张罗买单；接济众多处于困境的作家如夏衍，先支付版税，再出版其著作；营救胡也频未果，赠送路费以帮助丁玲抱子还乡；翻译沈从文的长篇小说《边城》，发表在自己办的英文杂志上；诗人、学生徐迟来向老师借英文打字机一用，邵洵美干脆割爱相赠；以中英文化基金会之名，选拔、资助许国璋等青年留学英国……

钱锺书出国留学离开上海那一天，其他朋友站在黄浦江边挥手。邵洵美则划着小船，将钱锺书送上邮轮才回身——这一场景，杨绛念念不忘。早年，她多次随《围城》中"范小姐"的原型人物，找盛佩玉玩。走到邵家楼下，"范小姐"就大喊："茶！茶！"盛佩玉就在窗口露出那张茶花般的笑脸："来了！来了！"

家中，盛佩玉常常张罗两桌午饭或晚饭，一桌是胡适、叶公超、施蛰存、郁达夫等喧哗复骚动的文人，一桌是安静的家人、孩子。项美丽时常来做客，随行的"密尔斯先生"在餐桌周围上蹿下跳。盛佩玉就起身安抚它。一开始，大家用英语交谈，照顾项美丽的感受。谈到热烈处，国语和沪语就占了上风。盛佩玉忙小声提醒："用英语啊，先生们，用英语……"大家回过神，笑起来。

一次，项美丽在邵家吃大闸蟹后身体不适，家仆欲送其离去，免得惹麻烦。盛佩玉不允，恐其有重疾，坐在项美丽身边守候一夜。她甚至建议项美丽搬到家里来住，免得一个人独居，不安全。项美丽也时常约盛佩玉去逛街购物。此情此景，邵洵美内心的惶惑与喜悦，大概都有一些吧。

晚年，盛佩玉回忆起项美丽当年的样子，这样写："她身材高高的，短黑色的头发，面孔五官都好，但不是蓝眼睛。静静的，不大声讲话。她不胖不瘦，在曲线美上差一些，就是臀部庞大。"项美丽在后来的作品中回忆盛佩玉的样子："她个子小巧，很漂亮，对自己的漂亮似乎一无所知。"这些文字中，美意、善意与妒意，或许都有一些吧。

某日，邵洵美告诉妻子外出办事，晚上会与朋友酒聚很晚，不回家了。几个孩子要看街景，盛佩玉就带他们过外白渡桥，到外滩。或许有一种神秘的力量，驱使她来到江西路。在靠近苏州河一处公寓楼下，看见邵洵美的轿车。她知道项美丽住在这里。手抚轿车，站了半天。街灯亮了，孩子喊饿，她才长长叹出一口气。招手叫来黄包车，回到苏州河以北杨树浦的家。

第二天清晨，邵洵美进门。盛佩玉端来一杯热牛奶，看丈夫慢慢喝完，才说："婚前，我们约法三章，没忘吧？"

邵洵美点头不响。

"不可另有女人，不可抽大烟，不可赌。"

邵洵美脸红，不响。

"偶尔小赌，可以。哮喘了，累了，抽一抽大烟，我谅解。但，每天夜晚十一点前必须回家，否则，我会找上门去——你有孩子在家等着呢。"

听完这些话，邵洵美两眼涌出泪水……

在一九三六年出版的诗集《诗二十五首》中，有邵洵美的代表作《季候》：

> 初见你时你给我你的心，
> 里面是一个春天的早晨。
>
> 再见你时你给我你的话，
> 说不出的是炽烈的火夏。
>
> 三次见你你给我你的手，
> 里面藏着个叶落的深秋，
>
> 最后见你是我做的短梦，
> 梦里有你还有一群冬风。

这首诗，不知道献给盛佩玉还是献给项美丽。无论献给谁，都在预言一个悲伤的结局——短梦与冬风。

"关键是我自己。"多年前姑母来盛家提亲，盛佩玉劝导家人时说的这句话，像已经预言了未来。

7

一九三七年八月十三日，上海进入关键时刻——淞沪会战爆发，直到十一月沦陷。

作为《字林西报》记者、《纽约客》专栏作家，项美丽追随中国军队做战地报道。尤其是关于八百壮士的文章，震惊世界。四行仓库的枪炮声，就在项美丽租居的江西路公寓外响彻四天四夜。苏州河北岸像一座剧场内的观众席，站满租界里的欧美人士和华人，观看，鼓掌，跺脚。对岸，英雄们在演出一部壮烈悲剧。吴淞口外停泊的日本航空母舰，轰炸机一架一架起飞，轰炸公共租界以外的上海城区。商务印书馆焚毁于大火，纸张残片在苏州河上随风高扬，像黑色鸟群……

八月十三日当天，邵洵美一家七口带了少许衣物，从已经成为日占区的杨树浦，逃入项美丽租居的霞飞路某一弄堂，避难。其余财产、古籍和印刷厂机器，岌岌可危。如果被日本人作为中国人财产而没收，可就要了邵洵美的命。怎么办？

与盛佩玉同岁的项美丽，像邵洵美的另一个姐姐，站出来："我去。咱们签一个假协议：你早已经把印刷厂和财物都卖给我了——我是美国人。我回自己的工厂去搬运。"

一对男女的恋情进入高潮，在城阙倾颓覆灭之际——倾城之恋。

项美丽通过美国领事馆拿到一张通行证。租三辆卡车，车顶各插一面星条旗，雇十几个俄国人作为搬运工。一天之内，项美丽坐在驾驶室内，率领这一车队，先后五次越过外白渡桥搬运财物。其中一车古籍，被一个大约热爱读书的日本兵盯上，试图拦下。幸亏有项美丽所请的英国巡捕出面呵斥，化险为夷。

那一天，邵洵美和盛佩玉站在霞飞路弄堂口，等着、盼着，看项美丽一次次归来。一种前所未有的感情——患难与共的亲情，在三个人心中滋生壮大。

时代印刷厂在徐家汇新址再度开动机器，印制《良友画报》《中华画报》。邵洵美重启工作。家人生计暂时无虞。分别租居于霞飞路一弄堂内两处公寓，这让项美丽和邵家来往更加频繁。她感到自己被盛佩玉接纳了。两个女子同乘邵洵美的轿车掠过街头，成为小报追踪报道的热点新闻。"密尔斯先生"去世，她俩一同把它安葬在小花园一角。项美丽被邵洵美的孩子呼为"蜜姬姨"。抱最小的孩子去看电影，孩子在怀里撒了一泡尿，她开心大笑……

某天，邵洵美与项美丽之间的对手戏出现以下台词——

邵洵美："我想和你结婚，娶你——佩玉同意。她为你准备好了一个手镯，这是中国的礼仪。"

项美丽："为什么？现在这样不是很好吗？"

邵洵美："我、佩玉都想和你永远成为一家人。中国话叫作'天长地久'。"

项美丽："中国话里还有一个'妾'字。我可不愿意成为这个字。"

邵洵美："你知道我有两个名字，还有一个名字'邵云龙'。我过继给伯父，所以有两个父亲。也就是说，有两个我，我可以有两个妻子，为两个家庭接续香火。你成为我的妻，和佩玉一样，不是妾。而且，我们结婚，你将来就能与我一起埋在余姚老家祖坟里了。"

多年后的回忆录中，项美丽写道，邵洵美关于入祖坟的话，荒诞而又震撼人心。

在纷乱年代，在沦陷中的上海，项美丽时常害怕孤单单死去，突然丧失了少女时代独自游荡非洲的那种勇敢。其原因，她明白，就是爱上了这一个欧化的中国男子。于是，有了一纸婚书和余姚祭拜祖坟之行。这些情节，都是盛佩玉在构思、策划、推动。她用自我的宽阔，回报、安慰一个异国女子。

领到婚书那一晚，项美丽想起在都城饭店里学会的那一个词："这才真正算是'花好月圆了'吧？"邵洵美笑了，点点头，过一会儿，幽幽叹一口气："你永远是自由的。"项美丽眼神一暗，沉默了。这句话，是为两个人减去各自的重负？"两个妻子"，在这个中国丈夫心中的排列序位，有前后、主次之分。两个姐姐般的妻子，有力量让天空同时涌现两个满月？或许，其中一个月亮，仅仅是水上、镜子里、江西路十字街头的幻象——

如果项美丽的确这样想，内心会有怎样的悲伤？我不知道。

月亮与花朵无穷已，天下疑难陈旧不息。需要"西江月""蝶恋花"这两个适宜表达爱恋与失意等情感的词牌，让一代代悲伤者填词抒情。难以写出新意。苏东坡早已在黄州写下《西江月》："世事一场大梦,人生几度秋凉?夜来风叶已鸣廊,看取眉头鬓上……"在密州写下《蝶恋花》:"花褪残红青杏小。燕子飞时,绿水人家绕。枝上柳绵吹又少,天涯何处无芳草……"

月下西江,是自西而东的长江。蝴蝶恋花,不管那花朵是罂粟还是茶花。

邵洵美给项美丽讲过苏东坡其人其事。一九四三年从香港回到美国后,项美丽给女儿卡罗拉写了两本童书,一本是《中国ABC》,一本是《中国故事绘本》,出版后成为畅销书。其中,描叙了唐诗、宋词、苏东坡。正是这些辞章与人,造就了一个中国丈夫,促成一个美国女子的命运。

在先后写下的五十余部著作中,项美丽有十余部写到邵洵美或其化身——在笔下,在纸上,一次次回到上海,回到旧爱前欢的酒味、大烟气息和满城梅雨。

8

一九三八年五月二十五日,沿九江、南昌、金华、温州……这样一条航线,英国诗人奥登,乘一艘意大利轮船进入上海。像三年前的项美丽那样,他用一双高度近视的眼睛,在甲板上,眺望渐渐放大的上海。

"孤岛"时期的阴郁云朵,压低了名闻世界的外滩建筑天际线。

奥登和作家衣修伍德,受伦敦菲伯出版社和纽约兰登书屋的委托,在三月来到中国采访抗战,准备写一本书,关于"我们眼中的战争"。

第一站是汉口。国民政府此时自南京西迁,"汉口隐藏着所有线索,能使一个捕捉到它们的人,看见五十年后的中国。"奥登如是说。他们用将近三个月时间,去战场、城乡采访。与宋美龄喝下午茶,聊天,恰好蒋中正回家,奥登为他们夫妻拍合影。宋美龄很美地盯着镜头,蒋中正皱着眉头侧望左前方。在史沫特莱引荐下,访问八路军驻汉办事处。在记者招待会上,巧遇正在拍摄纪录片《四万万人民》的摄影师伊文思、卡帕。参加汉口文艺界人士欢迎英国友人茶话会,冯玉祥以诗人身份提议:"你们可以去上海,那里也在抗战,一种隐蔽的抗战。"

于是,有了第二站上海。自五月二十五日开始,到六月十二日,奥登和衣修伍德开始观察"一种隐蔽的抗战"。

汉口路上夜总会里的水兵、爵士乐、贴面舞,霞飞路上的花园酒会、诗歌朗诵会,福州路上的灯笼、妓女、鸦片馆,虹口一带日军占领区里的和服、木屐、东京小调,街头巷尾的乞丐、死尸、难民救助营……作为"孤岛"的租界生活,是一个异数,与伦敦、巴黎一样歌舞升平、醉生梦死,令奥登惊愕。但四周,苦难与厄运正如大海般澎湃而至,终将淹没这一切——

"旧日生活的计时器依然嘀嗒作响,却注定了将要止步,就像丢弃在沙漠里的一块表。"奥登,以诗人的敏感,听见上海倒计时的嘀嗒作响。存在"一种隐蔽的抗战",给上海这一块表拨正时针、上紧发条,与黑暗战场上的死难者一同破晓?

"存在着。我们在努力着,创造黎明。"在英国总领事的宅第内,邵洵美同样用诗人的语调,回答奥登的疑虑,并用以下事例支持自己的结论——

四行仓库八百壮士自一九三七年上海沦陷撤入租界孤军营后，拒绝投降，终日练兵，以待重回战场；抗日地下组织乃至杜月笙江湖势力，在租界内采购大量药物等违禁品，运往国内各个战场；项美丽屡屡收留来自延安、重庆的特工，租屋内的天花板上藏着发报机，不断搬家以躲避追捕；包括邵洵美在内的文化人结成同盟，以租界为掩护，出版抗战刊物和书籍，被查禁销毁后再更名出版；被日伪机关列入黑名单，邵洵美不得不买了一把手枪以防身，短期逃离上海避难时，项美丽、盛佩玉继续支撑所办刊物运作下去；郑振铎等人组成的"文献保存同志会"，正为国家秘密收购古籍经典，与日伪机构争夺民族文化遗存；上海电通影片公司拍摄抗日题材故事片《风云儿女》，田汉作词、聂耳作曲的主题歌《义勇军进行曲》举国传唱……

奥登戴着破鸭舌帽、披大衣、穿拖鞋，用模糊的目光，聚焦于这个穿着暗花丝绸长袍，将公子哥儿、情种、诗人、战士等气质融为一体的中国人身上："我明白了上海的意义，对于抗战，对于未来中国，至关重要。但来到中国几个月，我没有读到一首抗日诗。诗人们哪里去了？"

邵洵美愣了一下，看了一眼身旁的项美丽，笑答："有！怎么没有？我就知道一首抗日诗。"奥登精神一振，拿出笔记："怎么写的，请讲——"邵洵美做出努力回忆的样子："抱歉，我一下子背不出来。记得其中一句……'敌人钻进了一个空城像口新棺材'——我明天把这首诗的完整版带来！"奥登举起酒杯："邵先生，我等待这首诗！"

回到家，邵洵美抽上大烟。盛佩玉很无奈。他解释："就抽这一次，让烟雾赐予我灵感。"他开始"回忆"这一首本来不存在的《游击歌》，用英文在纸上写下来，在第二天交给奥登。又一鼓作气，写下这首诗的中文版——

时季一变阵图改，
军装全换老布衫；
让他们空放炮弹空欢喜，
钻进了一个空城像口新棺材。

英雄好汉拿出手段来，
冤家当作爷看待，
他要酒来我给他大花雕；
他要菜来我给他虾仁炒蛋。

一贪快活就怕死，
长官命令不肯依；
看他们你推我让上前线，
一把眼泪，一把鼻涕。

熟门熟路割青草，
看见一个斩一刀；
我们走一步矮子要跳两跳，
四处埋伏不要想逃……

奥登和衣修伍德回到英国后，接受BBC电台采访，朗诵了上述那一首赞美游击战、"在中国广泛传诵"的抗日诗篇，并说明："这是由中国诗人邵洵美先生翻译为英文的。"汉口、上海之行，改变了奥登的诗风，像奥登之行改变了邵洵美的阴柔诗风一样。难以想象，一九三八年的《游击歌》，与《季候》作者是同一个诗人。

我读过邵洵美在抗战全面爆发前写作出版的畅销书《小姐须知》。这本女性生活指南，警句妙语迭出，充满一个花花公子和才子的诚意与深意："假使你喜欢嫁一个有钱人，那么你就得先学会用钱的方法。""男人在你面前表示富有，他是预备着用金钱来买你的灵魂与身体。""留神男子的手在你身上的轨道，他一定会在许多站头停住。""切勿提起关于你身世的话，这会使你失掉小姐应有的骄矜。""你爱音乐吗？留神吹箫与吹喇叭的男子。"……

如果处于当下世俗生活，邵洵美必如鱼得水、从者云集，但他远在一九三七年前后、奥登前后。那一个广大、沉痛的时代，要求邵洵美焕然一新，像蝉蜕、蝶变、鹰换喙。

在上海，奥登就开始构思、写作著名组诗《在战时》，其中有以下名句：

今夜在中国让我来追念一个人，

他经过十年的沉默，工作而等待，
直到在缪佐显出了全部的魄力，

一举而让什么都有了个交代：

　　奥登诗中追念的那"一个人"，指的是孤独、隐忍、在缪佐古堡终于写出杰作《杜伊诺哀歌》的奥地利诗人里尔克。奥登把中国看成诗人里尔克，一个"十年的沉默，工作而等待""一举而让什么都有了个交代"的伟大者。里尔克诗歌的翻译者之一、诗人冯至，读到这首诗，深感振奋，在一九四三年写出《工作而等待》一文，说："如果我们不对于中国断念……正是这些不顾时代的艰虞，在幽暗处努力的人。"

　　一九四五年八月，光复，中国"一举而让什么都有了个交代"。

9

　　邵洵美、项美丽也从组诗《在战时》中认出自己——工作而等待。这一对情人或者说夫妻，同样不顾时代的艰虞，在幽暗处努力。

　　这组诗的最早翻译者是邵洵美，发表在一九三八年秋创刊、由项美丽任主编以便得到租界庇护的抗日杂志《自由谭》上。当然，《在战时》的更好译本，出自卞之琳后来的手笔。同一期《自由谭》，还发表了邵洵美的诗《游击歌》。出版七期之后，由于日本方面干预，杂志遭查封停刊。同时停刊的还有《自由谭》的姐妹版，《公正评论》(*Candid Comment*)。邵洵美遭日伪机关追踪。成为汉奸的五弟邵式军，捎来五千大洋并劝邵洵美附逆，遭痛斥，二人断绝兄弟关系。

　　《自由谭》创刊号封面，有一头戴斗笠的男子怀抱瘦骨嶙峋的孩子，一女子在蒙面哭泣，背景是一架投弹中的轰炸机。"自由谭"三字，沉雄磅礴，集自颜真卿的碑帖《麻姑仙坛记》。刊中，发表了叶浅予、梁白波、张乐平、陶谋基等画家的抗战漫画。编者按语显然出自邵洵美："先前大人先生们认为浪漫、无聊、横冲直撞、惹是生非的漫画家们，现在却如此地在努力迈步！"像是在自我宣示——

先前大人先生们认为浪漫、无聊、横冲直撞、惹是生非的邵洵美，现在却如此地在努力迈步！

恰恰在奥登来上海采访的时候，毛泽东的《论持久战》发表了。项美丽与来自延安的杨刚，联手将其翻译为英文，邵洵美负责润色——其英文写作水平比项美丽还好。首发于 Candid Comment 之后，单行本、英文版《论持久战》也由邵洵美出版。毛泽东很高兴，在《论持久战》序言中称赞"上海的朋友"。邵洵美驾驶自己那辆棕色纳什轿车，腰里披着手枪，把五百本《论持久战》塞进租界的一个个信箱，包括工部局、汉弥尔登大楼等建筑物和公寓的门缝内……

一个宣称"万事与我无关""厌倦政治"的人，终究还是投入与政治有关的万事万物之中。

邵洵美甚至写信给政府里的高官朋友，要求去前线，"恨不得驾驶飞机，连人带马投入日军中去"。久等没有回音。他明白，自己的"飞机"与"马"，只能是杂志、书籍，但同样可以"投入日军中去"。

一九五八年，邵洵美因给远在美国的项美丽写信求助，被定罪，投入提篮桥监狱。一个长宽各六尺的小号牢房，关着七个人。狱友之一，是因胡风事件而受牵连的复旦大学教授贾植芳。马桶在墙角发泄着臭气、愤懑之气。囚室阴暗，邵洵美或许时而想起自己当年营救无果、被关押在这里的丁玲丈夫诗人胡也频？

与贾植芳聊天，尚能安慰一颗孤单的心。邵洵美哮喘着说，出版英文版《论持久战》、创办《自由谭》，让他觉得自己像战士了，不再是鲁迅先生所厌倦的花花公子。五十年代的高中语文教材，有鲁迅杂文《拿来主义》。其中一句："因为祖上的阴功（姑且让我这么说说罢），得了一所大宅子，且不问他是骗来的，抢来的，或合法继承的，或是做了女婿换来的。"课文后附注："这里讽刺的是富家翁的女婿而炫耀于人的邵洵美之流。"全中国背书包的孩子，都知道了邵洵美，一个被鲁迅讽刺的上海人。其处境与心境，可想而知。邵洵美怀疑自己无法活着走出监狱，只能对贾植芳唠唠叨叨，期望通过他将来向公众说明——

"我不是靠结婚发财的人，盛宣怀也是我的祖辈。我也不是靠出版、印刷谋名谋利的人——我也是革命者。鲁迅如果再多活两年，就知道我也在抗战，随时可能死在日本人手里。一九四九年胡适劝我去台湾，我没去。我厌倦国民党。我是毛主席所说的'上海的朋友'啊。我入狱，可能也与鲁迅文章有关吧。那封给项美丽求助的信，不知道她收到没有……"

一个祥林嫂般唠唠叨叨的落难公子，四肢着地擦洗地板。围观的人称他为"老拖拉机"，他也很开心，笑声、哮喘声不息，的确像拖拉机声。这台"老拖拉机"，让贾植芳很难过。一个被赞赏为"玉树临风"的人，"风"，很重要——必须是站在四月春风里，才仪态美好。倘北风凛冽，这玉树也会成为萧索枯木。多年后，贾植芳在文章中为邵洵美作辩护，兑现承诺。

项美丽在美国没有收到邵洵美的求助信。那封信甚至没有越出上海，就拆开在位于江西路圆形广场旁边的上海市公安局。那里，曾经是公共租界巡捕房。建筑似乎也有基因，可以遗传给后世功能大致相似的机构，像江西路上民国时代的金城银行成为目前的交通银行，中央救火会成为当下的消防局。新西兰共产主义者路易·艾黎，曾任职于救火会，带奥登深入上海底层，采访手指感染破烂的纱厂女工、铅中毒的童工、饥寒的难民。

在一九五八年寄往纽约的信中，邵洵美希望项美丽能汇来一点生活费。由于鲁迅的那一篇文章，新中国没有一个机构愿意接纳他。幸而有人民文学出版社约稿，他埋头翻译拜伦、雪莱、泰戈尔等人的文学名著。译笔熨帖，才气纵横。版税寥寥，难以维持生计。但邵洵美保持了旧贵族调子：没有发胶，就用刨花浸泡过的水来梳理，保持头型清爽；没有咖啡馆和咖啡机，就用勺子把家中残存的几粒咖啡豆细细研磨；皮鞋即便破了，还是要用鞋油细腻抚慰擦亮，再起身去参加街道居委会召集的批斗会，深刻检讨与一个美帝女子的非正常关系……

《游击歌》中的"大花雕""虾仁炒蛋"，大约也是邵洵美喜爱的食品，但早已从这个"资产阶级分子"的生活中消失，甚至靠卖大衣、卖旧家具，换一点食物果腹。

一九六二年四月，出狱，那一天，是三轮车夫把病重的邵洵美背进家门。

临终前的一张照片里，邵洵美穿一身中山装，与三十年代穿一件长衫同样妥帖。坐在沙发上，满头白发，腰杆笔直。眼神无辜、安静，像终生没有长大的少年。

10

姐姐、情人、美国妻子项美丽，从邵洵美的生活中渐次消失，始于一九三九年。

为写作传记《宋氏三姐妹》，项美丽由邵洵美陪同，在这一年去香港采访宋霭龄。宋霭龄曾是盛家英文教师，与邵洵美、盛佩玉相熟。项美丽用一年多时间数次往返香港、重庆，采访宋氏三姐妹，写作这部后来轰动世界的传记。每次自香港乘飞机，随身携带行李重量受管制。像其他旅客，她提前穿上一层层新买来的衬衫、棉袄、大衣、长裤、棉裤、围巾，丰满、隆重而艰难地到达重庆，将这些衣物捎给朋友——由于反复被日本人轰炸，陪都物资极度匮乏。

追随宋氏三姐妹脚步，项美丽在客厅、废墟、战场之间奔波，疲倦、憔悴、孤单。她给远在上海的邵洵美写信，希望这一个中国丈夫能去重庆安慰自己。那一纸婚书，邵洵美偶尔也会掏出来看看，苦笑着，再小心翼翼折好装进口袋。此一时期，邵洵美在上海多方搜集宋家史料，翻译成英文后寄项美丽，为其提供写作素材。他拒绝去重庆与这一个妻子相会："费用太贵了，而且，我若去重庆，日本人会找佩玉和孩子们的麻烦。"项美丽意识到，"上海之爱"这一话剧，在缓缓落幕。

一九三九年去香港前，项美丽开始戒大烟，并劝邵洵美也戒掉这一习惯："瞧瞧你和我左手食指上的烟渍……"邵洵美有些不安了。项美丽爱他、爱上海的原因之一，是因为这座城市存在罂粟和幻象。那烟渍，像情侣共同的私密文身，像定情戒指。他给项美丽解释："我没有大烟瘾，消磨无聊而已啊。"他知道：项美丽能戒掉大烟，也就能戒掉邵洵美和上海。一场倾城之恋，对白和情节已经不多。她自身也在一点一点离开项美丽，返回艾米丽·哈恩。

邵洵美举办了一个"离开与返回"小仪式：在霞飞路某咖啡馆，两人共享一个花篮形状的巧克力栗子蛋糕。巧克力的苦涩，栗子的甜美，像一个注解。窗外，一群俄罗斯侨民拉动手风琴歌唱着走过："田野静悄悄，四周没有声响，只有忧郁的歌声，在远处荡漾。心爱的姑娘，我是多么不幸，痛苦又悲伤……"

一九四一年十二月，香港沦陷。日本人声称"亚洲是亚洲人的"，开始驱除、拘捕英美人士。正是因为出示了那一纸与邵洵美的婚书，艾米丽·哈恩幸免于与当时的情人、英军少校鲍克瑟一同被关进集中营。在距离集中营一英里的地方，租房住下来。邻居逃难后废弃的花园，野草疯长，破水管汩汩流淌，像喋喋不休倾诉乱世之情。街道沉寂，店铺关闭大半。揣着邵洵美邮寄来的一笔钱，她买奶粉、糖，给自己与英军少校共同的女儿卡罗拉过第一个生日……

"我不知道你是否知道我欠你多少。我以你妻子的身份，拿到日本人发的中国护照。这两年时间里，我是邵夫人，一个出生于美国的中国人。我确信，即使不是我的，至少你拯救了卡罗拉的生命。"艾米丽·哈恩一九四三年被日本占领军遣返美国后，在写给邵洵美的信中说了这些话。

"我确信，即使不是我的，至少……"这句话中，有多少哽咽、心痛、牵念、无奈、伤怀、慰藉，混融其间？

一九九七年二月，艾米丽·哈恩在纽约去世，九十二岁，遗物中有一个钱包装着邵洵美小照片。

此前，一九八九年九月，盛佩玉在南京去世，八十四岁，临终念叨的是"洵美……合墓……"项美丽自美国来信致哀。

此前，一九六八年五月，邵洵美在上海去世，六十二岁。项美丽在十年后才得知这一消息。

同眠余姚一梦空。

11

另一日早晨，我从邵洵美家所在的霞飞路即淮海路某弄堂出发，乘四十九路公交车，至江西路圣三一堂站下来，再次走到都城饭店前圆形广场。像一缕心事重重的阴云，掠过月亮？

换一条路线走到这里，像不按照页码顺序，随意翻一本爱情小说——有若干关键词矗立街头，就行了。其间的联结、转折、伏笔，由一个游荡者、阅读者，随意建立自己的逻辑和语调，有歧义，也就有可能涌现新意。

淮海路上，邵洵美所居弄堂的大门紧闭。新时代门卫紧盯着探头探脑的我。项美丽在一九三七年八月十三日率领车队进进出出的这扇大门，有镂空的铁质图案，可供窥视。这一弄堂后门就是武康路，离巴金花园很近。电影演员周璇一九五七年病逝以前，居住于附近小街。巴金、周璇、邵洵美们一抬头，就能看见武康大楼——那是匈牙利建筑设计师邬达克的作品，一座轮船形状的建筑物在时间里航行，原名"诺曼底公寓"，一九二四年建成，历史保护建筑。它居于五条道路交会处，像一个乱箭穿心、六神无主之人。

弄堂内散布数座公寓楼，不知道哪一座住过邵洵美，哪一座住过项美丽。在晚年，邵洵美或许时常走到项美丽的那扇门前站一会儿？门内的新人不知不觉，演绎自己的故事。他或许也乘着四十九路公交车，穿街过巷，在圣三一堂站下来，沿江西路走到都城饭店前的圆形广场，像彩云追月。一个花花公子，的确像彩色云朵。风吹云散天下定。

当然，邵洵美没有勇气再走进六十年代更名为"新城饭店"的这座大楼——一个民国爱情小说的开篇，似是而非。

围成这一圆形广场的其他三座建筑，同样似是而非。工部局大楼，先后成为汪伪时期上海市政府、光复后的民国上海市政府、一九四九年后的上海市人民政府。工部局乐队音乐厅后来成为市政府礼堂，接待过众多国内外领导人。目前正进行施工改造，未来功能不明。建设大厦，有众多公司租居其中。汉弥尔登大楼，更名为"福州大楼"，外观与都城饭店或者说新城饭店，构成一一对应的镜像关系，像温庭筠诗句所言："照花前后镜，花面交相映。"两者同样在第八层开始层层收缩至第十四层，像两座尖顶纪念碑矗立起来，纪念上海一百年来的云雨雷电、风花雪月。

我走进汉弥尔登大楼或曰福州大楼。

手持一九四七年的汉弥尔登大楼租户名单：可口可乐公司、韩国美军驻华总署、美国大使馆、美国新闻处上海分处、华孚实业公司、美国船舶管理局、新华航务局、合众公司、中国建设实业公司、美国雷诺金属公司、福特汽车公司、阿乐满律师、中央电影服务处、中国电影厂办事处、中国进出口贸易协会、中国麻业公司、中美日报、富中饮料制品公司、中国粮食工业公司、太平洋颜料制造厂……

当下，这座大楼的五楼依然为公寓。公寓里的人，早年是欧美侨民、买办、文人，后来是南下干部、政府职员、劳动模范。目前居民的身份构成，我不知道。其他楼层充满各种公司、协会、民宿的招牌。《大众电影》杂志在一九五〇年创刊于此，后迁址北京，我也就没能在楼内遇到耀眼的明星。沪剧、昆曲和苏州评弹声，偶尔从打开的门扉里传来。

一座大楼，就是一部小版本的政治史、经济史、文化史、社会史。

电梯像一枚书签，夹在大楼中间。但只能上升到第八楼。出电梯，沿盘旋如葡萄藤状的小楼梯可达九楼以上。我沿小楼梯盘旋而起。透窗俯瞰八楼大平台，一老人正在清理一排鸽子笼。鸽子纷飞，浦江闪烁。两头大犬窜动于老人周围。大平台靠近福州路的边缘处，有摄影师在为一艳丽模特拍照，背景恰好是对面都城饭店或曰新城饭店的八楼大平台——邵洵美应该浮现在那里，为项美丽拍照，与此一平台上的新时代男女，构成一种对称、回声？

此楼彼楼之间，福州路像两面绝壁之间深刻的峡谷，人流车流如水流。

福州路上曾有"新月书店"，由"新月派"同仁合资共创。胡适、徐志摩、叶公超、潘光旦、林语堂、曹聚仁、沈从文、闻一多、夏衍、邵洵美们，站在新月的立场上，质疑满月，热爱未知、新生和无限的可能性。一九三一年十一月十九日，三十四岁的徐志摩，因飞机失事而加入济南上空晚风，成为一弯新月，让陆小曼、林徽因仰望复痛楚。

郁达夫与王映霞热恋、结婚、离婚，在一九四五年被日本宪兵杀害于苏门答腊，终年四十九岁，同样不是一轮满月。

爱因斯坦谈量子力学时，说过一句抒情的话："你是否相信，月亮只有在看着它的时候才真正存在？"从邵洵美、项美丽，到我，一代又一代人来看江西路上这一圆形广场，它才真正存在？

对于项美丽或者说艾米丽·哈恩的中途离去，邵洵美最初大约也抱着审美的、抒情的、新月的态度来看待——那未完成、不完整、幻象般的一切，才值得眷恋、追忆、咏叹。就像苏州河附近项美丽公寓天花板上绘出的那一弯新月，早已预言两个人的爱情和命运。但在过早到来的晚年里，邵洵美却听不得家人、邻居口中或广播里出现"宋庆龄"三个字，因为这三个字联系着《宋氏三姐妹》，联系着项美丽，联系着早年的一切一切。旧时光猝然而至，让他泪流满面。

所谓爱，就是无须再爱了；所谓不再爱，那爱意，反而崭新如初……

我换走另一侧楼梯，自汉弥尔登大楼或曰福州大楼盘旋而下。时而止步，透窗俯瞰街心，四座建筑物相呼相应而成的那一圆形广场，的确像被江西路、福州路分解为一弯又一弯新月——对于圆满，始终抱持以期待、以绝望。

1

一条著名的书店街。上海书城、上海外文书店、古籍书店、大众书局……在福州路比邻而居。

二十世纪初期，这条路名为"四马路"，与大马路即南京路平行，垂直于黄浦江，以青楼逶迤、红粉云集、才子出没，名噪江南。中华书局、世界书局、商务印书馆等出版社，《申报》《时报》《新闻报》等报社林立——树林般密集耸立。最初的印刷机从国外进口，在十六铺码头上岸，靠一群公牛努力拉进福州路或曰四马路，引来市民围观，是《点石斋画报》中描绘过的景象。

三十年代文化出版业繁盛期，全国百分之九十的书刊在这条道路周边生产。一万多名才子出没其间，依靠稿费就能有快意畅适的生活，比如，可以在附近青楼里有固定的桌子来写字、喝茶、调情。

陈独秀在此创办《新青年》。四马路上的新语言、新思想、新冲动，四匹马也难以追步。

李欧梵在《上海摩登》一书中写道：

晚清的通俗小说，只要牵涉到维新和现代的问题，几乎每本小说的背景中都有上海。而上海的所谓时空性就是四马路，书院加妓院，大部分鸳鸯蝴蝶派小说的故事都发生在四马路，因为当时生活在上海的作家大都住在那里，晚睡迟起，下午会友，晚饭叫局，抽鸦片，在报馆里写文章，这是他们的典型生活。

写到这里、读到这里，李欧梵和我，大概都觉得自己出生得迟缓了一些吧。

2

"欲兴商业，效管仲之设女闾也"，太平天国覆灭后，时任两江总督的曾国藩，思考如何恢复江南生机，提出以上观点及相关措施。

至民国初期，上海纺织业、航运业、金融业、文化业等业态繁荣昌盛，使城市规模迅速扩张，移民占据总人口的百分之八十。女性从事的职业，除了做纺织工、女佣、艺人之外，还有一条以色事人之老路。

一九一五年上海公共租界工部局调查资料记载，四马路有妓院九百零三家，"长三"一千二百九十九人，"幺二"五百零五人，"野鸡"四千七百二十七人，"花烟间"一千零五十人，规模何其浩大。

称呼不一，身份、姿态、价值就差异巨大：被马车拉走（到西郊一带的别墅欢度周末），轿子抬走（去石库门深处的阁楼里呻吟喘息），佣人扛在肩膀上走（初次接客的处女——佣人的肩膀上扛着一个女子的初夜），在路边徘徊等待、观察、游走（最低贱的女子，老，丑）……走向一张床榻的方式不同，报酬迥异。四马路上的嚣张春色，与元代朱庭玉笔下"鬐松鬌发，束减腰围。见人羞，惊人问，怕人知"的良家少女态度，反差强烈。

久安里，清和里，尚仁里，日新里，同庆里，西安坊，普庆里，会乐里……四马路周围石库门弄堂内，莺颠燕狂，娇喘连连如春雷隐隐。尤其是万盏灯的夜晚，笙歌鼎沸，诱惑浪子才子流连不返。妓女们的花名类似笔名和艺名，在橱窗里、灯笼上、晚报广告版里竞相闪耀。最显著的花名是"林黛玉"，四马路头牌名妓，妓女选美获奖的"四大金刚"之一。这个原名梅逢春的女子，患过梅毒，眉毛脱落，就自创一种"大关刀眉"，在妓女行乃至普通女性中风行一时。

四马路上怀抱春色的女子们，是晚清、民国时代上海风尚的引领者，其着装、发型、化妆、吟诵，影响一座城市乃至一个国度的审美。五四运动前后，一些妓女因为不熟悉"爱国""同胞""民主"等新名词，与客人缺少思想沟通能力，以致门庭冷落。在上海寻花问柳的男人，须能听懂并说苏白，即苏州白话、苏州评弹念白的话，否则无法体会那些女子言情叙事中的幽妙。"寻花问柳"一词，本就源于苏州的花街巷、柳街巷这两条烟花巷陌，明代大学士王鏊修的《姑苏志》对此有记载。

四马路上出没的才子、作家，苏白应该都说得很好。甚至北方背景的官员，苏白也要略知一二，否则如何与这些女子谈情说爱？

一九〇九年，美国驻上海总领事田夏礼卸任回国，上海道台蔡乃煌在马当路尚贤坊内，设宴饯行。田夏礼等外籍人士，均携带妻女出席。中国当时礼制不允许女眷抛头露面。如何不失礼、不违规？蔡乃煌急中生智，在四马路选择若干面容端庄的女子作陪，场面顿时莺莺燕燕，略胜春色三分。这一场景被记者拍照报道，轰动上海滩。

蔡乃煌系袁世凯心腹爱将，一个能写文章的才子，懂吴语，一九一六年在军阀混战中毙命于广东。

3

在中国民间现代史里，赛金花是一个热点、一条索引。

她本就是苏州女子，姓赵，奶名"彩云"。家族从事典当业，后衰落。十三岁的彩云被哄骗到花船上应酬客人，遇到五十岁的晚清状元洪钧，出嫁为妾，随丈夫出使俄、德、奥、荷诸国。

洪钧病逝，彩云当时只有十八岁，被洪家驱逐，南来上海谋生。在四马路附近买房子，包养两个姑娘月娟、素娟，以色谋财。生意好，客人盈门，应酬不及，彩云自己也挂牌献身，芳名"曹梦兰"，但只在周六、周日出场。后来，爱上一个名叫孙三的男子，随他去天津，继续周旋于政界商界军界，恩客如云。

一九〇〇年，八国联军进北京，天下大乱。金松岑、曾朴合著的谴责小说《孽海花》，所言"赛金花结交瓦德西，金銮殿缠绵无穷尽"之种种情节，无法证实。此时，赛金花已年老色衰，仅靠德语为那些德军下级军官牵线找找女孩子而已。

天下稍定，赛金花又遭一群深感蒙辱的洪钧友辈谴责，逐出北京，重返上海，继续卖笑生涯。所租居的门楣上挂着"京都赛寓"之匾额，以民间传说来广告推销自己。一九三六年病逝。旧照片中的彩云或者说曹梦兰，艳丽异常。"彩云易散琉璃脆"，白居易在唐朝就有这一感叹。

"金针刺破桃花蕊，不敢高声暗锁眉。"古典言情小说常有这一类艳句，去四马路猎艳的男子，背诵给枕边人听。当然，那女子不再羞涩隐忍，而是以虚拟、仿真的喘息声、呻吟声，赢得眷恋照拂——"桃花"因春风含药而绽放，"金针"自然需要金子来支持。

刘半农、齐如山这些民国文人，熟悉赛金花，认为她的德语"稀松得很"。

4

清末民初，上海这一座大城吸引众多外国作家来此游荡、写作。大多坐轮船越过崇明岛、吴淞口，抵达汇山码头，登陆。码头原址，位于提篮桥附近黄浦江拐弯处，今已渺然不可寻觅。

日本作家村松梢风一九二三年第一次来上海，作游记《魔都》，使上海有了一个代称"魔都"。美艳与丑恶、活力与混乱、耽溺与革命，像恶之花，强烈刺激亚洲乃至全世界的感官。像魔术师，上海终究能变幻出怎样一个局面？它袖子里暗藏的道具，除了战火还有酒色、鸦片、货币、歌舞、忍耐、幻象、意志……

横光利一在一九二八年也来了，停留月余，作长篇小说《上海》，行文必然涉及四马路一带：

舞厅的樱花在最后一支爵士乐曲中颤抖起来。转过来转过去的短号和长号,从吹奏乐器的马尼拉人黑皮肤中龇出来的牙齿,舞厅的酒杯中玉液琼浆的波纹,飘落在盆景树木丛中的尘埃,身披人们抛过来的纸条翩翩起舞的舞女……三色聚光灯在腿与脚、肩与腰的旋律中忽明忽灭。耀眼的项链,上仰的朱唇,滑进对方大腿下的大腿。

这些项链、朱唇、大腿,就是四马路高级妓女身体的一部分、资本的一部分,也是上海魔力的一部分。

同年,智利诗人聂鲁达来上海,徘徊、痛惜:"当时中国是一个被残酷地殖民化的地方,是赌棍、鸦片烟鬼、妓院、夜间出没的盗贼、假俄国公爵夫人、海陆强盗等的天堂。"曾朴的长篇小说《孽海花》,由四马路上的真善美书店出版,作者竟署名为"东亚病夫",自哀自嘲复自警?《时报》公布的上海童工调查情况表明,最小的只有六七岁,普遍在十三岁左右。

更早,一九二一年春夏间,二十九岁的日本作家芥川龙之介,在北京、汉口、洛阳、南京等地游历数月后,来上海,印象很差:马路的混乱,车夫的狡黠,旅馆的肮脏,英、法、美、德诸国水兵的醉舞与招摇……所谓"繁华之都",也是"罪恶之城"。"诸如杜甫,诸如岳飞,抑或王阳明、诸葛亮似的人物,则踪影也无。换言之,当代的中国,并非诗文中所描绘的中国,而是猥亵、残酷、贪婪的,小说中所刻画的中国"。他这样游荡着、忧伤着。

这个日本作家赞美与感叹的中国事物，只有两项。

一是戏曲中道具的简明与暗喻。舞台上两把椅子、一张桌子，就能代表山川、海洋、宫殿，甚至"连一根树干也不曾用过"，"意外的美"。

二是四马路一带女子。在名为"小有天"的酒楼里，朋友余先生操持一次饭局——"饭局"一词，最初就是指邀约高级妓女餐聚、调情。后来，"饭局"被坊间普遍使用，忘记其源于上海烟花巷。"在饭酒之间博弈一局棋"的隐喻，中国人都能心领神会。"二桃杀三士""杯酒释兵权""煮酒论英雄"……都是发生在饭局上的故事。那一天，余先生在红洋纸上写下一张邀约妓女陪酒的局票，送出去。不久，就有几个叫"爱春""时鸿""天竺"等艺名的女子，前来陪坐、斟酒、唱《汾河湾》。余先生问芥川龙之介的感受，他回答，她们比日本女子美。美在何处？回答：在耳朵，"日本人自古以来一直把耳朵藏在油光可鉴的鬓发之下，而中国女人的耳朵却总是让春风吹拂着，而且还郑重其事地在耳朵上垂了镶嵌有宝石的耳环之类"。

春风吹拂着耳朵之美，真好。日本没有这样的美，自杀率就很高。芥川龙之介后来也自杀了。

5

平望街与四马路垂直交叉，俗称"报馆街"，后被更名为"山东路"。

这一条街道上生成的著名报纸《申报》，创办者是英国商人安纳斯托·美查。一九一二年由史量才接办，兴建起一座五层大楼，成为一家集编辑、广告、排版、印刷为一体的现代化报馆。从袁世凯到蒋中正，均欲以重金收买、威逼，未遂。史量才坚持抨击时弊，呼吁抗日。一九三四年十一月，被国民党特务暗杀于中国第一条跨省市干线国家公路——沪杭公路。他曾出资参与建设这条公路。富有意味——反动者，试图杀死一条公路、一个国家的现代性。

申报馆旧址，今被改建为咖啡馆。穹顶高远，可以让仰望者瞳仁反映出星辰般的灯火。墙上，贴满世界各地老报刊。服务员身穿背带裤，头戴报童帽。菜单上印着一个手持喇叭呼喊的少年。我也张着嘴巴，没呼喊，静静咀嚼这一咖啡馆的招牌菜——烤茄子比萨。

我上二楼、三楼。没听到鸽子叫。史量才曾把申报馆大楼顶端建成鸽舍，养了五六百只信鸽，让它们在记者和报馆之间传递文稿。一九二〇年，在启明中学读书的杨绛，曾来这里看望当时担任《申报》副总编和主笔的父亲杨荫杭。她听见过这里骤雨般的鸽哨。当时，还不知道无锡城里有一个叫钱锺书的少年，正为未来的相遇在埋头读书。

杨绛的姑姑就是杨荫榆，北京女子师大校长，因开除许广平、刘和珍等学生而被鲁迅痛斥。后居苏州盘门，因谴责日本军人暴行、庇护女生，惨遭杀害。杨荫浏是杨绛的同族长辈，中央音乐学院教授，五十年代在无锡为阿炳的一首二胡曲录音，定名为《二泉映月》。其旋律大致来自风月场中的艳曲小调《知心客》，四马路上徘徊流连的人，一听就明白了。

坐在也许就是杨荫杭的编辑室改成的放映室，我看了电影《早春二月》。清末民初，就是中国的二月——春寒料峭，但夏季的猛烈到来势不可当。

　　一八九六年八月，梁启超在四马路上创办《时务报》。"十日一册，每册三万字，经启超自撰及删改者几万字，其余亦字字经目经心。六月酷暑，洋蜡皆变流质，独居一小楼上，挥汗执笔。""阅报愈多者，其人愈智；报馆愈多者，其国愈强。"梁启超如是说。正是他，创造了一个新词语——"中华民族"。新词语，就是新世界、新时代、新命运。

　　一九〇六年，于右任受孙中山要求，在与四马路相交叉的平望街，创办同盟会报纸《神州日报》，首次采用公元记历，废弃清廷年号。此外出现的报纸，还有《民呼日报》《民吁日报》《民立报》《时事新报》《中外晚报》《中华民报》《民国新闻》《商报》《大共和日报》《天铎报》《太平洋报》《民强报》《晶报》《上海画报》……

　　每天清晨和下午两点，平望街、四马路挤满报贩，等待散发油墨气息的新报纸。他们用自行车、三轮车、汽车甚至肩扛手提，以最快速度将上海的态度和声音，传向全中国乃至全世界。

　　众多报刊集中于四马路周边街区，是为了利用租界内相对宽松的新闻出版政策以立足。租界当局持续受到清廷、北洋政府、日本、汪伪政权、南京政府等各方势力施压，屡屡将激进报刊查封查禁，甚至将出版人逮捕审讯。但四马路、平望街上的现代性声音，不屈不息，为戊戌变法、辛亥革命、五四运动、抗日战争、国共纷争，提供一波又一波思潮、旁白和动力——

　　"瓜分惨祸依眉睫，呼告徒劳费齿牙。祖国陆沉人有责，天涯漂泊我无家。"秋瑾的诗。一九〇七年在上海创办《中国女报》，仅仅出版两期后，她就被清廷逮捕杀害。

鲁迅的短篇小说《药》，一九一九年五月发表于《新青年》杂志。小说中的"夏瑜"，隐喻秋瑾。

梁启超、于右任、史量才、秋瑾、陈独秀、鲁迅们，在上海，在这些街道闪现沉浮，反对人血馒头，用笔墨纸张为重症中国开一方疗疴祛疾的猛药。

6

一九一五年，革命党人、同盟会元老夏之时，像立夏时节的一场热风，出现在四马路上的青楼里，唤醒一个被呼为"小西施"的女子蓦然升温的芳心。

两年前，小西施十三岁初入四马路，拍下一张黑白照片：端坐，两手并拢胸前，没有佩戴任何饰品，面目清新如早晨，让周遭龌龊的眼神感到羞愧。

为给父亲治病，母亲含泪将读私塾的女儿，送入青楼做"清倌人"——卖唱，不卖身。母亲捏着女儿换来的三百大洋，承诺三年后接她回家。三年里，小西施被老鸨精心培养，琴棋书画，无一不精，具备成为四马路头牌女子的潜力和高额回报率。陪酒，陪唱，陪聊天，表情淡然，就愈发冷艳。周围是打情骂俏声、麻将声、琵琶声、更夫梆子声、哭泣声……她将沦陷在这些声音里，无家可归，除非发生奇迹。

用青楼掩饰战场，以身体掩护灵魂，这是革命党人的一贯做法，比如蔡锷与小凤仙。正在躲避袁世凯追捕令的夏之时，与小西施在四马路上相遇，云起巫山。夏之时表态以金钱来赎身，她摇头："我自己想办法走出去。花你的钱走出去，我一辈子心不安。但你要答应我三件事：结婚，不作妾，你也不能再娶妾；带我去日本读书；我和你一起做事业。"眼前这女子，这一个喜欢读书看报的女子，让夏之时的内心震撼如同炮火中的大地。

某夜，小西施用计灌醉守门人，疾步逃出四马路，在约定的一家旅馆里与夏之时相会。一双幼年时拒绝被父母缠裹的大脚，终于回报她一条非凡大路。

次日，十五岁的小西施随同二十八岁的夏之时，在汇山码头坐船去日本。结婚，入东京女子高等师范学校读书，生育。后蒙蔡锷召唤，夏之时返回四川故乡率军征伐，名动天下。小西施成为夏家的特殊成员。从被拒斥，到不相疑。夏之时受挫于军阀内讧，离职隐居，沉迷于鸦片馆、酒肆与欢场，对妻子女儿非打即骂。小西施苦口婆心，无效。要求离婚，不允。主动"净身出户"，不要一分家财，带四个孩子回上海，成为热点新闻震惊巴蜀和沪上，某报纸标题醒目——《娜拉出走上海滩》。

这一年，是一九三〇年。小西施，用典当行里换取的资金，在上海滩创建群益纱管厂。工厂受毁于一九三二年淞沪抗战中的日军轰炸。开设川菜馆"锦江小厨""锦江川菜馆"，率先在中国使用一次性筷子。雇用女服务员，促其经济自立。剽悍川味，吸引杜月笙、黄金荣等大亨名流频频光临。菜馆也成为掩护各党派人员聚议抗日、藏身逃脱之地。她曾带四个女儿去听鲁迅演讲。其中一女儿，后来去苏北参加新四军。与许广平等人创办《上海妇女》杂志。

一九五一年，应国家和上海市要求，小西施在地产大亨沙逊建造的华懋公寓基础上，创办国宾馆"锦江饭店"。这一诞生《中美联合公报》、接待无数政治要人、发生许多事件的饭店，目前已扩张成为著名的锦江集团。锦江小厨、锦江菜馆、锦江饭店，标志图案由小西施亲手设计：一片竹叶。锦江，是夏之时故乡的一条江。与这条江有关的诗很多，比如杜甫："锦江春色来天地，玉垒浮云变古今。"张籍："锦江近西烟水绿，新雨山头荔枝熟。万里桥边多酒家，游人爱向谁家宿。"

小西施就是被周恩来尊称为"董先生"的董竹君。因与政界关系不同寻常，一九六七年到一九七二年，董竹君受政治冲击。一九七九年平反昭雪后，写下四个字："死可瞑目。"晚年，董竹君床头仍然摆着前夫照片：一个骑在马上的英俊革命者。下了马，离开马，这一个人就失魂落魄无光彩。

回想起四马路上的灯火和爱，董竹君大概会伤心之至，像细雨里的早晨。

7

四马路中段，有芥川龙之介进去看京剧的逸夫剧院，原名"天蟾逸夫舞台"，中国南北名伶神往梦萦之地。梅兰芳、周信芳、荀慧生、尚小云等大师，联翩登台，梨园中有"不进天蟾不成名"之说。

我曾进入逸夫剧院，看田汉编剧的越剧《情探》。名妓敫桂英与薄情秀才王魁之间的情感故事，在四马路演出，很合适。"郎君今年二十五，桂英今年二十秋，青春结伴烟波走，学一个范蠡大夫泛扁舟。"敫桂英的咏唱绕梁三日，像四马路上佳人，在对某才子言情表意。

江南一带男女，大抵上是东晋、南宋两次著名南渡者的后代，无论唱词念白还是日常口语，依稀残留中原土语。一个人由绚烂少年、激烈中年，再到逼仄晚年，同样是在历经"南渡"——时间的刀兵步步紧逼，人生失守复偏安。若有一个好怀抱能够收留自我，哪怕一夜一昼，哪怕那收留仅仅体现在舞台上、虚构中，也算不那么凄惨吧。

逸夫剧院对面是三山会馆旧址——福州境内，有于山、闽山、乌石山。三山会馆即福州会馆。宣统元年的福州籍水果商人，或者说古往今来的中国人，一概善于运用"借代"这种修辞，都明白：以景象婉转传达内蕴，最有力动人。福州籍商人在三山会馆每月聚会一次，交流行情，商议救济、婚丧、祭祀等大事。后院中有棺材暂厝，死者在等待回到故乡入土安息，像进入船舱、等待起航。一个人不论在上海如何腾达，终究是异乡客居者、漂泊者。会馆运行至五十年代初，关闭后成为杂货店、水果店。目前正被建筑公司纱网包围再造，不知是什么新面目、新内涵。

当代人已经不需要故乡、乡亲和会馆？在繁嚣上海，一个人不论拒绝孤独或者爱孤独，都只能与自我争辩、和解，相依为命。

四马路周边弄堂深处阁楼密集，屋顶开设天窗，称为"三层阁""老虎窗"。没有在三层阁上老虎窗下居住过的人，不是真正的上海人。一直住在老虎窗下三层阁里的人，像笼中虎，望青山万重不可奔赴，也就枉为上海人了。田汉、沈从文、胡也频、丁玲、汪曾祺等著名民国青年，都曾租居于这样的阁楼，写稿子，喝黄酒，咏叹南宋诗人陈与义名句以抒情："闲登小阁看新晴。古今多少事，渔唱起三更。"马路上的叫卖声、枪声、警笛声，破窗而入，内心一下子紧缩起来。

《申报》旧新闻中发生过枪杀事件的"又日新浴室"，位于四马路旁僻静处，自民国侥幸存续至今，名字改成"又日新桑拿"。早年那些才子写完文稿与妓女温存一番后，大约会进入"又日新浴室"洗涤一番自我，畅快中夹杂羞愧。某日，我路过"又日新桑拿"，有进去探看一番的冲动。门口竖着一块牌子，写有"浴场推油"字样。这是什么油，谁来推，又如何推？我想象着、抵触着，疾步而过。

五十年代初期，旧时代妓女经过培训，更名改姓成为贤妻良母，宜室宜家，隐身于满城灯火。

8

四马路的大名福州路，来历如下：

某外国商人乘货轮在福州上岸，爱上当地一女子，纳为己有。太爱她，就把自己投资置业的上海四马路命名为"福州路"，有情怀，有财力。一个情怀、财力兼备的人，才能在上海留下印迹，成为谈资。这个外国商人不懂苏白，只爱闽南语。

如今，福州路所处地段之深处，有地铁二号线横贯东西，蔓延六十四公里，连接浦东机场、虹桥机场这两大航空港，人流隐秘汹涌，确保大地生机勃发。福州路东端，街道两侧高大建筑对峙而成的空白处，窗口般，吹进外滩和黄浦江上的风、对岸陆家嘴金融区的云朵。风和云朵，启发福州路上新时代的才子：抬起头，看江水携带旧事前情，东流入海不复还。

路两侧书店不再"林立"，至多算是还有那么"几棵树"，招引爱书人"凤还巢"。畅销书，躺在书店进门处醒目的明亮光线里，像旧时代欢场里的畅销女子？哲学美学一类书籍处于偏僻角落，如深山隐者。销售量欠佳的书籍，布置在书柜最高处，目光难以企及，需登梯子访问，像踏着陡峭台阶去访问旧人故交。

曾进入某书店闲翻田汉随笔集，数次看到"芳烈"这一陌生词语。"芬芳的激烈"？"激烈的芬芳"？我不知道是不是田汉创造了这一词语。喜欢。田野上一个埋头劳作的汉子，被夏日、植物、泥土混合而成的芬芳和激烈，浩荡包围。三十年代，田汉在上海生活多年，与郁达夫等友人建立"创造社"。在四马路或者说福州路，逛街、访友、买书、喝茶、听戏、怜红爱紫、恨满西风，回阁楼，写《扬子江的暴风雨》《风云儿女》——中国的芬芳和激烈，满纸汹涌。

我目前的个人生活，似正处于"芳烈"的反义词——"枯寂"。

湖心亭：
虎眼文与鸭头春
Mid-Lake Pavilion

1

写下"湖心亭"三字，想张岱。

明末张岱，在杭州的一个夜晚，划小舟去西湖中央小岛上的亭子，看雪，遂有传世之作《湖心亭看雪》。那夜晚，极其宁静，"湖中人鸟声俱绝"，两三粒人的出现和痴情，打动一代代后世读者。

我所写的湖心亭，在上海。周围，是城隍庙焚香祈祷的信众，豫园门前两棵巨大的香樟树，得月楼试图获得月色的高高伸向天空的屋檐，老庙黄金店的富丽堂皇，南翔馒头店前漫长排队购买小吃的游客，九曲桥上下曲折腰身走过或流过的女子、水、红鱼……

坐在湖心亭二楼临窗位置，我有了这样的视野。当然，要有一杯茶生发一派清香，才能静心安坐，把目光散漫投放。

与张岱的湖心亭相比，上海这座湖心亭，太热闹，"红杏枝头春意闹"一般热闹——湖心亭如红杏，九曲桥如枝条，城隍庙、豫园地区生意人带来的生机春意，绵延不息：年糕团、蟹壳黄、酒酿圆子、臭豆腐干、烘山芋、热白果、沙角菱、梨青糖、咖啡、牛排……气息复杂，在游人嗅觉里徘徊流连。捏面人的、变戏法的、放西洋镜的、相命的、手机贴膜的、卖花的、倒卖豫园门票的……小生意人，让人间四季生机勃勃。

一九二一年，日本作家芥川龙之介来到城隍庙，看九曲桥下的乌龟。"一个身穿浅葱色棉衣、后脑勺拖一条长辫子的中国人……且说这个中国人正在悠悠然地向池子里撒尿。"芥川龙之介紧盯这个中国人，很惆怅。"湖心亭毕竟是湖心亭，而小便总归是小便。"他在《上海游记》中这样写，意绪难平。

当下，湖心亭周围，偶尔闪现留长辫子的中国男人，是艺术家、理发师。湖心亭依然是湖心亭，小便仅仅在洗手间才成为小便。我走过，依旧意绪难平。

2

明嘉靖年间，四川布政使潘允端，为"豫悦老亲"修造豫园、凫佚亭。潘允端大约有凫佚失，怀恋不已。一个容易伤感的人，如何做得了小生意？又如何做不成大生意——唯伤感者，有能力向竞争对手、合作伙伴，动之以情，晓之以理，诱之以利。潘允端深情而睿智。

清乾隆四十九年，即一七八四年，布业商人祝韫辉、张辅臣等人集资，在凫佚亭旧址上建设湖心亭，作为布业行当商人聚会议事之所，类似于当下巨富会所。一八八五年起，这里开设茶楼，上海最早的茶楼。一代代茶客，不论拖辫子或光脑袋，戴着礼帽或鸭舌帽，茶楼上端坐，四周看看，喝茶复闲谈，下楼，消失，像建设湖心亭的那些明代的人、清朝的人，像潘允端的那只凫，各自消失。

豫园、凫佚亭或者说湖心亭的建立，步城隍庙建设之后尘。

永乐年间，上海知县将位于县城中心的霍光（镇守疆土的将军）行祠，改建为城隍庙。霍光依旧坐前殿，城隍秦裕伯（一个被朱元璋请入朝廷做官的文人）坐后殿，一文、一武，卫护这座城市。再加商人色彩浓重的潘允端，文、武、商三种元素杂陈互动，使城隍庙两平方公里左右地域，始终成为上海城区的中心、热点。

一九二四年中秋，秦裕伯神像被市民们抬出城隍庙巡游，为这座城市祈福。刚上大街，城隍庙内火焰冲天。商人失色，一地灰烬。黄金荣、杜月笙等大亨很快筹足银两，在这片宝地耸起钢筋水泥的新城隍庙，彻底与火焰断绝关系。

算盘的力量，胜过上海滩的笔杆和刀枪？

3

豫园，潘允端家白墙青瓦的院墙环绕起来的这一名园，对联纷纭，抄录若干。

万花楼："春风放胆来梳柳，夜雨瞒人去润花。"（春风夜雨像才子、浪荡子，殷勤梳洗柳树们的长发，目的：在夜晚悄然润花。）

得月楼："楼高但任云飞过，池小能将月送来。"（有底气和静气，无视园墙外次第涌现的摩天大厦和破碎天空，执着等待云飞月来——小池塘是莲花涌动的心怀。）

点春堂："遥望楼台斜倚夕阳添暮景，闲谈风月同浮大白趁良辰。"（夕阳暮景，就是大白良辰？适合加速向暮年过渡的人们驻足、深思。）……

最喜欢大戏台两侧石柱上铭刻的对联："天增岁月人增寿，云想衣裳花想容。"昆曲大师俞振飞字迹，不知是否其集联。一俗语，一诗语，恰切和谐，入世又脱尘，像智者高人。

在豫园戏台上，俞振飞演过昆曲代表作《太白醉写》。那个写"云想衣裳花想容"的李白，全剧只一句唱词，俞振飞依旧能把那个微醉、大醉复沉醉的诗人，演得孤蓬高振、片云独飞——振飞一去天地宽。

俞振飞喜爱这个有戏台的明代园林，常来此地游走。豫园，是一方愉快之园、一曲愉快之歌。

南方著名园林都设置有戏台，园林内，诸般景象透迤、断续、空白，契合于戏台上的水袖、身段、曲律，很美好。当代园林大师陈从周说："演《游园》《惊梦》的演员，如果他脑子中有了中国园林的境界，那他的一举一动，便不是无本之木、无源之水了。"俞振飞脑子中浮动一座园林。陈从周应邀去各地建造的园林，均设置或大或小的戏台，像花朵必须含有花蕊。

昆曲常用曲牌有二百多个，如《点绛唇》《步步娇》《皂罗袍》《好姐姐》《懒画眉》等等。如果把豫园比喻成一张脸，这戏台，就是点染绛红的嘴唇。

现在，陈从周、俞振飞皆已离世，像戏台上的人物，退场、卸妆、入睡，不复再登台。

4

一八五三年，小刀会盘踞上海县城已近两年。进入豫园，亢奋难抑。豫园内"点春堂"，就是小刀会起义军指挥部。目前，堂内陈列小刀会的武器、自铸的钱币、发布的文告等物品。那些试图改朝换代的小刀会会员，大多是失业水手——在上海某条弄堂内游荡时，突然被人用麻袋套住身体扔进黄浦江中的轮船，入海，若干年后又被扔回岸上。他们肯定没有心情来湖心亭喝茶。但充满豪情和力比多。

处于上海历史关键章节的湖心亭，做不到"湖中人鸟声俱绝"。工商时代里的我，做不了文人张岱。心跳模仿出算盘珠子拨动声，盘算种种纠缠和纠葛。

试图在上海看雪，只能去看人工制造的室内冰雪，巨阔天花板上的灯火假装太阳。近代以来在政治经济学中非常热闹的上海，冬天无雪。可以在湖心亭看人。我坐在九曲桥这一"枝条"尽头热闹开放的一朵湖心亭，看人，有蜜蜂采蜜之感，眼神含糖量很高，少了在市场、商场上观察竞争对手的冷漠和怯懦。

我喝茶，凝目于老人、青年、少年，重点是少女。少女让人间静美。入暮境，我看待世界的眼光也渐渐少了浑浊和热切，像陶渊明在篱笆上抬头，悠然见南山。身份不明的人们，在湖心亭下闪过，或者在湖对面的城隍庙、豫园掠过，不知自己正被湖心亭里的一个看客猜测来历和去向。撒切尔夫人也曾来了、坐了、喝了，照片高悬亭中。她的姿态肯定没有我自然。政治家在镜头下生活，像演员，湖心亭也是小舞台。

在湖心亭喝茶的普通人，像身处暗室的偷窥者，透窗而望，如同摄影记者把眼睛贴近镜头。一种隔岸观火的安全感、愉悦感、优越感，隐秘滋生，内心像春风中泛起波纹的池塘。每个人都是演员，登台、表演、谢幕。二十世纪七十年代，安东尼奥尼来上海拍摄纪录片《中国》，指导摄影机抓拍湖心亭里的闲人。他不知道，那些矜持、庄重、衣衫整洁的茶客，都是上海市外事机构精心选择的群众演员。

现在，我，也是演员，以自身为主人公的一部冗长大戏，缺乏高潮，尚能绵延。躲进湖心亭走神，不知道明天的台词与配角，不关心后天的冲突与深渊。湖边，那两棵大香樟树上的鸟，端坐于树枝雅座、花朵包厢，观看我，猜度我？

湖面上，随风泛起波纹，像老虎眼睛处的纹理或曰文理。几只头部暗绿的鸭子，自在荡漾。这一切，仿佛在注释刘禹锡诗句：

> 汴水东流虎眼文，清淮晓色鸭头春。
> 君看渡口淘沙处，渡却人间多少人。

我的故乡，恰好是汴水清淮，借刘禹锡句子生发一些没有利润的乡愁。

湖心亭也是渡口，渡无数人越过光阴的激流。

一代又一代游客皆为过客，幸而有祖传的信物安慰人心：虎眼文，鸭头春。

老码头：
沿一道栈桥进入大海

Cool Docks

1

老码头：十六铺轮渡遗址。紧邻豫园地区亦即清代以前的上海县城。

无数人由上海去异乡异国漂泊，起点在这里。杜月笙，浦东高桥镇上的贫寒少年，进入上海滩卖水果而后成为青帮大亨，起点也在这里。一道栈桥，深入黄浦江和大海，像破折号、手指，指出无限往事和未来。

黄浦江曾是苏州河支流，"阔仅一矢之力"（《上海县志》），一支箭就能射中对岸的花木人兽。地理位置决定其重要性——"大海喉吭也"。东海与上海之间的咽喉要道。

元代，上海是中国的棉花种植和制造中心，名扬海内外。十八世纪至十九世纪早期，欧美贵族所穿裤子的布料，就是松江府农民种植棉花、纺成棉线、送到上海染色而成的"南京布"——当时，南京声势和政治力量覆盖松江府、上海县，国外将十六铺码头运出的布料简称为"南京布"。

北方货船逶迤进入黄浦江，须装满上海棉花生长所需要的豆饼，作为肥料，积蓄地力。豆饼体积大、价值小，货船装上高价值、小体积的棉布、丝绸等商品后，还空出一些位置，就需要填充压舱物以免翻船。于是，从黄浦江岸边挖掘出的淤泥和沙子，装入麻袋，乘船北去，移居他乡。黄浦江日益宽阔、深沉，增强了接纳大型船舶的信心和力量。明代以后，黄浦江加剧扩张，像逼宫，最终取代日益逼仄的苏州河，成为主宰万千航船的主航道。

一六八四年，康熙二十三年，开放海禁，翌年上海县城设立"江海关"，"凡远货贸迁者皆由吴淞口进泊黄浦，城东门外，舳舻相衔，帆樯比栉"。一八四三年十一月开埠前后，外滩出现一系列码头：汇山码头、公和祥码头、宝顺码头、大连码头、兴央行码头……客轮、舢板、沙船、军舰，往来如云，为上海滩注入活力、噩梦、幻觉。外国洋行在上海纷纷开办轮船公司，如旗昌轮船公司、太古轮船公司、怡和轮船公司……与中国船户争夺航运财富，"遂使数千只沙船尽行歇业"——恭亲王奕訢在一八六九年的奏折中如此描述。后，李鸿章设立轮船招商局，以应对这一竞争局面。

"十六铺"这一地名，出现于清朝咸丰、同治年间。为防御来自广东的太平军及来自福建的小刀会，清政府将防卫上海县城的责任，分解到城厢内外各个商号，若干商号为一铺，共计十六铺。

一八五五年大年初一，小刀会为了突破清军包围，纵火烧毁占据长达一年的上海县城，两万余华人拥进租界避难。太平军同时自武昌沿长江而下，横扫浙北、苏南，逼近上海，导致江南大批士绅进入租界求生。正是小刀会、太平军的小刀弓箭，打破上海开埠之后"华洋不可杂居"的陈规旧矩，工部局、公董局等租界治理系统开始生成。租界地价迅速上涨，经济繁荣。太平军、小刀会覆灭后，逃进租界避祸的部分华人士绅，或回到江南故乡，或回归上海县城，十六铺恢复生机。"禁止肩舆挑担沿路叫卖"，"禁止卖臭坏鱼肉"，"禁止小车响"，"禁止道旁小便"，"禁止九点后挑粪担"，"禁止施放烟花爆竹"……这些租界条令，曾长期被华人嘲笑、鄙视，随着租界内外融汇杂居，开始影响整个上海的秩序与景观。

某日，我与朋友坐在废弃航运功能的十六铺码头，共进午餐。

黄浦江边通往东海、全世界的一道道栈桥，相继消失。仿佛是一条条宽阔大路，也像是一扇扇逼仄窄门，充满危险、机遇、危机感。还像是一支支毛笔饱蘸江水，捏在老上海手中，算计着、书写着……

食客安静，餐厅宽阔。此处曾是杜月笙的一个巨大仓库，装满鸦片、棉花、粮食、水泥、枪弹等物品。坐于其间，我不知道自己与从前的毒瘾、温暖、力气、建筑、生死，存在什么关联。黄浦江在窗外蜿蜒而过。码头、仓库、船、工人、商人等旧日景象，转换为游客、导游、婚纱摄影师、模特表演、餐厅、酒店等当代景观。

周围，石库门风格的院落里，旅行社三角旗缤纷密集，像云朵，将天空拉低到游客头顶。

2

一盏灯，从屋顶垂落，照耀餐桌上的食品、茶、一本介绍餐厅概况的小册子。

小册子扉页的黑白人物照是杜月笙，旧上海的主人公。美国《生活》杂志摄影师杰克·伯恩斯（Jack Birns）的作品，拍摄于一九四八年。杜月笙此时六十岁，照片中，似乎已涵养出教书先生的雅正中和。

杜月笙一生的梦想，就是把青帮气息掩盖掉，在姿态上，与黄金荣、张啸林这两个大亨拉开距离。我见过"青帮三大亨"黑白合影照，杜月笙与黄金荣、张啸林三人并肩而立。黄金荣、张啸林虎脸熊臂，左手都捏一把扇子，右手叉腰。杜月笙瘦脸长身，两手隐垂于袖管。他喜欢别人称呼自己为"杜先生"而非"杜老板"。

拜章太炎为师后，杜月笙原先挂着的大金项链、钻戒，一概塞进抽屉，耻于碰触。不再戴墨镜，以免个人形象显得阴暗叵测。杜家客厅挂一副对联："友天下士，读古人书。"作文习墨，朝夕不辍。其名最初为"杜月生"，章太炎改"生"为"笙"，境界一新。杜月笙所写信札字迹端肃，小楷，无一丝匪气、霸气、谄媚气。杜月笙要求随从都穿长衫，说书面语。

某日，他对一文人朋友感叹："你原来是一条鲤鱼，修行五百年跳了龙门变成龙。而我呢，原来是泥鳅，先修炼一千年变成鲤鱼，再修炼五百年才跳了龙门。倘若我们俩一起失败，你还是一条鲤鱼，我，可就变成泥鳅啦！你说，我做事情怎么能不谨慎呢？"

八岁成为孤儿，后进入上海滩谋生，形似乞丐，受尽白眼。稍长，随朋友去青岛谋得木器行伙计一职，学会生意经，赢得老板的小姨太芳心，欲私奔，挨了一顿毒打，也坚定了一个底层青年的志气野心。回上海，在十六铺码头卖水果，练出削水果皮的绝技，以聪明、诚实赢得黄金荣妻子阿桂姐的关注。进入位于八仙桥的黄公馆，成为贴身门徒。住灶披间，当杂役，除异己，破疑难。十年后，以黄金荣所赠资产自立门户，渐入佳境，上海滩屡屡回荡杜月笙的低声怒喝："平了他！"

在十六铺码头回首往事，眺望未知，杜月笙始终暗怀乡下人的卑微和不安。

青帮，源于以反清复明为宗旨的民间地下组织——漕帮。以漕运为业的漕帮人士，遍及江南运河。为抵抗清王朝镇压，青帮成员采取师徒制，成员间互不交流，形成一套复杂的暗语、手势、切口等等。清末，革命党人以青帮组织为依托开展活动。辛亥革命后，青帮与拥有广东背景的洪帮会合，从人流、物流、信息流异常密集的十六铺开始，控制上海滩。黄金荣、杜月笙和张啸林广罗门徒，以暴力获暴利，贩毒、开设赌场、贩卖人口、绑票勒索、走私军火……

在官方运作失效的乱局中，青帮乃至一切黑社会性质的组织，试图建立起以武力为核心的江湖秩序，维护自身利益，但终将崩溃于信念缺失、背叛、招安。这是一种宿命，杜月笙很清楚。他试图超越黄金荣的青帮背景，进入政界、商界、慈善界，争取公共话语权和正面影响力。他把自立的门派称作"恒社"，门徒称为"学生"，像一个著名诗人建立诗社、被人敬称为"先生"，竭力掩饰青帮的下层流民内涵。相继担任上海法租界商会总联合会主席、中国红十字会副会长、中国通商银行董事长等堂皇正大的职务，杜月笙微微松一口气。

一个黑帮人士，在白道上风起云涌，又黑又白如同深夜里大雪压境。

抗战时期，青帮三大亨分道扬镳。张啸林出任汪伪政府浙江省主席，为日军筹集、运输物资，一九四〇年被戴笠、杜月笙安排的特务杀死。杜月笙、黄金荣均拒绝出任伪职，联手向国共双方提供财力物力支持。淞沪抗战、淞沪会战期间，建立伤兵医院、难民诊所。黄金荣把自己名下的大世界、共舞台、黄金大戏院、荣金大戏院、荣金小学，辟为难民营，联合各帮会组织，在城隍庙等地设点收留救济数万市民，安排门徒去苏州、常熟一带采购粮食，为受难者施粥。

上海沦陷，黄金荣隐居不出，力拒日方人士登门邀约。但安排自家剧院反复上演京剧《关云长》《凤仪亭》，振拔抗日豪情。一九四九年，黄金荣年事已高，且留恋上海的烟枪、澡堂、麻将，拒绝蒋中正东渡台湾这一邀请。向新中国写自白书，在"大世界"前扫地留影登报，以昭告天下、缓解民怨。

杜月笙在一九四五年光复后，自重庆复归上海，欲求市长一职而不得，受挫感强烈。一九四九年，面对国共两党"认清前途"之劝勉，想到"四一二"反革命政变中手上有共产党人鲜血，杜月笙长叹一声，去了香港。晚年仓皇，总感觉有苍蝇在指尖飞舞不息。

一九五一年，杜月笙在穷困潦倒中去世，六十三岁。临终遗言：儿女辈永远不得碰刀弄枪。

3

成就于女人和十六铺码头，也失败于女人和十六铺码头——这句话，可概括黄金荣一生。

一九〇〇年，小巡捕黄金荣肩负法租界当局赋予的"以流氓治流氓"使命，在大街与深巷茫然晃荡。苏州女子林桂生，也是上海著名的妓院老板"阿桂姐"。黄金荣好色，屡屡出现在颜色正好、画一般妖媚的阿桂姐眼里，都从对方身上看见契机和前程。结婚。阿桂姐不再经营妓院，与黄金荣移居十六铺码头附近的南市。从裱画匠、水果店伙计、捕快，到成为法租界巡捕房巡捕、密探、巡捕房督察长，黄金荣渐次化作青帮老大。阿桂姐作为"白相人嫂嫂"运作于前，黄金荣作为法租界高级官员隐伏于后，形成黄金搭档。白色兼黑色且灰色，作案复破案而狂野。黄金荣曾庇护落魄青年蒋志清，为其提供路费指引从军路。蒋志清转身成为中华民国总统蒋中正。

一九三一年六月，杜月笙在浦东建立杜家祠堂，耀祖光宗。连续三天，大宴宾客，上海滩所有京剧名角纷纷登台献演。蒋中正等政界要人题匾题词祝贺。万名宾客与乡亲齐聚于一千二百张酒桌周围，堪称"古今天下第一堂会"。观光者达十万人。上海邮政局现场发行纪念首日封邮票。导演张石川率摄影队全程拍摄纪录片。气象盛大，凸显杜月笙江湖位置和声望，有超越黄金荣之态势。

黄金荣郁闷，决定建一个比杜家祠堂更盛大的花园，巩固其上海滩霸主地位，"而且不花老子一分钱"。果然，众门徒纷纷为筹建中的花园献礼，连杜月笙、张啸林也各掏出四千大洋致敬。一九三一年十一月，黄家花园落成。花园主要植物为桂花树，暗喻此时已被黄金荣休掉的发妻林桂生；杂以梅兰竹菊，如新欢纷纭——最大最艳丽的一朵兰花，是继夫人——黄金荣一手捧红的京剧名伶露兰春。比黄金荣小三十岁的露兰春，后来携带细软、美色、西皮流水，与人私奔，兰花留下来年年开放到今天。

某日，黄金荣在戏院包厢里斜躺着，抽大烟，看美人，嘴巴里哼哼哼哼着唱词："闲来无事江边游，波浪滚滚往东流，来到岸边举目看，柳荫之下有渔舟……"突然，剧场起骚乱。断电。黄金荣被卡住咽喉、蒙面、背出剧院。面对绑匪，黄金荣要求先来一杆烟枪压惊，"其他都好商量嘛好商量嘛"。绑匪提出五十根金条的赎金，黄一口答应。

　　杜月笙闻讯来黄家，提示黄金荣家人：只给四十九根金条，其余一根金条以超价值的金银首饰相抵。绑架者收下赎金与首饰，黄金荣被放回黄家花园。杜月笙随即在上海滩各个金银首饰店、当铺布眼线，最终通过一个特殊耳环和卖耳环者，破解绑架者身份。绑架者——富商陆连奎被击毙于闹市街头。

　　这一事件，是杜月笙回报黄金荣恩情之义举，也是二人关系调整的分水岭。从此，黄金荣认可杜月笙的青帮领袖身份，不再与其争锋芒、论高低，致力于大烟、澡堂和女人。黄金荣无后。包下若干妙龄女子进行生育实验，终究没一个女子开花结果。他能由此悟得江湖英雄的局限性、生命的神秘感？

　　十六铺码头，消失了一个枭雄的背影与前景。

4

　　"浪奔，浪流，万里滔滔江水永不休。"多年后，流行于海内外华人圈的电视剧《上海滩》，以叶丽仪的歌声和周润发的风衣、礼帽、墨镜，让人们对旧时代的爱恨情仇浮想联翩。

　　那是黄浦江的浪奔，也是时代的浪流，滔滔不可阻挡。

一九四七年，黄金荣八十大寿那一天，蒋中正乘军舰在十六铺码头上岸，坐汽车进黄家花园，磕一个头即起身而去，继续对付共产党。蒋中正题写的"四教厅"匾额，在黄家花园一直挂到今天。"四教"，即"文、行、忠、信"，是黄金荣座右铭，一个男人的脸谱。有脸谱比撕下脸皮成为毫不掩饰的无赖，稍好一些吧？

我去黄家花园晃荡。四教厅已改为茶社，一女子在操持事务。问她："我能进来看看吗？"她笑："好呵。"茶社面积约三百平方米，五开间，砖木结构，厅四周门、窗、梁、柱、檐，浮雕着与"文、行、忠、信"四字宗旨有关的历史人物故事。厅中央，吊三只巨大铜灯。女子指给我看其中一铜灯："有弹洞。日本人一九三七年来花园，怀疑灯内藏人，开枪扫射，留下弹洞。"弹洞如伤口，流出隐隐作痛的灯光。茶社经营普洱茶，四壁木柜上叠放着一袋袋云南普洱。女子说："上午和中午客人多，傍晚少，晚上又多起来——夜晚的花园很漂亮，一个人走，有些怕呢。"

一座园子，曾经白刀子进、红刀子出。而今，白花开，红灯照。

黄家花园内有一戏台，招待杜月笙等等来宾观看《武松打虎》《打渔杀家》，很合适。打、打、打，打出一个江湖大世界。看武功戏，联想起上海滩一路拳脚风云，黄金荣的嘴角隐隐浮现笑意苦意苍凉意。露兰春陪坐身边。一美艳女子，神情厌倦、伤感、嘲讽，内心大约回旋着《西厢记》《锁麟囊》《牡丹亭》之类言情诉衷肠的哀婉旋律：

春秋亭外风雨暴，何处悲声破寂寥。

隔帘只见一花轿，想必是新婚渡鹊桥。

吉日良辰当欢笑，为什么鲛珠化泪抛？

此时却又明白了，世上何尝尽富豪。

也有饥寒悲怀抱，也有失意痛哭号啕。

轿内的人儿弹别调，必有隐情在心潮……

露兰春就这样暗自咏唱，黄家花园外，迟早风雨暴。

黄家花园一角，有一座两层小楼"静观庐"，当年是黄金荣卧房。一个姓黄的黑社会白相人，在此眠红偎翠，构成一团多么复杂的景色啊。现改称"桂林公馆"，是一家著名餐厅。在门前站了站，门童问用餐否，我摇头："路过，看看。"他递我订餐名片，上面印有清代江南文人袁枚《随园食单》的一段话："凡人请客，相约于三日之前，自有工夫平章百味。"我笑了。

黄金荣大约不知袁枚，像匕首不知墨水，鹰隼不知草汁，铁的重不知蝴蝶的轻。游人寥寥。有众猫慵懒盘踞石头或树梢，乘风疾走。据说，猫是老虎的前身或后世。它们在假山上一跃而起，向我演示猛虎下山、虎落平川之意境。

其中，一硕大黑猫，逼视我，眼神暴戾阴鸷如黄金荣？

5

杜月笙消失于旧江湖，留下很多名言——

"做人有三碗面最难吃：人面，场面，情面。"他想把这三碗面都吃好，把上海滩看成一个大面馆，让周围的厨师、跑堂、食客，都为其喝彩欢呼。世事洞明如参禅。

"前半夜想想自己，后半夜想想别人。"就一夜别想睡觉了。他时常梦见自己上半身军装、下半身短裤的打扮。身份焦虑。一个在江湖上威风凛凛的大佬，认为自己是夜壶型的人，只能藏在床下接纳便溺，而不能像茶壶、咖啡壶、高脚酒杯那样，堂皇出现在客厅与餐厅。上海租界内各个图书馆，都有他花巨资购买并烫上"杜月笙赠"字样的《西行漫记》《鲁迅全集》。

"头等人，有本事，没脾气；二等人，有本事，有脾气；末等人，没本事，大脾气。"按照这一标准，杜月笙应该是头等人。在杜家，朋友递一个梨："来，削一个！"杜月笙就笑着削好梨递回去，依旧像十六铺码头上那个小伙计。黄金荣大约算是二等人？

"女人是用来疼的。"尤其是美丽女人，怎么能舍得让她断肠断魂断前程？杜月笙的五房姨太太，四位是名伶，登台或入寝，必诵唱英雄肝胆、表演美人深情。其中，就有被梅兰芳伤了心的孟小冬。杜月笙对黄金荣休了林桂生一事耿耿于怀，把这位师娘安排在西摩路一幢别墅生活。室内家具饰物，也被杜月笙悉心布置成黄公馆内旧日形式。阿桂姐吃斋、燃香、念佛，闭门不出。杜月笙常来拜望，说黄家花园内种了大片桂花，很香。阿桂姐淡然一笑。

"别人存钱，我存交情。"杜月笙的口头禅是"一句闲话"。任何人有求于他，总能听到"一句闲话"，就放心、松一口气、过了难关。送他人钱救急，杜月笙总避开第三者在场，顾全受助者脸面。临终，杜月笙让儿女销毁了保险柜中所存借条，款额数字惊人，涉及商界、政界诸多巨头。他解释："借出去的钱，人家感恩的，会记住杜家的好；

不感恩，你们去索要，就惹来杀身之祸。"

对照杜月笙的上述标准，我显然是末等人："三碗面"吃得艰难，缺乏对自我和他人的正确认知，脾气还比较大，疼女人的手段匮乏，钱和交情一概紧缺。

在上海，一个内心软弱的人，总揣摩如何以阴险腔调与他者周旋，以预防、震慑潜在的侵袭，却往往被识破。揣一支笔，与揣一把匕首，两者的眼神、步姿、语调，差异巨大。当生活出现麻烦和漏洞，我也尝试戴墨镜、叼一支烟，邪觑人间，期望听周围人嘀咕"这个家伙凶恶"，以便强化安全感。也是一种身份焦虑。

佛经言："如恒河水，三兽俱渡，兔、马、香象。兔不至底，浮水而过，马或至底，或不至底，象则尽底。"只有大象般的人物，对人世之深阔，有精辟彻底的觉悟。杜月笙生于一八八八年，属鼠，有大象气势，但保持老鼠般的不安，因身心中储存了大剂量的毒素和阴暗？他的一生就是苦恼于如何消毒、驱暗、得自在。

我属兔，只能浮水而过，无毒，也还算好吧。有成语"狡兔三窟"，揭示出兔子们以小狡猾掩饰软弱的大悲哀，而我也只有三个墨水瓶摆在书桌上。

一九二五年，杜月笙三十七岁，出任法租界商会总联合会主席，黎元洪送来贺词："春申门下三千客，小杜城南五尺天。"这一年，二月起，二十二家日商纱厂近四万名工人为权益而罢工，工人代表顾正红遭日商枪杀。五月三十日，上海工人、学生游行示威，遭英国巡捕开枪射击，十三人死亡，此即"五卅惨案"，后引发上海乃至全国性的罢工、罢课、罢市行动。英国海军陆战队乘战舰在十六铺码头登陆，进入租界增援。

城南小杜横眉冷对黄浦江，破口大骂："外国赤佬真他妈不是人！"发动友人捐款，维持罢工者最低生活，如此而已，一声长叹。他知道自己灵魂和能力的边界，在哪里。

6

一九四〇年一月三日，清晨，沦陷于日寇之手的上海萧索一派。

一辆轿车开到南京东路华懋饭店门口，著名汉奸陶希圣身穿大衣、头戴礼帽，匆匆下车，闯进饭店正门。回头，隔旋转门，看那一辆轿车绝尘而去，他急忙走进卫生间换穿另一种颜色的大衣和礼帽，戴墨镜，出饭店后门。一辆等候已久的三轮车，载着他，向十六铺码头狂奔。直到以假名字登上客轮，陶希圣才对着渐渐模糊、缩小的上海，松了一口气。

在汪伪政权与日本密谈良久的《日支新关系调整要纲》即将正式签署前，陶希圣摆脱汪精卫和日方的控制，抵香港，归重庆，再度成为蒋中正的文胆。他携带的那一份用微型照相机拍摄的卖国协议，在《大公报》发表，附有揭露相关内情的公开信。天下大哗。对汪伪政权"和平道路"抱有幻想的人们，醒了。抗日战争进入更加坚定不移的新阶段。

曾着迷于马克思主义、善于修辞的陶希圣，多年后，在台湾，对某个下属谈起这段历史，打了独特的比喻：一杯酒放在面前，他喝了一口，发现有毒，就拒绝再喝；而汪精卫喝了一口，也发现有毒，却兀自喝了下去。

杜月笙就是帮助陶希圣彻底摔碎酒杯的那一个人。他当时已远在重庆避险，远距离指挥留在上海的门徒，安排了华懋饭店后门那一辆三轮车和船票。轮船上，始终有陌生保镖紧盯这一逃亡者影踪，是陶希圣后来才知道的细节。

一九四九年四月，陶希圣随蒋中正自南京乘"太康号"军舰赴台湾，过吴淞口，提出一个请求：能否靠岸停留，等候女儿陶琴薰从已经被陈毅部队包围的上海脱身？蒋中正竟然答应了。陶希圣大喜过望，发电报求女儿速来军舰会合。思想"左"倾、反感蒋家王朝的陶琴薰，拒绝了。

一九五七年，陶琴薰因家庭背景复杂而遭政治冲击。一九七八年在上海去世，五十七岁。

7

一张美国《时代》周刊记者拍摄的上海老照片：岸边一群人，向冒着黑烟离去的一艘客轮挥手致意。

照片左侧，远处，顶层尖锐的沙逊大厦，山脉般、屏风般、折扇般的百老汇大厦，使我推断：照片拍摄者站在十六铺码头上。那些挥手致意者只有背影，但可推测其表情。一个身材高大的戴黑礼帽者，远离人群，手臂自然举得最高、最分明，以便让船上亲人或友人能够识别。可以猜想那些乘客的去向和身份：航向台湾的官员、学生兵、商人、演员、画家、歌手……他们与岸上送行者一样，还不知道，这是长别离，甚至是永别。"往昔的生活伴随着忧伤，渐次离去，犹如船只"——波兰诗人米沃什，也是"送别与永别"经验丰富的人。必须经历无数送别与永别，才能成为一个人、诗人。

从一九四八年下半年开始，到一九四九年四月，充满失败感的国民政府，加紧向台湾搬迁物资与人员。黄浦江上，台湾海峡，沉重的军舰和民船来来去去，满载故宫文物、中央银行黄金、政府档案文件、各大图书馆重要典籍、军用物资、药材……似乎恨不得把整个中国都拆解分割、装进船舱。据统计，先后共撤往台湾二百万人，约占岛上总人口的四分之一。

我怀疑，太平轮，就是上述老照片中那艘客轮。冒黑烟，拉响汽笛，像披头散发痛哭呜咽的妇人，预感到一场灾难的即将降临。

一九四九年一月二十七日，农历腊月二十九。春节前，整个上海只剩下太平轮这一艘驶往台湾的轮船。一票难求。最终，这艘只有五百零八个座位的轮船，挤上近千名乘客。货舱里，装有《东南日报》全套印刷设备重达一百吨、国民党党史资料一百八十箱、陈果夫的别克轿车一辆、银洋二百箱、钢材六百吨……乘客于二十六日完成登船，装货过程又延迟一天。太平轮吃水线渐渐没入江水。一个施姓女子，无意中看见这艘有了倾斜度的轮船，像微醉者或毒瘾发作者的身体。起航前，毅然提起行李下船，沿狭窄栈桥回到岸上。她不知道，一天后，自己将成为中外记者争相采访的对象。

下午四点十八分，太平轮跟跟跄跄离开十六铺码头，加速向吴淞口外驶去。船上人，松一口气，摸一摸暗自藏在腰间的金条，开始喝咖啡、听音乐、聊天、吃蛋糕、喝酒、发愁。深夜，行至舟山群岛海域，太平轮与自台湾返程的建元轮迎头相撞，沉没。获救者只有三十余人。

整整三个月后，四月二十七日，杜月笙重金包租一艘荷兰轮船，携妻妾、子女、朋友、仆从数十人，离开十六铺码头。站在船舷上，凝视渐渐缩小的上海滩，握着孟小冬冰凉的手，听她幽咽低唱："似这等花花草草由人恋，生生死死随人愿，便酸酸楚楚无人怨……"杜月笙面无表情。由人、随人与无人，最终，"白茫茫一片大地真干净"，一概如是，无论枭雄与俗子。"时来天地皆同力，运去英雄不自由。"唐代罗隐这一诗句，不知杜月笙读过没有，其中事理，则必明晓于心、感慨于怀。

五月二十七日，上海解放。清晨，资本家、知识分子、市民，推门或推窗，看南京路上一眼望不到尽头的沉睡士兵，震惊复振奋——时间开始了。

8

十六铺码头，是一系列码头的总称，包含会馆码头、盐码头、竹行码头、王家码头、万裕码头、公义码头。清代文人王韬描述："元夜，万艘齐灯，寻丈桅樯高出水面，恍如晴霄星斗，回映波心，上下一色，诚巨观也。"嘉庆《上海县志》中亦感叹："闽广辽沈之货，鳞萃羽集，远及西洋暹罗之舟，岁亦间至，地大物博，号称繁剧，诚江海通津，东南都会也。"

十六铺码头烟火繁盛，周边街区自然成为闹市，像蜂飞蝶舞于含糖量最高的花朵。

康熙时期，上海语言已出现"本地人""外地人"概念。山东人、关东人、浙江人、广东人、福建人，携皮货、药材、糖、茶叶、木炭、豆饼、宣纸、臂力、伎俩、梦想，越山渡河，穿州过府，进入这座因江海帆樯推动而急剧放大的城市，定居、经商、交游、联姻、繁衍子孙，把后代变成本地人，把客栈变成家园。

我存有一幅清代地图，俯瞰之，可见上海县圆形城墙内，密布众多行业组织：布业公所、丝业公所、茶叶公所、鲜肉业公所、药业公所、钱业公所、京货帽业公所、南北货公所、成业公所、花糖洋货行、油豆饼业公所……城墙外，则罗列各地域同乡组织，以便议事、公祭、怀乡：关—山东帮、沙船会馆、徽宁会馆、泉漳会馆、潮州会馆、浙绍公所、四明公所、建汀会馆、潮惠会馆、江西会馆……

那些充满商机和乡愁的种种公所和会馆，目前一概消失。著名的四明公所，只剩下一座红砖门楼被保护，像被时间这一食客咀嚼消化后的大鱼，残存鱼头。"鱼身"位置，耸立一家保险公司的巨大船形建筑，航行在钱币和欲望组成的大海上，一往无前。幸有其他地名，供我想象当年繁华景象：咸瓜街，豆市街，芦席街，竹行街，花衣街，篾竹弄，火腿弄，硝皮弄，洗帚弄……有一条杀猪弄，更名为"萨珠弄"——走在萨珠弄里的人，想起诵经而不是杀猪，也算好吧。

上海县城周围修筑起的城门，共六座：朝宗门（大东门），宝带门（小东门），跨龙门（大南门），朝阳门（小南门），仪凤门（老西门），晏海门（老北门）。城墙与城门，抵御乘船而来的倭寇盗匪，晚清后失去作用：外国军队在黄浦江上摇起炮膛，轰隆一声，就能在城墙上掘开巨大缺口。且城墙制约了老县城与租界之间往来，尤其是热爱夜生活的人，受阻于按时关闭的城门下，愤怒高叫："开城门啊开城门！"辛亥革命后，上海县城墙的北半圈于一九一三年拆除，修筑为"民国路"即当下的人民路；南半圈于一九一四年拆除，修筑成为"中华路"。这两条路，各自保留原来城墙的半月形状，充满了团圆为一轮满月的渴望。当下，城门一概消失，只留下"老西门""小南门""大南门"三个地名，作为地铁站名、公交站名。像一个人亡故，尚可留下姓名、笔名、艺名，作为纪念地。倘若这姓名、笔名、艺名过于寻常，纪念意义很快就会消散一空。

十六铺一系列码头在若干路名里延续存在感：利川码头街、公义码头街、赖义码头街、油车码头街、新码头街、盐码头街、会馆码头街……随时间推移，这些街道也会湮灭进某一公寓、某一高架路、某一地铁站。像这座城市的众多私人花园、河流、小桥，抽象化为"愚园路""吾园街""瞿溪路""肇嘉浜路""方浜路""陆家浜路""大木桥路""斜桥路""打浦桥路"……成语"得意忘形"，最初含义是：获得意味，即可忘却那意味所依赖的形象。也还算好。大部分情况是：意形俱忘。也算好吧。

目前，十六铺成为外滩风光带的一个节点、热点。外滩，是当年租界留出的供纤夫们伏身背纤的道路，像纤绳，拉动上海这条大船进入广阔现实和汹涌未来。

夜幕降临。看对岸东方明珠塔、金茂大厦、环球金融中心、上海中心，这四座愈来愈高、愈来愈强势的建筑，正朝着月亮的子宫里喷吐群星的精子，黑夜的母腹正怀孕、产出一个又一个新黎明。存在一个"看不见的上海"——老上海位于新上海？新上海暗藏老上海？

杜月笙的一系列仓库外形仍在，内涵巨变。坐在仓库一角，我像是装满几十年陈粮杂念的旧麻袋，点点老年斑是麻袋上的漏洞，在日益放大。

　　岁月，这一个最有力的码头工人，终将把我扛起来，沿着栈桥，扔进墓地般的船舱和大海。

1

沿天灯弄来到书隐楼黑色大门前，摄影家张先生掏出手机，联络："郭大姐，我们来了，在门前等您啊。谢谢谢谢。"

如果不是张先生引领，如果不是黑门右侧所立"上海市历史保护建筑——书隐楼"石碑，我会像穿越老城厢其他街道，一闪即逝，完全不知晓门内事物值得保护的意义。

这一扇木门面无表情，像门前小弄堂内坐着聊天的人、忙活小生意的人，波澜不惊。只有漆色剥落处，显露出一缕缕木纹，像内心颤抖，终于带来眉间一蹙、嘴角一颤。嵌在木门一侧墙壁上的门牌，"天灯弄七十七号"，类似旧时代绅士上衣口袋中掖着的丝缎手帕一角。一棵香樟树，从门内、院墙上，伸出乱蓬蓬的青枝绿叶，酷似需要进理发店修剪一番的头颅。

天灯弄，原名"竹素堂街"。上海开埠后，弄堂内凌空点燃的煤油灯，让夜行者惊喜，就弃旧图新修改路名。一八八二年，上海有了第一家电光公司，煤油路灯随之消失。弄堂始终狭窄，只能容纳一台轿子独自出行，或三匹马、四辆自行车、两台摩托车相互擦肩而过。携带着科学、民主等现代性内涵的汽车，开不进来。明清时代的人，对这种吞咽汽油的"现代动物"出现在自家门前、花园里、廊檐下，毫无预感。

弄堂的原名和 L 形状，由海上名园"日涉园"内的藏书楼"竹素堂"所决定。竹素堂周围小径是 L 形状。日涉园占地二十余亩，类似于两个足球场，明代官员陈所蕴私人花园，可供其自我分身为四支足球队，互相博弈与和解？家世衰落，花园不断拆卖，微缩至最终的三亩格局。清代文人陆锡熊祖上收购这一残园，改建成"书隐楼"，与宁波"天一阁"、南浔"嘉业堂"、常熟"铁琴铜剑楼"等藏书楼，鼎立齐名。陆家后世亦凋败，晚清商人郭梦斗收购入住其中。书隐楼绵延至今，已两百五十余年。

L 形状的天灯弄，南北方向长的一端，通向车流汹涌如同文艺复兴运动的复兴东路；东西方向短的一端，通向寂静的巡道街——巡道衙门和威武仪仗早已消失。周围是梅家街、鸳鸯弄、和顺街、乔家路、小南门、沙场路、篾竹路、陆家浜路、豫园、城隍庙、老码头，周围就是明清时代上海县城的范畴，曾被一个圆形城墙环抱。民国时代拆墙筑路，此地属南市区。"南市"二字，目前已消失，融入黄浦区的话语叙事。老城厢里的人对此耿耿于怀，始终认为，那一道圆形城墙内的世界，才是真正的上海。城墙外，一概都是乡下，无论北京、纽约还是巴黎。

唯黄浦江大度流淌，不必忧心某一日会被拆除、更名。它持续书写并保护一座港口城市的历史，无须依赖一块石碑来确认自我和前景。

目前，书隐楼，是上海市唯一私人产权性质的历史保护建筑。郭氏家族的产权拥有者三十余人，散布海内外。对于这一庭院，三十余人的感情水位线深浅不一，类似于黄浦江上轻重不一的三十余艘船。一九八七年，上海市政府筑立起藏书楼门口那块石碑，提出收购及保护建议，各方共识至今未达成。显然涉及一个巨大的款额数字，我难以想象。那三十余人的想象力，则异常强劲、波动不定吧？

张先生经常来书隐楼探访、拍照、写文章。给我看数年间的照片，前后对比，已显出时光的力量——日益颓败、荒凉，在网络上引发众多关注者的感伤。

吱呀一声，黑色大门开了。我和张先生迈进去，这门就迅疾被一女子关上、挂锁。她就是郭誉文大姐，书隐楼目前唯一的居住者、守护者。微胖，长发披肩，能够略微缓和她面部的棱角和语调中的孤冷？五十多岁的容貌，虽然年近七旬。

一座藏书楼，一个楼中人，像最后的、濒危的珍禽？

2

在书隐楼里出生、成长、结婚生子、离婚、独身生活，这就是郭誉文的个人简史。未来，大概率，还是在这庭院里写下最后的句号。

从一家企业退休后十多年，除周末乘公共汽车去医院看望患自闭症的儿子，她决不介入黑色大门外剧变的时代。墙角一朵梅花的蓦然盛开，一根椽子的朽腐，比人间种种的世情、行情、疫情，更重要。每天在庭院里观察、回忆，喃喃自语。"我要给自己说话，不然会丢句忘词，呆傻了。看见你们，我更啰啰唆唆，别烦啊。"她这样自嘲，声音低哑。我理解。与一个写作者面对白纸，往往会写下一行废话，再删去，有着类似的意义吧。

郭誉文住在昔日接待贵宾的宽大客堂一角，像客人，等待迟迟未至的主人？

不使用明火做饭，以防火灾。去门外餐馆吃一碗馄饨、盖浇饭，或用电饭锅熬一碗菜粥，足矣。室内没有安装空调，避免开洞破墙。房梁上悬挂的电扇，在暗自期盼夏天的到来？一本二十世纪九十年代彩色挂历封面上的影星陈冲，停滞在从前的惊艳里。八十年代出产的老式正方体电视机，置放在刻有"同治八年成造细料二尺二寸见方金砖"字样的清代桌面上，像两个时代的书记员，在相互维系、辨认、质疑？

电视机旁，有一个木头质地的骑马孩子，拳头大小，漆色红绿斑驳，大约是郭誉文儿子幼年时期的玩具。

躲在门帘后面，这个孩子自己也变成了某种吹动着的白腾腾的东西，变成了一个鬼魂；蹲着躲在餐桌下面，那张餐桌便使他成了神庙里的一尊木制偶像，餐桌那有雕刻的桌腿便是支撑起神庙的四根梁柱；躲在一扇门后面，他自己便是门，并将门当作沉重的面具，以一个超凡巫师的姿态使所有不知内情跨入门槛的人迷惑。他必须不惜一切手段避免被人看见。

本雅明《柏林童年》中这一段文字，我完全可以借用，来描写书隐楼内一代代孩子室内游戏的场景。在那檀木桌腿、金砖桌面的方桌下，在一重重门廊花丛里，他们消失然后浮现。但郭誉文的儿子被封闭在一场游戏中，回不来了。

书隐楼也像自闭症患者，"必须不惜一切手段避免被人看见"？

一张红色木腿沙发，皮面皱裂，并肩坐着两个民国时代的老式手提行李箱。一褐黄，一暗绿，大概装有郭誉文父母早年的物品。提着褐黄、暗绿的行李箱，一个少爷，一个少奶奶，在民国的兵荒马乱中南下北上，郁郁而归。现在，两个行李箱，像一对有风湿症的老夫妻，满身尘埃和隐痛。

窗台上，一对羽毛球拍很干净。羽毛球幻想恢复鸟一样的活力，为两个人之间，带来各种姿势的回应、跳跃与欢呼。墙角，旧自行车锈迹斑斑，后座上夹一件雨衣，歪斜着，保存了郭誉文前夫一掷而去时的惯力、愤怒和欢悦？那男子比郭誉文小三岁，恋了寻常人家的女子，就急急摆脱这深宅大院的衰败和无望。

除了东西两堵墙壁，客堂的南与北，一概密布雕花窗棂。清晨，光线大面积投入室内，应该显得异常精致。没有窗帘。睡在一张清代大床上，郭誉文看天色在明暗间转换，会觉得自己还是母亲疼爱、仆人侍奉的那一个少女，有着无限的未来和可能性吧？不知道她有多少次哭泣着入睡、醒来。离婚，儿子生病，应该与书隐楼的命运有关。这庭院，是果，被时光造就一种废弃的局面；也是因，生发出一种废弃的生活。

郭誉文父亲去世后，母亲移居加拿大，大约为了逃离记忆的重负。二○○九年，东方卫视拍摄的电视纪录片《视觉上海》，留存了当时八十五岁的老太太告别上海前的日常景象：在窗前读英文版报纸，给国外的儿孙写信，去董家渡天主教堂祈祷、为唱诗班伴奏钢琴，与女儿在书隐楼里散步、凝视一败涂地布满蜘蛛网的残楼，用眉笔修饰眉毛，把丈夫遗像和早年新婚合影装进拉杆旅行箱……一个身材修长、穿青色棉袍的知识女性形象，在破败的现实中，勉力保持尊严。

"妈妈比我漂亮。多次想去国外看她，但，园子怎么办？招来贼，怎么办？医院里的儿子怎么办？恐怕，这一生无法再见妈妈了……"郭誉文眼中似乎有泪。我扭开头，看墙上挂着的幼年时代郭家三兄妹与父母的合影，"我小时候的样子，就一副苦相呢，哥哥们都笑嘻嘻的。那时我就知道，自己的命运就是守着书隐楼，分不开，逃不走了。"

张先生私下告诉我，郭誉文离婚后，天灯弄里一男子，反复来敲门、问候、送水果。郭誉文有些迟疑，担心重演前一场情事的悲剧。那男子知难而退，消失了。郭誉文对张先生说过，那男子如果再坚持坚持，自己或许就答应了呢。

客堂铜制门环上，挂一把系着红穗子的竹笛。郭誉文会吹奏《鹧鸪飞》这一名曲。父亲不希望女儿读大学，教她素描、花卉、读《古文观止》《考工记》。高中毕业逢十年动乱，郭誉文当了工人，一双四十一码的大脚，行走如风，父亲松一口气。我没有在庭院里看见鹧鸪。鹧鸪是一种让人发愁的鸟。"行不得也哥哥，行不得也哥哥"的叫声，伤别离，意难平。看不见、听不见鹧鸪，也好。几只灰鸽子蓦然从屋顶飞起，在四壁高墙组合而成的天井上空，飞过，大概像飞过群山四合的盆地一样快乐。

一九三〇年，伦昌纱厂工程师杰克逊等人发起成立"上海信鸽俱乐部",当年秋季就进行了六次信鸽比赛,但拒绝接纳华人加入。当下,傍晚时时可见鸽群盘旋低飞,还负有传递信件的使命吗?一只鸽子传来情书,或者鸽子化身为邮差敲门送来情书,这是从前的事情。新时代的人们,在手机中即兴表达即时删除,渺无痕迹。每一次艳遇都像是初恋。若即若离的人们,丧失持久的深情和痛感。

郭誉文年轻时应该收到过纸质情书。这些年,偶尔有无人机在书隐楼上空停留,大概是什么机构在拍照片、录像。"也可能有人窥探呢",她低声嘟哝。用无人机凌空投送情书、简餐和鲜花的上海奇迹,偶有所闻。

书隐楼四周围墙二尺厚、三丈六尺高,比早年上海县城城墙还高出一丈二尺。爬墙虎像一头绿老虎爬上陡峭悬崖,风吹绿鬃毛,激动不已,看见墙外世界就激动不已。

3

"跟我走,小心,别碰砖石上的青苔、木器上的灰尘,它们都是包浆呢。"郭誉文这样说,有道理吧。

一九三六年,父亲郭俊纶毕业于上海交通大学土木建筑系,供职于京赣铁路工程局。全面抗战爆发后,铁路普遍拆毁以阻挡日军南下。郭俊纶失业,拿着相机和卡尺奔走各地,拍摄、测绘战火中的古建筑。在武汉,黄鹤楼的精美雄伟吸引了他,徘徊流连,被日伪机关视为可疑分子而拘捕。经友人搭救回到书隐楼,闭门不出。新中国成立后工作于上海城市规划设计机构,著有《清代园林图录》一书,由上海人民美术出版社多次再版。苏州盘门等古迹修复，就是依据郭俊纶提供的照片和手绘作为参考。上海豫园修复，郭俊纶是"得月楼"一景的设计人。其绘制的上海《豫园复原全景图》，发表于《建筑学报》，这一手卷原稿，装裱后挂在客堂雕花大床紧贴的那一堵墙面。一个女儿，紧贴父亲笔迹，像幼年时代紧贴父亲怀抱。

父亲临终前叮嘱女儿：别让人碰这园子里砖石上的青苔、木器上的灰尘，维护园子秩序。尽管这秩序岌岌可危。

探访书隐楼的人们，大都是记者、学者、画家、官员，相互引介，方得以进入。一些游客通过网络图片文字的传播，慕名而至，请天灯弄内的餐馆老板打电话，央求进来看看。郭誉文开门，觉得来访者顺眼，放进来，每人收三十元"门票"钱。不顺眼就拒于门外："这是私宅啊，不是公园啊。"郭誉文解释：收钱，为了控制来访者规模。我能理解。她大约很困窘，那一个长期住在医院里的儿子，耗空积蓄。先祖曾经拥有浩大船队和众多资产，如何能预想一百多年后书隐楼内子孙的处境、心境？

因大海、黄浦江、航运业，上海在开埠前就已振拔繁盛，拥有各类船舶近三千艘，相关从业者十万余人。船行、牙行、保载行，密布于江边城中，且往往将运输、中介、保险这三种功能集于一身。福建龙溪榴山的郭氏家族，在康熙年间移居台湾，往来日本、南洋等地，经营海上贸易，生意兴隆，散枝展叶。乾隆年间，郭梦斗判断上海地利独特，前景可观，遂携家人越海而来，居于小东门外洋行街，建立金利源码头，次第创设郭万丰船号、瑞泰丝茶号、丰泰木行、长丰银号、万益钱庄。向外输出江南的丝绸、茶叶、陶瓷、松江棉布，向内运入异域的蔗糖、珍珠、檀香、红木、象牙、鱼翅、燕窝……

郭梦斗财源滚滚如黄浦江浪奔浪流，名震上海滩。鸦片战争后，国际海运业受制于洋人，郭家陷于种种涉外官司和陷阱，被迫结束百年海上贸易史，把金利源码头出让给了轮船招商局。光绪七年，即一八八一年，购买陆锡熊家族流传下来的书隐楼，予以改建，调整纹样、色彩等细节，消除官宦家居之格调气质，合乎自家商人身份。大概不忍心完全消除书隐楼前代余韵，某些廊柱上依旧有浮雕的游龙，向天空蜿蜒探寻，保持一种远志豪情？庭院核心处的藏书楼，典籍日稀。航海日志、罗盘、锚、家谱、账册、金条、银圆、契约……郭氏家族的遗产与来路，在大海般的书架书箱中，闪烁幽暗光辉。

日落西楼增暮寒。

当下来访者，都会聆听女主人讲述家族故事。"我有十二分之一的德国血统，我父亲的脸，更像外国人。"语调中有一丝矜持。家族血液像复杂的水系，纵横交织，在偶然与必然间，汇合为后世一个又一个生命，隐含无数源头和秘密。莱茵河，为什么在上海藏书楼内一个女子身心中，占据十二分之一的涛声波光？我没问，郭誉文大约也讲不清楚。她的确喜欢德国来的客人，"约定的来访时间，德国人总会按时敲门。话也少。意大利人散漫得很，晚一个多小时，还以为来得正好，还乱说不吉利的话。"她这样抱怨。我猜测，那不吉利的话，恰恰说中主人对书隐楼命运的担忧吧？

张先生告诉我，郭誉文喜欢与来访的俊俏女子聊天，谈起自闭的儿子，幽幽一叹："他蛮英俊的，如果没病，说不定，你就能成为我儿媳妇呢。"

依靠幻想和孤傲，书隐楼旧日的人烟盛景，在虚无中微微显影。

4

书隐楼呈五进、七十余间房之格局，砖木结合，未动用一枚钉子。倾颓大半。现余三十七间房，闭门挂锁。

同济大学建筑研究者多次考察书隐楼，绘制一幅鸟瞰图。我像鸟一样俯瞰之，觉得可以用"目"与"开"两个汉字相叠加，来说明这一庭院——

一进、二进、三进为宅第花园，如"目"字。有轿厅（不见轿子、轿夫、花轿里的佳人才子），正厅（堆满主人不愿出售、以备复建的明清与民国时代的家具、栏杆、雕花木版、瓦当），话雨轩（那一代代在雨声中说话、读诗、感叹的人，哪里去了），船厅（船形厅子已破落，周围曾经存在的池塘、河道、负责依依送别的柳树，化为丛生野草），戏台（石基犹存，大概也不会演出《牡丹亭》《桃花扇》，以避免那些哀凉唱诵一语成谶——"原来姹紫嫣红开遍，似这般都付与断井颓垣"。"眼看他起朱楼，眼看他宴宾客，眼看他楼塌了。这青苔碧瓦堆，俺曾睡风流觉，将五十年兴旺看饱"）。

四进与五进，为藏书楼、主人起居空间，如"开"字。其中，藏书楼，为"口"字形两层走马楼，走廊贯通可走马，隐含"春风得意马蹄疾"之吉祥寓意。此处，是书隐楼两百五十余年精神流转的关键处。楼门与通道两侧，均以巨大菱形青砖覆盖，阻断火焰侵袭。书籍至民国散失一空，像天一阁、嘉业堂、铁琴铜剑楼那样，魂走魄散，名不副实。廊柱上所雕游龙,只剩下几缕龙爪死死抓着青草与地砖,龙首龙身已逍遥云天外?楼梯朽腐,拒绝当代不穿绣花鞋和软缎布鞋的人深入涉足。某日,郭誉文上楼察看危情时,楼梯断裂,摔成重伤。

这"目"与"开",多么美好的两个汉字——美目流转,心扉洞开。当下庭院,目送急景流年繁华去,如何开怀?处处可见木桩支撑危楼,像骨折的老人依靠拐杖、钢钉来加固身体,勉强保持自我。春夏之交多风雨,郭誉文日夕难安。时时传来断裂声、坍塌声,锥心刺骨。打电话,文物管理保护部门工作人员急急赶来。仰头一看,摇头一叹,小心翼翼把一面巨大的遮雨布铺在屋顶。如此而已。

二十世纪五十年代末开始,从一进到四进的楼台花园,先后被改造为沪南电表厂、为民针织厂、川湘食品厂,如同一个资产阶级分子,被改造加入工人阶级队伍。郭俊纶及家人退至藏书楼尽头的第五进处生活。学生们楼上楼下窜动,揭露屋梁,深挖地面,寻觅想象中的金银财宝。四百多名工人的歌声、广播喇叭声、笑骂声、上下班铃声,次第回响。七十年代末,上海市政府落实政策,工厂陆续撤出,书隐楼恢复寂静。

"八仙游山图""三星祝寿图""穆天子朝见西王母图""文王访贤图""鸾凤和鸣图""五福同庆图""七月七日长生殿图"……屋檐下,围墙上,这些幸存下来的石雕、砖雕、木雕,有神仙与贤良、英雄与美人,兀自出没于云海里、山水间,不管人世沧桑与巨变。衣衫上曲线飞动,被工匠凿出春天的风势。望着那些自由自在的人,郭俊纶时时发呆。对照雕刻图案里的植物种属,他在院落内补种相应的青枫、玉兰、蜡梅、金钱松、罗汉松、石榴、香樟……花朵轮番盛开,试图填补庭院里灯火的缺失？几棵古树尚存，像家谱中壮年期的祖先。新生小树如英俊少年，血脉般赓续叶绿素。花木以勃勃生机拯救庭院，反而加重主人的荒废感？

客堂屋檐下，一巨大燕巢豁然在目，对郭誉文尚有安慰之功？"有燕子的人家，吉祥呢。"我这样表达善意，她脸色暖和起来："是啊，别的留不住了。燕子年年来，花还开，就好。还有果树，结果了就可以吃。"她不会知道意大利诗人翁贝托·萨巴的句子："对于我的孤独，燕子是缺席的。而对于我晚年的日子，爱亦复如是。"但郭誉文毕竟还有一窝燕子。

站在一棵枝头沉沉低垂的枇杷树下，郭誉文举手摘枇杷，给张先生和我吃。

明代苏州人归有光的《项脊轩志》结尾，出现过一棵著名的枇杷树。我去苏州寻访，只见一片名为"项脊泾"的田野，稻青青，无轩可望。归有光另一名篇《寒花葬志》，我也喜欢，写亡妻的陪嫁丫鬟寒花。她十岁进入项脊轩，"垂双鬟，曳深绿布裳"。书隐楼，民国以前，也有类似寒花的丫鬟点缀其间，持灯、插花、煮饭，被主人喜爱怜惜。长大了，如果娶为妾，就直起腰肢堂然入室。现在，书隐楼，努力抵抗项脊轩一般的抽象化命运，仅靠一棵枇杷树，行吗？

众多巨大水缸，散落于庭院各角落，蓄水防火。有的水缸反扣于野草，像倒地沉睡的醉汉，断然放弃责任感和自尊心。有两个水缸养着睡莲，十几尾红色金鱼游动于睡莲间。缸底，潜伏一只老乌龟，代表书隐楼的记忆与情感？郭誉文说，小时候家中就有这一只乌龟了。

一口宋代古井幸存至今，井水清澈。从井中汲水的最后一个老仆人，在五十年代末的一个黄昏，提着东家赠送的装满各种食品的"上海牌"帆布包，含泪推门离去。之后，郭俊纶练习从这水井里拔起水桶。他是否会感觉晃晃荡荡的沉重水桶下，有一群古人、先祖，在幽深处与他拔河，以表达他们在这一庭院里的存在感？

在书隐楼尽头砖墙下，郭誉文建议我站在石雕"福"字前，让张先生拍照。通过古代工匠的想象力和刀法，那"福"字，包含眼睛、元宝、水、田野。我站在这一个幸福的字眼下，微笑着，面对张先生和自己不太广阔的未来。

一黑猫蹲在屋顶，俯瞰我，眼神锐利。郭誉文说，那是野猫。跟在她脚边的一只白猫，是家养的，显出有家可归的慵懒、散淡、自在。

5

作家王安忆在长篇小说《考工记》中，这样描写上海古园"煮书亭"：

> 这幢木结构的宅院，追究起来，哪里是个源头！榫头对榫眼，梁和椽，斗和拱，板壁和板壁，缝对缝，咬合了几百年，还在继续咬合。

园子的主人、小说主要人物陈书玉，生逢乱世。对于煮书亭感情复杂。青春时代逃离它，漫游异乡，颓丧而归；中年嫌恶它，将大部分院落出让给街道办瓶盖厂，自己避居一角，"最好被忘记，被时代忘记";晚年,接受它,为挽救这一个老宅勉力劳心。小说结尾:台风天,已经七十多岁的老人攀上屋顶,用身体压在油毛毡上庇护危楼,像闪电这一如椽之笔写下的"大"字。

这一人物原型就是郭俊纶,煮书亭自然是书隐楼的化身。与王安忆笔下的王琦瑶一样,陈书玉是"跨越新旧两朝的人,就像化蛹的蛾子,经历着嬗变。新时代总是有生机,旧的呢,却在坍塌,腐朽,迅速变成废墟"。当然,王安忆在小说中对原型做了种种变化处理。比如,陈书玉独身,在临碑读帖中度过无济于世的一生。这虚构的闲人,与现实中一位古建筑学家,对煮书亭或者说书隐楼,爱怨交加,契合不二。小说内外的两座庭院,精美与沧桑,恰切如一。

郭誉文应该在书隐楼接待过王安忆来访。她读过这部长篇小说否?我没问。客堂里,郭俊纶遗像下,的确有父亲要求女儿熟读的古代典籍《考工记》。

我国第一部记录手工艺技术的著作《考工记》,成书于春秋战国,与《诗经》一起被列为经书。抒情与功用,这两种价值体系,对于汉民族的先人而言,必须有能力相互平衡和转化——让语言修辞之美,体现于砖石木作间的种种繁复细节;使建筑物的虚实开合,传达字里行间的高潮和余韵。在书隐楼,众多明清时代工匠,手持雕刀与瓦刀,以庄重与深情的态度,汪洋恣肆而又法度严谨的想象力,创造出这一惊人之作,完全不输于归有光、袁枚、张岱等持笔泼墨者的慧心与才气。

"小时候,父亲领着我,对照这些屋檐椽梁,告诉我什么叫雀替,什么叫斗拱、挂落、滴水、柱础、抱鼓石……现在,好多都没有了呀。"郭誉文一声叹息。

"什么叫'滴水'？名字这么美。"我用一个问题来缓解她的惆怅。

"'滴水'是一种瓦，三角形，浮雕有花纹，垂吊在屋檐下引导雨水，免得屋檐下的走廊淋雨溅湿。下小雨的时候，这瓦上滴下来的水，真像下围棋，一粒子又一粒子……"她兴奋起来。很快又显出惆怅神态。

我祖父是南阳盆地里的知名木匠，传授过一个很动人的词语——"清墨"：完成一件木器后，木匠会用刨子轻轻、浅浅地清除其表面墨线痕迹，再端详，拂去刨花，松一口气，喝茶。这完全就像一个作家，完成初稿后，反复回看，清除一行无效的句子，定稿，松一口气。我们所称的"文学巨匠"，其实就是巨大工匠而已。

> 坐而论道，谓之王公；作而行之，谓之士大夫；审曲面执，以饬五材，以辨民器，谓之百工；通四方之珍异以资之，谓之商旅；饬力以长地财，谓之农夫；治丝麻以成之，谓之妇功……烁金以为刃，凝土以为器，作车以行陆，作舟以行水，此皆圣人之所作也。

《考工记》中这段话，是一首关于"人"的赞美诗，像美国诗人惠特曼的名作《自我之歌》。从王公、士大夫，到百工、商旅、农夫、妇功，六类职场人士，平等并列，凡以心力体力劳作贡献于天下，就是神圣作为。这些春秋时代的表达，已充满一种民主的、平等的人本主义精神。独尊儒术、罢黜百家的时代，尚未来临。与书隐楼历史有关者，从陈所蕴、陆锡熊、郭梦斗，到众多无名的雕龙雕虫之人，不论官员、文人、商人、工匠，皆可并肩归属于这神圣的序列。

不知庄子读过《考工记》没有。解说"庖丁解牛"时，他得出一个类似的伟大结论："技进乎道。"一个工匠、一个作家，当技艺日臻精湛，就进入道之边境，生发出一、一切。

书隐楼内一道门额，雕刻有《诗经》中四个字："古训是式"。意即，遵从古老的训导与法度。二十世纪六十年代，某一天，当学生们挥动斧钺，试图铲除这门额上的"封建主义遗产"，郭俊纶通红着脸蹿起来大吼："我这颗头也是封建主义遗产，来来来，先把它铲掉再说！"学生们讪讪而退。一行隶书风格的明代手迹，陈所蕴、陆锡熊、郭梦斗们次第念诵过的先秦准则，留存下来。八十年代，松江谋划恢复遭破坏的唐代经幢，来书隐楼求助。郭俊纶依据早年资料，一笔一笔，在设计图上还原唐代工匠手下的花朵与游龙。郭誉文至今记得，父亲完工后踏进家门的喜悦表情和第一句话："书隐楼啊书隐楼，生了我、教了我、救了我。"

晚年，郭俊纶常常在庭院某一角落，端坐半日，手握铅笔和速写本。像那些古代工匠的学徒，临摹屋檐下、墙壁上繁密多变的种种线条。他担心这些线条消失。年岁越来越大，手越来越抖，纸上线条越来越凌乱失序。"来不及了，来不及了……"每每听见父亲自言自语，郭誉文的心就一阵一阵剧痛。

书隐楼，一个书生的摇篮、教室、故乡，也是永远不可抵达的远方。

二〇〇二年，一场东海方向袭来的台风，摧毁西厢房。不久，郭俊纶临终，眼睛久久盯着花窗外的庭院，没有合上。

明万历年间，陈所蕴在南京太仆寺少卿任上，获悉日涉园建成的消息。

"太仆寺"，并非寺庙，系明代皇家战马积蓄、免疫、训练之机构。滁州城外，四围皆山，太仆寺如马圈。马，类似于当下坦克、战车、核弹头，与盐和铁一起成为古代军事战略资源，事关社稷安危。一六四四年，清兵入关，一定意义上就是取胜于马匹的规模与力量。"太仆寺少卿"，系明朝太仆寺这一机构最高长官的副手。"南京太仆寺少卿"这一职务系列中，最著名者，为正德年间的学者王阳明，知行合一，文武兼备。

陈所蕴身居滁州，心不在焉。忽闻日涉园历时十二年终于杀青，喜不自禁。马嘶阵阵鸟鸣涧，闭门不看窗外天。挥毫作诗，言志且抒情：

> 小筑堪招隐，新成曲水浔。
> 此时频梦寐，何日遂登临。
> 但有风尘色，空悬江海心。
> 故人相问讯，应笑未抽簪。

这小小园林足以召人归隐，在曲水边，流觞咏诵是何其风雅的事情；频频梦见家园，哪一天，能够登高四望、解衣盘礴？尘世风大，空怀泛江履海隐逸心。旧友故交询问日涉园景况，笑问为何没有抽掉头上簪子，做一个散发醉酒园中人？

不久，陈所蕴果然抽掉代表官僚身份的簪子，头发菊花一般怒放、披散，回到花木森森的日涉园，很合适。日夕流连其间，咏叹、作画、宴饮，很舒畅。八十余岁去世。

日涉园，与豫园、露香园，并称"上海三大名园"。其局面在三园中最为宏阔，基础是陈所蕴购买的唐氏废园。当下，书隐楼内那一眼宋井，即为唐氏所开掘。陈所蕴尤爱泉石，邀园林大师张南阳造山布景，设亭台楼阁，植奇花异卉。竹林环绕的一座核心建筑，被命名为"竹素堂"，负责为主人清除俗气尘迹。陈所蕴在此读归有光文章，感慨项脊轩之逼仄、前辈才华之不羁，写诗作文，结成《竹素堂集》。其中《张山人卧石传》一篇，赞美张南阳堆叠的假山"高下大小，随地赋形，初若不经意，而奇奇怪怪，变幻百出，见者骇目恫心，谓不从人间来。乃山人当会心处，亦往往大叫'绝倒'，自诧为神助矣"，像在谈一篇充满神来之笔的好文章。

盛极而衰。陈所蕴去世后，日涉园遭家族成员拆分，逐渐破败，残留目前书隐楼所据区域。像一个人在晚年急剧缩小身心。日涉园腾出的空间，化身为老城厢里众多的庙宇、僧舍、弄堂、衙门、书院、会馆、当铺、茶楼、剧场、妓院、食肆、人烟。露香园更加决绝，直接抽象为当前的一条"露香园路"。唯有豫园幸存至今，游客云集。

"陆家嘴"地名的生发者陆氏一族，肇始于东吴时代陆逊，绵延而下，陆机、陆云、陆深……清顺治年间，陆氏后裔陆明允，购买日涉园之遗存，悉心整饬，后其裔孙陆秉笏新建藏书楼"传经书屋"，后更名为"淞南小隐"。陆秉笏之子陆锡熊出生于此，受惠于祖荫，在千钟粟、万卷书之间成长。乾隆二十六年，陆锡熊考中进士，被赐以内阁中书舍人。

自乾隆三十八年即一七七三年起，陆锡熊与纪晓岚共同作为总编纂，历时十余年，完成《四库全书》。在研读来自各地藏书楼的同一著作并对比后，决出最佳入选版本，飞签、眉批、修订，再由先后选拔的三千八百余名名抄写人员，以端庄正楷，按每人每天抄写一千字的速度，持续推进这一浩大工程。最后，《四库全书》共收入三千四百六十一种典籍，复制为七种版本，分藏于"北四阁"（紫禁城文渊阁，圆明园文源阁，承德文津阁，盛京文溯阁）和"南三阁"（扬州文汇阁，镇江文宗阁，杭州文澜阁）。

十余年间，陆锡熊因"撰述提要，粲然可观"，获乾隆嘉勉，名动江南。遂觉"淞南小隐"隐逸气浓重，与其行走于朝堂之盎然蓬勃状，不相吻合。灵机一动，将"传经书屋""淞南小隐"之前辈命名，解构、重构为"书隐楼"，请同僚沈初题写匾额悬于堂前，光宗耀祖。

盛极而衰。成于《四库全书》，亦败于《四库全书》。乾隆屡屡发现，选本有禁忌之语未删改订正。纪晓岚、陆锡熊受到惩罚：重新审定誊抄相关选本，巨额费用由二人自费分担。书隐楼汪洋恣肆的家族财富，急剧退潮。乾隆五十七年，即一七九二年，正月，陆锡熊第二次前往盛京（沈阳），再度校对文溯阁本《四库全书》，死于东北风雪和皇帝盛怒，年仅五十八岁。

后世零落，家园难守。晚清，书隐楼内出现郭氏家族身影，似乎继续受制于一个古老规律：盛极而衰。

把"淞南小隐"更改为"书隐楼",就是更改祖辈之心志,陆锡熊临终时分痛悔否?

"若能及早抽身而退,做吴淞江南岸一介隐士,多好啊!"他大约钦佩陈所蕴辞官还乡之举动,尽管这举动过于盛大堂皇,少了陶渊明"归去来兮"之素朴清新。陈所蕴以"日涉园"之名向陶渊明致敬——"园日涉以成趣,门虽设而常关"。陶渊明的小园与柴门,有真趣,存真味。"知来者之可追",陆锡熊如何追步前人?

《四库全书》纳入陈所蕴的《竹素堂集》。此必经纪晓岚多名同僚的遴选、认同,不得徇情徇私,但我总觉得,陆锡熊大约怀着一种隐秘情感,推动陈所蕴著作入选。从藏书楼作为日涉园之一角,到《竹素堂集》中叙述的景象,他都是这位明末前辈遗产的承续者。家门前,那一条L形的竹素堂街,像陈所蕴瘦不胜衣的身影。沿着它,陆锡熊清晨推门,推开郭誉文目前守护的这一扇门,骑马而去。在码头,将马缰交还仆从,独自弃岸乘船。由黄浦江,过吴淞江、苏州,经大运河,北上京城。一次又一次离去,日色冷淡马萧萧。一次又一次归来,书隐楼雕梁画栋春风起。最终,在异乡,像一卷孤本彻底失传。

十余年间,为编纂《四库全书》,清廷从全国征集典籍达一万两千两百余种,其中,四千八百余种来自江苏,位居第一;四千六百余种来自浙江,居第二。由此可见,江南藏书之丰盛与其经济活力之蓬勃,存在密切关联。天一阁、嘉业堂、铁琴铜剑楼等江南著名藏书楼,贡献卓著。

陆锡熊自然也从书隐楼选拣典籍，携往京城备选。最终，有十三种典籍共计三百零四卷，纳入《四库全书》:《易汉学》八卷，《古文孝经孔氏传》一卷（附宋本《古文孝经》一卷），《资治通鉴目录》三十卷，《稽古录》二十卷，《入蜀记》六卷，《管子》二十四卷，《灵枢经》十二卷，《宣和博古图》三十卷，《法苑珠林》一百二十卷，《象山集》二十八卷（外集四卷，附语录四卷），《玉台新咏考异》十卷，《对床夜话》五卷，《沈氏乐府指迷》一卷。其中，《入蜀记》，陆游作品，中国第一部日记体长篇游记。我读到的当代简体版本，或许暗含着书隐楼灯影和陆锡熊手温?

书隐楼中万卷书，像那一个陆氏书生，有家难归，随风四散。

红颜寂寞宁自嗟，只念游子羁天涯。

破屋孤镫枕如水，也应似妾空闺里。

这是陆锡熊留世的五首诗作之一《忆远曲》，写于途中驿舍。在天涯，深夜独对一副马镫，遥想书隐楼里如花女子，与自己一样难眠、嗟叹、念远。

"孤镫"一词，证明陆锡熊善骑马独行，而非沉溺于八抬大轿之堂皇肃穆。他所骑的马，不乏黑马亦即骊马。先秦时代的人，马上远去马上归，遂产生离别之歌《骊驹》:"骊驹在门，仆夫具存。骊驹在路，仆夫整驾。"陆锡熊应该会唱，像唐代诗人李颀那样唱:"朝闻游子唱离歌，昨夜微霜初渡河。"

唱起它，陆锡熊这一反复渡河之人，就会想起书隐堂大门和竹素堂街这条路吧？一匹骊驹，永远不再归来，让骊歌亦即离歌的意义沉痛重大。

在书隐楼里徘徊这一天，我与前朝陈所蕴、陆锡熊、郭梦斗，当代郭俊纶、郭誉文，创造了又一次隐秘欢聚与别离。

万物众生一概在门复在路，迟早总有骊歌、离别之歌响起，入耳复伤心。

上海站：
迎接或痛失

Shanghai Railway Station

1

上海站，即上海火车站，位于苏州河边。

上海市区目前的火车站，另有上海南站、上海东站、上海西站、虹桥站、松江南站。

历史上著名的"上海北站"，由晚清名臣盛宣怀督办，一九〇九年建成。其位置，在目前上海站的东侧，发生过一系列重大事件：一九一一年，革命军奔赴南京；一九一二年一月一日，孙中山乘专列北上，就任中华民国临时大总统；一九一三年三月二十日晚，民主革命先行者宋教仁在候车室被暗杀；一九三二年，淞沪抗战期间遭日军密集轰炸，化为断垣残壁……

一个车站就是一个国度，车站毁灭，就是山河破碎。

在旧上海，通往欧美外部世界的众多码头，属于黄浦江沿岸租界地区，由工部局控制。联结内地的码头和车站，属于华界，位于苏州河边，成为华商与外商竞争中国市场的重要依托。学者认为，巨大体量的上海北站，设立在公共租界边缘，可以用一条铁路阻挡工部局向北扩张的步伐，迫使其只能向上海西部地区滋长蔓延。

经修复、改建，上海北站使用至八十年代末，现改造为上海铁路博物馆。博物馆主楼按照百分之八十的比例，模拟一九〇九年上海北站初落成时的英式风貌，像一个人，在缺钙痛风的晚年，以百分之八十的比例，勉强体现早年形态和意志。

上海北站的运输功能，则由新建的上海站替代。

我在新世纪之初由内陆移居这座城市，不可能与上海北站发生关系。但铁路博物馆内那废弃的枕木、道路、火车头，与我的骨骼、血管、心跳，必存在明确无误的关联。

2

上海乃至中国最早出现的铁路，非沪宁铁路，而是一八七六年十二月建成的吴淞铁路。自天后宫桥即河南路桥起，至吴淞口，全长十四点五公里，被称为"铁马路"——火车像铁铸的马，吼叫着，满载观光游客，在市区和吴淞口之间往返奔驰。

"游铁路"，是当时的一种时尚休闲活动，票价不菲：上等票一个银圆，相当于半石（约六十斤）米的价钱。

《申报》记者的特写报道，摘引如下：

> 铁路两旁，观者云集。坐车者面带喜色。上海至江湾一带，
> 除稻田数亩，余则皆棉花地，素来僻静，罕见过客，今忽有火车
> 经过，既见烟气直冒，后又见客车六辆，皆载以鲜衣华丽之人，

乡民有不诧为奇观者乎？是以尽皆面对铁路，停工而呆视。则或牵牛惊看、似作逃避之状者，未有一人不面带喜色也。

因风水、主权、利益之争，这一条英国商人投资的铁路，被清政府勒令停运、收购、拆除。迫于全国舆论和利益诱惑，清廷后来改变了对于铁路的态度。

一八九七年，盛宣怀创立"中国铁路总公司"。黄浦江西岸滩涂开始由"黄浦滩"改称为"外滩"。上海第一条地下电力电缆铺设，向低压直流照明用户供电。夏瑞芳等人创办中国第一家现代出版机构——商务印书馆，相继在宝山路建造第一、二、三、四印刷厂以及编译所等机构设施。中国第一家商办银行"中国通商银行"成立。中国最早的农业科技刊物《农学》创刊。

一八九八年，淞沪铁路在废弃的吴淞铁路基础上重建、运营。日资"长江轮船公司"在上海设立，往来于上海、汉口之间沿江城市。法租界图谋强占四明公所，引发血案，市民纷纷罢工、罢市。中国最早的妇女刊物《女学报》创刊，编辑均为女性。余山天文台开建，天文望远镜自巴黎运抵上海。

一九〇八年，沪宁铁路建成通车，后改称"京沪铁路"，上海至南京运行时间为五小时三十七分钟。英商在汇中旅馆私设无线电台，以便与海上船舶通报，后被清政府收买，移装到上海电报总局，成为上海地区出现最早的官方无线电台。英商在黄浦江东岸建造万吨级蓝烟囱码头。

一九〇九年，沪杭铁路通车。两江总督端方派密探乘火车抵沪，搜捕革命党人。于右任主编的《民呼日报》在上海创刊，以"大声疾呼，为民请命"为宗旨，后遭查封，复改名《民吁日报》。武士霍元甲在南京路边的张园设立擂台，无人应战，后与美国大力士奥皮音订生死文书比武，但奥皮音失约……

时移世易，风起云涌。

在外力咄咄逼人、变革困难重重的态势下，晚清至民国时期，相继建成的铁路还有江南铁路、杭江铁路、淮南铁路、苏嘉铁路等等，为民族前途建立起各种方向的可能性。江南成为中国铁路密度最高的地区，与沪、浙、苏作为国家关键地域的责任相匹配——铁路的前世角色就是大运河。北方依赖于南方物质，又警觉于来自南方的思想和呼喊。一九一六年九月十五日，孙中山偕宋庆龄乘车，沿沪杭铁路去海宁观潮，写下"猛进如潮"四个大字。

新中国、新时期、新时代，江南地区铁路密度达到极端。火车提速，月异日新。"高铁""磁悬浮"等新名词相继出现。无数稻田棉花地，化作城镇市区。地铁线路密集，像蚯蚓，在稻根、棉花根的深处蜿蜒游动。

我少年时代乘坐的蒸汽火车，冒着烟雾像女子披头散发，有美感。怀念它，其实是怀念一去不返的素朴与天真。蒸汽火车工作原理如下：蒸汽通过汽口进入气缸，推动活塞做循环往复运动，推动活塞杆、十字头、摇杆、连杆和主曲拐销等组成传动机构，使车轮实现无穷无尽的圆周运动——

这，似乎就是上海乃至整个江南的秘密身份和诗意肖像。

3

铁路史就是经济史、政治史、战争史、社会史、文学史，用铁轨来装订。每个车站就是一个章节的标题。

火车，其体量与声势的宏大不羁，酷似革命者、起义者、入侵者、流民。

中国晋朝、宋朝、明朝的历次南渡，金人、元人、满人的数度南征，如果有火车参与推动，将会是什么样的景观和结局？

一九三二年一月初，针对日军欲在上海挑起事端、扩张势力之图谋，已下野幽居的蒋中正，在故乡奉化遥控十九路军沈光汉第六十师、毛维寿第六十一师，沿沪宁铁路、沪杭铁路、淞沪铁路集结，进驻上海城郊接合部，以防事变。黄浦江边军港被日军控制，停满军舰。日军装甲车在四川北路、江湾路耀武扬威。在川岛芳子等人设计、导演下，日本侨民与中国人之间的摩擦冲突持续升级。

一月二十五日，中国军队十九路军第七十八师，依托上海北站设防线，抗衡淞沪铁路东侧的日军。二十八日晚十一时，日军通牒上海市市长吴铁城，要求中国撤军。尚未得到回应，十一时三十分就在天通庵车站发起进攻，"一·二八"事变爆发。中国军队由真如车站、南翔车站向上海增援，十九路军总指挥蒋光鼐、军长蔡廷锴督战领兵，数次击退敌人进攻。吴淞口炮台争夺激烈，日方一舰被击沉、一舰受损。

二十九日，日方轰炸机出动，威胁市区。三十日，蒋中正复出，发表《告全国将士电》，声称："我全军革命将士处此国亡种灭、患迫燃眉之时，皆应为国家争人格，为民族求生存，为革命尽责任，抱宁为玉碎毋为瓦全之决心……犹愿与诸将士誓同生死，尽我天职……以救危亡。"日方进攻屡屡受挫，找杜月笙探测中方是否有"和平意愿"。蒋中正命令军队沿铁路增援上海，保持压力。日军持续炮轰南京和京沪铁路线。二月一日下午，经英国方面协调，中日双方达成停火三天协议。在珍贵的三天和平期里，宋氏三姐妹联袂慰问前线军人，上海市民筹集军饷、爱国义卖、演讲，火车向城郊驻扎的军队运输弹药、食品、药品，以备再战。

枪炮声再度响起。日军第三舰队进攻吴淞口。战争升级。张治中率第五军将士，沿沪宁铁路线悄然进入上海。胡宗南、上官云湘军队渡过长江，沿沪宁铁路、沪宁公路向上海奔赴，一决雌雄。日方绝望，在三月三日宣布停火、议和。五月五日，中日双方代表，在外滩与苏州河交叉处的上海英国领事馆，签署《淞沪停战协定》。此战役被命名为"淞沪抗战"，振拔中国之勇气与信念。与五年后即一九三七年的"淞沪会战"，一字之差。沪宁铁路、沪杭铁路，默默承受重负和使命，像战士胸骨，一根一根汹涌悲愤与壮志。

目前，上海市区北部，中国军队当年集结入城位置，存在两条简短道路："一·二八纪念路"，"纪念路"。像刻立在大地上的纪念碑，纪念两次对日作战中的英雄儿女——人流车流不断更新，如同生生不息的碑文。

一九四七年，这支军队陷入内战，开支猛增。上海印钞厂全年开足马力印钞五十八万亿元，借助于美国印钞一百三十七万亿元。通货膨胀。黄金抢购风潮爆发。通往上海的火车卸掉军备物资，装满高级军官的军饷纸钞，兑换黄金或美钞。除了抢夺火车这一交通工具引发各派系冲突之外，直升机、轮船也往来于上海与其他城市之间，满载一个政府、一支军队覆灭前的绝望和贪婪。

军心涣散，民心黯淡。火车汽笛声声急，像呐喊、叹息和呜咽。

4

"一切的路都朝向城市去。"比利时现代诗人维尔哈伦的句子。他喜欢在乡下生活，对二十世纪初期城市化进程带来人的异化，持批判态度。第一次世界大战爆发，维尔哈伦改变隐居般的生活方式，到欧洲各地演讲，一九一六年不幸被火车碾过，死于法国鲁昂车站。这样的死，像隐喻？

死于车祸的诗人、作家很多，比如加缪、罗兰·巴特。人与汽车、火车这些现代交通工具的关系，就是人与一个时代的关系——被它裹挟或被它覆灭，不可躲避，这裹挟与覆灭异常迅疾凌厉。死于马尾巴下、牛蹄下的诗人和作家，我还没有听说过。

一九二一年十一月十八日，诗人、散文家朱自清坐在沪杭铁路线上的一节车厢里，写下四行诗《沪杭道上的暮》：

> 风潇荡，
> 平原正莽莽，
> 云树苍茫，苍茫；
> 暮到离人心上。

这一年，朱自清自扬州来上海中国公学任教，不久去浙江第一师范教书。次年，又去台州任职。他另有一首诗《沪杭道中》。反复来来去去，就反复喜悦与忧伤。身边，是民国的棉花、稻米、丝绸、流亡者、革命家、工人、资本家、妓女、情种、黑帮人士……

火车，从蒸汽机车、内燃机车到当代高铁，内涵渐变：钢材、电器、石油、军乐队、领袖、知识青年、少年合唱团、农民、冷冻食品、台湾老兵、浪子、月色、梦、农民工、国际友人、歌星、社会观察家……

一九七九年，北京青年顾城在京沪铁路线上，与大眼睛上海女生谢烨相识相恋。顾城就在离谢烨家很近的武夷路，买一间没有产权的小房子，写诗、会友、谈恋爱，被质疑有精神病。顾城拉谢烨去上海精神病院，与医生谈论半天弗洛伊德和普希金，得到一纸结论：精神正常。两人欢天喜地拉着手，向谢烨父母要求结婚。后来，就有了激流岛上的悲剧。

他们一定感激过火车，也一定悲伤于那列火车的出现。

二〇一八年秋，我在洛阳附近的黄河边晃荡，见一列绿皮蒸汽火车呼啸而过。车身有"上海—临汾"字样夺人眼目。当年，萧红与萧军分别或者说分手，就发生在临汾火车站。此前，他们也曾自上海坐火车去杭州、武汉，汽笛声声，尚为同道。临汾之后成为歧路人，一人去兰州，一人回武汉。火车头炉膛里煤块通红，像情人的爱意与哀怨，在隐忍中，迸发熊熊火焰和能量。那一天，看着黄河对岸山西籍的灯火，我想起一些旧事前情，也都与火车有关。那驱动我进发不息的火车煤块，已转化为点点老年斑，终将放大联合，成为覆盖一个人身体的漫漫长夜。

在表达离情别绪和生死恋上，火车，比驴子、马车、汽车、舟船这些旧意象，更异乎寻常、磅礴激烈。这些年，在上海站，我反复出行与归来、迎接与送别，其实，都是在用火车头这一灼热笔尖，抒情、记叙与沉思。

> 他的诗有点像一个火车站，从非常遥远的地方驶来的火车都在同一个火车站小停。一列火车的底盘可能沾着若干俄罗斯的雪，另一列火车的车厢里可能摆着鲜花，车厢顶上可能落着一层鲁尔的煤烟。这些诗之所以神秘，是因为诗中意象行驶了漫长的路程才抵达那里。

美国意象派诗人勃莱，这样评价瑞典诗人特朗斯特罗姆，像坐在火车站前广场的靠背椅上，看着来来往往的人们，陷入沉思和独白。

一列火车一首诗，是人与时代的叙事诗、抒情诗、命运交响诗。

5

> 火车站最为阴险。这些为你们的到来和本地人的出行而建造的大厦通过暗示，将那些因各种刺激和预感而紧张不已的旅行者直接推至深处……那些火车站前的广场喷泉和领袖塑像，繁忙疯狂的交通和广告牌，妓女、吸毒青年、乞丐、酒鬼、打工者、出租车，以及那些正在嘟嘟嚷嚷、高声揽客的身材矮胖的出租车司

机，每位旅行者内心的不安会使他更清楚地记下广场上出租车的方位。而非本地博物馆中那些大师作品的具体位置，因为后者并不能保证提供一条退路。

在散文《一个和其他地方一样好的地方》中，布罗茨基这样叙述火车站。他没有来过上海。当我在火车站迎接客人，或背着行囊进入车站检票口、安检口，像一件危险品感到不安和亢奋，就想到这篇散文。这个俄裔美国诗人似乎就站在身边，引导一个后辈，如何观察和感受一座城市因为火车站而生发的种种动荡与幻象。

布罗茨基建议一个游客出火车站后，乘出租车直接开上山顶，山下就是一座"组合起来的城市"风光："它们囫囵吞枣，把威斯敏斯特教堂、埃菲尔铁塔、泰姬陵、雅典卫城以及一座引人注目、让人心动的学院里的几座高塔全都搅在了一起。"对于视觉经验与内心世界异常丰富的一个游客，全世界都组合在这样一座山下，一览无余。

上海没有这样一座山。一个游客出上海站，去哪里寻找一个制高点，让人间展开于眼前？

去陆家嘴吧。乘高速电梯，登上冒充危峰峻岭的环球金融中心之巅俯瞰，从秦汉唐宋元明清到今天，中国无穷无尽的灯火、城阙与众生，"全都搅在了一起"。

1

陆家嘴金融贸易区，上海乃至中国金融业、金币、金领密集丛聚的区域。

中国人民银行上海分行、中国银行、中国工商银行、中国农业银行、中国建设银行、交通银行、浦发银行、招商银行、广东发展银行、宁波银行、花旗银行、东亚银行、加拿大皇家银行、汇丰银行、渣打银行、三菱东京日联银行、德意志银行、印度卡纳拉银行、荷兰银行、新加坡华侨银行、瑞士银行、中国人寿、太平洋保险公司、安联保险……种种巨大或精致的机构标志，林立于金贸大厦、证券大厦、中国保险大厦、国家开发银行大厦、信息大厦、未来资产大厦、黄金置地大厦等等摩天大楼前面。

所谓陆家嘴，非各种现代或后现代风格建筑物之总和，乃圆锥体、正方体、长方体等建筑物内外，种种叙事、抒情与思辨的共融交响。湖水、云朵、绿地、树木、野猫，点缀于陆家嘴立体几何学与金融学、经济学、社会学、人类行为学之间，缓解新时代的种种紧张、亢奋、焦灼、重负、痴狂……

周围，霓虹广告闪烁——

此地，汇集证券、期货、产权交易领域的五百余家金融机构

此地，正在形成的证券交易规模占据中国的百分之八十

此地，成为与伦敦金融城美国华尔街相媲美的亚太地区金融中心

此地，重现一百年前外滩金融街的夺目荣光

这诗一样分行排列的言辞，大概是某诗人操刀而就的文案。诗人最合适从事的世俗职业，是广告业。诗歌与广告，本质相似：以强大的想象力、煽动力，焕发一个人、一座城市、一个国度的生机——在空白里狂想繁荣，于匮乏中书写丰盈。

自一九九〇年浦东开发开放，陆家嘴金融贸易区朝着世界金融中心方向，狂飙突进。黄浦江与苏州河，在此汇合为一，拐一个近九十度的大弯，像时代转折，滔滔向东奔赴，象征现金流、物流、信息流的志同道合。陆家嘴，中国最有敏感性、最富现代色彩、最具传奇魅力的区域，像涂抹一层金粉的嘴巴，一诺千金，金口玉言，言出行随，深刻影响深圳、香港、纽约、伦敦、巴黎等城市的证券指数和心潮起伏。

从晚清，到民国，法、英、美、日等等国度的金融机构，率先出现于外滩，由此向中国内陆辐射影响力。那些高大建筑的石头外立面，来自意大利或法国。室内，大理石地板充满马赛克图案，黑色、白色、金色或绿色，像在掩饰赤裸裸的物欲？楼群逶迤，向峡谷般街道上的

行人，投下寒意、阴影和压强，即便是炙热难耐的夏日。中国民族金融业，则倔强萌发于宁波路周围弄堂，既与外滩稍微保持距离，又能敏感回应黄浦江潮声、海关大楼钟声。那些钱庄老板、银行家，曾在外资金融机构当雇员学徒，后自立门户，从吸引普通百姓小额存贷款起步，竞争、奋斗，力压群雄。比如，陈光甫，十二岁在汉口报关行当学徒，学英语，成为翻译，后入宾夕法尼亚大学商学院求学，一九〇九年回国，一九一五年创办"上海商业储蓄银行"，最初职员只有七人。聘请美国建筑师勾勒这一银行设计图时，陈光甫再三强调：不要豪华堂皇令人望而生畏，营业厅设在一楼即可，桌椅陈设与灯光布局温暖可亲，让顾客有"信托与美满之感"。资料显示，这一银行，从一九一五年初吸收存款仅五十五万元，到一九三〇年，猛增至八千九百七十八万元，成为中国第一大私人商业银行。

生意经，就是心理学、美学。好生意人都懂得人心与审美，像好作家、好情人，充满表达准确度和未来想象力。好作家对每个字词锱铢必较，务求准确有力，像好商人对待财务报表、战略协议、购销合同中的每个数据，像好情人必须用最别致的细节，去打动一颗芳心。在一张三十年代地图上，我看宁波路周围休闲娱乐场所，密集如繁花。一个钱庄或银行从业者，数完银子，可以便捷地进入旅馆、妓院或后花园，松一口气，抚摸少女的银手镯、绣花鞋——

　　　　而当秋天金币自她的乳头滑落
　　　　我相信那夜至少有一颗星高过了法国

痖弦，一个中原少年，在一九四九年去台湾后成为诗人，写下的这两行诗，完全是上海弄堂里的惊艳意象。地理就是历史，越江渡海或穿堂过巷，就是起、承、转、合，风生水起，或灰飞烟灭。无论人生、文学、政治、军事、经济，一概受制或借力于空间转换，去获得时间的回馈——永恒或消散。新世纪以来，陆家嘴取代外滩的金融区地位，中外金融机构、银行家、资本，相继转移于黄浦江东岸，似鸣蝉，飞往新时代梧桐高枝。外滩，那一系列西式建筑，像蝉蜕下的空壳，盛满"外滩一号""外滩二号""外滩三号"等俱乐部、画廊、餐厅、酒吧，内涵一新。玛丽莲吊灯下，那些表演贵族气质的面庞，迷离恍惚得像水粉画。楼顶，迎风招展的异国旗帜早已消失，五星红旗迎风舒卷。某一座小塔楼孤悬于积雨云中，充满杰出感，被改造为只能容纳一对情侣的餐室，是上海求婚成功率最高的处所，依赖于价值两万元人民币的晚餐，以及无价的两岸风景……

从此岸，到彼岸，是转身，也是转化和剧变。

不论此岸或彼岸，上海金融业始终依偎黄浦江——钱币也是流水，外方内圆的古老水滴汩汩滔滔，构成一本无穷无尽的流水账。沿黄浦江，沿金融业，一座城市乃至一个国度，从这双重的水路行走到大海上，拒绝封闭、僵化和怯懦，向世界展示中国新新不已的面孔和姿态。

2

黄浦江发源于天目山，经太湖，一路随地势而赋形赋能赋魂，入上海境内，不断拐弯如龙舞。每一次拐弯，就形成突入江水的大小滩涂，像吞吐江水的一系列嘴巴，遂产生一系列地名：金山嘴、杨家嘴、周家嘴……

明初，一名叫陆德衡者，看中黄浦江边最大"嘴巴"，携家族从浦西马桥迁来定居。陆家血脉，可上溯至东吴名将陆逊、西晋文人陆机陆云兄弟、唐朝诗人陆龟蒙等等。后有明朝文学家、书法家陆深，做过国子监祭酒（相当于教育部长），厌倦官场，回家乡建设私人花园"后乐园"，向范仲淹致敬，之后便有了"陆家嘴"的名称。后乐园遗址，化作当下东方明珠塔旁"花园石桥路"——以路名致敬那些消失的事物，是许多城市通行做法。但路人大都不知晓这汹涌车流下，潜伏池塘、游鱼、灯火、佳人等远古景象。

后乐园建成后，屡屡遭受自海上袭来的倭寇盗匪抢掠。陆深家人搬入浦西上海县城内避乱，家旁一小溪成名为"陆家浜"。现在，那小溪转化为"陆家浜路"。路口红灯绿灯，像小溪边的红花绿果，依旧随时序推移而开落，但速度加快到以秒来计算。

二〇〇三年春，我穿越花园石桥路，入上海证券交易大楼，参加"现代制药"这一股票开锣上市仪式。通过安检，深入迷宫般的证券交易大厅。中国各类媒体屡屡聚焦的 A 股上市之地，堂皇，华贵，电子屏幕滚动播放股票即时交易信息，向股民们传递狂喜或悲伤——证券交易大楼，是一种特别的教堂？四个穿曳地白色长裙、黑皮鞋的少女，头发盘起，在交易大厅一角演奏背景音乐。四重奏，类似于教堂唱诗班，代表股东股民赞美财富，赞美财富像上帝一样为众生安排光线和欢愉。

我穿一套新西装，不自在，身体与衣服洽和度不高。必须服从世界上一切证券交易场所的制度：以西装的严肃、刻板，表达金融业的端庄恒定。周围同事，身体也都处于这一严肃、刻板的制度中，不太自在或很自在。一个人所穿衣服及站姿，暴露出他的来历、心境与前途。张爱玲说："衣服是一种语言，随身带着的一种袖珍戏剧。"借助它才可以完美自如地表演。我的不自在，说明不适应此时此地的表演。我喜欢穿夹克、运动服、球鞋，站在江边或田野里，很舒畅。这些年，一套西装挂在办公室衣柜中，不得已才套在身上，用来遮蔽和修改自我，深刻感受契诃夫《套中人》的主题。我是家族中穿西装的第一代人。儿子从小穿西装，就自在、帅气多了。当然，他更喜欢休闲西装。我父亲，中原小镇公务员，一生处于中山装里，左侧口袋里插一支钢笔。

同事、药物学家陈先生每天西装革履。他站在我身边，听上市大锣被敲响，感慨万千。七十年代，他曾在陆家嘴旁一个村庄插队落户，穿绿军裤、回力运动鞋，作为知识青年汲取农民养牛经验。朋友和邻居常接受其邀请，自浦西坐船渡江，来此岸郊游踏青，陈先生为客人们亲手挤牛奶喝。他挤牛奶的手，现在捏着实验室里丰满的烧杯，时常恍惚听见牛叫。我的笔呈试管形状，也能发生化学反应，充满无限可能性？

"现代制药"上市涨停。两小时后，出交易大楼，看见那四个少女身背琴袋，走在通往另外一座金融大楼或酒吧的路上。已换掉长裙，穿白衬衫和牛仔裤，头发在春风中披散。巴赫、舒曼、莫扎特，隐隐跟随她们，探索每小时两千元左右的艺术之旅？琴声忧伤，平衡钱币在少女内心引发的动荡，为她们的青春保洁保鲜。

据报道，海外归国的金融精英，百分之七十工作于陆家嘴。手提电脑包的年轻人，从清晨地铁口涌出，自名牌轿车里迈出，在高速电梯里一层层升起，英气逼人，像每年夏季东海方向携台风而至的云团，充满巨大气场。衣领含金量高，故称作"金领"，像此地豪宅每平方米已高达二十万元一样。我衣领介于蓝白之间，像蓝天白云，很好。每种颜色都是平等的、美的。蓝色并不代表忧伤或广大，白色并不证明哀凉或纯洁，金色并不等同于恶俗或高贵，端赖一个人行止与心境赋予其意义，类如王阳明所述岩中花树的"寂"与"明白"。陆家嘴之金色，可隐喻朝霞与青春，但在绝望者内心则意味日暮途穷？

在上海，在陆家嘴，无人不知当日证券指数、汇率、期货K线图、做空机制……人人埋首于手机中的股票期货走势图，像站在泳池边或黄浦江边展开双臂，蓦然跃入波峰浪谷，横渡，或者覆没。但没有多少人知道陆机，更没有多少人知道《文赋》。在这篇最早探讨写作秘密的中国文论里，陆机为怀霜临云的好作家画像，"笼天地于形内，挫万物于笔端"，"观古今于须臾，抚四海于一瞬"，"被金石而德广，流管弦而日新"……

这些名句，同样是在赞美有益于家国的一切立德立功立言者，不论那笔杆是诗笔、史笔，还是签字笔。

也像在赞美上海这座城市，为一个国度的独立、生存和现代化，立德立功复立言。

3

坐在东方明珠电视塔旋转餐厅，吃自助餐。价格贵，贵在周围旋转中的景色绝无仅有。

俯瞰整个陆家嘴金融区，以及稍远处的张江科学城、更远处的大海——陆家嘴像圆心，以金融为发动机，向江海之间广大的浦东新区乃至整个上海、中国，源源不断辐射出巨大的半径、活力。

我在张江科学城内谋生数年，那里也曾是田野。二十世纪九十年代后，渐渐成为上海乃至国家的科技创新中心，聚集众多科研机构、大学、科技企业。生物芯片上海国家工程研究中心、诺华（中国）生物医学研究有限公司、中国科学院上海药物研究所、中国医药工业研究总院、复旦大学、上海中医药大学、上海科技大学、普华永道信息技术（上海）有限公司、通用电器中国科技园、上海电影艺术学院……旧日乡间田埂，整合、壮大成为一条条著名新路，纵横于张江地区：伽利略路，哈雷路，居里路，牛顿路，高斯路，蔡伦路，祖冲之路，李冰路，沈括路，郭守敬路，李时珍路……道路命名原则：中国科学家负责东西方向的日出和激情，外国科学家负责南北方向的凉风和理智。这些路线不断交织与脱离，构成棋盘，让已知与未知对弈——白日黑夜，像白子黑子，一粒又一粒，被捏出、摆上位置，再清盘、废弃……"苟日新，又日新，日日新。"古老圣贤们的励志警句，在张江科学城种种会议室、论坛和心扉间，持久回响。

东方明珠餐厅在旋转，同样借力于金融发动机的隐秘推动。陆家嘴乃至整个浦东新区、大海，缓慢旋转，像 T 型台上的华丽女人，旋转。天黑了。金融区内呈辐射状的世纪大道、浦东大道、商城路、滨江大道、陆家嘴环路、富都路、银城路……财富气息强烈，车流灯火汹涌，如同火山爆发后岩浆奔流，其中，有多少被荷枪实弹守护的运钞车，有多少赶往酒店举办婚礼的新郎新娘，有多少满载游客、乐器、少女的巴士？不知道。但我希望车流中各类元素保持合适比例而不失衡，陆家嘴金融区才显得幸福，上海、中国才显得幸福。

浦东大道一四一号，曾是上海市人民政府浦东开发办公室和浦东开发规划研究设计院的办公地。一座两层小黄楼，我曾实地探访。此刻，它淹没于周围年轻的高楼大厦。浦东开发、金融区建设的早期领导者，对"一四一"门牌号做诠释：一是一，二是二，一步一个脚印，要实事求是。想象力即创造力、竞争力。在中国人民银行上海分行首先进驻陆家嘴金融区仪式上，上海市政府送了一只雪白干净的小山羊，以寄寓"领头羊"之祝福与重托。声声羊鸣，引发大笑和狂喜。当日本富士银行上海分行作为首家外资银行进驻陆家嘴，则收到一匹马作为礼物，寓意"一马当先"。当然，这是一匹用红木制作的马。热血与骨头组成真马，只能在马术比赛和马戏团表演中出现，须经报备审批才能深入上海。当然，须体会"唯马首是瞻"这一古语的意义，把上司看成一匹马，这是陆家嘴办公室艺术的隐秘信条。

俯瞰黄浦江对岸，外滩，在夜色灯火里如盛夏荷塘——所谓莲藕，就是那些市民或游客之重重块垒和欲望。藕断丝连，"丝"者"思"也，"横也丝来竖也丝，这般心事有谁知？"著名的海关钟楼，高出于灯火之上，是一座能够发出声声鸡鸣的鸡笼？这显然是一个拥有乡村生活经验者的想象。"鸡者，吉也；雄鸡，乃大吉也。"我身旁，一个白发苍苍的老者，掏出硬币，让旋转餐厅内的巨大望远镜见钱眼开，俯瞰对岸外滩。他大约就是民国时代的金融家，七十年前景象重现眼前：一个银行学徒，在某扇窗子内埋头算账、结账、加盖印鉴……

一九一六年，上海证券交易所出现于外滩。孙中山与日本商业巨头三上丰夷，主导创立这一秘密融资机构。因与陈炯明冲突，青年军人蒋志清负气离开粤军，在上海与陈果夫合资成立"友爱公司"，开始证券投资。一九二〇年初发生国际金融风暴，蒋志清赔了钱，革命激情重新高涨："金融机关，在外人之手，国人时受压榨，可叹也。""中国宜大改革，宜彻底改革。"抒情完毕，继续炒股，巨亏。蒋志清再度消沉，去普陀山散心、烧香，面对大海，却被孙中山召回前线，升任粤军第二军参谋长，与桂军作战。不久又因与人不和，跑回上海炒股票，巨亏。直到一九二〇年底，峰回路转发大财，频频出入四马路一带风月场所，在日记里连连自省自责。

一九二二年初，股市动荡，蒋志清跌进低谷，欠债累累。只得通过宁波同乡虞洽卿，拜黄金荣为师，入青红帮以求保护，债主知难而退。听闻孙中山蒙难，蒋志清急急奔往广州，在永丰舰上守卫孙中山几十天，政治生命线由此上扬，终成为国民党领袖"蒋中正"。虽步入权力巅峰，仍时常于战争间隙拿出收音机，偷听上海股市行情，脑海里大约浮现出上海滩的金色与粉红。同僚目睹此情景，对蒋之境界阔狭高低、志命远近大小，有疑虑，遂转身，进入对面政治阵营去追寻梦想，比如陈赓。

银行家陈光甫在蒋中正敦请下，为北伐筹集军饷。他认为，政府像银行，但国民政府这一银行信用不好。沮丧、无奈。抗战期间，受蒋中正委托赴美国谈判，最终获得两千五百万美元借款，支持正面战场。也是他，在上海创设"中国旅行社"，创办第一本旅游刊物《旅行杂志》。一九四八年，眼看国民政府濒临倒闭，陈光甫以旅行度假为借口，赴香港，一去不归。

虞洽卿也是银行家。父早亡，少年贫寒。自宁波初来上海，迈出十六铺码头，遇大雨，脱下鞋子揣入怀里，赤脚去瑞康颜料行报到。老板把这个小学徒看成是带来好运的"赤脚财神"，厚待复厚爱。后来，虞洽卿入外资银行当买办。一九〇三年独资开设"通惠银号"。同乡诸贤发起成立"四明银行"。一九〇八年创办"宁绍轮船公司"。沦陷期，拒绝出任上海伪政府市长，将自家船队凿沉于黄浦江、长江，倾全力阻挡日舰。赴重庆，经营滇缅公路军用物资运输业支持抗战。一九四五年四月病逝，未见数月后祖国之光复。

陆家嘴金融区四座标志性高拔建筑中，东方明珠电视塔最先动工、落成。它上下包含四个富有深意的巨大圆球——作为四颗明珠，含在黄浦江这条巨龙的嘴巴里，召唤一种吉祥、伟大的远景。我，一个龙的传人，嘴巴只能含几颗葡萄，在餐厅的缓慢旋转中，假装自己尚有活力和去路。

再一次俯瞰外滩。它像人中龙凤的演讲台，江边灯杆如话筒，向世界传达心跳与意志。它也像上海阳台，召唤幽暗密室里的人们，走出来，在坚定前行的黄浦江身上，看见无穷的光芒、大海和未来。

4

新世纪以来，表现上海白领、金领的影视剧，必取景取材于陆家嘴，主人公必出入于东方明珠塔、金茂大厦、环球金融中心、上海中心。所谓命运，所谓成败得失喜怒哀乐，就是人物在空间中的移动逻辑与轨迹。

二〇一五年，陆家嘴金融区某酒店里的一次幽会，凭借网络在上海触发狂欢，像纽约蝴蝶翅膀扇动引发拉丁美洲风暴。当事者录制、发布短视频的动机，为赚取点击量、吸引广告商、拉动某酒店和某股票的价格上扬？不清楚。我清楚的是：陆家嘴难以言传，像一个人、一座城市、一个国度，难以言传。新锐与陈旧，孤寂与躁动，爱意与哀怨，凉薄与炙热，势利与自持，腾达与挣扎……这些元素相互冲突，充斥于灯火与血液。对于这一件过于张扬的艳事，谁能毫不自惭地鄙视、指责、嘲谑？

酒店窗台像此岸，那女子，不知道红色靠背椅这匹马，在身后男子的策动下，能将她泅渡向怎样的彼岸？她呻吟，更像抽泣。陆家嘴中心绿地，四季常绿，她时常散步其中？在四周高大密集的建筑群之间，绿地，像绿宝石点缀于贵妇人手指？她如果也这样想，手指就会感受到虚无。我更愿意把绿地看成小原野，代表农牧业来问候并纠正金融业。小山坡由人工堆垒而成，具备山丘真实的轮廓与功能，像女性腹部蕴含生机，故不宜称作"假山"。一个金融人士，在午休时分进入绿地，像回到初恋？双脚与内心软弱起来，听觉、嗅觉与触觉变得异常敏感。一棵树用鸟巢作为眼球，察觉此人有些激动，就摇荡树枝，在其头顶落几朵花，像法国诗人瓦雷里那样表达安慰："起风了，只有试着活下去一条路……"

我多次来绿地游走。有许多帐篷像蘑菇，男女斜倚横卧，小寐、野餐、亲吻。白衣白裙的新人们举行婚礼，主持人祝福，"永结百年之好"，"白头到老"。乐队演奏出婚礼进行曲和风声。筹备结婚者在梅树下、柳树边，做亲爱状，被手持照相机、反光板、化妆盒的摄影艺术家定格，防止爱情消逝。水边凉亭，有人演唱昆曲《牡丹亭》，咿咿呀呀一咏三叹。杜丽娘给自己画像题词："他年得傍蟾宫客，不在梅边在柳边。"一个古代痴女子猜想未来爱人，不在梅姓人家，就在柳姓人家。新时代女子猜想未来爱人，不是企业家就是银行家。

绿地僻静一角，大片散发香气的矮小草药，持有种种写着名字和功用的小木板，作为名片：车前草，绿色的马，拉着花朵的车；南天星，南方星空，大地植物的反光和倒影；益母草，有益于女子们的草，好男子的隐秘面貌；薄荷，薄薄的荷塘、清香、夏日，清香袭人；灯芯草，大地之灯的核心，谁手握它走过长夜，谁就是自然之神；大黄，黄氏家族的长子，某金融公司黄小姐的兄长？金钱菊，一种圆形金色菊花酷似金钱，生长在陆家嘴很合适。让金钱转化为菊花，或者说，金钱就是一种菊花，保持秋日寒意，恰切而必要。一个金融家、金融区，有能力在数字、曲线走势图里，看见一地败火清凉的菊花，才不至于狂热、覆灭。

陆家嘴金融区某一高楼、某一险要位置上，一个男子，在繁忙业务中偶尔走神，透过巨幅落地玻璃窗，看见绿地和酒店，内心涌现波澜。他或许读过米沃什的名句：

多美好的一天啊！

花园里干活儿，晨雾已消散，

蜂鸟飞上忍冬的花瓣。

世界上没有任何东西我想占为己有，

也没有任何人值得我深深抱怨。

　　他完全可能就是那一短视频中的主角，充满占有欲。突然感到羞愧、痛苦。直起身，看见黄浦江下游、崇明岛之外，那大海上的点点帆影和自我。他哭了。

5

　　我常去陆家嘴一带街拍，沿街观察、拍摄，总有出人意料的画面定格于镜头。

　　摄影，光与影的艺术，对一个又一个关键性时刻充满捕捉欲——镜头像猎豹的眼。每天清晨，陆家嘴都是上海最先亮起来的一部分，像女孩对镜最先涂上口红，让周身渐渐亮起来、热起来。大楼高拔密集，街道间明暗对比强烈。新时代关键性人物大比例闪现此地，有利于重要图像的生成。我不用专业相机，用手机，随意、业余、隐蔽。图像品质一般，更能真实定格景象，不打扰周围秩序。

　　某年，情人节，天气晴好，我站在陆家嘴一狭隘的弄堂口，面对金茂大厦玻璃大面积的反光，持手机，预感、等待一个关键性时刻的出现。果然，十分钟后，一少女怀抱鲜花出现在镜头里，使我所处的阴影突然明亮并获得意义。我和她，在这一刻，各自有无限欢喜而不为人知。她朝金茂大厦走去，芳心如花蕊绽放。另一日，滨江大道，三十余名金融人士晨跑，短袖T恤前胸书写八个大字"变态老板体罚员工"。我也做晨跑状，追随至东方明珠塔下，一路拍摄，也很变态？一个停车管理员向我解释：这些人被老板逼着健身，以应对激烈竞争。在变态中，追求姿态与气度的蝉蜕蝶化，从旧自我中脱颖而出。

新上海不断自旧上海中脱颖而出。翻阅上海早期图像，陆家嘴一带是黑白原野，存在感并不强烈。一九九〇年之前，只有寥寥几座楼房呈现于田野间。"宁要浦西一张床，不要浦东三间房。"坊间长时期流传这一俗语。在浦东居住的人们，乘船过江去浦西，叫作"去上海"。陆家嘴周围的许多街道和小路，以山东各地市来命名，比如"枣庄路""台儿庄路""即墨路""崂山路""昌邑路""临沂路"等等，缘于渡江南下的一个山东籍军人，成为治理此地的官员，用命名权表达五十年代初期的乡愁。我在陆家嘴历史资料中，见过这一军人或者说官员的照片：站在黄浦江边一棵小树下，看彼岸外滩，像在辨认亦真亦幻的梦境。

以上海为表达对象的照片中，外滩天际线的绵延无尽，最为震撼人心。那些照片的最佳拍摄角度，是自入海口方向乘船逆流而来，在接近陆家嘴、外白渡桥时，按快门，让一座大城在显影液中浮现艳异的美。拍摄者站在船舷或船头，是初次踏入上海的西方冒险者、金融家、间谍、军人、记者、作家、导演、游客？在观察和拍照的同时，盘算种种的商机、进退、荣辱，惊喜而忐忑。一代又一代不同颜色的眼珠，在岸上、船舷、空中，以不同角度、层面和维度，面对上海，爱着、恨着、怨着、诅咒着、怀念着。"其实，当我们恋爱时我们就预见到了日后的结局，而正是这种预见让我们泪流满面。"（普鲁斯特）一个被这座混血之城诱惑而又拒绝的人，要备好一沓手帕，藏在口袋里，随时准备泪流满面。

一八四三年十一月十七日，上海开埠。此前与此后，无数人奔向这座城市，步行、骑马、坐轿，或乘火车、汽车、飞机，存身立命，逐利求荣。更可能在一艘轮船或舢板的支持下，独自一人或成群结队，越陆家嘴，在十六铺码头上岸。沉浮于这座大海般的城市，苦力均出自河南、山东，皮革商和人参贩子来自东北，革命党人、知识者、科学家大都归自海外。广东帮与宁波帮，这两股势力最为浩大，在官场与商界争锋，随上海道台籍贯更替、黑道势力盛衰，而不断变幻两者主次格局。二十世纪三十年代，宁波帮的钱庄投资和生丝贸易，力压广东帮茶叶生意，称雄上海滩。当下，上海百年老店中，培罗蒙西服店、亨生西服店、亨得利钟表店、中华皮鞋店、老正兴菜馆、老凤祥、同仁堂、英雄牌墨水厂等品牌，皆由宁波人创立光大。

上海口语第一人称"我"，最初叫"吾""吾伲"，最终被"阿拉"这一宁波词语有力覆盖并取代。风行一时的洋泾浜英语，也由宁波人在与西方水手商人交往中发明出来。一八七三年，《申报》上发表的《别琴竹枝词》，有诗句"嫂夫雪的郎由谷，偕而城中共往南"，即英语"south city along you go"的洋泾浜音译，意即"与你一起到南市去"。南市，即城隍庙、豫园一带的上海县城，是这座城市旧生活的核心、新命运的根部。当代，来自中原、背着行囊的油漆匠，碰见来自华尔街、手持求职简历的美国人，并肩坐地铁二号线到陆家嘴，完全可能用纯正英语打招呼："hallo，hallo，by，by……"

我多次在傍晚自浦东乘渡轮过江，抵外滩，晃荡一番，再乘出租车经隧道回陆家嘴——让此岸与彼岸不断转换，类似回忆与追忆，使一个人有能力在少年与暮年、痛悔与幸福之间，不断转换。失去这一转换能力，就是陷入阿尔茨海默病，成为没有来路的虚无者，头颅中一派大雾。但真正的彼岸，谁能抵达？只能眺望它、想象它，像爱着一个永远无法拥有的人。而此岸，也不可能永固守恒，脚下乃至周边都处于流变之中。"此岸"与"彼岸"，两个名词，更像形容词、动词、感叹词。人世间惆怅与悲伤，一概缘于这两个词的不可把握、持续纠缠。在陆家嘴和外滩之间，横渡，往返，一个人写出杰作的可能性不断增加。

在外滩，回望陆家嘴，那壮丽景观惊艳世界，密集呈现于无数眼睛与镜头：注射器一般向周围广大地域输送财经资讯的东方明珠电视塔，由古塔变形而成的金茂大厦，木匠锛子一样放大、旋转而成的环球金融中心，春笋破土参天似的上海中心……它们相继建成于一九九四年、一九九九年、二〇〇八年、二〇一六年，次第成为亚洲乃至世界最高建筑，彰显一座城市的大志雄心。建筑师和风水师们，对这些建筑造型有种种见解或曲解，为上海人茶余饭后增加谈资与流言。我愿意用中原乡村诊所里的注射器、故乡小城的唐代古塔、木匠祖父的锛子、春雨里的竹笋，这四种与童年经验有关的物象，比附陆家嘴四座标志性建筑，强化自我与上海的彼此认同感和关联度，去抵抗种种软弱与孤寒。

二〇〇〇年夏，我自中原移居上海，乘一列绿皮火车缓慢加入这座城市，像一个名词加入一部巨著。显然不是关键词。反复搬家，从中年搬进暮年，从浦西搬到浦东，日常生活离陆家嘴越来越近，像一枚磨得有些破损的、价值很低的旧币，离那些磅礴有力的造币厂、金库、支票，越来越近，也越来越远，很羞愧?

当我这样沉思，陆家嘴灯火在一瞬间层层叠叠点燃，如同一个巨阔嘴巴，咧开了、笑了，夹杂戏谑、善意和怜悯，吐放出灿烂的莲花和云团。

1

宝庆路两端生发出常熟路（向北，至静安寺）、衡山路（向南，至徐家汇），与淮海路或者说民国时期的霞飞路相交叉，形成上海的一个十字街头。

宝庆路三号处于此地，由五座德式小楼、三千平方米草坪构成的私人庭院，名震上海滩——早年，仆人来开门，需要骑自行车从小楼方向迤逦而至。后来，庭院的栖息者、水粉画家、音乐鉴赏家、文学爱好者、老克勒、本文主人公徐元章，在没有仆人的年代里，亲自骑自行车来开门，迎接另一个老克勒或者年轻女子，喝咖啡、跳舞、画画、听唱片、闲话、调情、私语、发呆……

在街头，我偶尔会想起上海明星影片公司一九三七年出品的黑白电影《十字街头》。赵丹、白杨主演。如果是春天里来百花香，如果太阳暖和地照着我不算破的旧衣裳，就更容易想起这一电影中的插曲。每个时代都在追问每个人的选择，在露天与内心双重的十字街头，红灯问罢绿灯亮，也不一定能遇到好姑娘。

我多次穿过一系列十字街头，访问充满传奇色彩的宝庆路三号。大门黑色，紧闭。院内有犬吠传出。沿街一侧被竹编篱笆细密封锁，某个角落处曾经有旧漏洞，被新竹子填补——我的一个同事、朋友，刘先生，七十年代在这庭院内某一小楼改建成的小学读书三年，屡屡从这一漏洞中进出，感觉像在作业中的一个括号内填词、改病句。"小学旁边两栋楼被改成派出所，警察进进出出。小学、派出所之外，还剩下两栋楼，被一道纱网隔出去，成为徐家人生活的小天地。没有从前阔气了，但能有这样一个安闲角落，在革命年代，也稀少啊。我们同学常常扒在纱网上，偷偷看徐元章和他女朋友在草地上读书、喝茶——那场景，真像一幅俄罗斯油画。"

早年，一九四九年以前，大门一侧曾有两个信箱，分别写着"周""徐"二字。

"周"，指这一院落的主人周宗良：宁波人，牧师的儿子，由学徒开始在上海滩闯荡，最终成为德国染料业在华总买办，所建立的商业分支机构遍及内陆各大城市，并进入染料行以外投资领域：地产业、金融业、轮船业、纺织业……曾担任民国时期的中国银行董事、中央银行理事等职。一九四八年去香港定居，所携财富装满两架飞机，在香港富豪排行榜上居第二位。一九五七年病逝。

"徐"，指周宗良的女婿徐兴业：初为家庭教师，后成为四小姐周韵琴的夫婿。周宗良出走香港后，这一庭院的主人成为徐兴业。一九五七年，周润琴赴香港参加父亲葬礼后，赴法国游历一去不归，初有信件往来，后无消息，失踪，导致其儿子亦即周宗良外孙徐元章，多年后在与其他周氏子孙发生的房产继承权纠纷中失势。徐兴业后来任职某出版社，业余写作，长篇小说《金瓯缺》获第三届茅盾文学奖荣誉奖，一九九〇年去世，避开儿子将要去面对的遗产纷争。

现在，门侧的信箱一个也没有了。徐元章在二〇〇七年周家子孙产权纠纷发生后不久，法院勒令其搬出宝庆路三号以后，没了音讯，直到二〇一四年去世，在媒体上重新成为短暂话题，让上海滩最后一批老克勒伤感、念叨一番。目前，价值数亿元的这一庭院，有了身份不明的新主人。院子内有犬吠，已经不是徐元章的宠物在呼叫了。

波兰诗人阿米亥也是一个有花园的人——

忘记某人就像
忘记关掉后院的灯
而任它整天亮着：
但正是那光
使你记起。

宝庆路三号庭院里的光，用灯泡形状的头颅，在回忆？

2

刘先生一直住在宝庆路附近弄堂，请我去他家旁边的咖啡馆一聚，聊起我们两个都感兴趣的徐元章。

"他长相一般，有女孩子味，眼神湿漉漉。初中没毕业就不上学了，在弄堂工厂糊纸盒，和我哥是工友。一个少爷，纸盒也糊不好，就给大家讲小说,《大卫·科波菲尔》《三个火枪手》《三国演义》……讲得生动,像说书人,到关键情节处就卖卖关子、吊吊胃口。大姐大妈们替他糊纸盒,还带吃的、喝的,宠着他。他家藏有不少书。他爸人缘好,没人上门抄家。我去借书,他犹豫半天,怕书丢了、被人告发了,最后决定让我坐他家窗台下看书,看一个下午。天暗了,我才恋恋不舍地起身。第二天再去他家接着读。那半面墙的书柜啊!竟一直没有散失,真是奇迹。我读小说,徐元章一边听降低了音量的贝多芬啊,肖邦啊,一边画水粉画。偶尔抬眼问我:看到姑妈出现的那一段落了吗?注意那一段啊……"

在弄堂工厂里没干多久,徐元章就回家、不上班了,全心全意在门前草地上谈恋爱,表演俄罗斯油画一般的异国情调。门外,宝庆路附近十字街头,的确有俄罗斯侨民流浪上海后建立的东正教教堂、普希金雕像。淮海路上,反复走过锣鼓喧天的游行队伍,庆祝最高指示发表。某一天,普希金雕像也被摧毁了。徐元章不关心政治,除非政治来关心他。他关心爱情,除非爱情不再关心他。最终,他娶了那个有德国血统的美女。若干年后,这女子像徐元章母亲一样,带孩子远渡重洋,杳无音讯。一个异乎寻常的庭院,让其中亲情和爱情都显得异常——触目的美,必带来惊心的痛。

"那女子很贵气,一看就不是徐元章能驾驭的人。旧公子,有情调,收藏很多老唱片,没钱。他靠卖画、做美术教师有一些收入,但要花大价钱养护园子。到电台讲古典音乐。朋友们也给他一些接济。他没有新衣,总是穿着从前的衣服,吊带裤啊,尖头皮鞋啊,皮鞋上有裂纹。徐元章这个人啊,只适合与那些浪漫主义小姑娘谈谈艺术,悄悄亲热亲热。"

"你说的'谈谈'和'悄悄',像在总结自己人生经验啊。"我这样调侃,刘先生嘿嘿嘿笑,端起咖啡杯,像是向虚空中的一切致意。

3

徐元章只画上海滩异国情调的各种别墅、建筑,这自然与其生活遭际有关。

外公周宗良对宝庆路三号的构思与建设,历时七年,建筑材料均从法国进口。在三十年代上海滩,这一庭院异常醒目,无法像桃花源避世安身,觊觎者众。日伪时期上海汉奸行动队队长吴世宝,屡屡以"私通重庆"罪名相逼,并筹谋绑票,以图获得这一院落。

周宗良每每外出,都由四五个保镖左右观察、前后卫护,小心翼翼推开那扇黑色大门。他的手杖,其实是一把暗藏锋芒的剑。即便如此,其妻仍旧被夺门而入的蒙面者绑架,后以巨款赎回。周宗良不是魏晋人士,也不是陶渊明,他知道时代的危急和凶险。

七十年代以后,徐元章在上海画界逐渐成名。一个颜料商人的后代,用颜料、色彩来表达对这个世界的认知吧。

革命年代,一个画建筑的人,必然与上层建筑发生关联——淮海路、汾阳路和岳阳路,几幅领袖像的绘制者当中,有徐元章、陈丹青等当时上海画坛才俊。"站在高高的梯子上,画整面墙。这颧骨上的一点,是最后一笔,也是最难的一笔——全画最亮的一点,用白颜料,要点得精准,就必须在一米外仔细端详,然后啪一声,点上去,顿然生辉。"多年后，他在某部纪录片里回忆往事，表情有些失神、走神。

纪录片拍于二〇〇七年遗产纠纷案发生之际。徐元章想通过这部片子影响舆论，从而做出有利判决。大概也想通过这部片子，让失踪于异国的母亲和妻子，看到进入晚景的儿子和丈夫，多么无助与孤独。否则，他不会让录音笔、照相机、摄像机一类的外界俗物，侵入宝庆路三号这一高尚院落。

五个独立的别墅，分布于花园四周，最初分别为：主人起居室，会客室及餐厅，子女、家庭教师及来宾起居室，仆人起居室及配电室——把功能分解于有距离的不同别墅，确保不同层级人物的私密性。十年非常时期结束后，弄堂小学和派出所搬出，宝庆路三号完全回归徐家或者说周家。

"我小舅舅骑着马，在草坪上练习盛装舞步，周围是一群名犬。女子们围着看的时候，他在马背上的样子显得更高傲、更英俊。你看，当年他们烧烤的铁架子还在。生锈了。我一个人是不会在草地上烧烤的，显得滑稽啊。我爸爸当年进入这个院子当家庭教师，就在那一座楼里给我妈妈讲课，妈妈当时是高中生，师生恋呵呵。"徐元章在纪录片中笑了，面对镜头，像面对虚无的母亲和爱人。眼神有些羞涩、自得和惆怅。镜头移动，他身旁门框上似乎有白蚁蠢蠢欲动。

每周日下午三点，一群老克勒在"会客室及餐厅"所在的那一座楼聚会。所谓"克勒"，有两种解释。一种是"class"——阶级、阶层、台阶；另一种是"colour"——花朵、花花公子。一种有花花公子气质、花朵气质的旧贵族人士，年龄跨度在五十余岁到八十岁之间。其中，有昔日钢铁大王孙子、船王孙女、面粉大王外孙、火柴大王侄

171

孙、晚清重臣后人……这样的聚会，像中国近代史、现代史的一条索引、一个脚注。

老克勒们穿紧身西服或燕尾服，头发精心染黑，发膏和尖头皮鞋在一个人身体的上下两端，闪闪发亮。即便在室内、在复杂造型的吊灯下，他们依旧戴着可变色的墨镜，掩盖眼角皱纹。喝手磨咖啡，品红酒，用英语或精致的沪语回忆往事。他们甚至不说"阿拉"，而说"吾伊"。显然，"我""俺"一类普通话、土话，无法敲开这扇黑色大门。需要语言、妆容、服饰，加固某种尊严和存在感。

在纪录片中，看到一个打扮成"猫王"形象的八十岁左右的老人，自然经历过三十年代。七十岁以下的老克勒，比如徐元章，更多是在追摹旧时代的光影气息——从父辈那里，从老照片、老电影里，从血液里。《胡桃夹子》的音乐响起，老人们拥着美艳女子翩翩起舞。地板有细微裂纹、墙纸陈旧剥落的巨大舞厅，顿然辉煌。徐元章很少跳舞，像一台戏的编剧、导演、制作人、剧务，站在墙角微笑、观察，随时为大家斟酒、续茶。从舞会这一角度，眺望从前的美景良辰。由于怀抱中的女子过于诱人，那"猫王"滑倒在地，顺势做出天鹅之死的动作来自嘲："心爱的人啊，我为你而死。"哄堂大笑。

出现在这一院落、这一舞厅里的女子，大都是上海艺术院校里的学生，被某一老克勒带进这院落，就有了关于上流社会的谈资。她们会拜徐元章为师，学水粉画，在大草坪上面对五座别墅，表达幻想和心动。大部分时间，这些位于花园南侧的建筑处于逆光状态，画家就要学会辨别、呈现出阴影层次和深意。纪录片中的场景：暮色里，徐元章与一个女孩手拉手站着，女孩几乎依偎在他怀抱里了，白玉兰树的枝叶在头顶随风晃动……

记者询问与女孩相处时的内心感受，徐元章回答："我老了，对于她们的爱是干净的、安全的，可以信赖的。"一种比较体面的回答。

对于越来越多的造访者，以及试图进入这一院落的陌生人，徐元章抗拒："那个张先生，真是拎不清，带来一个外地女孩——我这种地方是外地人能进来的？再漂亮也不稀罕的。上海小姑娘嘛，自然是欢喜的、欢迎的啦。"这段话让我想到契诃夫，想到他最后一部作品——戏剧《樱桃园》。

宝庆路三号，像一个隐形的契诃夫写出来的戏剧，真实而又虚幻。

不同的是，在这一戏剧里，俄罗斯樱桃变成上海的玉兰。

4

《樱桃园》剧情梗概：十九世纪末，俄国贵族阶层崩溃，新兴资产阶级咄咄逼人，像长期寂静的樱桃园附近突然出现的火车站、火车，咄咄逼人。女主人公柳苞芙，在丈夫酗酒而死后，为新爱情移居巴黎、耗尽财产，归来，不得不拍卖掉世代居住、寄予无限情感的樱桃园。樱桃园接手者竟然是柳苞芙家族昔日奴隶之子罗巴辛。

剧中，拍卖日前夜，樱桃园举行舞会，舞者阵容已经不整齐了：商人、家庭教师、女仆、火车站站长。八十七岁的老仆人费尔斯，站在舞厅一角很不愉快地嘟囔："早年间，来我们这里跳舞的都是些将军啦，男爵啦，海军上将啦，而现在呢，去请邮局职员和火车站站长来跳舞，他们还摆好大的架子呢。"

徐元章像《樱桃园》中的谁呢？像柳苞芙、柳苞芙女儿安妮雅、费尔斯等人物的混合体，尊贵与卑微、前欢与新愁的混合体。宝庆路三号，只有他一个人在演出。连宠物狗这一道具，也蜕化为普通家犬。他必须分饰各种角色，直到曲终人散，只剩下玉兰树兀自开开落落。他显然不像剧中商人、新兴资产阶级代表罗巴辛，也不像冷眼旁观这一切的大学生特罗菲莫夫。

罗巴辛在感慨、愤懑："和你们成天混在一起，不干正经事，可把我整苦了。我不能没有事干，我不知道该怎么安顿我这两只手；它们悠闲地来回晃动，倒像是别人的手似的。""春天我种了一千亩罂粟，现在净赚四万卢布。当我的罂粟开花的时候，那是一幅多么美丽的图画……你为什么骄傲？"

特罗菲莫夫在沉思、抒情："你的父亲是庄稼汉，我的父亲是药剂师，这不能说明任何问题……你就是给我二十万，我也不要。我是个自由人。你们——无论是富人还是穷人——看得很重的东西，对我来说轻得像天空飞舞的柳絮，对我产生不了什么影响……我有力量，也很自豪。人类在走向最崇高的真理，在向地球上可能存在的最崇高的幸福前进，而我置身这个队伍的最前列！""我能达到。我自己能达到，或是向别人指明达到目标的道路……诸位，上马车吧……是时候了！火车快要进站。"

在这句话结尾处，传来砍伐樱桃树的斧声和火车汽笛声。

话剧《樱桃园》初次进入中国舞台，在二〇一六年，徐晓钟、林兆华先后导演，濮存昕等演员演出。熟悉外国文学的徐元章，是否读过《樱桃园》这一剧本？估计他不会喜欢契诃夫的主题：我们都是要告别樱桃园和旧生活的人，不论是根深叶茂的贵族，还是草间求活的平民——车站修到门前、胸前，一个人必须接受新世界的进入与拷问，像必须接受宝庆路三号铁门外种种人物与事件突然进入并拷问，从四十年代的流氓，到新世纪的法官。如何守住内心深处的樱桃树与灯火？

二〇〇二年，周宗良居于海内外的子孙，就宝庆路三号产权起诉徐元章，要求分割房产。法院鉴于徐元章母亲下落不明，继承链条中断，故判决"徐元章与本遗产分割案"无关，勒令其搬出花园。为诉讼，徐元章改变高冷风格，频频出现于电视台《心灵花园》一类痛说悲诉、暴露隐私的娱乐节目，为自己申辩——意料之外，也在情理之中。无奈。无效。

一个水粉画家在宝庆路三号消失，最终在人间也消失了。新贵们在拍卖场举牌，赢得这一花园中的草地和玉兰。

5

契诃夫对商人罗巴辛并非简单鄙视，而是充满同情与理解。

其实，他对笔下人物都带着同情与理解，像作为"契诃夫诊所"的主治医生面对病人那样，全身心感受他们的剧痛和隐痛——小说史就是疾病史。

契诃夫最喜欢的人物，应该是那一个总也没有毕业、被樱桃园女主人柳苞芙讥讽"得了洁癖、怪人、连恋爱滋味都没有品尝过"的大学生特罗菲莫夫。在一群商人、贵族、奴仆中间，需要一个大学生，作为新时代的观察者和预言者，保持自尊、悲悯和开阔。契诃夫大概把自我投入这一人物身上，甚至连特罗菲莫夫父亲的身份，也被写成了"药剂师"。

宝庆路附近有上海戏剧学院，我在学院剧场中看过日本现代舞《樱之园》，依据契诃夫的《樱桃园》而改编：

一座老房子面临拆迁，庭院中的樱花树怎么办？房主，一个不成器的人，对于樱花树感情淡漠，为避免缴纳高额遗产税而催促拆迁公司速速行动。护绿会的一个姑娘誓死保护樱花树。女演员在舞台上激烈跑动，围绕一棵产权与自己无关的樱花树，跑动，呼吁。最终，这个护绿会姑娘、女演员，在渐渐暗淡的追光灯中安静下来，樱花树轰然倒地。她痛说着自己的故乡和丧失，充满哀愁。帷幕后，隐隐响起日本自卫队战机轰鸣声，呼应俄罗斯的斧声和火车汽笛声。

俄罗斯樱桃树，就是日本的樱花树、上海的玉兰树，在充满被丧失、被斫伐的危险预感中，楚楚动人——

靠近亭子的地方，有一株白颜色的树，树干弯了，像个女人。

亲爱的、尊贵的书柜！我向你致敬。在一百年的时间里，你一直在为善良和正义的光辉理想服务。

您需要的不是看戏，而是经常看自己。您活得多没有味道，您要说多少废话。

生命就要完结了，可我好像还没有生活过。

大自然，神奇的大自然，你闪耀着永恒的光芒，你那么美丽，那么超脱，你，我们称之为母亲的大自然，你包容着生死，你能给予生命，也能将它毁灭。

《樱桃园》中这些台词，充满诗意和感染力，完全像宝庆路三号内的老克勒们在独白或对白。必须有能力触动灵魂和记忆，一个句子、一棵树，才能够活下去。

6

小说家汪曾祺把明代作家归有光比作"中国的契诃夫"。那么，我可以把契诃夫比作"俄国的归有光"。两人共同点都是：留白，爱闲笔，抒情，对讲故事没有大兴趣。这其实就是诗人气质，《樱桃园》中大学生特罗菲莫夫的气质——"一种模糊而美丽的人类真理的担负者，不幸的是，他对于这一重负既卸不下，也担不动"，纳博科夫如此评论契诃夫笔下的这一人物。

高尔基同样敬重契诃夫，说，他好像是站在路边微笑着对走过的人们呼吁："你们可不能再这样活下去了。"但在宝庆路三号、在上海、在这个世界上，许多人都没有听见，或假装没有听见这一呼吁。没有听见，或假装没有听见，才能心安理得地过一种没有精神负担的生活，走肉如行尸。

青年时代，一座小城，我与某同事经常在县委办公室值夜班，兼看电视剧。一个晚上，县委书记走进来："什么电视剧？"同事恭敬地站起来回答："《不知其名》。"县委书记看了同事一眼，走了。五分钟后，同事抱着脑袋蹲在地上，满脸通红，问我："书记误会我了吧？"我不解："怎么了？"同事嘀咕："书记问我什么电视剧，我说《不知其名》，他看了我一眼——可能以为我在用书面语'不知其名'搪塞他吧？真邪门啊，这个破电视剧的名字……"

遂想起契诃夫的小说《小公务员之死》。当然，这个同事没有死，后来混成某一级别的官员，开始让后辈小职员揣摩、不安。我们就这样一点一点完成对天真的背叛，庸俗地活下去了。

写完《樱桃园》不久，契诃夫活不下去了，在德国疗养地去世，像被死神伐倒的一棵樱桃树。棺材运回俄国，竟然被装入一节写着巨大"牡蛎"字样的货运车厢，心痛气急的亲人找了半天才找到——契诃夫想变成一只牡蛎？火车站台上，一支假装悲伤的乐队，正在节奏缓慢地演奏催泪曲，献给同一火车运回的某将军遗体，与契诃夫无关。

这一荒诞场景，像契诃夫虚构出来被演出的最后一台戏，以火车作为舞台背景。

上海也是舞台。人间无处不舞台，道具中已出现高铁、地铁、磁悬浮列车、飞机。我应该避免成为种种舞台上一个可笑、可悲的角色，即便身份再微乎其微、台词再有限，也应该站在那一个似乎永远无法毕业的俄罗斯大学生身边，站在樱桃树、樱花树和玉兰树一边。

归有光在《项脊轩志》结尾，对一棵树念念不忘："庭有枇杷树，吾妻死之年所手植也，今已亭亭如盖矣。"

需要一棵自己的树寄托身心。即便找到这样一棵树，也难以摆脱可怜可叹息之境地？

7

徐元章书房的吊灯上，三条链子中的一条已经断了，灯光暂时没有倾斜。

维护这一个院落，耗资巨大。徐元章请花匠隔日来打理一次花园。把各色灯泡换成乏味的节能灯。冬夏时节独自在家，也少开或不开空调。

徐元章在纪录片中展示父亲徐兴业的长篇小说《金瓯缺》。还有一沓信札，是父亲早年写给母亲周韵琴的情书。书和信札，残存父母日益抽象、稀薄的心跳和手温。

《金瓯缺》开始写作于二十世纪四十年代初，以南宋抗金斗争为背景，塑造了民间义军领袖马扩的英雄形象，对抗日战争这一当时社会主题做了隐秘回应。从一九三九年到"文革"结束，徐兴业只写出了前两卷，直到八十年代才匆忙完成三、四卷，收束全书。我想探究这一前后绵延四十年的写作，究竟出现哪些动力与障碍？与其爱情的发端与终结有关？书中是否出现了个人情感的投影？从上海图书馆借来《金瓯缺》，读毕，似乎印证一些猜测。

无锡国学专修学校毕业生徐兴业，被周宗良请来，为中学生周韵琴讲授历史和古诗词。一个其貌不扬、家境困窘的青年教师，遇见一位好姑娘——跳芭蕾、画油画、向往革命，尝试乘船去苏北参加新四军而被父亲奔往十六铺码头追回。一个大家闺秀爱上寒门书生，是发生在宝庆路三号的真实故事，非言情小说中的陈俗虚构。周宗良反对女儿将言情小说化作现实。周韵琴决然出走，与徐兴业在租住的公寓里结婚，生下徐元章。一九四八年，周宗良迁居香港，徐兴业与周韵琴才带着三岁的徐元章搬进宝庆路三号，闭门，感受新时代的来临和洗礼。

《金瓯缺》是徐兴业与周韵琴恋爱的副产品。两个人爱着、商量着，推进纸上情节的叙述。前三卷，语调缓慢、沉着，对情节走向、人物结局充满底气。第四卷却草率匆促，像一个故事大纲，作者的倦意难以遮掩。此时，周韵琴在徐兴业生活中已消失多年。贯穿全书的主人公马扩与其妻赵簟娘的爱情，显然寄托了徐兴业对周韵琴的眷恋，热烈得近于夸张，也就愈加失真、可疑。

周韵琴自香港去法国后，偶有信件被骑着绿色永久牌自行车的上海邮差，投入宝庆路三号门口的邮箱。后来，她像失联的飞机，一个机翼碎片都没有留下来以供猜测和追寻。

《樱桃园》中家庭教师夏尔洛塔的有些台词，完全像徐兴业自言自语："我什么也不知道，真想找个人说说话，但找不到了……"

8

徐元章的长相、气质酷似父亲，连爱情故事也在复制父母之间情感的起、承、转、合。缺乏想象力。他与妻子黄亨义的爱，也发端于师生恋。黄亨义多才多艺，是京剧演员言慧珠、歌剧演员温可铮的学生。她的美，被当时的高干子弟、造反派头头穷追不舍。一九七一年嫁入宝庆路三号。不知道这个庭院在黄亨义心中的分量，是否超过了徐元章？一九九二年，黄亨义带女儿去美国，渐行渐远渐无声。

徐元章一生活动范围没有越出上海。他对自家篱笆外的世界不感兴趣，对十字路口次第变幻的时代潮流，充满惧意。但他必须迎接世界和时代的种种敲门声——温和的，试探的，淡漠的，咄咄逼人的。幼年学画画，是母亲请人来宝庆路三号上门授课，教师就是后来声名赫赫的雕塑家、油画家张充仁和肖像画大师俞云阶。

徐元章似乎把所有才华和力量用于追忆。"所有的艺术都是回忆，最好的艺术是对未来的回忆。"（查尔斯·赖特）所以，艺术家是非现实的人。被现实排斥越强烈，对未来越不安，就越杰出越孤独。除了老房子，徐元章什么都不画，名气渐渐盛大，被美国《时代周刊》等媒体报道。不少外国人来宝庆路三号看画买画。瑞典驻上海领事馆在此举办过"瑞典之夜"晚会，近两百位中外人士萃集于草坪，灯火辉煌，饮酒诵诗，小乐队演奏小夜曲……

不久前，我在中华艺术宫看徐元章遗作展：几十座别墅耽溺于水粉中，陈旧又鲜艳，像一群与上海人存在时差的异邦游客，像与现实存在隔膜的德式、法式、英式、美式的徐元章。

中华艺术宫就是二〇一〇年世博会期间的中国馆。那红色斗拱架构的民族风格，徐元章大概不会喜欢，就像他绝不会去看电影《十字街头》一样。

9

上海大约有五千余幢悬挂"历史保护建筑"字样铭牌的花园洋房，如思南公馆、哈同花园、丁香花园、沙逊别墅、马勒别墅、爱庐别墅、爱神花园、绿房子、望庐、宋家花园、荣公馆、白公馆、张公馆、犹太人总会、嘉道理住宅、华业大楼……密布于外滩、南京路、淮海路、华山路、湖南路、新华路、复兴西路、汾阳路、太原路等等地段，繁华中存大幽静。从事老洋房交易的一个律师朋友，对我分析其中规律：晚清至民国时期，官员大多居住于徐汇区，商人大多居住于静安区，文人、学者、专家大多居住于黄浦区。

去探访部分院落，似乎都种有玉兰树。五月，玉兰盛开，像一树树鸽子迎风翻飞。上海市市花就是玉兰。五十年代以后，这些院落大部分归于国家，成为博物馆、少年宫、学校、餐馆、音乐学院琴房、作家协会办公地等等。旧人已去春常在，玉兰兀自开。这些异国风格院落，组合出上海混血的面貌体态。墙里秋千早已拆掉，墙外单行道上车流汹涌，行人们匆匆奔向证券交易所、草地音乐会、大师赛、主席台、饭局、家长会、新概念作文比赛、机场、财务负债表、法庭、离婚协议、告别仪式……墙上旧照片中的民国佳人隐隐地笑。

部分花园别墅成为各阶层市民混居的公寓。即便在革命年代，这些建筑内的部分人物，面容与身影依然保持旧生活的夕照余晖：女子们悄悄去锦江饭店做发型，穿自己改良之后的"列宁装""布拉吉"，走在路上像安娜·卡列尼娜一样引人注目；男士去照相馆，脱下千篇一律的蓝色工作服，从提包里掏出珍藏已久的西装，系上领带，坐对光芒；回家，在厨房里揣度西式糕点配方，阅读包着红色书皮的西方文学名著；被驱逐到乡下的老仆人，以"远房亲戚"一类名义被昔日主人召回，继续琢磨如何用有限的钱改善食谱；孩子们被送到老教授家中，暗自接受声乐、钢琴、油画、物理、写作等技能的训练，从而在一九七八年作为起点的新时期到来时，占据先机，像父辈那样进入社会精英阶层……

存在一个看不见的上海，意大利作家卡尔维诺的好眼力、好笔力，也看不见、写不出的一个上海。

建筑与环境就是命运。彩绘玻璃窗上一个天使图案的飞翔，仆人夜半走廊上的偷窥，室内楼梯或街头拐角处的身体碰擦，弄堂里的一次凝眸和落日，十字街头的一次转身和细雨……都可能引发一个情节、一个事件，让生息其中的男女，拥有了意料之外、情理之中的高潮和结局。"一个以密切交织的人际关系为特征的生活世界，它从里弄房屋的里面展现出来。有时候，激情也会公然迸发，而欲望则流动于街道、小巷、菜场等无数的迷宫之中。"李欧梵在对金宇澄小说《繁花》的评论中，谈到上海地理与人性幽明之间的关系。

显然，一个人对于所处空间的态度，就是世界观、价值观。服从它、眷恋它或逃脱它，就是一部小史诗——杜甫的茅屋和身体，必然为秋风所破；归有光的项脊轩和枇杷树，必然归于苏州城外名为"项脊泾"的一片田野；徐元章的老洋房和玉兰，也只能被资本和时间有力主宰。

10

在徐元章画笔下，我看见两个熟悉的院落。

其一，铜仁路与北京西路交叉形成的十字街头，一座四层别墅式酒吧"艳阳天"。初为上海滩另一个颜料大王吴同文的私宅，因外墙微绿而俗名"绿房子"。吴同文是当代建筑大师贝聿铭的姑父，与周宗良之间存在复杂的竞合关系。绿房子在当年上海滩巨富大亨们的豪华宅邸排行榜上，位居前列：小电梯首次出现于上海家庭，客厅地面铺设弹簧板以增强跳舞时的足部快感……燕京大学校长司徒雷登来访，与吴同文在二楼阳台共进晚餐。二十世纪六十年代的某个夜晚，吴同文和妻子在阳台自杀。楼下，学生们在狂欢，朗诵《别了，司徒雷登》——

绿房子，就是吴同文的"樱桃园"？

我曾经进入艳阳天酒吧或者说绿房子，与一个战略合作伙伴达成共识，草签一纸协议。透过窗子，庭院里也有一棵开满白花的玉兰树，"树干弯了，像个女人"。

另一个院落，是愚园路上由三座小楼围合而成的花园。

院落原主人为民国时期一家医药企业的老板。二十世纪五十年代公私合营后，该院落成为我所供职的一个国家级药物研发机构的组成部分。主人的儿子，王先生，二十世纪五十年代从英国留学归来，成为这一院落里的科学家，童年时代的卧室成为实验室。王先生的妻子是留学期间在伦敦街头遇见的一位好姑娘，后在复旦大学教书。六十年代，许多夜晚，为开展涉及有毒气体的若干工艺路线研究，王先生独自在这一院落内的草地上点亮蜡烛、露天工作，摆弄试管、烧瓶、试剂——当时的实验室通风条件比较差，只能借助于室外晚风的吹拂。

后来，王先生成为中国工程院院士，数项科研成果获得国家级大奖。为了药物工艺研究所需要的手感、灵活度，他买了一个理发推子，与自己的研究生相互理发。王先生和研究生们的发型，都显得简单、稚拙、朴素。目前，王先生九十多岁了，住在一栋高层公寓内，墙壁上悬挂着他书写的南宋诗人杨万里的《桂源铺》："万山不许一溪奔，拦得溪声日夜喧。到得前头山脚尽，堂堂溪水出前村。"妻子患失忆症后，除了王先生，她对这个世界上的山重水复，对这座城市的花园菜场，一概丧失了认知和牵挂。除非入睡，每当王先生做事情，她就坐一旁安静地看着，一眼不眨，寸步不离。

"去复去兮如长河啊——白居易的诗吧？这是在说晚年。杨万里这首诗，说的是青春壮年——堂堂溪水啊，堂堂溪水……"王先生对前来登门探望的我如此感叹。他喜欢写旧体诗。他谅解写自由体新诗的我："自由，不容易——河流如何能够做到在两岸的约束中入海……"王先生茶几上有契诃夫和鲁迅的小说。"他们都是医生出身，我是药物学家——药物和医学，算是知己、邻居？应该能谈得来，谈得来，呵呵……"

他出版过一本回忆录《九秩回眸》，其中，有反思七十年代初期"牛棚"生活中的"告密"情节："在崇明岛上的牛棚接受学习改造。风景好，芦苇浩荡海风吹，比在单位里整天开会惬意了一些。某日，单位里的一个领导被打倒了，沦落到我们这些臭老九中间。每晚熄灯后，这领导总要出去半小时左右，才回到牛棚与我们同居，一身香烟气。

185

单位里的政治运动很激烈，与这领导点子多、没自尊有关。我鄙视他，就趁着一个得势的造反派头头来视察，告密了。后来，这领导又被解放出了牛棚，临走，有意无意对我说，他夜里出去转悠，是被派来监督我们不要自杀、逃跑。我才明白自己的幼稚和猥琐了。这件事之后，我告诫自己：要么不说，要么堂堂正正、敲锣打鼓地说。"

牛棚，也是一种特殊建筑，必然造就一种特殊的内心景观。与牛群、青草、大海为伴，拥有旷野知识和底层经验，自然不同于花园、庙堂里的人。徐元章大约对此不屑一顾，或不甚了了。

我问王先生知道宝庆路三号吗？他点点头。知道徐元章吗？他摇摇头。王先生高大硬朗，与徐元章的气质和趣味迥然不同。在上海，拥有旧贵族背景的人，像不同鱼群在不同温度的海域里，各自游动。

我告诉王先生，他以前的家、后来的实验室，被徐元章"搬"进了画框。王先生笑了："他在审美，我在研究，都好，都需要。能在自己出生的房间里做科学实验，很难得，很奇妙啊，圆满，满足——太棒了！"他端起咖啡杯，向我举了举。

11

宝庆路三号外是公交汽车站。乘坐公共汽车的人们，漠然背对这一庭院。他们只向公交车所代表的大致相似的动机、契机、转机，殷殷眺望——那公共的、平民化的未来。

个性化的、别致的前途命运，暗藏于旧时代的马车、火车，新时代的兰博基尼、法拉利等名车，或丽娃、阿兹慕等豪华游艇，或首相一号、豪客等私人飞机。大同小异，万象归一，归于短暂的欢愉、长久的隐疾与剧痛，以至最终的平静。

我数次有意前来或无意中路过，都没有看见宝庆路三号内的玉兰树。它们每一年都在新生，不论庭院里的主与仆如何更迭衰荣，永远只对春风和光线发芽、发言。

像上海的玉兰、日本的樱花树、俄罗斯的樱桃树一样，契诃夫永远不会过时。好作家像新人、亲人、友人，在同一时空与我们生息相伴。当一个人病了，契诃夫们就会捏着一纸药方、一支温度计，出现在无影灯下、病床边、走廊里，以及书桌上那一个酷似药罐的墨水瓶旁。

岳阳路：
只有自由和平静

Yueyang Rd.

1

岳阳在湖南，岳阳路在上海，位于桃江路、肇嘉浜路之间。南北向，长九百四十七米，宽十五米，属上海市六十四条永不拓宽的风景街道之一。

沿路有中国科学院上海分院、上海自然科学研究所、生命科学图书馆、法国领事馆旧址、东正教堂、好望角大饭店、教育会堂、上海中国画院、上海科技大学。

附近有湖南路、衡山路、上海音乐学院、襄阳公园……

在岳阳路自然而然想起岳阳，想起孟浩然《望洞庭湖赠张丞相》："八月湖水平，涵虚混太清。气蒸云梦泽，波撼岳阳城。欲济无舟楫，端居耻圣明。坐观垂钓者，徒有羡鱼情。"

想起杜甫《登岳阳楼》："昔闻洞庭水，今上岳阳楼。吴楚东南坼，乾坤日夜浮。亲朋无一字，老病有孤舟。戎马关山北，凭轩涕泗流。"

想起范仲淹《岳阳楼记》："然则北通巫峡，南极潇湘，迁客骚人，多会于此，览物之情，得无异乎？"

无异——孟浩然、杜甫、范仲淹，以及出现于岳阳路、汾阳路、桃江路三条路交叉处小花园里的普希金，"迁客骚人，多会于此，览物之情，得无异乎？"无异。异国异代的诗人们，会聚于这条上海小街，对语言、自由、美的深情，贯通无异。

当然，小花园里的普希金，呈现在大理石基座之上的铜中，比呈现于血肉中持久——"俄国诗人亚历山大·谢尔盖维奇·普希金纪念碑"，一行金字，镌刻碑身。普希金铜像与附近的一座东正教教堂相呼应，那是他祖国的象征。

> 我为自己建立起了一座非人工的纪念碑，
>
> 在人们走向那儿的路径上，青草不再生长，
>
> ············
>
> 我所以永远能为人民敬爱，
>
> 是因为我曾用诗歌，唤起人们善良的感情，
>
> 在我这残酷的时代，我歌颂过自由，
>
> 并且还为那些倒下去了的人们，祈求过宽恕同情。

这是普希金《纪念碑》中的句子。诗人的自信，缘于对语言的信心。

普希金铜像前后建设三次。首建于一九三七年，由旅居上海的俄罗斯侨民捐资建设，毁于一九四四年日本军队之手。一九四七年重建，毁于一九六六年汹涌如潮的革命青年。一九八七年重建，在普希金逝世一百五十周年之际。如此遭遇，普希金或许存在预感：只能用诗这样一座非人工的纪念碑，筑牢自由和深情。

岳阳路、桃江路、汾阳路，寸草不生地涌向普希金铜像。人流车流环绕诗人，如同他热爱的、汹涌着自由元素的大海，环绕一座伟大岛屿。

2

秋日的一个下午，我来到这座三角形小花园。普希金平视前方。

俄罗斯诗人茨维塔耶娃在《我的普希金》一文中，描述了幼年乃至一生与她家门前普希金铜像之间的关系。那是一座黑色铜像，普希金右手永远拿着一顶礼帽，等待这个小女孩到来。茨维塔耶娃爱上他积雪或落霞铸就的肩膀，也爱上那肩膀深处的黑色——在俄语中，也像在汉语中，黑色都意味着悲伤、深沉、隐痛。

我眼前是上海的普希金，也沉浸于一小块黑色的铜，沉浸于头颅形状的黑夜。他对代表春天和爱情的绿色，感到沉重、痛苦和陌生，呼吁："请给我狂暴的风雪，还有那幽暗的漫长冬夜！"因维护尊严和爱情，死去，在一八三七年二月落雪的傍晚。两个旁观者把受枪伤的普希金架上雪橇，一个持枪者仓皇逃离，这一场面构成的油画《决斗》，就挂在茨维塔耶娃母亲房间里，像寓言和预言——幽暗和冷意伴随这个女孩一生，从童年直到自杀，像普希金那样彻底进入"幽暗的漫长冬夜"。

的确，普希金、茨维塔耶娃极其相似：

——都那么热爱着爱情。伟大的诗人似乎都是从对一个人的爱出发，唤起对爱人置身其中的广大尘世的眷恋与痛惜。

——都在大量诗篇中爱着爱情。"普希金以爱情感染我，以爱情这个字眼感染我。"（茨维塔耶娃）。比如，《致凯恩》："我记得那美妙的一瞬：在我的眼前出现了你，有如昙花一现的幻影，有如纯洁之美的精灵。"这是普希金再次遇到二十五岁的少妇凯恩时送她的情诗中的前四句。他在二十岁时初见十九岁少女凯恩，爱上她。凯恩后来活到七十九岁，墓碑刻着上述四句诗。这首情诗已被谱曲，成为著名的俄罗斯情歌《我记得那美妙的瞬间》。

——都非正常地结束一生，在语言里获得永恒。

伟大的爱情和情诗，都有能力脱离具体的抒情对象，抵达万象。普希金的情诗，也完全可以献给诗神、语言之神。作为俄罗斯文学语言奠基者，普希金被别林斯基称为"俄罗斯第一位诗人、艺术家"。诗人的命运，就是语言和人类的命运。

当岳阳路上的普希金分别倒在一九四四年、一九六六年，上海也恰恰处于动荡中、悬崖上。每次复建，就是上海的一次浴火重生。

3

坐在岳阳路上一个小酒吧，看普希金，翻一本影集《俄罗斯人在上海》。

十月革命一声炮响，给我们送来马克思列宁主义，也送来数万俄罗斯贵族和犹太人。这本摄影集中一百余幅黑白老照片，记录二十世纪初期被朝鲜、日本拒绝接纳而辗转来到上海的俄罗斯侨民们的生活：停泊于外滩的俄罗斯轮船，皮革店里的模特，理发店里豪华旋转椅上烫发的女子，俄罗斯餐厅里的聚会，花园婚礼，教堂葬礼，草地音乐会，跑马场上的春风薄衫，医院外科大夫口罩也难以遮掩的高鼻子，面包店销售员，石库门弄堂里拉手风琴的少年……

这些俄罗斯侨民爱上海，使这座城市加强混血的美——普希金铜像附近的淮海路，或者说霞飞路，因俄罗斯人店铺众多、罗宋汤味道飘扬，被上海人呼作"罗宋大马路"。俄罗斯人也被称作"罗宋人"。

影集中有一张照片，是众多俄罗斯侨民与刚刚落成的普希金铜像合影，与一个诗人合影，让他站在最高处。

"没有幸福，只有自由和平静。"普希金这句话，大约回旋于俄罗斯侨民内心。具体、现实的自由和平静，胜过虚无、抽象的"幸福"二字，无论对于普希金、茨维塔耶娃、多年前的俄罗斯漂泊者，还是对于今天的我——

自由如大海，平静如岳阳路，多么难，像这一座诗人纪念碑的废与建。

4

一九三七年，抗日战争全面爆发，一个宁波少年来上海租界避难，读到鲁迅翻译的俄罗斯文学作品，深受感染。他节衣缩食学俄语，每周去俄国侨民家中上课一次，尝试翻译托尔斯泰、肖洛霍夫、普希金，最终成为著名的翻译家——草婴。这一笔名，来自白居易《赋得古原草送别》，让俄罗斯人感动，像看见野火春风里生生不息的中国。

异常动人的是，草婴先生定居于岳阳路一百九十五弄。一幢西班牙风格的公寓内，草婴每天翻译一千字，独自与俄罗斯的人道主义精神相往来。多年前，我随朋友去他家做客，见客厅、阳台上都是梅花、兰草。他没有工资，像巴金一样靠稿费生活。"足够了，我不抽烟，不打牌，不喝酒，足够了。"他说。

十年非常时期，草婴因翻译肖洛霍夫作品而受冲击，下放劳动。五十公斤的水泥包压断胸椎骨。没资格看病，因为他是一个没有单位的人。躺床上静养，翻一次身子就是地震和劫难。挺过来了。"我脊梁骨没有断。"他说。

"俄罗斯是一片广漠的平原，坏蛋们在上面游荡。""一个挂着戴着肩章的林务官，从来没有见过森林。""善良的人，甚至在狗的面前也会感到害羞。""一个疯子认为自己是个鬼魂，一到深夜就四处走动。""人的眼睛，在失败的时候，方才睁了开来。""我觉得，除了大海与我以外，便概无所有。""如果我能够从胸膛里把心掏出来的话，你可以看到它跳得是如此的艰难。""应当像暴风雨般地生活，不准怯懦。"……契诃夫《手记》中这些只言片语，像诗，写于一八九二年至一九〇四年他四十四岁去世之间，属晚期之作。遗嘱般的语言，就是诗。草婴读着爱着，从这些句子里获得安慰。

黄昏时分，他时常去普希金铜像那里散步，与这个同样遭受重创的诗人，默默讨论幸福、平静和自由之间的关系。当胸椎骨隐隐作痛，预报一场大雨将至，他会仰头看看普希金，猜测也有疼痛一阵阵涌过这一具高远的身体。

二〇一五年，草婴去世，终年九十二岁。他爱过的那些梅花和兰草，继续活着。他爱过的俄语和汉语，继续活着。爱和善继续活着，否则，这苍茫人世还有什么值得眷恋？

与草婴一道把俄罗斯文学引入中国的翻译家还有很多，比如，查良铮、曹靖华、戈宝权、冯春、高莽、荣如德、李健吾、刘文飞、黄灿然……他们就像是一群俄罗斯思想者的中国化身，成为汉语中的普希金、托尔斯泰、契诃夫、肖洛霍夫、茨维塔耶娃、阿赫玛托娃、曼德尔施塔姆、布罗茨基……

5

普希金铜像下的小花园里，一个流浪者在躺椅上昏昏欲睡，脚边是破烂不堪的行囊。他大约不知道普希金，不知道附近上海音乐学院音乐厅正在演出根据普希金诗篇改编的歌剧《黑桃皇后》。

花园旁，一个临街小店匾额上写着"刺青"。巨大落地玻璃窗内，似乎正有人在接受颜料和针头对身体局部地区景观的改变。街道边树木青葱，像岳阳路腰部、少年腰部刺青而出的图案？

从唐宋中国，到古今俄罗斯，如果没有孟浩然、杜甫、范仲淹、普希金、茨维塔耶娃这一代又一代诗人，持续在纸上刺青，尘世将会多么荒凉，像流浪者昏睡在躺椅上。

复兴公园：
旋转木马之歌

Fuxing Park

1

电视中响起一支熟悉的歌《旋木》：

拥有华丽的外表和绚烂的灯光，我是匹旋转木马，身在这天堂。只为了满足孩子的梦想，爬到我背上就带你去翱翔。我忘了只能原地奔跑的那忧伤……在这一个供应欢笑的天堂，看着他们的羡慕眼光……旋转的木马没有翅膀，但却能够带着你到处飞翔，音乐停下来你将离场，我也只能这样。

我放下手中的书，盯着电视辨认。是王菲在绚烂灯光下歌唱，外表华丽，像旋转木马，也像旋转木马上的人。她应该骑过旋转木马，独自，或者与恋人、与孩子。我更喜欢她现在的憔悴、倦怠和沧桑感，像喜欢上海秋天的各类树木——简洁明了，与世界的关系很疏淡，少了许多掩饰、敷衍和纠缠。暴露的鸟巢，像知己的心、爱人的心，坦陈出一声声鸟语，不必再隐瞒最私密的喜悦与哀伤。

195

《旋木》是一支二十一世纪初的流行歌曲。表达情感，需要某种对应物，比如，古老的玫瑰、杨柳、蒹葭、雨雪。流行歌曲需要流行的情感对应物。这支歌，指向当时中国城市生活中普遍出现的旋转木马，音乐伴奏、电流推动、没有马鞍、悬空、等距离、虚拟的奔驰，象征一种无望的、脱离现实的追逐？

婚姻也是一匹木马。婚变，就是换一匹木马或下马，走出某种巨大游乐场。

2

我没有骑过旋转木马。

幼年，在豫南乡村骑过真正的马、驴、牛。马背、驴背、牛背，给臀部带来一种沉实感、动荡感，让我多年后坐在木椅上、沙发上、吧椅上、台阶上、河岸上、船舷上，都有能力在眼前焕发出一条尘烟四起的乡村大路，对前途，抱以清醒的、开阔的态度。我没有游乐园，只有家园，贫瘠中不乏欢乐，茫然中尚存宁定。

我能辨认出一头骡子中马和驴的雌雄结构，这是外祖父传授的民间知识。在民国，他是一户富裕人家的长孙，实际上是一群长工的头目，带头种地、榨油、磨面、赶车——当时的轿车，铁辖辘，装着轿顶，一匹马、一头骡子组合在一起埋头拉车，轿车里坐着客人或亲人。马头簪着红绸子缠成的巨大花朵，负责轿车的美感。骡子沉默，负责轿车的动力和方向。

外祖父曾去豫北买过一头骡子，往返六百里。那是一头好骡子，让外祖父兴奋而不安，旅店里过夜，也把骡子缰绳缠在手臂上。到家了，松一口气。半夜里听见窗外传来一声闷响、一阵呻吟。外祖父急忙起身，手举马灯推开门，看见一贼掉落在围墙下、牲口圈边。原来，这贼从漯河的牲口市场上开始，一路紧盯，无机会下手，最终从这道围墙上跌落下来。"请给我买跌打药，行行好，我有药方……"这贼熟练背诵出一个偏方——开始盗窃生涯时，贼的师傅就传授这一种需要默默牢记的护身术。外祖父按照偏方买来草药，熬制出膏药敷于贼腰。半月后，康复，这贼带着外祖父赠送的一笔钱回家种地，逢年过节还来走亲戚。碰见外祖父的那头骡子，这贼就有些脸红和尴尬。

从这贼留下的偏方开始，外祖父慢慢琢磨，渐渐成为豫南地区著名的民间中医，能给人和各种牲口治病。但他应该不会给木马治病。旋转木马的医生是木匠和电工。

3

朋友、诗人廖先生是上海人，对马、驴、牛的知识很缺乏，更不知道骡子、马、驴之间的互动关系。当然，对牛排的品鉴非常精细、苛刻。"我吃过上海所有知名的牛排餐厅，最好的，你猜是哪里？"我摇头，他狡黠一笑："是我妈妈做的最好，哈哈，七分熟，用云南产的一种小黑胡椒磨成的粉，味道美极了——当然，没办法请你来品尝了。她去世了。当然，我关于牛排的结论，仅对自己有意义。"我笑了一半，然后让表情平静下来。

听完王菲《旋木》的这一天下午，小雨，想起上海最早出现旋转木马的复兴公园。发微信约廖来复兴公园溜达溜达，他欣然同意。

廖是自由身、独身，写过一首诗《复兴公园》——

复兴公园，像青春。

旋转木马和童年凋谢了，

生长出 PAKE97 和钱柜 KTV。

夜色啊，有着黑色蕾丝花边裙子拦不住的美。

在 PAKE97 里喝酒，

假装遇到克林顿总统和夫人。

到钱柜 KTV 里歌唱，感觉自己像一张假币。

就这样半醉半愧、半梦半醒，

就这样看见复兴公园里的月落和日出，

就这样坐在草地上痛哭。

一个女子在我怀抱里低语：

"爱人啊，你把我送到了天上"。

青春啊，像复兴公园——

走出公园，我和她远了、老了、消失了。

坐在复兴公园内一个法式亭子里，我谈到这首诗："你来公园是怀旧啊，眼前景色都联系个人生活，很多细节会重现眼前。我来公园是想象——比如当年，六十年代、七十年代，全上海的孩子排队买票来乘坐那一匹旋转木马，是怎样一种盛大景象。我初次看见旋转木马，是当父亲后陪孩子去玩，在南阳，一座小城，那木马比上海的木马小一些、谦虚一点哈哈……"

他笑了："你也在怀旧，我也在想象。这公园也与你有关——你想到它，它就与你有关了。我们内心大同小异，所以都成为写诗的人。"

4

复兴公园周围，有许多著名建筑物：思南公馆，花园公寓，伊丽莎白公寓，黑石公寓，克莱门公寓，米丘林公寓，梅谷公寓，周公馆，孙中山故居，冯玉祥故居，刘海粟故居……让我想起欧阳修《醉翁亭记》中名句："环滁皆山也。"

雨中公园像山脉环抱的小盆地，很幽静。

大草坪尽头，长椅上只有一对情侣在两张伞下坐着，像廖和早年情人的替身。几只鸽子在散步，偶尔飞起，大概被一阵风或虫子惊动了。

草地四周是悬铃木或者叫法国梧桐，都有百年以上历史，被法国人种下、长大，证明此处曾经是法租界、曾名"法国公园"。法国驻上海领事馆经常来此举办舞会、酒会、展览会，公园警示牌上曾经写着："华人与狗不得入内。"再早，是法国兵营，在《马赛曲》中举行阅兵式，军号嘹亮。更早，晚清，是顾家宅公园。最早，是顾家宅村的一片田野，与我故乡中原的田野，毫无二致。

从一个犹太人的回忆录里知道：在上海，三十年代，从法租界出行到英租界，需要在法国人经营的有轨电车与英国人经营的巴士之间换乘，也需要另付车资。如果从一租界搬家到另一租界，需要置办一套新电器或使用电压转换器——法租界电压是一百一十伏，英租界电压则是二百二十伏。一座被瓜分的城市，像西瓜，体会着刀子的锋利和寒意。

"小时候，六十年代，这公园曾叫过'红卫公园'，红色行为艺术统领一切的年代啊。旋转木马一直是绿的，一九六四年建的。上海的爸爸妈妈要奖励孩子，就说去复兴公园，骑电马、带电的马——那时还没有'旋转木马'这种名字。'电马'没诗意。骑过'马'，天黑了，就在草坪上看露天电影，《鲜花盛开的村庄》《列宁在十月》《南征北战》——电影散了，还有人去草地上找子弹壳呢。后来，夏天，这里有许多外国人晒日光浴，把草地当成海边沙滩。"

廖对我负有导游解说的责任。移居上海二十年，我依然充满游客感，对这座城市的幽深内部无法洞悉。但你、我、他，谁又不是这广大人间的游客呢？这样想着，稍稍缓解自己对于上海理解力匮乏的焦虑和惶惑。

5

当年游乐场、旋转木马的位置，矗立钱柜KTV，但停业改建，周围笼罩着建筑商拉起的丝网。新世纪初期，这里是上海夜生活的地标，兰博基尼、卡宴、法拉利一类名车与美人商人云集于此，新闻、绯闻、传闻多多。一个时代有一种舞台。如今，一层丝网中，它像卸妆之后穿着丝袜、丝质背心就倒床入睡的舞女。

在微信兴起的当下，我常常在朋友圈表演个人生活，把天南地北的美景、美人、美食，一股脑砸向隐形的看客，赢得一番妒意、爱意、赞意，甚或嘲谑、怜悯。手机成了小舞台，演绎一个人的雅致、愤怒、深广、猥琐、无聊……但情节、台词、背景，日益虚幻，与上海滩这伟大实体舞台上的表演者，难以相比。

廖的微信"朋友圈"，空白一片，一张照片、一条信息都没有。他自成一体，像岛屿，自治、自在，与人海仅仅保持一个用礁石、海鸟窝、云朵组成的切面而已。他不需要表演，也就不需要观众。他的微信头像是一个烟斗。不论何时何地都握着一个烟斗，烟丝是进口的，无尼古丁。小规模的烟，被他喷吐而出，在面部营造出云烟缭绕的山水感。"嘴巴需要这样一个动作，习惯了，据说许多人悄悄吸奶嘴，回味母爱。我们都是孤独的人啊。"他隔着一层云烟这样解释，我笑了。

"你不抽烟？女孩子们喜欢淡淡的、不过分的烟草味。"他说。我笑了。

6

与其他公园一样，老人们主宰了假山上的亭台、草地边的连廊，习拳、观鱼或下棋，弹琴、独唱或合唱。由于下雨的缘故，他们很安静，棋子声、琴声和歌声，大概比晴日微弱了许多。

一个老人站在芭蕉丛旁边小便，雨声掩护他。我和廖假装没有看见，绕开。谅解一个老人，就是谅解未来的自己。他大约是附近居民，一个世家公子？年少时，或许碰见过居住于周围公馆、经常来此散步的众多知名人士：孙中山、周恩来、柳亚子、何香凝、史良、丁玲、张学良、梅兰芳、史沫特莱、董竹君、柯灵……

周围那些公馆，如今成为纪念馆、文学会馆、酒吧、餐厅、书店。那些知名人士，当年望着窗外的复兴公园，内心大约有法国人的马蹄、马靴，一阵一阵践踏，就有一阵一阵愤懑汹涌袭来。

一场雨，使公园里落满桂花，细碎如散金，香气袭人。应该比《红楼梦》中的袭人香、干净。一只白猫沿着花坛周边的铁篱笆奔跑，在追逐假想中的异性或老鼠？

我近期在临摹黄庭坚的《花气薰人帖》："花气薰人欲破禅，心情其实过中年。春来诗思何所似？八节滩头上水船。"写春日与中年。在眼下秋寒里，复兴公园桂香更有破禅之力。黄庭坚或许正是从舟子以桨拨水、逆流而上的动作中得到启示，笔法顿挫，淋漓尽致。一支毛笔，就是一把桨，墨水急，素纸阔，雁过天低。我可能是随波逐流的人，无力再现此帖神韵，像被电流推动的马——木马。

公园西南角有儿童乐园，落锁，无人。透过栅栏看见一组小型的旋转木马，供新一代孩子乘坐。"和当年的旋转木马不好比啊！"廖吐一口烟，像为这句话打一个感叹号。他的烟斗像问号。有能力从问号里生发出感叹号，是好诗人之特征？

一条长约三百米的砖铺甬道，作为公园中轴线。一端是喷泉与天使雕像，另一端是水池花坛。欧式风格，粗犷直率，可供马车进出。中式庭院迂回、幽曲，利于猫犬跃动其间就行了。

一绿一黄，两把伞自甬道尽头渐渐走近。一男，另一人性别不明——有女性化的腰肢，头发却剃尽如僧尼，表情素淡，着白衣。飘逸俊爽，擦肩而过。我困惑回望，廖笑了："可能是女演员，老生。头发剃尽，便于装扮。"

公园西北角，一扇门半开半合，贴有关于《牡丹亭·游园》的"昆曲初体验"传艺广告。粉红纸，写有"昆曲老师汤×，十席，票价二百八十元"字样和一段广告语："原来是姹紫嫣红，尽在曲中。转身见氤氲朦胧，嫣笑勾魂。"

不知那一位"表情素淡白衣人"，是不是汤老师。她和他，推开那扇门进去了。

7

雨大了，我和廖走出复兴公园，在思南路上一个书店里坐下来。

对面，复兴中路上临街一长排三层公寓，有一家曾属于钱锺书、杨绛。目前，钱家的一楼是售卖艺术品的小店，上二楼、三楼，则需要从背面弄堂进入，但已经是新主人在其中生息忧欢了。钱锺书的《围城》就产生在这里，产生于围城般的上海沦陷期。一九四四年动笔，两年后出版，风行南北。当时，他在光华大学讲授英美散文课程，同事有胡适、徐志摩、吴梅、吕思勉等名家。期末考试，钱锺书给学生出的试题是"What is love？"这样一个问题，一代代的人都必须面对、回答。

廖准备出一本诗集来回答"什么是爱"。他向我征询书名，我建议就用《复兴公园》。谈到王菲歌曲《旋木》。他说："歌词写得真好。休斯好像也写过一首《旋木》。"我记不完整了。他在手机里找出来，念给我听。

先生，这个旋转木马上，

哪里是黑人的座位？

因为我想坐木马。

在南方——我来自那里，

白人和黑人不能坐在一起。

在南方的火车上，有一节是黑人车厢。

在公交车里我们坐后排——

但是在旋转木马上没有后排。

黑人的孩子可以坐哪里？

　　一首关于"种族歧视"主题的诗，以旋转木马作为情感对应物。这个休斯是美国黑人兰斯顿·休斯，写过著名的《黑人谈河流》。

　　还有一个休斯，英国诗人泰德·休斯，抛弃妻子、诗人西尔维亚·普拉斯，导致其自杀，被诟病一生。他没写过旋转木马，写过深夜旷野里遇到的《马群》——

　　浓灰色的庞然大物——一共十匹——

　　巨石般屹立不动。

　　它们呼着气，一动也不动，

　　鬃毛披垂，后蹄倾斜，

　　一声不响。

　　我走了过去，没有哪匹马哼一声或扭一下头的。

············

它们垂下头，像地平线一样忍受着，

在山谷上空，在四射的红色光芒中——

在熙熙攘攘的闹市声中，在岁月流逝、人面相映中，

但愿我还能重温这段记忆：在如此僻静的地方，

在溪水和赤云之间听麻鹬叫唤，

听地平线忍受着。

关于"忍受"这一主题。也像在写旋转木马。木马也是马，更需要忍受寂寞、电流、喧哗、无望……甚至，它连地平线也没有。泰德·休斯写马群也像在写自己。他忍受了一场爱情带来的种种后果。他与女诗人普拉斯也是从旋转木马上下来的人。在中国，许多女诗人因热爱普拉斯而拒绝喜欢泰德·休斯，像热爱一匹木马，就拒绝再喜欢它苦苦追从而不得的前面那一匹木马。

当然，我更喜欢黑人诗人休斯。二战期间，他作为记者到过沦陷中的上海。不知道他进过复兴公园没有。当时，没有旋转木马。战马在中国的南方和北方，一声一声嘶鸣。

1

她坐在黄包车上，捏手包，穿长筒皮靴。应该是寒风，微微吹乱鬓角一缕头发——因为她外穿立领皮大衣。路边树枝之间关系疏远，叶子稀少。

这辆黄包车大约是从霞飞路（现淮海路）方向而来，拐弯，进入亨利路（现新乐路）。背景，正是由流落上海的俄国侨民集资建成的东正教教堂。教堂对面街角，一个院落，则是杜月笙、黄金荣、张啸林合资公司"三鑫公司"的办公地。

她的脸，有些模糊。当然，我面对的是一张二十世纪三十年代的黑白照片。

第二张黑白照片，确认了我的判断：她就是影星胡蝶。黄包车停在亨利路一百弄门前，她从车上走下来，面目华贵，身姿妖娆。皮衣下的旗袍开叉很高，像小径交叉的花园。在民国，上海影星引领中国时尚风潮，从衣着、化妆，到发型、步姿。德国兔皮、俄国灰背、美国紫貂，这些大衣皮料的光泽与手感，是各城市上流社会女子交流闲谈的话题之一。

胡蝶从黄包车下来，也许刚刚在"云裳"或"鸿翔"一类高档时装店试穿了新衣。身穿棉衣的车夫，恭敬侧立。

第三张照片是胡蝶背影，朝弄堂深处二十九号的家走去。丈夫潘有声在家中等候？

我手拿这三张黑白老照片，站在彩色、八月的新乐路上，想起成语"刻舟求剑"——三张照片就是小舟上亦即新乐路上的三道刻痕，流水与剑，渺然不复再现。我能体会到追踪拍摄这些照片的小报记者的愉快、猥琐和感伤。

目前，上海两个国际机场，都有被称为"狗仔队"的摄影师、摄像师，天天蹲守那些航空港里起起落落的当代影星，为晚报、网络、微信公众号，提供"人咬狗"一类的惊悚新闻以谋生谋名。他们掌握了这些影星的身份证号码、护照号，以便查询其行踪。他们甚至需要买一张头等舱机票以便接近、捕捉候机厅贵宾室内的私密场景，再迅速退票、发稿，制造一桩丑闻、一个热点，来反抗全国人民的无聊感和倦意。

时代由旧而新，人类行状无大不同，"表演与观看"这一主题和格局，大致相同。

2

新乐路大约五百米长。两侧是充满时尚感的皮鞋店、美甲店、刺青店、婚庆礼服店、餐馆、咖啡馆、酒吧、美容休闲中心……

相比之下，胡蝶走进去的新乐路一百弄，入口破败，高悬一个声明"本弄安装有摄像头"的警示牌。门房间里的老保安昏昏欲睡。一个鞋匠，在过道里埋头研究鞋子的履历和前途。

弄堂狭窄，把轿车如何开进去再退出来，考验一个驾驶者的耐心和智慧。五排老建筑。原先一家一幢的三层联拼别墅，现在三家混居、一家一层。门前信箱分出三个入口，写着三种姓氏。胡蝶旧日的家，在第五排最尽头角落处，二十九号，黑色铁门紧闭。楼上伸出的晾衣杆，衣服花花绿绿迎风翻飞，像蝴蝶翅膀那样绚丽，但已经不是胡蝶的衣服了。

绿色爬山虎继续在墙壁上爬，法国梧桐树叶子依旧在风中摇曳。其实，法国梧桐这一树种与法国无关，就像爬山虎与老虎无关一样。

新乐路周围街区曾属于法租界，住过不少民国影星。一百弄俗称"影人村"。十六号的影帝高占非，此刻门前有一辆旧自行车、一个滴水的拖把。八号的影后张织云，门前有一摆废弃的花盆。她前夫就是阮玲玉的第二任恋人、茶叶巨商唐季珊。唐季珊在新闸路、江宁路交叉处的"沁园邨"，花十个金条，为阮玲玉购置一幢三层洋房。阮玲玉就从自己的初恋，少爷、赌徒张达民那里摆脱出来，最后又用三瓶安眠药，将生命结束在那幢洋房里，彻底从唐季珊的家暴、背叛和人间孤寒中摆脱出来，时年二十五岁。据说，阮玲玉服药不久就被发现，如果送附近诊所还来得及抢救。但唐季珊担心周围邻人议论，就开六小时的车把阮玲玉送到虹口区一家遥远的医院，把她送进遥远天堂。

我常常分不清阮玲玉、周璇的面容和身世——都有清新瘦小的脸、不幸的童年、类似的从艺之路、在浪子与商人中间无法安放的爱、各自掀起的满城波澜……周璇三十七岁因精神疾病去世。其故居"枕流公寓"位于华山路，距新乐路很近，属李鸿章家族遗产。公寓名字来自"枕流漱石"典故。在上海，枕着人流、车流、现金流入睡，多么不安，怎能入眠？

所谓早亡，就是提前否定自我和人间，不需要中年、晚年来纠正和补偿。一个演员的早亡，像是与电影角色混为一谈，虚构与真实充满互换位置的冲动？爱与绝望，总是不离不弃、如影随形。

> 你也买桃花，他也买桃花，
>
> 龙华的桃花都搬了家，路不平，风又大，
>
> 命薄的桃花，断送在车轮下。

这是周璇的一支歌，唱她自己，也唱哀感顽艳的胡蝶们。每年春天，看见桃花，我就想起这一支歌和民国以来女子的美丽与凋零。一个时代的美丽与凋零。

上海的弄堂、酒吧、咖啡馆、餐厅，依然可以听到周璇的歌声。新一代美人与浪子继续周旋。路依然不平，风依然很大。

3

上海是中国电影发源地。一九〇三年，西班牙电影放映商雷玛斯，在虹口乍浦路跑冰场内放映电影，后迁至四马路青莲阁茶楼放映。一九〇八年，雷玛斯建起有二百五十个木板座椅的铁皮房子，首映西方

影片《龙巢》。这一被命名为"虹口大戏院"的简陋建筑，被认为是上海首家正式电影院。

之后，众多影业公司与电影人荟萃上海，把中国的悲欢离合搬上银幕。三十年代开始，欧美电影在亚洲地区举办首映典礼，往往选择上海。日本韩国的影迷们纷纷乘坐轮船或飞机来观影，顺便感受魔都之魔幻。

一九三一年，中国第一部有声电影《歌女红牡丹》上映，主演者胡蝶的丰满美艳，被银幕放大扩张，充满视觉煽动性和肾上腺素号召力，一夜红遍上海滩。一九三六年，卓别林携恋人——影星宝莲·高黛来上海游玩，下榻于南京路华懋饭店（今和平饭店）。欢迎宴会上，卓别林提出想看京剧，梅兰芳、胡蝶就陪同他去宁波路新光大戏院观看马连良主演的《法门寺》。

这一时期，电影院遍布上海大街小巷：大光明电影院、大上海电影院、国泰电影院、美琪大戏院、沪光大戏院、西海电影院、长城电影院、平安大戏院、金门大戏院、卡尔登大戏院、南京大戏院、浙江电影院、兰心大戏院、黄金大戏院、巴黎大戏院、恩派亚大戏院、九星大戏院、光陆大戏院、金都大戏院、丽都戏院、金城大戏院、明星大戏院、中央大戏院、山西大戏院、皇后大戏院……报纸与刊物充斥两类讯息：内战或抗战的前方消息，上海各个影剧院的新片讯息。

太平天国围攻江南，抗日战争，这两次大事件，使内陆上层社会人士和富裕阶层，一次又一次携金带银涌入上海租界，避难隐居。观影，让充满末日感的人们逃避现实、麻醉自我，顺便言志抒情。尤其是长达四年的"孤岛"时期，上海电影业异常繁荣。《木兰从军》《恶邻》一类电影长映不衰。"夜上海，夜上海，你是一座不夜城。""如果没有你，日子怎么过？我的心也碎，我的事都不能做。""假正经，假正经，你的眼睛早已经溜过来又溜过去，在偷偷的看个不停。"这些电影插曲，一夜间从上海传遍全中国。

如果没有电影，这乱世里的生活怎么过？银幕上的美人，烫发、粉脸、细眉毛，缎带、蕾丝、长筒袜，代表新女性摩登形象，让观众们"在两小时里遗忘那些重大的政治问题以及正在降临到上海的巨大变动"（杰·莱达）。如果电影中的爱恨情仇过于激烈，影院会请来巡捕维护秩序，以防那些亢奋冲动的观众攻击银幕。

如何遭逢电影中那样一个美丽女性？如何避开电影中那样的浪子？在电影院虚拟的夜色里，观众们仰望、琢磨。影星们像星星一样闪耀，遥不可及。电影院外、舞厅外、酒吧外，时时传来重庆方面特工、汪伪特务、中共地下党、青红帮等势力之间搏杀的枪弹声、警车声。租界不是桃花源，电影院不是温柔乡。日军飞机时时横贯上海，丢下一两枚炸弹，以显示存在感、保持震慑力。

国民党中将戴笠在便衣特务簇拥下，坐在某一影院的二楼包厢里。戴墨镜，没有戴斗笠。侧耳听大街动静，双眼紧盯银幕上巨大的胡蝶。

4

新乐路上一系列铁栅栏门扉，贴有影星黄渤代言的旅行广告：

每个人都是自己的导演，走出去拥抱世界。

211

每个人更是演员。台词要由自己来写。服装、化妆、灯光、一日三餐，要由自己来安排——满上海的故事片？满世界的悲剧、喜剧和闹剧。被想象力、表达力、感染力所充满的人们，在大街和卧室，迈动精心设计的步子，说出充满隐喻的台词。

现在，我出现于新乐路，就是为自己乏味的故事片寻找灵感和素材。如何演好中年和晚年，是一个问题。

胡蝶自编、自导、自演，一部故事片很精彩，从上海、香港演到重庆，最后演到加拿大。八十一岁去世，墓地被设计成钢琴形状，继续演奏电影主题曲。

从照片上看，她面孔丰腴端庄，明显区别于阮玲玉和周璇的瘦削，命运就有了差异。尽管初恋对象也是演员、浪子，但胡蝶很快就顿悟：不能这样演下去，要找一个平实之人寄托身心，才会有平淡无奇的好结尾。在电影中历尽深渊和欢愉，她需要在现实中登岸，脚踏实地，在尘埃里生息。遂与潘有声结婚。这一个茶叶店雇员，无坏癖好，一张脸木讷得像木刻——他对胡蝶的确怀着入木三分的爱意，相继生育两个孩子。

阮玲玉显然缺乏胡蝶的世故和睿智，选择唐季珊。这个茶叶大王，风衣整天随身飘，装扮出玉树临风的姿态。阮玲玉大约没有读过白居易的《琵琶行》，否则会对唐季珊保持警惕——"商人重利轻别离，前月浮梁买茶去。"应该也没有读过巴尔扎克的小说，不知道这个法国作家的嘀嘀咕咕："巴黎的爱情不同于任何一种爱情，那里的爱情……是欺骗……稍纵即逝，却留下一片毁灭的痕迹。"似乎说的也是上海爱情。

上海模仿巴黎，从新乐路周围法租界地区的建筑外观，到满大街的灵魂悲欢。

当下，追猎、寻欢女影星的商人，依旧很多。他们大都读过白居易，所以就去经营房地产、互联网一类生意，避开"买茶重利"的古老责备。戏说而已，茶叶青山本无辜。

如果他们再读读巴尔扎克，就根本不会谈说"爱情"二字，于是也就不存在"毁灭的痕迹"。戏说而已。

5

胡蝶自己的故事片还是无法保持平庸、避免高潮。

一九三七年淞沪会战后，上海沦陷，胡蝶逃亡香港。复沦陷。日本人邀胡蝶去东京游玩，顺带拍一部纪录片《胡蝶游东京》，以体现"中日亲善、东亚共荣"这一"新潮流"。胡蝶爱游泳，泳装照登载在上海、香港的时尚杂志封面，充满性感和煽动力。但她以怀孕待产为理由，婉转拒绝跳入"新潮流"去表演某一种危险的政治蝶泳。

一九四二年秋，胡蝶在国民党方面帮助下离开香港，经广西，抵重庆。三十箱个人财物途中失窃。陷入困顿的胡蝶求助于军统组织施以援手，寻找窃贼。

戴笠作为男主角登场了，这在胡蝶构想的剧本中，是意外之笔、败笔？

"他走起路来像是脊梁骨上了钢条，步子大而有力，像是中国戏台上的英雄人物夸大了的步伐。他那犀利审视的目光，像是要把人的五官和个性记下来，以备日后之用。"这是一个美国军官在回忆录里对戴笠形象的描述。

的确，在三四十年代中国政治舞台上，戴笠是非凡角色，演出一系列惊心动魄的大戏：在少林寺练武，与杜月笙结为兄弟，黄埔军校毕业后任蒋介石秘书、保镖，领导军统破获日本外交官自导自演的失踪案，使日本出兵阴谋破产，冒死陪同宋美龄赴西安救护蒋介石，抗战期间牺牲手下特工无数人，部署刺杀汪精卫等叛国者，赴缅甸建立情报网、战时物资运输网，破译日军密码以至于美国介入对日作战取得胜利……

现在，女主角胡蝶出现了，戴笠在继续演出武打剧、谍报剧的同时，开始演出英雄惜美的言情剧。

戴笠请胡蝶列出一张丢失财物清单，嘱托手下：去找一找，找不到就按照清单，买一部分类似的物品回来。不要过于贵重，以免拒绝。女人们最急需的法国香水、美国丝袜、印度丝绸睡衣、意大利皮鞋，可以买。在经营一桩新情事上，一介武夫，像扑蝶人举着扑蝶网，充满洞察力、耐心和准确性。他在为自己的高潮，添加重要伏笔——在一当铺，终于追寻到胡蝶心爱的、有标记的一枚钻戒。

胡蝶知道戴笠的内心戏是什么。登门致谢，坐在生病的戴笠床边。这一男主角终于说出以下台词："当年在上海的电影院里看你，做梦也想不到，有一天你会坐在我身边。现在让我死去，我也无憾了。"女主角此时的心绪、表情、动作，我能想象，可能通俗了。但人间事基本上都是俗事。

在戴笠安排下，退出男主角位置的潘有声，以"特派员"这一身份去云南买卖茶叶。

一九四六年，戴笠乘飞机从青岛回南京时撞山而亡，从胡蝶的个人故事片中突然消失。长一张马脸，又由于鼻炎，戴笠说话声像马嘶。职业要求，他必须常常化名，像善变隐身的作家拥有许多笔名，其中一个化名就是"马行"。最终天马行空、行于虚空。

那一年，苏北难民救济协会上海市筹募委员会为给苏北水灾灾民筹措救济款，举办"上海小姐"比赛，冠军是舞女王韵梅（军阀范绍增的情人），亚军是复旦大学学生谢家骅（其父为资本家谢葆生）。武汉大学毕业生齐邦媛，自汉口来沪，同船有近百名青年男子作为"剿共"战争新兵，被麻绳捆绑，途中有人跳入黄浦江逃脱。多年后，齐邦媛在台湾、大陆两地出版长篇回忆录《巨流河》。这些都是戴笠无力观察、揣摩、介入的情节了。

用意外死亡，强行终止一个角色的继续出场，是电影或者话剧编剧们面对叙述难题时，常采取的无奈之举。对胡蝶而言，这又一意外之笔，带来的内心波澜是什么？轻轻舒一口气？或许也隐隐心痛。

但毕竟还能自编、自导、自演个人生活。晚年，胡蝶依旧优雅。走在加拿大的小街上，有华人影迷认出来，就蹒跚着，追随在她蹒跚的背影后面。

6

新乐路西侧的安福路，一条小街，有上海话剧艺术中心。"去安福路看话剧"，是上海情人间约会的一种方式——去安福，看另外一种说话方式、非现实的诗意说话方式。

在观众席阴影里，目睹舞台上的绚烂或哀凉，这些情人会惊叹、不屑。一对情人"自己的小话剧"，有可能在次日清晨突然改变叙事走向——以安福路上的话剧为镜，他们忽然看到两人关系中长期遮掩的漏洞和破绽。

附近，有著名的上海戏剧学院，明星辈出。在校学生常来安福路登台表演。这条小街西端，有一家"马里昂巴咖啡馆"，未来明星们手端咖啡，很俊美或很妩媚地左顾右盼，试图邂逅某位著名的制作人、导演，把自己发射到艺术星空里去。在上海这一座商业之城，一个人的长相，被称作"卖相"——可以买卖的相貌。卖相好的人，必拥有不寻常的幸福和灾难。

安福路边，一幢醒目的三层花园式别墅，像表演旧事前情的小舞台。门前，草木掩映两头石狮子，微微绿，像小道具，想变成绿狮子？这里，二十世纪五十年代，是上海戏剧学院实验话剧团、上海青年话剧团的团址。上溯，曾经是民国上海市市长吴国桢官邸。吴国桢与周恩来有同窗之谊，分别走了政治舞台上的两种路线。再上溯，则是沦陷期的潘公馆——著名汉奸潘三省和上海名媛王吉的私宅。潘三省在日本人庇护下，开设多家赌场，出任数家银行董事长等要职，常去武定西路上的兆丰总会逍遥游。门前，日本军人牵狼狗把守，楼上有赌具、烟枪和妖娆女子。如今，那里成为上海爱乐乐团团址，乐器似乎比赌具、烟枪，充满爱意和美感。

王吉卖相惊艳，被誉为上海滩舞蹈皇后，在各种曲风里摇荡如同春风煽动一棵桃李树。精通英语、法语、日语。擅画梅，被画家符铁年收为弟子。有唱功，曾与梅兰芳合作《游园惊梦》。一九三九年，王吉创办"春秋戏剧学校"，亲自授课，阐释"诱惑与拒绝"一类原理与技巧。嫁一秦姓汉奸，发现其个人史复杂，离婚。秦纠缠不已，王吉说："你以为你是汉奸就能逼我复婚？我再嫁一个比你凶恶、比你有钱的大汉奸给你看看！"这一台词响彻上海滩。大汉奸潘三省闻声而至，对白："我符合条件吗？"王吉笑了。结婚。一场新话剧，在潘公馆开始上演。

王吉喜欢赤脚穿一袭黑色丝绒旗袍，在公馆里招待各路客人。唇红齿白眼迷离，照耀周围配角——汉奸、流氓、白相人。他们在潘公馆出出进进，为彼此的个人小话剧，增加悬念、转折和动力。一九三九年十二月二十一日，"中统特务郑苹如刺杀汪伪政府要员丁默邨"，就是郑、丁二人在潘公馆吃罢午饭，乘车，去南京路西伯利亚皮草店演出的另一小话剧之大结局——导演戴笠在重庆怀抱胡蝶，远眺上海，叹一口气："不好……"

一九四三年，王吉对自己的剧情很不满，中断与潘三省的对白，只身脱离上海。两年后，抗战胜利，潘三省因"汉奸罪"锒铛入狱，被处以极刑。

王吉、胡蝶等艳丽女子，被誉为"乱世佳人"——在乱世中成为佳人，那乱世，是适合她们的一个好剧本、好剧场？

7

下雨了。台风季节的上海，云团与阵雨涌动，微微减弱了阳光的压强，暑热稍歇。掏出随身携带的雨伞，遮掩自己，我沿新乐路来回走了半小时。

由于胡蝶，这条小街似乎充满舞台感，路灯像追光灯。街头那一座俄罗斯东正教教堂，像巨大布景，用一大四小五根蜡烛状的尖顶，暗示光明与救赎的存在，反抗绝望。尖顶上，五个十字架，与黑白照片中胡蝶与黄包车后面那五个十字架相比，缩小了。一个充满俄罗斯情调的街头。胡蝶不是安娜·卡列尼娜，戴笠不是沃伦斯基。而我，也缺乏托尔斯泰理想中那一个合于自然、归于农事的列文身上的青草大地的气息。

早年，杜月笙、黄金荣、张啸林进进出出经营鸦片生意的三鑫公司，已改造成著名酒店"首席公馆"。门口站一个打扮成黑帮仆从模样的人，戴礼帽，穿长袍，腰里应该没有手枪。他在引导当代美人与富商，进进出出——

酒带欢情重，醺醺气味长。晚来拂拭略梳妆。笑指一钩新月、上回廊。

宋代赵长卿懂风情，这句子写得细腻生动。我向首席公馆探头看一眼，转身而去，缺乏进去一游一坐的底气和豪情。

这一院落与东正教堂，都建于一九三二年。鸦片与经文，有着同样安抚或催眠身心的力量？那一年，淞沪抗战爆发，是对五年后淞沪会战的预演，满城硝烟，来自无数置景师的竭力渲染。

雨滴突然猛烈起来，我手中的伞，被击打出怦然心动般的声音。

当然，它不是一束玫瑰、一种乐器，因而街边楼阁上的窗子，就不会突然露出惊喜的女孩、灼热的梯子。我老了。一个老人，应该表现得沉静、庄重、历尽沧桑。

经营小店铺的新时代女孩，懒散坐在门口长凳或藤椅上。她们穿短裤或裙子，着高跟鞋或拖鞋，打量街上行人与车辆，或盯着自己精致的指甲出神。那指甲花花绿绿，似乎涂有昆虫、花朵图案。像正在候场的演员，但不知道剧本里的未来。理想中的爱人，大概也按照某一男影星样子，模糊勾勒，暗自怀想。

胡蝶的手指是修长的，从照片上看，指甲大约涂有淡淡的红。美容术、美睫术、美甲术乃至美体术，在当代，日新月异。"爱与孤独""欲望与灭亡"，这古老的主题没有大变化。

"悲莫悲兮生别离，乐莫乐兮新相知。"这是屈原《九歌》中的句子。

"新乐路"是否出自于此？"生别离"总是多于"新相知"。且众多悲剧，恰恰源自那些伪装的"新相知"。

"满堂兮美人，忽独与余兮目成。"仍然是《九歌》中的句子。

盯着民国时代周璇、阮玲玉、胡蝶们的合影照，走过新乐路、安福路乃至上海街头的那一群群女孩，我的确处于满堂美人之中，被她们芬芳的目光，加热、辨认与质疑。

1

儿子从小酒铺喧闹的人群中钻出来，像一缕泡沫从啤酒瓶口冒出来——他递给我的，就是一小瓶打开瓶塞的啤酒："老爸，这是入门酒，酒精含量最低。"他知道我酒量差。喝一口，有淡淡的麦芽甜。与儿子碰一碰瓶子，像拥抱。

这些年，我和儿子不多的几次拥抱，发生在浦东国际机场的入口或出口。"迎接和送别"，从他十五岁独自越过重洋留学开始，到现在工作于美国北卡罗来纳州一家企业，我们都熟练掌握了这门艺术。最初，我会望着他的小背影流泪。现在，他长大了，我衰老加速、身高缩水，对他的一次次别离已经适应。在珠海参加完一个交易会后，儿子回上海短暂停留，邀我来这里喝杯酒，体验长乐路的夜生活。

几个滑板少年，鸟一般低低掠过街道，双臂展开，像在赞美天空、排斥重负。

多次穿越这条二十世纪二十年代建成的法式街道，略略知悉两侧弄堂、花园里的旧事前情。不过，没有注意过这一个名为"公路商店"

220

的小酒铺。小酒铺前身是十多年前的水果摊,一对夫妻,把寻常生意做出大动静。前几天,儿子的童年玩伴邀他来这里相见。于是,此刻,我也站在这里了。

上海甚至世界各地的酒徒,慕名而至,在小酒铺或街道边,独自喝,或三两个人丛聚边喝边谈,关于生意、未来与流言。汉英法日,俊颜鲜衣,咄咄逼人的青春让夜晚的长乐路迥异于白昼的幽静。他们似乎在宣示:这街道,这座城,这时代,完全属于又一辈新人。如果不是儿子陪伴,我毫无勇气站在这里,作为新人们的一个参照、反义词。"少年把酒逢春色,今日逢春头已白。"欧阳修这两句话,适合我。一个满头飞雪的人,与少年们,像存在时差的两个国度。我已不适合再进入酒吧、KTV 这一类场所和语境,在身体的边防线内,感受日益加剧的暮色——似乎有一个倒计时的钟表,嘀嗒嘀嗒响,指向什么时间、什么事件?我不知道。

夜色里,我和周围酒徒的酒意酒色,被酒铺和旁边咖啡馆招牌上闪烁的霓虹灯光映照着,灯光时而加强,时而减弱。举一瓶酒,就似乎多占有一个瓶子的空间,多几分侵入者的霸气,可以缓解种种懦弱和自闭。酒,"诱惑着一个有需要有欲望的肉体,他便失魂落魄地回到致命的纵情里去"(卡瓦菲斯)。我大抵上总保持清醒,意味着肉体和情感的衰败?

一个女孩蹲在路边放声痛哭。大约失恋?一种年龄,对应于某一类型的哭声。多年后,她会发现,为失恋而哭还算美好。通过酒,能让失去的生活卷土重来?但也面目全非了吧。像啤酒中的麦芽含量,不再是青青麦田,不再有"春鸠鸣不停"。老板娘给女孩端来一杯热茶，喂她喝，低声说着劝慰的话。

路对面，有一男子在夜色的偏袒下，冲着法国梧桐树解开裤裆浇灌起来。周围人毫不在意。那几棵树，的确比周围的树肥壮，应该是酒鬼们的磅礴功劳吧。

一外国人突然倒下去，酒瓶在地上汩汩喷吐泡沫。大概是个美国人。他朋友蹲在旁边打电话。很快，一辆急救车哑着嗓子急奔而至。两个医生把担架摊在地面。醉酒者拒绝被急救车拉走，大喊："Shanghai let me down！（上海让我倒下来！）"像一个诗人、一个情人在诵唱咏叹调。

"我写作不是因为我有才华，而是因为我有感情。"这是巴金的话。感情就是才华。小酒铺内外有这么多才华洋溢的人。

小酒铺内部空间狭隘，四壁货架，层层叠叠堆积着来自五湖四海的酒瓶。货架上贴满老板用拍立得制作出的饮者照片，许多名人、大腕、模特的脸，杂陈其间，无尊无卑。李晨、潘玮柏等影星的脸，星星般闪现。他们在长乐路先后开设过时装店、鞋店、滑板店。引领风尚者，也像风，一阵阵吹荡这座城市，然后，消失。酒便宜，没有佐酒菜，老板赠送每人一包爆米花。从我所喝的入门级啤酒，到能让人喝得不省人事的烈性威士忌，每个人都能在这个酒铺找到对应的沉醉和虚无。来得早的人，在酒铺内坐着喝，来得晚的人，在酒铺外街道站着喝。长乐路这一景象，从傍晚开始，延续到日出。那一轮太阳也像红脸醉汉，在长乐路尽头醒来、站起来，俯视这个世界。

公路商店，据说来自一个教授的命名。他肯定是资深酒徒。面对这一小酒铺招牌，手持酒瓶和老板赠送的爆米花，我也恍惚进入一条公路逶迤穿越的旷野，身心之解放，获得某种依据和必然性。

我喜欢看公路电影。在这种电影类型里，人物的冲突与和解、命运的毁灭与重生，都只可能发生在公路上，以及公路边的酒馆、旅馆、加油站。需要旷野与公路，这冲突、和解、毁灭、重生，才能获得种种的转折和动力。今夜，小酒铺内外的人们，互为一部公路电影的主角与配角？酒精把身体内的动机，像发动机一样发动起来，奔向各自的地平线。许多男女就相识相恋于这酒铺内外。了断情事，则去长乐路中段名字叫作"不约"的小饭馆。

"约"，"不约"，贯穿所有人的一生。暮年、泥土、草中虫鸣，终将不约而至。

2

长乐路紧邻新乐路，东西方向，两者大致平行，像新欢乐渴望转化为长久的欢乐。

它的确比新乐路漫长，西起华山路，东至淡水路，约四公里。并非一条僵硬直线，微微波动，类似于少女腰肢以及胸罩丝带，微微起伏，洋溢出美感和召唤力。

"路，是彼此之间要穿越一定距离的、一段关系的物质化表达，是持续的沟通和有目的有方向的、始于足下的邀请。"用法国诗人克洛岱尔的话，来阐明上海原法租界内这些街区道路，非常贴切——"物质化表达"，大致恒定；"足下的邀请"，则持续更新着各种款式和节奏的鞋子、足音。时代巨变，长乐路各弄堂门口，穿青色围裙的鞋匠一直存在。他们戴眼镜看我和路人，低头端详鞋子时取下眼镜，像准备去爱。被揉搓擦拭的一双鞋子，像鞋匠的情人，闪闪发光。

长乐路建于一九一四年，原名"蒲石路"，为了纪念一个法国律师、军人。这条路最西端，是荣毅仁父亲荣德生的旧居别墅。紧挨着的是华山医院，前身为一九一○年建成的中国红十字会总医院暨医学堂。一九○九年，士绅沈敦和、朱葆三等人在华山路与长乐路交会处"建造高大洋房一所"，"其间冷热水管、解剖房（病理室）、割症房（手术室）、蒸洗器械房（消毒室）、爱克司电光房、配药房（制剂室）、储药房……殡殓所（太平间），无一不备"。这一医院及其他时疫医院相继建立，使上海得以应对一九一二年、一九一四年、一九一九年、一九二六年等年份相继暴发的霍乱、脑膜炎等流行病。

我进入过华山医院，为外地某友人代取一张X光片、一份病历——身体的某种疼痛表达方式，涉及隐私，呈现给我，是一种信任。我也曾来这里，看望进行脑部手术的诗人江一郎。他本来像山中道士一般，长髯长发，却因手术而被剃尽，光头闪烁，如崭新少年。有俗语：自古华山一条路。华山医院也只有一条路，手术刀的刀刃就是绝壁悬崖，掉进深渊，或绝处逢生。脑部神经被修改后的江一郎，眼神恍惚，差点把我错认成另一个人。两双手，握成一个冰凉的句号。我很伤心，但坚持微笑着看他、安慰他。二○○○年，我们在广州鼎湖山召开的《诗刊》第十六届"青春诗会"上初识，深交多年。我喜欢江一郎的诗《快乐》——

　　一个背着一袋草籽的人

224

千辛万苦，背一口空袋子回家

他的草籽，一颗一颗

从塞满希望的破袋漏下

春风的脚印里

长叶开花

——而我就是那个倒霉的人

在沮丧中，被背后的快乐

突然死命抱住

但这"在沮丧中"来自"背后的快乐"，突然松手了。一年后，江一郎长眠在东海边的故乡温岭镇。

那一天，出华山医院后，我沿长乐路低头走很久。直到最东端的延中绿地，停下脚步。绿地旁，一木质标牌说明：此处原来是名为"安庐"的弄堂，周围曾经有竹器店、地段医院、幼儿园、早餐铺等等。当下，这些烟火景象，一概消失于绿地里开阔逶迤的花香虫鸣。孩子们奔跑、放风筝。野餐的人搭起帐篷，小寐，闲聊，像法国电影导演侯麦作品中的场景。玉兰初绽，类似于少女们萌动肿胀的小乳房，这是春日里才有的景象。

需要一块绿地，推迟医院里的疼痛与临终。华山医院内向野外过渡的人，无法减速，迟早化身为草根花香，去支持孩子们的脚尖和飞奔。

3

自西而东，除华山医院、上海市第一妇婴保健院、新锦江大酒店、向明中学、兰心大戏院、锦江饭店等机构外，长乐路的空间气质，由华贵向朴素次第嬗变。

从黑色铁门紧闭的深宅大院，到异国风味十足的洋房，再到各色人等杂居的弄堂，长乐路栖息过汤恩伯、汪精卫、周佛海、陈群、吴铁城、陈赓、钱锺书、丰子恺、周信芳、上官云珠、沙飞、田汉、潘序伦、叶景葵、江庸、顾竹轩、张嘉璈、董竹君、郭琳爽等知名和无名的人。一个时代一批人，"众鸟高飞尽"，鸟笼、鸟巢般的这些公寓、阁楼，等待新羽毛、新鸣啼、新鸟粪——这些居住空间"华贵与朴素"的区别指标之一，就是看它们是否拥有独立卫生间。平民们只能依靠塞在床下的暗红马桶，排解体内的压强。清晨，提着马桶下楼的女子，坦然得像提着一篮鲜花。

在上海，基本上可以通过居住地的名字，辨别一个人所处的阶层。

某某别墅、某某花园一类豪宅之外，"弄"（蕃瓜弄、杨家弄等等），是最卑微者的居所，矮小平房内挤满焦灼的面孔和身影；"里"（渔阳里、步高里等等），比"弄"雅致许多，两到三层的石库门建筑，可以容纳更多市民；"坊"（尚贤坊、淮海坊等等），房间内配置抽水马桶、淋浴；"邨"（陕南邨、四明邨、梦邨等等），则有了打蜡地板和钢窗。与"邨"同音的"村"，工人新村，在二十世纪五十年代以后持续出现，到八十年代已多达数百个。那一排又一排平行、长条、多层、没有电梯的军营般建筑，像勇毅、忠诚、排斥个性的士兵。一个工人新

226

村，居住有数千甚至上万工人，浩浩荡荡，支撑起这座城市的棉纺业、海运业、钢铁业……

无论过往还是当下，在上海，"别墅""花园""弄""里""坊""邨""村"，这些汉字，彼此抱持妒意和紧张感？栖息其中的爱、怨、情、仇，必然与这些建筑物的形态和功能相关涉。

长乐路，一系列公寓普遍建于民国初期，砖木混合，法式、英式、西班牙式风格间杂，但进行本土化创新。结构分为两层、三层、四层：庆福里（共三十四幢）、福寿里（共三幢）、高福里（共一百零四幢）、文化里（共四幢）、余兴里（共二十六幢）、承遂里（共十三幢）、庆祥里（共二十二幢）、储康里（共二十幢）、顺乐里（共二十六幢）、蒲石里（共四十六幢）、大兴坊（共三幢）、和合坊（共一百一十幢）、天惠坊（共三幢）、怡安坊（共八十幢）、在明坊（共十五幢）、新义坊（共二十三幢）、永存坊（共十八幢）、长乐邨（共一百二十幢）、中和邨（共二十一幢）、兴隆邨（共十五幢）、南华新邨（共三十三幢）……

这是一条适宜资本家、官僚、异国侨民、地下党人、多面间谍、汉奸、银行家、交际花、作家、画家、魔术师、电影导演等人物隐身求志的小街，有能力生发种种传奇与情仇。弄堂内部，与淮海路、巨鹿路等周边道路有小门暗自相通，以利于交游、投机、逃亡，转化危机与前程。

长乐路乃至上海各条道路两侧建筑的格局与灵魂，在二十世纪五十年代发生剧变。不同阶层人士杂居共处，原来单门独户的多层私宅，涌进数家男女，滋生、促成只有这样的空间才会蕴含的恩怨悲喜。比如，四层一个生有肺病的独身男子，夜晚赤脚走下楼梯，在三楼发现那一个教授低声给孩子讲英语，依稀有咖啡气息渗出门缝；在二楼，听见室内老胶片旋转出的交响乐和压抑的喘息；来到底楼，一对夫妻为谋生而踩动缝纫机、烫熨衣服；门厅里，出现一张折叠床，一个潦草入睡的外地客人，清晨须早早起身，免得惹来白眼……

"我们不爱我们的女人，但她们怀孕。"布罗茨基这句诗，像弄堂里中年男子的低语。他们穿睡衣、戴粗大金项链，脸上留着枕席造成的粗糙午睡痕迹。

人物关系复杂，缘于建筑物产权、居住权的复杂。一九七八年新时期开始以来，临街的大部分宅第，被商人、富人集中购置，开设为时尚门店，长乐路成为一条"潮街"——新潮涌动的街道。日新月异，街景往往半年间就有变化。店铺倒闭，悬挂大锁，门上贴着招租或出售的联系人电话，甚至被美术青年乱笔涂鸦——像乌鸦叫，宣告一个店铺主人梦想的破灭。不久，新店铺登场，油漆味强烈，类似于初次洒香水的中学生，对未来充满幻想。

弄堂深处，部分老旧房舍窗子玻璃图案不一，显出拼凑的、过客般的态度。梅雨期，墙壁霉斑丛生，像老人患皮炎，忍耐着，等待炎热夏日涂上一层光辉来止痒——来来去去的居民、租客，是这老人身体内沉浮不定的心？

我在老城厢孔庙旧书店里淘到一本日记，其中，记录了一九七九年末某个夜晚，南华新邨内一次家庭生日聚会：主人动手制作的蛋糕、西餐，色彩温暖，规格不一的高脚杯、陶瓷茶杯装着红酒；诗人白桦与作家肖马在谈电影《今夜星光灿烂》的创作过程，话语流畅，像不需要修改的散文；钢琴伴奏，大家朗诵艾青的《我爱这土地》、食指的

228

《相信未来》、顾城的《一代人》；迟到的陈逸飞带着新完成的画作，向师友展示；歌声笑声像解冻后的冰河，哗哗啦啦奔涌；因刚刚上映的电影《小花》而成名的陈冲，起舞助兴，紫色的裙子旋转翩飞，如同上海春风里怒放的玉兰花瓣。

也是这一年，上海电视台播出我国电视史上第一条广告"参桂养容酒"。中断三十年的中美海运业开始恢复，"柳林海"号远洋货轮首航美国。之前，一九七八年，复旦大学一年级学生卢新华的短篇小说《伤痕》，张贴在班级墙引起师生共鸣，被《文汇报》全文发表，当日报纸加印近两百万份仍供不应求，"伤痕文学现象"由此出现。这一年，宗福先编剧的《于无声处》在上海工人文化宫首演，后进京演出。上海籍知识青年张泉龙冒充北京某将军之子行骗，要求某位领导把其知青伙伴"张泉龙"调回上海，获罪。

两年后，一九八〇年，上海市服装公司成立中国第一支时装表演队，首批模特从工人中挑选培训。电视连续剧《上海滩》在香港无线电视首播，之后引进内地，风靡上海滩，公寓中、弄堂里都是"浪奔浪流，万里滔滔江水永不休"的旋律与歌声。一九八一年，佐田雅志音乐会在瑞金宾馆旁的文化广场举行，《男子汉宣言》等流行歌曲由此风靡中国。《文学报》创刊。一九八三年，大众桑塔纳轿车在上海汽车厂组装成功，直到二〇一二年停止生产这一车型。上海开通第一家寻呼台，BB机进入日常生活……

显然，一九七九年末南华新邨内的这一私人聚会，只能属于新时期开启的日子，才能包容如此生动的景象；只能是一幢花园洋房底层客厅的巨大空间，才能展开一个细节纷繁的局面。之前，六十年代，一座上海花园感受过的种种怆痛，完全可以想象：古花瓶的碎裂声，学生们的口号声、辱骂声，皮带挥舞出的风声、抽泣声……

4

长乐路七百八十八号，周信芳的私人花园。一座临街三层建筑，原为葡萄牙驻上海领事馆。草地阔大。鸽子起起落落。

我多次路过这里，大门紧闭。据说，周信芳的后人正陷入对这一遗产的纷争中。

十年非常时期，上海京剧院院长周信芳无法登台，就在家门口搭起小戏台，自拉自唱。上海戏曲学校校长俞振飞，时时加盟演出。早年，他们联袂在美琪大戏院演出《四郎探母》，周信芳饰杨四郎，俞振飞饰杨六郎，名动上海滩，都是正气盎然的角色。此时，都受到政治冲击。巴金也时常被周信芳请到家中一坐。他们三人都住得很近，步行二十分钟左右就能见面，低声相互勉励：不自杀，走着瞧。

由于对编排革命样板戏持有异议，周信芳招致江青不满。加上主演《海瑞上疏》，更是祸从天降，被冠以"京剧界的南霸天"之名，遭囚禁。释放后，妻子裘丽琳已去世，儿子周少麟两次被捕入狱，孙女被剪成秃头后疯了。他常常用京剧念白的声腔节奏，自言自语："制芰荷以为衣兮，集芙蓉以为裳。不吾知其亦已兮，苟余情其信芳。"这是屈原《离骚》中的句子。一九七五年，周信芳因心脏病去世，享年八十岁。一九七八年，巴金在周信芳平反大会上致悼词，泣不成声。

我探访过巴金花园。书桌上，摆着萧珊和托尔斯泰的照片。

晚年，巴金喜欢怀抱一只猫照相。夏衍、冰心也喜欢怀抱一只猫，沉思或聊天。文人与猫之间的关系意味深长。陆游为自己一只名为"雪儿"的猫赋诗："似虎能缘木，如驹不伏辕……前生旧童子，伴我老山村。"借猫言志抒情。猫有老虎、马驹之外形，又能接受春风般的抚摸，使主人产生一种尚能控制局面的幻觉——连绵无尽的群山，怀抱虎啸与马嘶。这怀抱，也算是马马虎虎的群山。

巴金坐在妻子留下的缝纫机前，完成《随想录》。双脚踩在踏板上，会想起萧珊的一双脚吧？他反复写道："讲真话。"他一再提起陀思妥耶夫斯基的名言："我只担心配不上我所受的苦难。"后来，他在轮椅上添加一块写字板，伏身写作。那姿态就像是要用真话和苦难的力量，推动轮椅前进。六十年代，巴金从上海作家协会下班，或者从郊区劳动回家，萧珊都会在门前等候，表情温暖而又担心。萧珊被街道居委会勒令扫街。巴金站在门口看着妻子瘦弱的身影，眼睛涌出泪水。

"她是我的一个读者。一九三六年我在上海第一次同她见面。一九三八年和一九四一年我们两次在桂林像朋友似的住在一起。一九四四年我们在贵阳结婚。我认识她的时候，她还不到二十……"萧珊去世六年后，一九七九年，巴金写下这些文字，篇名为《怀念萧珊》。他自责，是写作和文学连累了妻子。但如果没有写作、文学，这世界上就不存在一个巴金，也就不存在萧珊这一个读者的爱了。

巴金在郊区劳动的时候，已入古稀之境。海风吹乱白发，像满头涌动的云团。用竹席围成的宿舍，雨打风吹，床下竟长出一丛丛芦苇，像在鼓励床上的老人：要活下去，要生机勃勃。夜晚去开会、上厕所、喂猪，一路泥泞，常常摔倒在地。他是干校里摔倒最多的人。两条腿布满伤疤，裤子上泥迹斑斑。有一次，他挑着担子滑进水沟，眼镜丢了，索性躺在水沟里，两眼混沌地望着天空……

俞振飞同样咬紧牙关，活下来。被人架起胳膊做"喷气式飞机"状奔跑，他就索性变成练功——收腹疾走，重温《春闺梦》中跑圆场的情景。俞振飞之妻言慧珠，没经得住折磨，用白绫结束生命。遗体运出华山路上的家门，还光着一双脚。俞振飞拦住不放，为她穿上丝袜。一个进入剧院、走在街头总是引发惊叹和骚动的美艳女子，如此烟消云散。

昆曲小生这一类型，由脂粉气而巨变出书卷气，功在俞振飞。八十年代，他与京剧演员李蔷华结婚。当下京剧名角关栋天，即李蔷华之子。

俞振飞文章也好，写过昆曲的两种主要乐器：笛子和小锣。他说，最好的笛师在伴奏时会扔掉自己，跟着演唱者的气口和尺寸，紧密回应，锦上添花，"但若唱得没有交代，又怎能埋怨笛子配得不好呢？"小锣也能打出气氛，"为演唱起了烘云托月的作用"。他回忆，苏州河沿街一家响器铺里有位老师傅，极有本领，"买客需要小锣定什么调，他手里的榔头'砰'地一下，就能打出什么调，真是'一锤定音'！"一代代人的气口、尺寸、音调，各自琢磨，交相应答，成就种种喜剧、悲剧、闹剧，在上海滩不休不息。大多数人不知道自己的剧本和音律，即兴演出，等候高潮。

《徐策跑城》是周信芳代表作之一。尽管没有荸荠、芙蓉一般的绚烂戏服增辉，他在门前小戏台上诵唱，举手投足仍像是蒸腾着夏日芬芳，来安慰草地上冷意周身的巴金、俞振飞。长乐路边的过客，也隔栅栏侧耳倾听一个老生的高亢吼啸：

> 湛湛青天不可欺，未曾起意神先知。
> 善恶到头终有报，且看来早与来迟。

5

长乐路上各花园或弄堂内部，大都种植身材修长的玉兰树、水杉，在有限空间里，向高远表达礼赞。路边，则是一棵又一棵阔大粗壮的法国梧桐树，有上百年树龄。临街房屋内的人，从一楼到二楼、三楼、四楼，爱着街道边同一棵树，各自从根部爱到树梢。走出家门，在路边仰头，才能完整把握一棵树的结构和感染力。

门内的人，来来去去生生死死，路边树一动不动，供那些回味往事的人站在树下缓解孤单，获得一些旁白和物证。

骑自行车或摩托车的少年，来到长乐路某一窗下，车铃有节奏地叮当数次，或者摩托吼叫两声。楼上某一女孩听明白了，心跳着，找借口下楼，坐上自行车或摩托车迅疾而去。父母赶忙从窗口伸出头，不见女儿背影，就看看窗前这一棵似乎属于自家的树。那树在风中哗哗啦啦说闲话，对少女的秘密，一声不吭。长乐路上更远处一棵树，知道这一对少年少女进入了兰心大戏院，或者在向明中学操场上牵手游荡，直到月亮升起。

长乐邨里的丰子恺，也爱着他窗外路边的一棵树，在散文《梧桐树》里写道：

但花的寿命短促，犹如婴儿初生即死，我们虽也怜惜他，但因对他关系未久，回忆不多，因之悲哀也不深。叶的寿命比花长得多，尤其是梧桐的叶，自初生至落尽，占有大半年之久，况且这般繁茂，这般盛大！眼前高厚浓重的几堆大绿，一朝化为乌有！"无常"的象征，莫大于此了！

不论在故乡石门镇，还是战乱离散途中，以及最终定居于长乐路，丰子恺都把书房命名为"缘缘堂"。窗外，一棵梧桐树叶子从初生到乌有，就是丰子恺内心的缘与缘。毕竟繁茂盛大过，这无常的悲哀，尚可化解。

街角的树，承载的记忆和情感更广大复杂。人流在街角会合分解，带来转机、商机或危机。街角建筑比其他路边建筑重要。街角店铺生意好于其他店铺，租金贵。长乐路，与南北方向的乌鲁木齐路、常熟路、陕西南路、瑞金二路、成都南路、重庆中路，次第相交逢，形成一系列街角，为街区种种偶遇、冲突、分道扬镳，提供足够的转折点和意外。我常看见老人面对某棵树发呆。他患有失忆症？或早年的哀伤正在身体里卷土重来？这些树，年年初夏被剪伐树梢，身姿基本未变，完全可以成为另一个人、另一个年代的秘密替身，被少年、少女和丰子恺们各自爱着。

一个中午，在长乐路与陕西南路交叉口等红灯，无意抬头，我瞥见树上有一行小刀刻画的字："燕子，我在这里等过你。"没有署名。这棵树就像一个名叫燕子的女人，身上携带一行慢慢放大的胎记，无声无息老去。"街角的一棵树，永远不会知道它是一棵树，把自己的阴影慷慨地赠予人们。"诗人博尔赫斯热爱街角。他甚至写了短篇小说《玫瑰色街角的汉子》，关于刀子、血、拥抱中的舞蹈。其中有一句话："居住的地方越是卑微，就越应该有出息。"长乐路华美，但不乏寄身其中的卑微者、多余者。即便如花似锦之人，失魂落魄后，苦难更加深重。

"长乐"，显现出空间上的扩张欲，也表达时间性的呼求——既要漫长，又要持久。有着中国式大红大绿的吉祥感。这命名，显然源自一种清醒的认知——吉祥匮乏稀无，危险与不安如影随形。

一九二九年十一月十一日，出卖彭湃等共产党人的叛徒白鑫，竖起大衣领子，戴墨镜，急步走出和合坊。刚拉开街角停留的一辆汽车的车门，就被突然出现的中共特科人员乱枪打死。现场几棵梧桐树上留下的弹痕，被民国摄影记者敏锐捕捉，搬上各类大刊小报展示。我在这里转悠，树上弹痕无可寻觅，新世纪的树叶繁茂、盛大，像什么事情都没有发生过一样。嵌在内部的子弹，让雨天的树，隐隐作痛？

和合坊弄堂口，像嘴巴，进进出出的人、自行车、宠物犬，是不断更新的言说与修辞。弄堂口上方悬空一处公寓，两个铁质窗口平行、修长，顶部呈圆弧形，如同巴黎风格的一双眼眸。室内灯火明灭，是不断变幻的目光，辨认这剧变中的人间。

6

周佛海站在二楼窗口，盯着小花园外的长乐路。

隔光窗帘类似于剧院帷幕，低垂，被周佛海肥腻的右手揭开一角。

尽管是下午，一缕阳光艰辛地挤进来，洒上他半个身子、八分之一的地板。沙发、书桌、一张床，都处于阴影中。一张苍白、虚肿的脸，圆框眼镜像小型掩体，掩饰、加固着目光。向后梳的锃亮大背头，与汪精卫发型一样，脑海、思路也大致相似。

这座三层洋房，与长乐路之间隔着那一个小花园。花园临街，便于闪身而进，也利于撤身而出。黑色铁门很小，在长乐路上毫不显眼。铁门右侧矗立一棵法国梧桐。另一侧，在多年之后将会出现一座红色公共电话亭。此时，一九四二年九月二十日。周佛海看着法国梧桐的大绿、小铁门的漆黑，习惯性摸摸鼻子，再看看手指，松一口气。他有流鼻血的毛病，口袋里装着三四条手帕以防备，血迹隐约，像暗红的花。

一年前，太平洋战争爆发，日军占领上海租界。在杜月笙、黄金荣和军统特工运作下，伪上海市市长傅筱庵，在某日凌晨被其厨师赵阿福一刀毙命，上海各媒体为此出版号外，重庆《中央日报》以套红标题盛赞这一事件是"国民党抗日锄奸的重大胜利"。这一非常时期，货币贬值，物价暴涨，炒房炒地之风汹涌不息。梅兰芳从陷落于日军的香港来上海隐居，留须辍演，杜门谢客，过寓公生活，研习丹青以自娱。周佛海自然掌握了这一个孤傲者的门牌号、行踪。

在上海，周佛海也有多处住宅，其个人去向就有了各种可能性，以便摆脱重庆、延安甚至本阵营各种力量的监视。长乐路上，那些弄堂口埋头工作的鞋匠中，有他的眼线，也有眼神诡秘的可疑者。无数的鞋子与路线，被那些眼神叵测的鞋匠挥动小锤子，叩问。他的答案，能是什么？这座三层小楼，底楼与顶楼，各有一个装扮成仆人模样的卫士。他在二楼会客、寻欢、写日记、发呆。枕头下掖着装满子弹的手枪，砚台里，一支饱蘸浓墨的笔垂头丧气。

一辆灰色轿车自长乐路东段急速驶来，停在小铁门边。卫士穿过花园开门，四顾无异常，才去拉开车门。一女子下车，走进花园。周佛海微微有了笑意，把窗帘拉开一半，拧亮台灯。一双高跟鞋与楼梯噔噔噔噔响亮呼应。周佛海站在楼梯口展开双臂，不过分地拥抱这一个女子："苏小姐好啊！"他知道自己与这女子之间的边界。

来者苏青，作家，多次结婚复离婚的女权主义者，当时伪上海市市长陈公博的秘书、情妇。与张爱玲相互怀着敌意、妒意和爱意。

胡兰成因得罪汪精卫在南京入狱后，张爱玲在苏青引荐下，曾找周佛海说情。苏青与周佛海很熟络，"有一种天涯若比邻的广大亲切"，张爱玲这样感觉着。那一日，无话可说，只看几件古董。周佛海热情讲解："这是端砚，鱼脑冻和胭脂晕，是最好的两种。张小姐是大作家，对文房四宝有研究的。"张爱玲摇头笑笑："我们这一辈用的都是派克钢笔。"周佛海微微愣一下，看苏青一眼："是啊是啊……"张爱玲说："中国真是，连砚台的名字也起得这么好，鱼脑冻，胭脂晕。古人的好，今人永远追不上的。"周佛海喜上眉梢，击掌赞同："是啊是啊！"这次见面后，胡兰成就从监狱放出来，回上海，继续在张爱玲、苏青和其他女子之间飞来飞去，像一只黯淡微弱的蝴蝶。

周佛海与胡兰成一样，对女子的美很敏感，充满占有欲。从少年时代留学日本，到一九二一年回国参加中共第一次代表大会，一九二四年脱党加入国民政府、官至国民党中央宣传部部长，再到一九三八年会同汪精卫和陈公博媚日苟活，成为汪伪政府行政院副院长、财政部部长，这不断背叛的过程，也是他在日本少女、京剧演员、娼妓、良家少妇之间辗转流荡的过程，寻找安慰寄托，更释放恐惧与孤冷。

茫茫中国何处去？春态玉肌夜沉沉。

此时，眼前苏青，"鼻子是鼻子，嘴是嘴，无可批评的鹅蛋脸，俊眼修眉，有一种男孩的俊俏……在没有罩子的台灯的生冷的光里，侧面暗着一半，她的美得到一种新的圆熟与完成"。与苏青有过肌肤之亲的胡兰成，如此赞美，周佛海有同感。"男孩的俊俏"，有张力——既可享用其俊俏，又不必因其男孩般的独立，须为其担负什么责任了。这是胡兰成的凉薄狡狯，也是周佛海的隐秘心得。他同样喜欢苏青的"圆熟与完成"，充满市井烟火的热力，不必费力调教。张爱玲清冷、玄远，像高天流云，最终随风飘往异国他乡，这是一九四八年死于南京老虎桥监狱的周佛海不知道的未来情节。

尽管出资支持苏青创办《天地》杂志，周佛海也明白，眼前女子，手包中有陈公博签字的空白支票。距离长乐路不远的万航渡路七十六号汪伪特工总部，李士群、丁默邨窜动其中，同样是反复背叛之人，与苏青关系深浅如何，也未可知。一九三九年开始运作的这一著名"魔窟"，暗杀抗日者、设赌场、吸毒贩毒、绑票敲诈商人。魔窟规定：枪杀一人可得"喜金"五百元。血色淋漓。这一切，周佛海又如何脱得了干系？

还是谈谈天气、文章，比较合适。

"苏小姐近期文章有一句话，写得妙！"周佛海为苏青斟上红酒，"'饮食男，女人之大欲存焉'——移动一个逗号，便境界一新！"苏青笑了，露出不常见的羞涩："周先生是做大事的人，移动的可不是逗号呀句号呀，是兵卒车马，惊天动地。"周佛海脸色一寒，不响，饮一口酒。稍顷，才幽幽低语："中国天高地阔，我周某未来若能有一室容身、一夕沉醉，足矣。"平素多语善言的苏青，怔怔然，无话回应。幸好有酒来掩饰自己脸色。

美国终于介入中国抗战，让周佛海提前看到汪精卫政权的结局。他开始与重庆方面再续前缘、传递情报——为再度背叛，埋下新伏笔，但也可能加剧旧败笔的无可挽回，成为一切人、一切道路天地的叛徒和敌人。"顾念大局，危险万状，掀天撼地之大风浪即将来临，吾辈断无法渡此惊涛骇浪。"在多年后出版的《周佛海日记》中，我读到这一个无操守者流露的哀怨、愧恨与恐惧。

若干年后，苏青在自传体小说《续结婚十年》中，这样描叙戚中江的原型周佛海："戚先生是一个绝顶聪明的人，我相信他一定能了解我，不，应该说是能够了解一切女人，女人都是可怜又可叹的呀！"但周佛海不了解中国，一次次勇毅赴死又浴火重生的中国。

两个人轻轻碰杯。天，渐渐黑了。周佛海放下重重窗帘，拧亮台灯，趁醉意，抄录一首前人咏叹吴三桂的诗，赠苏青："丹心已为红颜改，青史难宽白发人。永夜角声悲不寐，那堪思子又思亲。"借吴三桂之身世表达自我，周佛海还是忍不住敞开幽深内心。苏青突然打一个冷战，勉强笑着说："周先生不必伤感，时势造英雄，转圜的余地大着呢。我告辞了。来日再聚，您不必送。"

噔噔噔噔下楼，坐进周佛海安排的那一辆灰色轿车，松一口气，苏青隔车窗抬头看。小楼没有一丝灯火泄漏，黑暗得像消融于夜色里了。

长乐路的书写与言说者序列中，金宇澄、吴亮的出现，自然而然，势所必然。

五十年代，金宇澄出生于临近长乐路的陕西南路。吴亮，干脆直接出生在长乐路东端弄堂的底楼，家对面，就是目前的延中绿地。

少年金宇澄手持一根五寸长的铁钉，一路走，一路划拉墙壁，从陕西南路转向长乐路，留下一道"L"形的漫长划痕——"在转折中增强表达的力量"，这隐秘的欲望，催促一个少年发育、成长。当然，一场雨水就会把这些练笔、试笔，冲洗无痕。我不知道，他是否在街角遇到过同样背书包、表情恍惚的少年吴亮。目前，他们同在上海作家协会出入，分别主编《上海文学》《上海文化》。那一个位于巨鹿路上的院子，有著名的爱神雕像，喷泉像水花织成的睡衣，吸引楼上楼下两个同代人偶尔从纸墨间抬起目光。

在长篇小说《繁花》《朝霞》中，金宇澄、吴亮分别把一系列人物、行动、命运，安排在长乐路及周边街区，生发、延展、达到高潮。"任何事情，我都必须把它放在一个地方，以便赋予它生命，让我跟随它。与我写的东西有关的景物，是童年的大地。"拉丁美洲小说家胡安·鲁尔福如是说。长乐路、陕西南路、巨鹿路、富民路、思南路……这些纵横小街构成的卢湾区，就是金宇澄、吴亮的童年大地。每一个作家及其表达，都是故乡、风俗、气候的产物。上海其他区域，对于这两个作家，已经是异乡和远方。

阿宝十岁，邻居蓓蒂六岁。两个人从假三层爬上屋顶，瓦片温热，眼里是半个卢湾区，前面香山路，东面复兴公园，东南偏北，看见祖父独幢洋房一角，西面后方，皋兰路尼古拉斯东正教堂，三十年代俄侨建立，据说是纪念苏维埃处决的沙皇，尼古拉二世，打雷闪电阶段，阴森可惧，太阳底下，比较养眼。

蓓蒂拉紧阿宝，小身体靠紧，头发飞舞。东南风一劲，听见黄浦江船鸣，圆号宽广的嗡嗡声，抚慰少年人胸怀。阿宝对蓓蒂说，乖囡，下去吧，绍兴阿婆讲了，不许爬屋顶。

这是《繁花》的开篇文字。金宇澄甚至手绘一个地图，标示出书中人物居住的位置。阿宝的家，在长乐路以南的皋兰路，屋顶瓦片，目前依旧温热。沪生家位于长乐路与茂名南路交叉处。我在这一街角晃荡，无法判断临街一幢三层公寓的哪一扇窗口，露出过沪生的脸。这一街角对面，就是兰心大戏院，有力推动过众多市民命运的转折——邂逅与背叛，往往发生在剧院一类空间里。有批评家认为，阿宝，这一个知识分子家庭里的孩子，原型就是金宇澄。蓓蒂的原型是谁，后来过得怎样，只有金宇澄自己晓得吧。

对于长乐路，作家吴亮拥有独属于个人的经验和幻象。

一九三八年，上海处于"孤岛"时期。祖父在法租界内徘徊观察，买下长乐路一居所，全家从日本人控制的虹口区搬出。吴亮初中毕业，进入上海静安区饮食公司红旗机修厂当检修工。父亲热衷于在小饭桌上谈论托洛茨基，少年吴亮就爱上俄罗斯文学。八十年代开始写作，语言浓丽丰赡，充满长乐路的声腔光影。从祖父无意间决定的一条路、一种角度，吴亮切入属于自己的上海童年和时代。写作工具从最初的毛笔、钢笔、圆珠笔，演变为目前键盘、墨盒、打印机三者的组合。张爱玲如果活在今天，会替吴亮、金宇澄乃至一切当代写作者说："我们这一辈用的都是电脑。"这话语，从前的文人听见了，大约会有些惆怅。

一辈人又一辈人活在这里，一年又一年到来，长乐路永远未完成。旧欢乐与新悲伤永远未完成，彼此混同或格格不入。

被上山下乡等运动裹挟往边疆的人，在八十年代，相继回到陌生化的上海，成为这座城市的客人，震惊而又委屈。像奥德修斯回到家乡，卧室和客厅都被陌生人占领，妻子已认不出他巨变后的面容。希腊神话，中国现实，两种"震惊而又委屈"，大致相同吧。这些还乡者中，小部分人又以留学之名出现在纽约或巴黎，一去不归。大部分人在这条小街、这座城市，挣扎着、消磨着，尝试重建一个家乡。

即便始终生长在长乐路、陕西南路的吴亮、金宇澄，童年时代熟悉的人物与景象，也渐次消失。楼梯上噔噔噔噔闪现的陌生女子，街道掠过的新一代少年，咖啡馆里出现的蛋挞、奶茶，屡屡提示：在异乡。时间也是空间，衰老也是一种漂泊。金宇澄去法国访问，回来后感叹，在巴黎看见从前的卢湾区了。"卢湾区"这一名称，目前消融于"黄浦区"，像一条小河消融于大河。而异乡感强烈，恰恰是一个作家表达欲望的发生学原理。

长乐路通向淮海中路的隐秘弄巷有许多条，太阳初升时候，脑子里可以想许多事，老住户偏爱穿近路弯弯曲曲走弄巷，休息日稠密脚步杂沓，心无旁骛仍然惊觉四十年前遗韵犹在，呼啦发一声喊，纠集几个同学去复兴公园抓知了捕蜻蜓爬篱笆墙，注意了后窗吗，后窗，里面悦耳声音，温柔甜蜜，挥之不去迤逦意象，寻常、不引人注意、易被忽略，尚未受到惊扰，后窗浪漫传说，这个城市物资供应匮乏，连刑事犯罪都缺乏想象力，以致小偷都彻底忘记了它。

他与她要告别了，房间很暗，他会一直记得她那天穿的齐膝布裙是什么颜色吗，至少他不会忘记她底下白色长筒袜，他们都有点手忙脚乱，空气里弥漫咖啡氤氲，他们闻到了对方浓稠汗味，灼热接吻浑身颤抖接吻慌乱饥渴吻个不停透不过气，他们不约而同地意识到他们的暧昧关系必须结束了，真是惊心动魄的一年啊。

社会青年马立克卧室没有窗，这是一间嵌在走廊转弯处的储藏室，房间里的房间，这给了马立克一种小时候躲迷藏幻觉，一九六七年"一月革命"这里曾经是第一商业局所属烟糖公司一个司令部，大联合之后这个组织解散了，马立克一家回到这里满目疮痍，被抛弃的司令部像摩天岭指挥部那样遗留下了一些来历不明海报和五十年代各种彩色宣传画。

江南园林中有"借景"手法，通过一扇半月形或圆月形窗子，借来周围景象而不必还本付息。我从吴亮长篇小说《朝霞》中借来这些片段，以丰富对于长乐路的认知。其笔下，哪些是虚构、非虚构？无法区别。就像阿宝与金宇澄，谁更真实、虚幻？难以分辨。或许，幻象本身就是真相的一部分，类似于梦境，构成一个夜晚的秘密。

作家笔下的人物，使一方地域、一座城市拥有灵魂。巴黎街巷的众多门牌号里，居住着莫里哀、司汤达、福楼拜、巴尔扎克、普鲁斯特们笔下的人物，供一代代游客徘徊寻访。上海的弄堂、外滩、苏州河，也需要王莲生、吴荪甫、方鸿渐、白流苏、王琦瑶、沪生、马立克、陆焉识们的身影，次第闪现，组建一个幽深迥阔、亦真亦幻的上海。

不被言说的童年大地，没有存在感。我们这一辈的电脑键盘啪啪啦啦的敲打声，像雨声，催促一切有难度的表达去更新万象四季。

8

二十世纪七十年代的一个早春，少年陈丹青骑着永久牌自行车，从威海路旁的弄堂里窜出，惊飞一群鸽子。沿瑞金二路向南骑，到长乐路向西一转，那街角处就是上海油画雕塑院创作室——上海美术青年们的隐秘圣地。

院门口的师傅看见丹青，大声说："陈逸飞他们都在，去吧！"丹青一脚立地，一脚仍然斜跨在自行车上，给师傅扔下一盒烟："江苏牌子，品品！"复蹬上自行车窜进大院一角车棚。出来，气喘吁吁跑进油画工作间。松节油气息扑面而来。陈丹青耸起鼻子使劲吸了吸，像闻见少女身上香气："我来了！我回来了！"正在埋头画画的陈逸飞、魏景山、夏葆元们，直起身，看着门口气喘吁吁的少年，笑了。他们一概穿着长风衣工作服，色彩斑驳，像开满花朵的小原野。

多年后，陈丹青接受记者采访，回忆这三位大他七八岁的兄长，感叹："他们是我走上油画之路的老师，把我当弟弟看待。一个个长得真他妈标致！旧军装、劳动服，也能穿出西装感、夹克感，帅。名字都起得好，有意境，能看出家世文脉。太完美。夏葆元的速写，高度写真，被拍成照片在七十年代流传全国，是美术青年们的指南。一次次反复翻拍后，那些照片中的素描都模糊了。魏景山会拉小提琴，捏琴弓的样子像捏着女孩一绺秀发，一副心疼得不行的样子！他后来移居纽约，家里有两台钢琴。陈逸飞是一个宽阔热诚的人，谁都喜欢他。我去他家，小孩不吃饭，陈逸飞就吓唬他：'警察叔叔来了，快吃！'那孩子就慌忙吻吻我手背，埋头大吃——吻吻手背，这肯定是陈逸飞家中的西式习惯。没有这些兄长，我不可能在一九七八年考入中央美院研究生班。七十年代，长乐路，对于在广阔天地里无所作为的我，就是辉煌的罗浮宫、壮丽的大都会艺术博物馆！"

从背着书包在淮海路仰望陈逸飞们画巨幅毛泽东像开始，陈丹青就对长乐路青年画家群体，心慕神追。每闻上海推出"革命油画新作展"，陈丹青就从插队落户的江西、江苏跑回来，直奔人民公园旁边的美术馆，面对那些巨幅画作，发呆，做笔记，拍照片。他竭力凑近画面研究——色彩浅淡处，暴露出画布纹理；浓郁处，完全是用刀子代替画笔堆积叠加、浮凸而出的灿烂纵放！陈逸飞的《黄河》，尤其使陈丹青着迷：山巅上，手扶一把步枪的战士身后，一行越河而去的大雁，像一行抒情诗、一种手势，为一个少年指出广大无垠的前景。陈丹青后来的《西藏组画》，就是在向陈逸飞致敬。他们完成各自代表性作品的年龄，也都在二十五岁前后。

看见兴冲冲闯进画室的陈丹青，陈逸飞招招手："丹青，你耳朵漂亮！别浪费，给我当模特！"丹青就老老实实侧立在陈逸飞面前，从早晨，到黄昏，让自己的耳朵渐渐转化为油画中鲁迅的耳朵。另一日，恰遇陈逸飞、魏景山在合作巨幅油画《占领总统府》，夏葆元身穿军装站在凳子上，扯开一面红旗当模特，地面上散落着从民兵训练场搜寻来的弹壳。魏景山招呼陈丹青："丹青，举着吹风机，对着葆元吹！"丹青就举着吹风机，让狂飙从自身扑向那面总统府上的红旗。

　　更多时候，陈逸飞眨眨眼睛，领陈丹青走出画室，来到二层图书馆门前。左右看看，无人，掏出钥匙打开门："进去用功吧，等我中午来带你去吃饭啊。"复把门锁上，轻轻下楼。陈丹青就独自进入一个美术王国，周围都是上海美专撤销后、躲过焚烧抢掠之灾的珍贵画册，从伦勃朗、安格尔、鲁本斯、塞尚、达利、凡·高，到高更、提香、德加、雷诺阿、列维坦……

　　上海油画雕塑创作室迁入长乐路这一街角，在一九六六年十月。此地，原来是一座名为"君王堂"的天主教堂。像这座城市里携带历史重负的旧人物，教堂也要接受改造。十字架被砸掉焚毁，管风琴移居储藏室，在尘埃中咬紧牙关。讲经大厅里的一排排橡木长椅撤去，这一高阔空间成为雕塑工作室，造就伟人、工农兵等一系列时代形象。窗台宽阔，玻璃彩绘美化着窗外景色。屋顶新开一排天窗，加大采光。从比利时留学归来的雕塑家张充仁，每天在这大厅接受批斗，像聆听牧师布道。张充仁沉默着，听完这种缺乏爱意的布道，转身继续创作。在这里，他完成雕像《聂耳》。青铜质地的聂耳，目前仍站在淮海路边一个花园里，右手高扬，像在召唤宽阔的春风从长街尽头一拥而至。张充仁后来移居巴黎。欧洲二战题材系列漫画里的著名形象"中国张"，就是以他为模特来刻画的，在法国家喻户晓。

讲经大厅旁，一座小楼，原来是教堂神职人员的起居室。此时，一楼大间改造成陈逸飞们的油画工作室。二楼成为办公室、图书馆。三楼是休息室，熬夜工作的画家，可在几个高低床上潦草一卧。天亮，醒来，在走廊抽烟，俯瞰晨雾蒙蒙的长乐路、襄阳公园，一人会说："莫奈!"如果恰好有四五个女孩在街头手拉着手跳舞而过，另一人会说："马蒂斯!"

徐悲鸿的学生、油画家俞云阶，参加过一九五五年在北京举办的"马克西莫夫油画训练班"，代表作有《吾土吾民》《巴金》。他喜欢站在这一走廊，与学生们闲聊说笑。抽烟不用手扶，任烟灰接受地球引力自然弯曲、垂落。他烟瘾大，双手长期托着调色盘、捏着画笔，造就这一现象。嘴唇宽厚，在宣示对于美食和生活的热爱。口袋中总是藏一把花生。到隔壁向明中学食堂用餐，排队领取二两稀粥，他总是对打饭的师傅朗声强调："来一客腐乳。"所谓"一客腐乳"，即一小块豆腐乳而已。握着饭勺，分解腐乳，他仿佛坐在淮海路上西餐厅里握着刀叉分解牛排，在接受餐桌对面美人的端详与爱慕。

"'即景会心'啊，王夫之的话——眼前景，化为内心感受，再赋形于笔端。不然，一辈子仅仅是画匠而已，不成大器。哎! 你们看，那女子，一定是有故事的人!"正在穿越街角的一个中年女子，身姿修长。俞云阶在画室三楼这一恰当高度，盯着她的背影评点。学生们笑了。这女子，多次穿过长乐路与瑞金路交叉处的这一街角。夏葆元后来专门进行调查考证，向俞云阶老师报告："她是郑念，壳牌石油公司

247

上海办事处总经理的遗孀。"多年后，郑念用英文写作出版了自传《上海生死劫》。

站在这一走廊上，画家们用长乐路这一单筒望远镜，眺望未来。陈逸飞看见自己人生之路尽头的华山医院了吗？二〇〇五年四月，在电影《理发师》拍摄现场，他一头倒下去，像画笔一头撞在画布上。抢救无效，心跳终止于华山医院，五十九岁。在长乐路，为美而活、而爱、而死，陈逸飞成为一个上海传说。

八十年代，上海油画雕塑创作室迁出长乐路。教堂拆毁，复建于不远处的巨鹿路、茂名路街角。像一个人，朝长乐路以北走一千多步，换一种立场来看待新世界。它出走留下的空白处，耸立起一座顾盼自雄的五星级酒店——新锦江大酒店。

街道上的风没有变，吹着旧公寓里洗脚盆中的市民，也吹着新酒店里游泳池中的各国外交官、五星上将、艳星、富商、花花公子——唯有这一阵阵天然而非人工的温存与爱意，长乐路、上海和我，不必担心丧失。

9

美国作家罗伯·施密茨（Rob Schmitz，中文名史明智）的非虚构作品《长乐路》，中文版封底印有这样一句话：

人们总是心怀大梦，无论处于中国哪个角落的个人梦想，或者是宏大的中国梦……这是一个独一无二的时代，我希望能捕捉这个时代的细微感受。

封面上，有一个孩子举着纸风车张嘴欢笑。小小身子后面，是弄堂深处杂乱堆积的自行车、婴儿车，凌空晾晒的床单伸出窗子，洋溢出鲜艳的世俗欢乐气息。

在长乐路西端一幢公寓楼内居住八年后，罗伯·施密茨试图通过书写这条街道上生息沉浮的若干人物，表达上海乃至中国的变迁和种种梦想的重生——

八十年代出生的文艺青年CK，湖南人，在靠近常熟路口开三明治屋，为客人即兴演奏手风琴，在网上卖手风琴。少年时代，父母离异，随祖父生活。他研究多种自杀方法逃离孤绝，未果。来上海，寻找拯救自我的途径。当他展开右臂，徐徐拉开、收缩那一台波罗维尼牌手风琴，能感受到阵风一般呼吸的解放和自我的存在。

冯大叔，家住锦江饭店与新锦江大酒店之间的小弄堂，在长乐路边卖葱油煎饼。六十年代，冯大叔作为知识青年，去新疆塔里木河边开拖拉机，认识了四川松潘籍的傅大婶，结婚。八十年代回上海后失业，开早餐铺谋生。大婶沉迷于家庭教会活动和传销，在精神与财富的双重幻觉中，忍受丈夫的谴责。但继续在"沉迷与幻觉"中，保持愤怒与狂热。

资本家身份的王明，家在长乐路与富民路交叉的街角。一九五七年去青海德令哈劳动。持续给妻子写信，九年后，才收到第一封回信。六个孩子在歧视中长大成人。一九七九年，在上海火车站出站口，他们辨认不出哪一个出站者是父亲。王明自己搭公共汽车，回到长乐路上的家。周围是陌生的街景和面孔。二十年里来来往往的家书，装在一个鞋盒里，后来出现在长乐路某杂货店，被罗伯·施密茨发现，追索出王家的故事。

山东乡村女子赵小姐，九十年代来上海，才发现这座城并没有浮动在大海上。年龄大了，被工厂辞退，来长乐路与成都南路交叉处的街角开花店。挣钱后，在家乡县城为两个充满身份焦虑的儿子买婚房，却迟迟娶不来"昂贵的儿媳"。赵小姐晚上睡花店，不知道归宿是哪里，梦想在上海为自己挣一间小房子……

一个美国作家来观察、表达长乐路，多了局外人横看侧视的冷静和理性，少了局内人如鱼饮水的冷暖自知。

读完这部书，我有意识地再来长乐路游荡。CK 的店已关门。不知道他消失在上海哪一街区，或已入寺修行？在长乐路生活时，他已经开始研读佛经、食素。

冯大叔的煎饼铺子依旧红火。食客排队。"曾经当过农民的人，习惯留很长的小指甲，以证明他们不再需要靠双手劳动。"这是罗伯·施密茨观察到的一个上海细节。冯大叔指甲很短，白大褂上油迹斑斑，像一个画家在创作。他娴熟、热情地拨弄煎饼，如同新婚时期对待妻子。打鸡蛋，撒葱花，卷起来装进纸筒递给我："微信支付，省事！"没看见那一个充满愤怒和狂热的傅大婶。

王明在上海郊区的养老院度过晚年，去世。妻子与儿女移居美国，没回来操持葬礼。长乐路上那处旧房子，住着崭新的人，按季度向大海彼岸的房东汇寄房租。

我最喜欢罗伯·施密茨笔下赵小姐的故事。在一个冬日，去那花店买一束百合花，告诉女主人："我看了美国人写长乐路的书了。"她一下子笑起来："不好意思啊，萝卜把我家里的烦心事都写了，没秘密了呀，不敢回山东老家了。"她称呼罗伯·施密茨为"萝卜"。"好多记者来采访，问东问西。有外国人读了书，也好奇，从国外飞过来聊天，让我在那本书上签名。家里亲戚，不敢让他们知道这本书，怕招骂。特别是我老公。"我笑了。她身穿西装和绣花毛衣，涂有淡淡口红。脸色疲倦，像一束傍晚以后需要补充水分的花。每天凌晨，她独自去曹家渡花市批发花卉，运回来，剪裁，插花，忙到深夜。

花店开张于二〇〇三年春。非典疫情汹涌，房租便宜，赵小姐看中这一街角。后来房租不断上涨，也舍不得搬走。"长乐路，名字多好，念一遍就快乐！"她的普通话藏有山东口音中的刚毅。我问生意咋样，她说："现在送花的人少了。情人节，女孩子爱的是微信大红包，或首饰、名包，实惠——先生您买花送谁呀？"我笑了："带回家，自己看。"

那一天，花店的音箱里，传出男女对唱的歌曲，记得几句反复出现的歌词："爱你一万年也不算长，长乐路很长。长乐路也不算长，我和你更长。"

赵小姐的花店对面就是延中绿地，吴亮家就在旁边。不知道他来买过花没有。

10

我不知道儿子给哪一个女孩买过花。不论上海的花、美国的花，把具体的花朵献给一个女孩，比在微信中送一些抽象玫瑰图案，有力得多、美好得多。这些年，他从来不讲自己与花朵有关的事。我不知道他遇到过哪些障碍和疑难。一个人只能独自面对新时代，父辈怀揣失败的记忆和羞惭，如何能言传身教？

父子两人在长乐路上喝啤酒，这样的夜晚，以前没有出现过。很美好，转瞬就消失了。我记着，写下来，这美好就获得了永恒性。

夜深了，酒徒越来越多。我和儿子捏着酒瓶，沿长乐路向东散步而去，像把一本旧书再一页页翻过去，读出新意味、新感慨。许多知名品牌孵化于这条小街，再蒲公英一般，随风四散于中国南北。无数建筑设计师、衣饰设计师、化妆师、厨师、调酒师、景观设计师、发型师、瑜伽师、钢琴师，云集于此。

冯大叔的早点铺，自然已经打烊。旁边，古玩店橱窗内，一个小木头士兵被一盏小顶灯照亮，不知道让多少路过这里的孩子，久久挂念。

犹太人本雅明在散文集《柏林童年》中，写过德国童谣中的"驼背小人"，代表厄运、恶作剧。本雅明就是被驼背小人盯上的人，终生无法逃避失败的命运。但也因此造就他语言的失意和诗意。他同样喜欢观察、书写街道，从柏林，到巴黎。如果来到长乐路，他也会喜欢这一个代表勇气和远征的小木头士兵。"我转到商店橱窗前，让自己在这里被琳琅满目的旧货商品撩拨得热血沸腾。""存在对不存在眉来眼去。当月光闪亮时，海洋和大陆并不比我的盥洗池更领风骚。"长乐路上的橱窗、盥洗池，上海周边的大陆与海洋，也在等待同样杰出的表达吧？

站在一家写着"古着"字样的服装店前，我困惑："古老的衣着？"

儿子笑了："就是'二手服装'的意思。现在流行穿八十年代以前的服装了，混搭——上次，我在公路商店前看见窦靖童了！她腰带上挂一个搪瓷缸，当作腰包。那就是'古着'，从日本引入的词。""窦靖童是谁？"我茫然。儿子嘲笑我："她妈妈是王菲呀！"我嘿嘿着，把空啤酒瓶扔进路边的可回收垃圾桶。终究有一天，时代落伍者，连一丝回收的价值都没有了。幸好大地宽厚，接纳零一般空无、负数一般欠债的人。在怀旧中逐新追异，又恐惧于种种未知的不可掌控，这是我、王菲、窦靖童乃至全人类的最大公约数，多么难，就多么需要破解。

一辆红色摩托呼啸着掠过。伏在摩托上的女子低头耸臀，充满了力比多所操纵的煽动性。"杜卡迪，一种新潮摩托——再丑的女孩跨上杜卡迪，也性感十足。而且只能是红色的杜卡迪，才吸引人，其他颜色就效果差了。"儿子给我补时尚课。一个时代的风尚。那个杜卡迪女孩突然在路口停下来。"是绿灯啊……"我困惑。儿子推测："大概座椅发烫了，姑娘停下来凉快凉快。"

面对新世纪少女，儿子口气竟然也有了苍凉感。他生于九十年代，曾经热衷于足球。常用开玩笑的语调，反对我作品中的伤感气息。他在美国度过青春期，独自面对地平线的无限后撤和落日的壮烈，喜欢咀嚼口香糖，像在咀嚼我未曾体会的一切。二〇一四年夏天，他驾驶一辆汽车满载行李，从洛杉矶出发，自西而东穿越美国，用一个月时间走走停停。抵达纽约后才发来一条短信："入学了，放心吧。"六个字，写实，简洁。我看着，心里一松，眼睛一热。

长乐路，像不断更新灵魂和衣饰的老者与少年。公路商店、古着店、刺青店、杜卡迪们，也许会在未来渐次消失，正如这条街道上的黄包车、马车、叫卖声、红旗、锣鼓声，渐次消失。但街道的宽度、两侧树木与房屋的轮廓，未更改，酷似一脉青山，承载无限的旧事前情与可能性，供新鲜笔墨们像新雨新雪，持续润色、勾勒、开花结实。

关于上海，金宇澄、吴亮等本土作家的表达，有一种"童年优势"，像本雅明表达柏林一样。但在剧变的时代里，我们都是过客，也就一概都是主人。我的青春与这一街区无关，恰恰能因此获得某种异质的、个人化的表达角度和价值？谁写出长乐路、上海，谁就拥有它，在身体的哀凉晚年里，重构破晓的清风与少年。

与儿子并肩走到长乐路东段。街角处，赵小姐花店的灯依然亮着，像早年的某人，回头看了我一眼。

忽想起作家废名的一句话："自己还是今夜之身，但诸事都是明日的光景了。"

1

这座以爱神普绪赫雕像为核心的私人花园，建于一九三一年，位于巨鹿路、陕西路交叉处。

花园设计者、施工者，与国际饭店、武康大楼的设计者、施工者相同：匈牙利建筑家邬达克，中国建筑商陶桂林。邬达克以一百多座建筑物，改变上海天际线和街巷风貌，也为这座城市种种传奇故事的生成，埋下空间上的伏笔——走廊、拐角、天窗，都可能改变某人命运的走向。

邬达克对这一花园的设计灵感，源于主人的爱情故事：上海滩火柴大王、富商刘吉生，与妻子陈定贞青梅竹马，婚后恩爱如初，遂决定耗巨资建花园别墅，作为献给妻子四十岁的生日礼物。遂有了这一个以希腊神话为蓝本的院落——

主体建筑物三层：一层为大厅（举办宴会、舞会，每一天、每一周都有不同规模、不同范围的安排），餐厅，会客间；二层为主人卧室、书房、琴房、更衣间；三层为儿女卧室、客房、书房、琴房、更衣间。

彩绘玻璃窗有阳光或月色透入，像爱情来临时分的悸动与柔情，葡萄图案隐喻多产多子。楼梯蜿蜒盘旋向上，如同充满动感的风中青藤，铁质栏杆图案中镶满刘吉生的英文名字缩写字母 K、S、L——这是陈定贞对邬达克设计方案提出的唯一要求。

各房间的外阳台，像剧院小包厢，供豪华观众在这里鉴赏和评价院落美景。当然，从庭院里仰看这些阳台，它们也像小舞台，表演着关于爱、幸福、华美、梦幻等主题的小话剧。

附属建筑物同样精美，供八十余位仆人、二十余只狼狗和宠物犬使用，位于主体建筑物后侧。其中，狼狗们负责消除夜晚的不安，宠物犬致力于点缀白昼的喜悦。

那一年，夏天，上海主城区发生洪灾。犹太富翁哈同去世。南京路边的哈同花园离爱神花园很近。中日军队对峙加剧，次年元月爆发的淞沪抗战，导火索已隐隐点燃……

2

爱神花园的焦点，在于爱神普绪赫雕像。

充满诗人气质和真性情的邬达克，从意大利定制这一雕像，作为献给刘吉生夫妻的礼物。它立于庭院核心处，接受细小喷泉的抚慰，像爱人丘比特隐秘的手指在抚慰——她的身体完全向爱敞开，正扬手脱掉最后一件薄弱外衣……显然，在构思这一院落，尤其是建立雕像过程中，邬达克需要向刘吉生这样一个中国商人，解读希腊神话的寓意和美感，像天花板上一组组复杂吊灯，向火柴和蜡烛，解读光线的秘密和无限可能性。

在故乡虚构异邦，使这一个在底层中奋斗、脱颖而出、声震上海滩的显赫家族，同时拥有中国阴历归属感和希腊神话新异感？两全其美，财富与爱情同时丰盈，花朵与月亮一概明媚，大概只有刘吉生们才能做到。"贫贱夫妻百事哀"，唐代元稹写出这一俗话，也写出普遍真理——"贫贱"，"哀"，物质与精神的双重匮乏是常态，无论古今中外。凡夫俗子表达爱情的方式，至多是一朵花而非一座花园。

钢琴在室内演奏，喷泉在庭院里起舞……

刘吉生从宿醉中醒来，走到仆人小心推开的厚重大门前，面对上海的又一个早晨，以及普绪赫的另一种胸怀——那霞光绚烂的胸怀，让这个商人的内心微微波动。他看看自己手指，像那些喷泉吗？灼热或冷冽，掠过妻子渐渐陈旧但安定的身体。在纷乱的时代，在机遇遍地也危机四伏的上海，他需要一种陈旧但安定的爱，作为最后防线。

抗战前后，戴笠多次进出此一院落，跳舞、饮酒、密谈、指挥各种锄奸行动。五十年代初，由于和戴笠的这一段交往史，刘吉生很不安，携全家迁居香港，后与妻子终老于加拿大，居住于一个自建的苏州园林风格别墅里——在异邦虚构一个故乡。

3

一九四二年四月十八日，美军十六架轰炸机、八十名飞行员，从停泊在太平洋上的航空母舰"大黄蜂号"起飞，轰炸东京。完成任务后飞向中国浙江上空，找不到夜色中的机场，跳伞。一人牺牲，八人被日军俘虏。其余飞行员被中国百姓营救，用五十多天时间护送往西南边境，通过驼峰航线，返回美国。

刘吉生，西南运输公司副总经理，就是这一营救行动的指挥者之一。抗战时期进口军火物资的运输，是刘吉生的主要工作。为掩饰这一身份，上海沦陷期间，刘吉生抽上鸦片。他对家人解释："我躺在烟榻上，那些人看见了，就认为我没志气。就放心了。"

某一天，日本宪兵登门"请客"。刘吉生前脚刚走，爱神花园里哭声一片。半夜时分，刘吉生推门而入，陈定贞"哇"一声扑上去抱紧丈夫。原来，请刘吉生谈话的日本将军，也是商人，想合作谋利。刘吉生答应，但表示只能等待局势稍微稳定，方可定夺。那一个日本将军、商人表示理解。两人分析一番金色前景，刘吉生呵欠连连："惭愧，烟瘾来了，得回家了……"宪兵司令部门外，日本人看着刘吉生的背影，困惑中抱以期待。

一九四五年八月，抗战胜利那一天，刘吉生命仆人砸碎烟榻。四个月后，戒掉鸦片。美军代表来到爱神花园，向刘吉生颁发一尊木质奖杯。木头来自珍珠港事件中被击沉的美军战舰，造型则是船舵的形状，刻着感谢中国、感谢刘吉生的言辞。

刘吉生的侄儿子刘公诚，形神异常，时时从延安潜回上海，购买药品等物资。刘吉生睁一只眼闭一只眼，看他在爱神花园里出出进进。

刘公诚后来继承父亲刘鸿生创办的上海水泥股份有限公司，担任总经理，生产"象牌"水泥。新中国成立后参与公私合营和统战工作，备受质疑，但对个人历史不做任何辩解。直到一九七九年，才由官方公开了他的中共党员身份。

一个人、一座城、一个国度，仿佛大海，暗流汹涌——所谓礁石，就是心焦、心如刀绞。海鸟不知不晓，叫声类似妄议与流言。

4

一九四九年，新时代的军人与马，率先进入爱神花园。雨天，大厅成为马厩。刚刚越过长江的战马，为吊灯的绚丽而震惊，哕哕低鸣，马蹄交杂——大理石地面没有草地的温柔，也没有战场的起伏辽阔，对臀部被套上了粪便袋深感不适。

楼上楼下，首长们用各种方言发布命令，关涉上海动荡和复兴。

之后，此地相继成为华东作家协会、上海作家协会的办公地。马消失，花园安静。文人们骑自行车或坐公务车，进进出出，低声细语。巴金、夏衍、柯灵、丰子恺、周而复、吴强、茹志鹃、辛笛、白桦们，在这里交谈研讨，接待聂鲁达、叶夫图申科等异国作家。当然，他们也曾在这里反思，面对《朝霞》杂志上化名"任犊"者的雄文《走出"彼得堡"》，面面相觑，深深不安。由于喷泉、雕像的风格酷似俄罗斯圣彼得堡夏宫，爱神花园也被叫作"彼得堡"。

多年后，文坛上曾就"谁是任犊"产生争辩。好在，我们已经不再对于"彼得堡"一词产生恐惧感。新一代作家在这里进进出出。鸟鸣人更幽。

主楼二层以上各房间，成为《收获》《上海文学》《萌芽》等著名文学杂志的编辑部，以及专业作家的工作间。众多影响当代中国文学面貌的作品，在这里被审视、圈点、推出。当作家与编辑从书桌前起身，站在爬满青藤的窗口，看普绪赫的美与自由，也许会对笔下文字的表现力、生命力，产生疑虑、惆怅和感伤。普绪赫的爱，希腊式的爱，如此强烈而坦荡，就必然脆弱而危急？

那是被作家们在一场浩劫中保护下来的美与自由。一贯缺乏现实行动力的作家们，竟然在一个深夜行动起来，合力把雕像从喷泉中移除，用防潮纸层层包裹掩埋在花园一角。直至新时期到来，普绪赫在阳光下重新抒情。在告密成风的年代，爱神花园里作家们共同严守一个秘密，是奇迹。美与自由带来爱，就带来奇迹。

当刘吉生在加拿大怀想爱神花园，会感到一丝欣慰。他的故事、这一院落，因与文学、作家们发生关联而获得永恒，被后人追忆和言说。

这一花园没有成为餐厅、酒吧、发廊，爱神大约也暗暗松一口气，安心展翅，隐秘影响上海作家乃至市民们的内心。

5

二〇一七年，寒露，我在普绪赫雕像旁站立两分钟左右。这个时间长度，很合适——太短，显得敷衍和麻木；太长，显得自恋和轻浮。

我看清普绪赫身体上隐隐浮现的几只蝴蝶。在希腊神话中，蝴蝶代表灵魂的绚丽与生动。我浅薄、微弱的爱意，配不上这尊雕像。丘比特的箭，比一支笔准确、有力，况且有两个翅膀可令其蝴蝶一样飞动。

进入作协大厅，水晶吊灯灿烂映照，为我稍微增添神采。中外诗人交流会暨《上海文学》"第二届上海国际诗歌节"特刊首发式在举行。济济一堂。叙利亚诗人阿多尼斯、日本诗人高桥睦郎、中国台湾诗人郑愁予，坐在醒目位置，正对门外的普绪赫雕像。主持人赵丽宏讲了这个花园与爱神的故事，是必须的。一直围着标志性红围巾的阿多尼斯，八十七岁，满头白发，用我不知道的法语或叙利亚语发言：知道"什么是爱"，就不会去爱了。我笑了。我不知道他的爱情故事。

我的座位旁边，是一扇刘吉生家族遗留下来的衣镜，恍惚能看见民国时代公子佳人的身影和面影。我的脸在镜中显得黯淡，不合时宜，赶忙扭过头去。

想起阿多尼斯的两句诗："梦想着一位／只愿在阳光下就坐的女子。""孤独是一座花园，但其中只有一棵树。"像是献给这一座爱神花园的诗句。普绪赫就是一位只愿在阳光下就坐的女子。这座花园也只有一棵玉兰树，代表谁的孤独？上海的孤独？

无论什么国度和时代，一个人乃至一座城市，爱多么匮乏，孤独就多么丰盈。

6

巨鹿路初名"巨籁达路"，以法国驻上海总领事之名命名，辟筑于一九〇七年。东西向，与南北向的陕西路、常熟路，垂直交叉构成英文字母中的"H"。

路两侧布满各式里弄、花园豪宅，曾栖居、闪现过各色人物：中共地下组织成员胡愈之、郑振铎，著名中医陈筱宝，流氓吴世宝、余爱珍，画家朱屺瞻、贺友直，浪漫情侣徐志摩、陆小曼，印度诗人泰戈尔……每条街道的历史就是上海史。一条街道就是上海身体的一个切片，包含这座城市的基因、血型、情感与命运。天上的神，用太阳这个显微镜观察街道、切片，洞悉上海的心境和隐疾。

一九六六年，巨籁达路更名为"巨鹿路"，缘于燕山下的巨鹿县。

那一带，自古即慷慨悲歌、征伐逐鹿之地。鹿巨大，征伐就激烈、壮烈、西风烈，遂产生一个著名成语"破釜沉舟"——《史记·项羽本纪》："项羽乃悉引兵渡河，皆沉船，破釜甑，烧庐舍，持三日粮，以示士卒必死，无一还心。"大破秦军，项兵威震诸侯。

商人、富豪、时代英雄，如果想猎获"永恒"这一巨鹿，可运用石头、钢筋、玻璃，来创造"历史保护建筑"，辅之以种种轶事和传奇，与爱情心理学、政治经济学、社会学发生深刻关系，像刘吉生一样。伟大的作家则只能破开墨水瓶、沉没书桌，用热血与灵台来叙述，"无一还心"，方能让文本与修辞得以流传。

我，俗人、速朽的人，缺乏运气、勇气与才气。在寒意日益加深的露水中，走出爱神花园，等候公交汽车。

天黑了。"逻辑和说教从来不会教人信服，夜晚的潮湿更深刻地潜入我的灵魂。"诗人兰波的话。我理解，"潮湿"，就是爱意和诗性，站在"逻辑和说教"的对立面。夜色里的上海，加重潮湿，更深刻地潜入我的灵魂。

身边有一老人手握收音机听评弹，唱词悲怆凛冽——

　　妹妹啊，你一生就是多烦恼，你何必自己太看轻。

想你有什么心事尽管说，我与你两人合一心。

我劝你一日三餐多饮食，我劝你衣衫宜添要留神。

我劝你养身先养心，我劝你是何苦自己把烦恼寻。

我劝你姐妹的语言不能听，因为她们似假又似真。

我劝你早早安歇莫夜深，病中人最不宜磨黄昏。

我劝你把一切心事都丢却，更不要想起扬州这旧城门。

　　三弦与琵琶嘈嘈杂杂错杂弹，伴奏一个男子的孤绝声腔，像手指砰砰砰砰，尝试叩开某烦恼女子的心扉与花园。

　　在上海，在南方中国，有多少病中人，就有多少隐秘的"扬州旧城门"。

　　挤进公交车，不再猜想那评弹中一对男女的前因后果，假装自己被仆从前呼后拥，浩荡奔赴江边晚宴上的美景、美酒和美人。

常德公寓：
朵云轩信笺上的月亮

1

常德公寓或曰爱林登公寓，临近静安寺、百乐门。

一九五二年，某日，张爱玲手提行李箱匆匆下楼，幽幽回眸这"最合理想的逃世的地方"，乘黄包车离去。经香港，最终萎谢于一九九五年的洛杉矶——矮到尘土里去，是所有人的宿命，无论闻名于世，还是平淡无奇。

在上海，张爱玲居住过的地方很多。李鸿章的这一重外孙女，最初栖息之地，有万盏灯下的华美，家道凋落后就逼仄、黯淡许多。康乐村、圣玛利亚女中宿舍、伟达饭店、开纳公寓、华懋公寓、卡尔登公寓……其中，若干石库门建筑，最有上海特色。大门自然是石头质地，有些肮脏有些旧，通往幽暗处的喜怒哀乐、鸡毛蒜皮。临街户型结构大多为两层。底层是小吃店、旅馆、服装店、水果店、点心店、五金杂货店、烟酒店。二层住户把花花绿绿的外衣、内衣、乳罩、被子伸出窗子，坦然接受阳光、风、鸽子粪和路人的审视嘲弄，像一万个国家的旗帜在飞扬。木质窗框和铁质窗台，保留晚清或民国初年的木与铁。窗口的人脸，花盆里的草木蝴蝶，则嬗变不知多少代了。

与别墅、公寓、花园洋房相比，当下，只有石库门，在存续收藏上海的旧生活形态：不富裕也不寒酸，不高雅也不低俗，不天真烂漫也不城府深深。精打细算过小日子，同时暗藏鱼跃龙门的大梦想，喜怒哀乐都处于不高不低的平均值状态。

从小时候起，她的世界就嫌过于拥挤。推着、挤着、踩着、抱着、驮着、老的小的、全是人。一家二十来口，合住一幢房子，你在屋子里剪个指甲也有人在窗户眼里看着。

门掩上了，堂屋里暗着，门的上端的玻璃格子里透进两方黄色的灯光，落在青砖地上。朦胧中可以看见堂屋里顺着墙高高下下堆着一排书箱，紫檀匣子，刻着绿泥款识。

如果湘粤一带深目削颊的美人是糖醋排骨，上海女人就是粉蒸肉。

这是张爱玲笔下的上海人家。新时代，游客去这些弄堂晃荡，还能看到三三两两粉蒸肉般的女人，穿睡衣，提着粉蒸肉一类熟食，踩着吱吱呀呀作响的旧楼梯，回到自家男人的鼾声、邻居的麻将牌声、猫叫声、炒菜锅发出的油盐争吵声、电视机里沪剧吟唱声、孩子打游戏机的兴奋叫好声中……

分布于上海各区域的张爱玲旧居，消失或更名，悬挂历史保护建筑之铭牌，成为张迷——张爱玲痴迷者们的寻访路标，依稀指示出一个民国美女、享乐主义信徒、避世者、语言炼金士，在海上沉浮其间的时区和传奇。一次次搬家，就一次次喜悦或痛楚。"笑，全世界便与你同声笑；哭，你便独自哭。"最终像白流苏一样，"是个六亲无靠的人"，"只有她自己了"。

常德公寓，是张爱玲与姑姑合住的一个家、一个客栈？在充满客人感的上海生活中，此地是最重要的、结尾的部分。

2

多年后，一个春日傍晚，走进常德公寓，我感觉自己像胡兰成、门卫、邮差、叫卖者等人物的混合体，复杂、暧昧得像旧时代和旧世界。

公寓内霉味荡漾，墙壁早年粉色，颓败得像遗弃在铜镜前的过期粉饼。墙上贴着居委会告示："游客免进"。走进那一台老式奥斯汀电梯。女电梯工警觉、慵倦："找谁啦？"我答："六楼，朋友约。"她是不是胡兰成乘电梯会晤张爱玲时遇到的那一个老电梯工的后代？

终于站在这一个附带小阳台的房间前。张爱玲曾站在阳台，与姑姑一起张望大街和人间。敲门，无应答。胡兰成弯腰隔门缝塞进去一张纸条。我弯腰把鞋带系紧，下楼。门厅里，墙上悬一排旧信箱，其中左下角某个隐约写有"张"字的信箱，突然窜飞出一只麻雀，如同一封字迹雀跃、心迹零乱的书信……假如我穿长衫、戴金丝边眼镜，在深夜来访，也许更能感受到一个伪政府文人的晦暗心境。

张爱玲开始这场恋爱的一九四四年，中国抗战进入高潮，渐露曙光。胡兰成忐忑。他给张爱玲讲述了中统特工郑苹如诱惑而后刺杀汉奸丁默邨的故事。这一个善于辞令的汉奸文人，当时持何种语调？犹疑、断续、低落？他的友人、"新感觉派"小说家穆时英和刘呐鸥，因履职于汪伪政权甚至代理日本人赌场，在一九四〇年次第被杀。杀手身份不明。

在这里，在静安寺旁不静不安的年代里，两个人热恋，写下"岁月静好，现世安稳"这一誓词。

五十年代在美国开始动笔写短篇小说《色·戒》，张爱玲用近三十年时间，涂涂抹抹，直到一九七八年才定稿，发表。小说中的王佳芝、易先生，基本上不再是郑苹如、丁默邨，大致上成为她自己和胡兰成。当然，她需要用这个刺杀事件，遮掩个人面目。需要用这篇小说，梳理、澄清她与"祖国""爱情""汉奸"这些关键词之间的关系。更需要与那个在中国台湾、日本活得风生水起的胡兰成，彻底了断。她需要为自己辩解，像面对一个永恒法庭。

他头偎在她胸前，没看见她脸上一红。

每次跟老易在一起都像洗了个热水澡，把积郁都冲掉了，因为一切都有了个目的。

一坐定下来，他就抱着胳膊，一只肘弯正抵在她乳房最肥满的南半球外缘。这是他的惯技，表面上端坐，暗中却在蚀骨销魂，一阵阵麻上来。

这是张爱玲《色·戒》中句子，关于易先生与王佳芝。写的时候，她眼前浮现的人物背景，应该就是常德公寓内的卧室。

二〇〇六年，电影《色·戒》开始拍摄，汤唯出演王佳芝。根据导演李安的要求，她按照张爱玲而非郑苹如的照片，定妆、置衣，进入角色。李安懂得张爱玲。四十年代上海娱乐杂志封面，刊登过郑苹如的照片。那是一个夏日般灼热的女子，健硕如运动员。当时摄影技术所限，照相师需要以手工着彩，进一步渲染她的明朗和生气。出演易先生的梁朝伟，演过侯孝贤导演的《海上花》、王家卫导演的《花样年华》，以上海、香港为故事背景。三位导演，都选择梁朝伟，先后扮演清朝的、民国的、当代的上海男人，因他身上一以贯之的抑郁感、书生气，正契合于海风自东南方向强劲吹拂的这座城市。

街道上，阴云低回，像不确定的爱；河上、江上细雨不断，像一分一分数着零钱。

3

张爱玲喜欢看电影，常去的电影院是南京路、陕西路交叉口的平安大戏院，离常德公寓只有五分钟步行的路程。如今，那里变形成 ZARA 专卖店，与新世纪里次第建成的恒隆广场、中信泰富广场，隔街相对，共同赞美物质主义的光辉和胜利。她常去的电影院还有国泰电影院，目前仍站立在淮海中路、茂名南路交叉口，像老妇，痴情等待久久不归的早年恋人。

一九四四年某日，张爱玲在平安大戏院观看话剧《倾城之恋》。

一年前，二十三岁，她发表小说《倾城之恋》。白流苏、范柳原之间的种种诱惑、盘算、猜忌、试探，最终因香港沦陷这一外力推动，终于有了倾城般绝望的爱恋。张爱玲，一个未婚女子，在小说中能够对男女内心描摹得丝丝入扣，可敬，可怕。她是一个会计般的女子，从小就能对人情世故精打细算、盘点盈亏，赔了钱，冷了心，就不打算与这势利人间再往来。小说发表后，一个叫胡兰成的人读了，找上门来，她又热了心、痛了心、灰了心。

《倾城之恋》中，白流苏与范柳原之间许多对话，就像为张爱玲、胡兰成后来的聚合离散，提前准备好了台词和内心独白——

他年纪轻的时候受了些刺激，渐渐的就往放浪的一条路上走，嫖赌吃着，独独无意于家庭幸福。

一个女人，再好些，得不到异性的爱，也就得不到同性的尊重。女人们就是这点贱。

她看得出他是对女人说惯了谎的。她不能不当心——她是个六亲无靠的人。她只有她自己了。

柳原笑道："你知道么？你的特长是低头。"流苏抬头笑道："什么？我不懂。"柳原道："有人善于说话，有的人善于笑，有的人善于管家，你是善于低头的。"流苏道："我什么都不会，我是顶

269

无用的人。"柳原笑道:"无用的女人是最最厉害的女人。"

胡兰成第一次来常德公寓见张爱玲,说:"你怎么可以长得这样高?"张爱玲答:"遇见你,我变得很低很低,一直低到尘埃里去了。"但胡兰成永远不会说出那一句台词——范柳原在香港浅水湾酒店里,深夜通过电话对白流苏抒情:"我爱你。"离开大陆,胡兰成变身为作家。关于人间情感,其文章似乎没出现过"爱"这一字眼。至多用"怜"。"怜惜"中的怜,有居高临下优越意味,像水中莲,俯视水面蜉蝣和蜻蜓。怜,无须履行"爱"所意味的决绝和重负。

赞美女子,他喜欢用的词是"春风牡丹"。那牡丹采摘、凋败了,次年春风来,还会一朵一朵开,完全不必伤心失神。张爱玲、苏青、范秀美等女子,都不过是胡兰成眼中牡丹之一朵而已。比如,他这样写汉奸吴四宝的妻子佘爱珍:"她那种脸相……可比花气日影摇动,不能定准,都变得是意思无限。"香港相遇,他跪在比自己大六岁的这一女人面前求欢。在日本,二人结婚,了结余生。不知张爱玲读到这文字中如此熟悉的靡丽,何种感受?

张爱玲名字里有"爱"。爱,一番番述说尘世烟火里的万般情爱,是宿命。这爱漏洞百出,如果再没有述说,她就连活下去的一点热力都没有了。一个被誉为犀利冷峻的女子,对胡兰成的猥琐面孔失去了辨别力。也好。如果她一直犀利无误,没有一次迷乱和沉溺,也可怕可怜。"爱就是不问值得不值得。"张爱玲这样说,大约是宽慰自己,在终于有了辨别力之后。

小说中,张爱玲用香港沦陷,终结白流苏和范柳原之间的博弈,使其得以在婚姻中安放身心。现实中，上海沦陷让张爱玲遇到胡兰成，仅仅是遇到而已。一九四五年，胡兰成逃出上海，隐身于雁荡山和范秀美，一九五〇年离别大陆，逃避倾城与生死恋。在一系列华丽女子构成的驿站里，一个薄情寡义的文人、浪子、逆臣，打马而去，没了背影。

话剧《倾城之恋》的剧本，由张爱玲自己改编。首演成功，女主角扮演者罗兰"怯怯的身材，红削的腮颊，眉梢高吊，幽咽的眼，微风振箫样的声音，完全是流苏，使我吃惊。"——这是张爱玲观看演出后写下的话，发表在《力报》上。

那一刻，观众席上的张爱玲，似乎看见自己的声腔面目——瘦削，眉梢高吊，幽咽，微风振箫。

4

常德公寓底楼有一个咖啡馆，名叫"千彩坊"。我走进去，找一角落坐下，像张爱玲那样张望、张看。

千彩坊，是对张爱玲时常下楼光顾的那一民国咖啡馆在原址上进行的模仿与重构。老板也是张迷。此处，常有上海文学界的小型聚会，讨论新作或发布新书。不知道胡兰成约张爱玲下楼喝过一杯咖啡否？周围，似乎是一对对情人或准备成为情人的男女。书架上是张爱玲的书，各种版本。墙上镜框里有她的黑白照片，表情孤高，如影星，孤悬于夜空。在上海以至中国，了悟处世艺术的人们，也都像她一样不过火地表演，让街道、餐厅与卧室都充满剧场感。老式留声机里沙沙啦啦传出《夜来香》的歌声。墙角，一个悬臂式电话机，仍然能拨通从前的旧人与恋情？

随意翻开一本旧版、繁体的张爱玲散文集，读到一段著名文字：

> 在中学读书的时候，先生向我们说："做文章，开头一定要好，起头起得好，方才能够抓住读者的注意力。结尾一定也要好，收得好，方才有回味。"我们大家点头领会。她继续说道："中间一定也要好——"还未说出所以然来，我们早已哄堂大笑。

如果把张爱玲一生比作文章，哪一段算是好的呢？开头吗？晚清重臣李鸿章的曾外孙女，名臣张佩纶的孙女，父母离异，家族分崩离析，随独身的姑姑生长……也好，也不好。人间事大抵如此，好与不好总是联袂来临。尽管有宏大源头和背景，张爱玲盛丽至极复衰哀，也是规律、天意。最终像白流苏，"是个六亲无靠的人"，"只有她自己了"。

《色·戒》中，王佳芝也喜欢到平安大戏院看电影，《寒夜琴挑》等等。周围漆黑如长夜。父亲再婚、无家可归的王佳芝，在母亲怀抱般温暖的靠背椅子里，哽咽不止。此情此景，王佳芝与张爱玲有何区别？拍摄电影《色·戒》的时候，李安用宁波路上的新光大戏院，替代已消失的平安大戏院。演员汤唯坐在红色丝绒高背座椅上，表演哽咽不止、肝肠寸断。

抗战结束后，张爱玲追寻那一个逃亡中的爱人。到雁荡山下，发现那人隐姓埋名，恋上新妇范秀美，像贰臣背叛旧朝。张爱玲肝肠寸断。之后，范秀美来上海做流产手术，拿着胡兰成写的一个字条："看毛病，资助一点。"张爱玲拿出一只镯子："当掉，换钱用吧。"

一个缺乏尊严和人格的男子，在女人们痴情灼烫的身体上，怎么会有他誓死固守的国土和边疆？

5

我走出常德公寓，暮色四起。左拐，愚园路灯火灿烂。路边是炫目的现代派建筑，三四十年代的小店铺与营生，早已不复存在。

"又吹喇叭了，姑姑可听见？"张爱玲问。姑姑回答："没留心。"张爱玲遂疑心根本没有什么喇叭，"只是我自己听觉上的回忆罢了……可是这时候，外面有人响亮地吹起口哨，信手拾起了喇叭的调子。我突然站起身，充满喜悦和同情，奔到窗口去，但也并不想知道那是谁，是公寓上或是楼下的住客，还是街上过路的"。张爱玲周身充满的喜悦和同情，无处寄托。胡兰成显然不是在街上吹口哨的天真少年。他腰里掖着手枪。逃亡途中，过汉口，把它悄悄扔进长江。

多年后，在洛杉矶，张爱玲怀想上海这一街区及市声。"比我有诗意的人在枕上听松涛、听海啸，我是非得听见电车响才睡得着觉的。"在洛杉矶，也有电车响于公寓外吗？留在上海生活的姑姑张茂渊，在七十八岁高龄，终于同早年在海上船舷边相识、初恋的对象，结婚了。从青春，到暮年，她一直沉默，直到那对象的久病卧床的妻子去世。姑姑的一生结尾收得还算好，方有回味。结尾收得好，开头、中间的种种不好，也都能被谅解、消解了。看照片中的姑姑，神情与侄女一样孤傲，稍微多了清柔。

母亲黄逸梵在张爱玲四岁时，为逃脱丈夫张志沂身上的鸦片气、妓院气，孤身远赴法国和马来西亚，最后定居于福利制度比较好的英国，随身携带十七个装满中国古董的大箱子。她去世后，这古董又漂洋过海寄到美国。看见边角出现裂纹的中国磁盘、瓷瓶，张爱玲终于哭了。

在散文写作中，张爱玲尚能保留几分暖意，缓解、抵御其小说中弥漫的寒意。

　　有一天晚上在落荒的马路上走，听见炒白果的歌："香又香来糯又糯！"是个十几岁的孩子，唱来还有点生疏，未能朗朗上口。我忘不了那条黑沉沉的长街，那孩子守着锅，蹲踞在地上，满怀的火光。

这是她一九四四年写的散文《道路以目》结尾一段。我喜欢。我喜欢马路上那一个孩子满怀的火光。

张爱玲另一篇散文《中国的日夜》，题目宏大，内容琐碎日常：买菜，作诗，听人唱沪剧，碰见镶金牙的衰年娼妓与化缘道士……这市井人间的烟火消息，组成日色夜声。文中有一首诗，写"落叶的爱"："秋阳里的水门汀地上，静静地睡在一起——它和它的爱。"一大一小，两片落叶，让拎着蔬菜的张爱玲有些恍惚，想起旧唱本中的开篇："谯楼初鼓定天下。"她喜欢古人的大口气，自己口气渐渐也大起来："我非常喜欢那壮丽的景象，汉唐一路传下来的中国，万家灯火，在更鼓声中渐渐静下来。"

如此高峻迥阔的言辞，在张爱玲行文中不多见，一新耳目，我喜欢。

6

走到百乐门前，想起台湾作家白先勇的小说《金大班的最后一夜》。我自然不会碰见白先勇以及他笔下的百乐门头牌舞女金兆丽。大门紧闭，门童就失去存在的背景和意义。在民国，此处，一楼为店面，二楼为舞厅、咖啡间，有情男女在此过渡一番，即可进入三楼的卧榻、良宵与高潮。

从百乐门向南一百米，十字路口，左拐就是南京西路。绚烂灯火类似在黑色锦缎上绣出鲜花。没有遇到炒白果的孩子和火光。

一九二七年一月十四日，郁达夫与王映霞，相识于上海马当路尚贤坊，相爱、租居于常德路旁嘉禾里，直到五年后迁居杭州、分手。从嘉禾里的亭子间南窗，能望见静安公园、静安寺。傍晚，二人喜欢在周围街区牵手散步，与多年后移居常德公寓的张爱玲逛街路线，大致相同——从常德路到愚园路，再由万航渡路拐入南京路。与我这一晚的游荡路线，大致相同。但彼此不会迎面碰上，尽管爱与不爱，依然是尘世里祖传的疑难。

眼下，嘉禾里早已消失，原地耸起一座壮观的嘉里中心。新一代的白流苏、范柳原光芒闪烁，继续演绎着漏洞百出、充满算计的倾城之恋，使地质软弱的上海地区每年会沉降零点五毫米左右。

一个年度流行时装发布会，在静安公园进行。音乐性感，模特美丽，比张爱玲还要高大、冷艳，"成名要早"的紧迫感更强烈。在台湾版《张爱玲私语录》中，张爱玲托人剪裁旗袍时随手画出示意图，标出她四十七岁时的三围数据：二尺四寸，二尺，二尺八寸。似乎保持了她少女时代的窈窕。但这窈窕身姿下的心跳，一开始，就是晚钟苍凉。静安公园里的这些女孩，还不懂得张爱玲十七岁就看破的真相：一袭华袍，其内，蠢蠢欲动着四只左右规模的春虫。

张爱玲大约不喜欢郁达夫。喜欢曹雪芹。上海滩也是大观园。风流云散处，红男绿女兀自寒暖歌哭，服用冷香丸，偷看风月宝鉴。

静安公园上空，呈现一轮月亮，依旧如张爱玲所言"朵云轩信笺上落了一滴泪珠"，依旧是"铜钱大的一个红黄的湿晕"。这汉唐一路传下来的月亮，如铜钱，买不来早年欢愉；如泪珠，即便滴在朵云轩信笺而非银行催款单上，也无力打动这乏情、绝情或滥情的世间。

1

郑振铎走上讲台，学生们觉得他更高大了。

一袭长衫，使他区别于报刊照片中屡屡出现的西式形象。圆形无边框眼镜，像两个湖泊，被鼻梁这一英挺小桥相联络。眼神清澈如少年。脸苍白。与往常不同，他没带讲义，望着讲台下三十多个学生，沉默良久。

这是国立暨南大学文学院二楼的一个教室，位于康脑脱路亦即后来更名的康定路五百二十八号。一九四一年十二月八日，上午。

校长何炳松先生也走进教室，坐在最后一排，朝讲台上的郑振铎点点头。郑振铎微微倾身，缓缓道来。

"同学们，大家已知道，昨日凌晨日本偷袭珍珠港。太平洋战争爆发。黄浦江上的几声炮响，都听到了吧？一艘美国军舰被日本人缴获，一艘英国军舰被击沉。那些英美士兵，投降了或牺牲了。日本人宣布，今天将会进入租界。暨南大学是国立高等学府，不应该也不可能在日占区继续开设。刚才校务委员会开会决定，一旦有日本军人出现在我

277

们窗外这条马路，就关闭暨南大学。"

他朝窗外看一眼。法国梧桐依旧绿叶青枝、随风婆娑，不知道时代的剧痛与剧变——像此时的法国，已经偷安于德国。上海法租界正与日军媾和。

"今天，我们上的是国立暨南大学在上海的最后一课。都德的短篇小说《最后一课》，大家都熟悉。那些法国小学生上最后一堂法语课的时候，哭了，一刹那长大了。我们在座同学已是青年，不必哭。现在固然最黑暗，但黎明也就更切近——英美政府已经对日宣战，我们中国不再孤立无援，胜利的那一天，快要来了！"

何炳松先生微微点头，对这个浙江同乡晚辈满含赞许之意。他也戴一副无边框眼镜。一个镜腿，似乎快折断了，被线绳加固着。

"这最后一堂课，我想讲两个伟大的国人。一是文人鲁迅，一是武将谢晋元。我中华民族生生不息五千年，正系于文人之思想、武将之勇毅。

"鲁迅先生去世五年多，我仍常常想起他的样子。去世前几天，给我写信，想早日看见明末版画《十竹斋笺谱》的翻刻本。他来不及看到就走了，我抱憾终生。先生最恨专说风凉话而不做实事的人。'迟了恐怕要来不及了'，这句话，他常说。这种紧迫感催逼他，也激励我在北平城一家家纸店搜寻木刻笺纸，一箱箱寄来上海，由先生一张张挑选，最后印出六册美丽的《北平笺谱》。为前人存魂魄，为后人续命脉，就是一介文人之责任。鲁迅先生教会我，如何分辨美与丑、永远的不朽与急就的草率。他呼唤新人新文化，也珍惜祖先留下的美好风物，收藏许多六朝造像拓本、汉画像石拓片。我们要做鲁迅希望的新青年，勉力、务实、奋进，不管经商还是从文，终究有益于家国，增辉于列祖列宗。"

看见讲台下有女生流眼泪，自己的声音听上去也有些哽咽，郑振铎停下来，喝一口茶。

"谢晋元将军的事迹，全世界都在传诵。他牺牲在叛变之徒手中，令国人痛惜，亦必促国人觉醒！中华兴亡，全赖吾辈之作为，非他人强也，实我弱也。我知道你们去慰问过孤军营里的壮士。他们坚守四年，威武不屈，让孤军营成为战场。现在，上海完全沦陷，我担心壮士们的命运又会如何。"

窗外隐隐喧嚣起来。何炳松站起身，走近窗口，见两辆悬挂太阳旗的军车，自康脑脱路东端驶来。看看手表，十点半，他与郑振铎交换了一下眼神。

郑振铎明白，最后的时刻到了，就提高音量：

"自从清政府一九〇六年在南京创建暨南学堂，再迁校于上海，我们校舍数度毁于日寇战火，但'暨南'二字蕴含的'朔南暨，声教讫于四海'之信念，一代代先生与学子，固守不移。今后，无论你们随何先生南迁建阳还是去海外，我衷心祝愿大家一路走好。这一路，即便黑夜漫漫，也须持灯前行，坐在路旁等天亮，实为可羞可耻之举。不恐惧，不懈怠，向未来奋进，华夏神州就会像火中凤凰、不死重生。下课！"

学生们排队来到何炳松、郑振铎身边，一一鞠躬致敬。何炳松与郑振铎拥抱告别："振铎兄，珍重，珍重……"

那两辆军车从已经摘掉校牌、紧闭大门的教室前，乌龟一样，向西滚过去。

2

最后一课之前，一九四一年十二月二日，由郑振铎、何炳松、徐森玉、张寿镛、张元济等人组成、运作两年的"文献保存同志会"，完成最后一项抢购工作——适园主人张乃熊所藏的一百零一部宋代刻本，经郑振铎、何炳松点校完毕，结清款项。一箱箱古籍被秘密运往郑振铎住所。

何炳松告别辞中的"珍重"，一是冀望郑振铎珍重自己，也指珍重这些古籍国宝。

十二月八日的最后一课结束，郑振铎就戴上圆顶礼帽和墨镜，迈出暨南大学这一座小楼。沿途见日本人在各街口布防设岗。若干外国记者模样的人，在大街上拍照。一车一车西方侨民，正被日本军人押运至龙华集中营。其中，美国人被戴上写有"A"的红色臂章，英国人被戴上写有"B"的红色臂章，以便于区分控制。

匆匆穿越纷乱街头，郑振铎牵挂于心的，只有自适园来到身边的国宝。

此前，四年"孤岛"期，郑振铎频频得到友人传递的日伪搜捕消息，频频换装、化名、搬家。与妻子、孩子分居两处，以免连累他们。现在，连租界这一"孤岛"亦不复存在，彻底沦陷。对外，郑振铎化身为"文具商人陈思训"。住址由最初的东宝兴路、静安寺路，到最后的高邮路——南窗外，正对湖南别墅里居住的汉奸周佛海家的厨房、烟囟。最危险之境往往残存一丝安全感。

此时，郑振铎还不知道，自己还需再坚守四年，直到一九四五年，才能结束文献保存之八年使命——另外一种抗战。这些抢救、保存下来的古籍，先后通过三种途径，大部分进入抗战时期在重庆开始筹建、后来设立于台湾的"中央"图书馆，一部分进入北平图书馆即当今的国家图书馆：

第一，徐森玉随身携带最宝贵的两大箱最精本，至香港，再空运至重庆。第二，每本书加盖"中央图书馆藏"字样，寄往香港大学，原拟寄往美国暂存，后被占领香港的日本军方劫入东京帝国图书馆。战后，经教育部政务次长顾一樵悉心寻找、发现、交涉，全部收回被劫典籍，运抵南京。一九四九年，这些典籍又原封不动运往台湾，使用的还是郑振铎们在上海装藏时的那些木箱。第三，藏于郑振铎公寓，以及徐森玉女婿诗人王辛笛家中顶楼、觉园僧舍、南京路科发药房堆栈、某银行保险箱，直到抗战胜利后归于国家。

根据国民党教育部部长陈立夫《国立中央图书馆在抗战期间工作偶忆》及相关档案，先后运往台湾的典籍，共达六百四十四箱，其中善本十二万余册，包括宋本、金本、元本、明本、清本、高丽本、日刊本、安南刊本、敦煌音经等珍稀古书，大部分出自文献保存同志会之手。

"我们创立了整个的国家图书馆。我们在抗战，这另外一种抗战，亦无愧于祖宗后代。但何炳松先生去世了，张寿镛先生去世了。我很伤心，顿生茫茫之感。"一九四六年秋天的一个夜晚，棋盘街某餐馆，郑振铎、徐森玉、茅盾等至交旧友欢聚。高大的郑振铎站着饮尽一杯酒，喜悦与沉痛的水位混合着上升到一双眼睛。餐桌周围，几个人同样泪水盈眶。暨南大学此时刚刚复迁上海，何炳松因积劳成疾去世，葬于故乡尖峰山脚下。

即便在这一个欢聚之夜痛饮美酒，郑振铎也没恢复中断八年的抽烟习惯。从前，他口袋里有一个装满纸烟的铁罐头盒。一根接一根，抽，手指和牙齿都被烟熏火燎得泛黄，像某种旧书古籍。全面抗战期间，因购置文献而节衣缩食戒掉烟瘾。口袋里仍装一个打火机，为友人点烟。长夜独坐，他时常掏出打火机赏玩，啪一声，一缕火苗就倔强燃烧于眼前，又烈士般一瞬间泯灭。

抢救国家经典这一局棋，取胜于上海棋盘街的众多旧书店、旧书摊。"棋盘街"并非某一条街道名称，而是公共租界内由汉口路、山东路、浙江路、福州路等纵横小街构成的棋盘状街区的统称——"须知今古事，棋枰胜负，翻覆如斯。"

上海的这一局棋，这"另外一种抗战"，除了顾一樵知道、顾一樵的上司陈立夫知道，外界一无所悉。即便一九三七年上海沦陷之际迁徙后方的老友，也是抗战胜利后才明晓郑振铎隐姓埋名、抢救文献之壮举。当时，对郑振铎为何存身于沪而不撤身而出，疑虑困惑者颇多。日伪准备在东京召开"大东亚文学者大会"，报纸刊出的与会者名单中，"郑振铎"三字赫然其上，更令郑振铎愤怒、孤绝。他只能在日记中自我宽解："时时刻刻都有危险，时时刻刻都在恐怖中，时时刻刻都在敌人的魔手的巨影里生活着，然而我不能走……我耗心于罗致、访求文献……尽力于保全、整理那些已经得到的文献。似女娲补天，如精卫填海。"

"女娲补天"，"精卫填海"，是郑振铎这一时期日记、文章中经常出现的两个成语。

"正目断关河路绝。我最怜君中宵舞，道'男儿到死心如铁'。看试手，补天裂。"这是抗金沙场上的辛弃疾句子，硬语盘空，写给一腔热血满江红的士子陈亮，也酷似写给沦陷期的郑振铎们。

神州离合一番番，且赖代代男儿补天与填海。

3

成立于一九四〇年初的文献保存同志会，完全是江南杰出文人的一个集合——

郑振铎，一八九八年生于温州，别名"西谛"。北京铁路管理学校读书期间，即开始淘书、藏书。参加五四运动。毕业后在上海南站工作，后进入商务印书馆，接续茅盾主编《小说月报》，推出巴金、老舍、叶圣陶等作家。一九二三年，与商务印书馆编译所所长高梦旦的女儿高君箴结婚。一九二七年，目睹蒋介石"四一二"反革命政变的流血场景，险丧命。后带头签署反对国民党屠戮暴行的公开信，为避险，游历英、法一年。回国后主编《世界文库》，选入其校注删节本《金瓶梅词话》，在东亚影响巨大。先后任教于燕京大学、清华大学、暨南大学。"孤岛"时期参加文化界救亡协会活动。组织出版《鲁迅全集》。有《插图本中国文学史》等著作问世。

何炳松，一八九〇年生于金华，南宋北山学派之宗"北山先生"何基后裔。一九一二年公派留学美国。一九一六年归国，受聘于北大。一九二四年，受聘于商务印书馆，主持百科全书编译工作。一九三五年六月，任国立暨南大学校长，聘郑振铎为文学院院长，从教者有叶公超、潘序伦、梁实秋、许德珩、沈从文、夏衍等人。一九四一年十二月，暨南大学最后一课结束，次年一月开始，师生们分批经杭州、金华、江山、浦城，抵达建阳，在一所寺庙里复校。白天跑防空洞躲避轰炸，晚上点油灯上课。美术系缺乏教具，何炳松启发学生在素描课上画菩萨，在创作课上画田野农夫。经费匮乏，师生一餐靠几粒黄豆下饭，但坚持办学直到战后复迁上海。

张寿镛，一八七五年生于宁波，明末抗清英雄张苍水后代，曾任苏州知府，民国浙江省、江苏省财政厅厅长。一九二五年，为接纳脱离圣约翰大学的爱国学生，创办光华大学（华东师大前身），任校长。聘请的名师有胡适、钱基博、吕思勉、吴梅、潘光旦、罗隆基、何炳松、徐志摩等等。建立工读生制度，体恤清寒学子，语言学家周有光就是受惠者之一。实行信誉制度，考试不设监考，由学生自行完成考试，引领教育改革新风尚。

上述三位先生之外，一八六七年生于海盐的张元济，年事已高，仅担负文献保存顾问性工作。张元济曾与蔡元培一同考中进士，受光绪帝器重。百日维新失败后险登断头台，经李鸿章力保从轻受罚，"革职，永不叙用"。一九〇二年，投身于仅仅还是一个小印刷厂的商务印书馆，声言："吾辈当以扶助教育为己任。"至民国建立之初，出齐中小学各年级、各学科教材。招纳人才入商务印书馆工作，如陈布雷、谢六逸、郑振铎、竺可桢、顾颉刚等等。影印《百衲本二十四史》等典籍多种。一九三二年一月二十九日上午十点，商务印书馆遭日军反复轰炸，使四十六万册藏书、三千七百种古籍毁于瞬间，众多孤本不复再现。退休数年的张元济，含泪来到商务印书馆重新上班，发誓："元济一息尚存，仍当力图恢复。"

中途受重庆之命来沪参与文献保存的徐森玉，一八八一年生于吴兴。民国初担任北大图书馆馆长。一九二七年，参加西北科学考察团，历时三年。瑞典考古学家在居延海发现西汉时期竹木简书一万四千余件，起意运出中国。徐森玉等中国科学家力争，使这一批"居延汉简"成为当今国家图书馆的重要文物。抗战爆发，徐森玉随同故宫文物南迁，入蜀、入陕、入黔、入滇。随马车坠入山下，住院半年。一九四七年，国民政府令徐森玉随国宝迁往台湾，徐发表声明与故宫脱离关系，隐居上海。新中国成立后出任上海博物馆馆长。十年动乱期间被抄家。批判大会上，徐森玉与陪斗者尹石公就一首古诗的解释争论不休，狂言沸天，如处无人之境，令周遭观众错愕、困惑、震惊。

五位江南之子，自然没有蜂目豺声之凶恶，亦非阴柔绵软之士，一概郁勃兀傲、英特迈往。他们以国家文脉赓续为志命，以另外一种抗战，在上海写就个人史最壮丽的篇章。

"吾道悠悠，忧心悄悄。"仍然是辛弃疾挑灯看剑后写下的句子，被郑振铎、何炳松在自己文章中引用。一代又一代持守大道、忧患家国的壮烈之士，悠悠复悄悄。

4

藏书楼这一形制，萌动于汉魏时代。宋代雕版印刷的兴发，使私人藏书事业日益繁盛。尤其是江南藏书的数量、规模，远超北方。沈括、王世贞、张岱、钱谦益、顾炎武、袁枚、龚自珍、翁同龢……每个杰出文人身后，都有一座藏书楼在力挺衬托。

这一现象，与江南自唐代以来就成为国家经济中心有关，物质丰饶，才会有余力深耕文化。当然，也与北方战乱频发相涉。历史上数次著名南渡，不仅仅是人才、物质的南渡，也是文物典籍的南渡。李清照，一个"人比黄花瘦"的弱女子，受丈夫赵明诚之托，在自北而南的金兵马蹄声里，独自携带字画典籍涉过淮水、长江，吟诵："生当作人杰，死亦为鬼雄。"

沈括《梦溪笔谈》云："古人藏书辟蠹用芸。"以芸草护书，书房、藏书楼自然暗香袭人。古人常常以"芸香""芸编""芸帙"，代称书籍。用"芸窗""芸馆"代指书房。我不知道读书、爱书、护书之人，是否可以称为"芸人"——无数芸草般的人，代代复岁岁，历野火春风而枯荣无尽头。

中国四大藏书楼，北方占其一：聊城杨氏"海源阁"，经一百余年积累，至清末民初藏书已达二十余万册，宋元珍本五百余种，屡经兵乱后格局不存，众多典籍散佚，余书归入北京图书馆。南方三大藏书楼中，湖州陆氏"皕宋楼"，因藏有宋版书二百部而得名，在一九〇七年悉被日本三菱财团藏入东京静嘉堂，令日本学界欢欣鼓舞。当时无法筹齐十万银圆购买这些典籍的张元济及同代学人，痛心疾首。杭州丁氏"八千卷楼"，驰名天下，不仅在于藏书之丰赡，更在于藏书者丁氏兄弟对《四库全书》的抢救、掇拾、抄补、重建之功。后因家境衰败，八千卷楼有重蹈皕宋楼命运之虞，经清朝政府努力而归入江南图书馆（今南京图书馆）。常熟瞿氏"铁琴铜剑楼"，数代人积土积水、成山成

286

渊，藏书达十多万卷。每遭天下大乱，瞿氏子孙即携书避难、流徙四方，待局势安定，复归常熟。

一九三七年，杭嘉湖地区沦陷于日寇，物价暴涨，人民窘迫，众多私人藏书流散交易，上海棋盘街、豫园一带旧书交易业异常繁荣。书肆里开始出现平素难得一见的珍本善本，连街头地摊也常有孤本惊鸿一现。日本、美国、伪满等各方力量开始关注介入。北京城里每家书肆都派人驻扎上海，背景各异，气势不凡，大批古籍被一掠而去，流入异国他乡。

此情此状令郑振铎忧心如焚。个人节衣缩食，仅能收藏少许典籍，大都也流散于战火。深感一己力量之微弱，无法与外邦抗衡。遂与何炳松、张寿镛商定，结成"文献保存同志会"，发誓："自今之后，江南文献，决不听任其流落他去。有好书，有值得保存之书，我们必为国家保留之。"

一九四○年一月五日，郑振铎与何炳松等人联名，致电昔日商务印书馆同事、时任国民政府教育部部长陈立夫，痛说江南古籍流散事，呼吁政府授权并资助，以国家行动绵延福泽于子孙。陈立夫回电："惟值此抗战时期，筹集巨款，深感不易，而汇划至沪尤属困难。如由沪上热心文化有力人士共同发起一会，筹募款项，先行搜访，以协助政府目前力所不及，将来当由中央偿还本利，收归国有，未识尊见以为如何？谨此奉覆，伫候明教。"诸同仁默然以对，长叹不已。郑振铎说："我再致电前途。""前途"，是文献保存同志会商定的暗语，代指"重庆"。

弟自前年中，目睹平贾辈在此钻营故家藏书，捆载而北，尝有一日而付邮至千包以上者。目击心伤，截留无力，惟有付之浩叹耳！每中夜起立，彷徨吁叹，哀此民族文化，竟归沦陷，且复流亡海外，无复归来之望。我辈若不急起直追，收拾残余，则将来研究国史朝章者，必有远适海外留学之一日，此实我民族之奇耻大辱也！其重要似尤在丧一城、失一地以上……

郑振铎言辞剀切，大概也令陈立夫动容动情。

不久，重庆决定以三百二十万元的财政预算，支持文献保存同志会开展工作。几位同仁分工如下：郑振铎选购，张寿镛负责版本、价格之审定，何炳松负责管理经费，张元济负责咨询、指导。已迁往贵州的故宫博物院古物馆馆长徐森玉，两次秘密来沪，协助版本鉴定工作。

郑振铎因文献保存而生活困窘之状，被徐森玉发现，函告重庆："谛兄爱书如命……心志专一，手足胼胝，日无暇晷，确为人所不能；且操守坚正，一丝不苟，凡车船及联络等费，从未动用公款一钱……拟请先生为谋津贴若干，以酬其劳。"郑振铎闻悉，坚拒不受："弟束发读书，尚明义利之辨，一腔热血，爱国不敢后人。一岁以来，弟之所以号呼，废寝忘餐以从事于抢救文物者，纯是一番为国效劳之心。若一谈及报酬，则前功尽弃，大类居功邀赏矣，万万非弟所愿闻问也。"

赤子之心，眷眷在焉。

5

文献保存同志会为国家购买的重要古籍之一，是《脉望馆钞校本古今杂剧》。

郑振铎很早就在搜求这一部古代戏剧集。

一九二九年十月，从欧洲避险归来，郑振铎读到常熟藏书家丁初我的《黄尧圃题跋续记》一文，言及黄尧圃为《脉望馆钞校本古今杂剧》所作跋文，证明这部戏剧集的存在。喜出望外，但外面的世界兵荒马乱、烽烟四起。郑振铎只身赴常熟寻丁初我，不遇。丁初我所言收有黄尧圃旧日藏书的"旧山楼"，已成断垣残壁。多年过去，郑振铎对这一部戏剧集念兹在兹，四觅无果。

某日，中国书店老板陈乃乾告诉郑振铎，苏州旧书摊出现三十二册元剧集，据说是从丁初我家散出的藏书，要价千元。郑振铎心脏激烈跳动如大铎振作："买！帮我买下！"两天后得到消息，那三十二册藏书与另外三十二册合为完整的一套杂剧集，被孙某据为己有，要价万金。郑振铎与孙某再三商谈，终以九千元价格议定。电告重庆获允，但书款半年后才能汇到上海。郑振铎心急如焚，与何炳松商量后从暨南大学借款付于孙某，获得这一部完整的《脉望馆钞校本古今杂剧》，赶在一日本书商前面。

两年间，文献保存同志会的购书活动，一直以暨南大学、光华大学、涵芬楼的名义为掩护。

元曲的流传，始于明代编选家臧晋叔的《元曲选》。其中，收入关汉卿、王实甫等人作品一百种。近代，罗振玉、王国维又从黄尧圃所藏《元代杂剧三十种》中，发现《元曲选》没有收入的十七种作品；但《元代杂剧三十种》书签上黄尧圃题写的"乙编"字样，使王国维推测：必有"甲编"，乃至"丙编"！《脉望馆钞校本古今杂剧》的出现，证明这一推测成立。其中包括元明两代二百四十二种杂剧，一半是淹没几百年的孤本，比莎士比亚的剧本早出现三百年，故成为中国文学的高峰危岭。

历经赵琦美"脉望馆"、钱曾"也是园"、黄尧圃"士礼居"、汪士钟"艺芸精舍"、赵宗建"旧山楼"，自明至清至民国，次第流转，这一部戏剧集的最后收藏者，正是欲盖弥彰的丁初我。《黄尧圃题跋续记》一文，对此书的存在半遮半掩，像一个私藏美人的情种，既喜不自禁，又难以为外人道。学界认为，这套书的存续意义，不下于安阳甲骨文之出土、敦煌千佛洞手抄本之发现。一九四一年，抗战正处于艰难阶段，经重庆批准，商务印书馆从《脉望馆钞校本古今杂剧》中选择一百多部剧作，出版《孤本元明杂剧》，引发海内外关注。

先阻止南书北运，再防止外流异邦。文献保存同志会确定这一方针后，郑振铎与江南藏书界知名人士一一接洽。他选择古籍的依据之一，是晚清重臣张之洞的《书目答问》。在这部书中做许多记号，按图索骥，追索出一匹又一匹挟风奔逸的骏马。倘能把书中所列经典购全，致广大而尽精微，方不辜负未来国家图书馆之格局。

"把好书留给国家子孙吧！"郑振铎这一肺腑之言，令众多江南藏书者感动。自此，散出藏书前，他们主动先请郑振铎、何炳松、张寿镛们过目挑选。

两年间，文献保存同志会收藏珍稀古本五万余册，关涉玉海堂、适园、群碧楼、嘉业堂、海日楼、风雨楼、铁琴铜剑楼等江南各大藏书楼。

6

我曾去常熟铁琴铜剑楼、南浔嘉业堂游走。

铁琴铜剑楼已无藏书。铁琴与铜剑仍在，激励后人保持剑胆琴心。理论上，这琴，应该是唐代的，琴背篆刻有"金声"二字；这剑，应该是春秋的，锐利明亮如初。不知道是否复制品。楼内悬一副对联："入我室皆端人正士，升此堂多古画奇书。"显然，我被这一藏书楼肯定为端正人士，步伐就约略豪迈几分。

嘉业堂始建于一九二〇年，历五年之久。呈"口"字形状，两层。主人刘承干系丝绸商人，平素居上海，痛心于皕宋楼书籍流落他邦，耗巨资购书藏书。上海空间有限，就在故乡建设藏书楼，集众多孤本珍本于一体。江南沦陷，日军以驻兵保护之名占据嘉业堂。刘承干熟悉日本人收书习惯：好全本而恶残本。故将所藏书籍均抽去第一册，暗藏于天花板夹层中。日本人屡次来搜访，均因书籍残缺而悻悻罢手。

二〇一九年某日，在上海图书馆，见到一套复制的《脉望馆钞校本古今杂剧》。只能现场浏览，我戴着馆方提供的白手套。其中，有马致远所撰剧本《瘸李岳诗酒玩江亭》。头折开篇，就是一个仙人的咏唱：

万缕金光灿碧霞，三山海岛映仙家，片片彩云风散尽，融融此时我才知道，那一个"古道西风瘦马"一般枯寂的人，曾有如此华美丰丽之表达。这端赖于郑振铎们当年作为。设想，一个汉人，如果只有漂洋过海，坐在东京静嘉堂或纽约公共图书馆里，才能与马致远笔下的三山海岛相遇，是多么酸楚的事情。

也是二〇一九年，五月，在常熟翁同龢故居读到一副对联："绵世泽莫如为善，振家声还是读书。"这一日，属梅雨时节。屋内灯笼高悬，电灯明亮，不见白头红袖胖丫鬟。青瓦屋檐如同少年薄嘴唇，发出越来越大的雨声、读书声："春水夜来三两尺，倚阑人正万千愁。"

只要有铺天盖地的读书声振作家国，万千春愁后，必有磅礴无边的夏种秋收冬酿酒。

7

一九三九年，九月。人间苦难，丝毫没有影响秋风高爽动凉天。

二十七日，日本东方文化学院京都研究所助教高仓正三，抵苏州，栖息下来，开始为期三年的文献搜访之旅。

高仓正三的老师仓石武四郎、吉川幸次郎，曾留学北京。搜集吴语文献，成为东方文化学院京都研究所的目标。高仓正三怀揣两位老师介绍信，在十月十三日，冒大雨，来到位于上海棋盘街的中国书店，拜见书店老板陈乃乾。陈乃乾与仓石武四郎、吉川幸次郎等日本学人交往多年，时常有信札往复，沟通学术研究心得。这次见面后，陈乃乾开始帮高仓正三买书寄往苏州。

这位日本学界后辈，先后六次来上海，不仅为搜求文献，也向陈乃乾提出面见郑振铎的要求。

郑振铎在日本学界有极大影响力，所作《西谛所藏善本戏曲目录》《佛曲叙录》，以及关于中国俗文学的著作，是日本东方文化学院的中国研究必读书目。高仓正三拿着郑振铎所撰藏书目录，在苏州、上海的书肆地摊寻寻觅觅。在日记中写道："特别地想得到郑振铎先生的有关俗文学资料，想必在上海特别是郑先生那儿有数目可观的资料。"

郑振铎与日本学界关系密切，都是一九三七年前的事情。上海沦陷，郑振铎不同于陈乃乾，立即断绝与大海彼岸那座孤岛的一切往来。

一九三九年八月，"还有一天，我坐在中国书店，一个日本人和伙计们在闲谈，说要见见我和潘博山先生。这人是'清水'，管文化工作的。一个伙计偷偷的问我道：'要见他么？'我连忙摇摇头。一面站起来，在书架上乱翻着，装着一个购书的人。"郑振铎在多年后回忆道。"有时，似觉得有人在后面跟着，简直不敢回过头去。有时，在电车或公共汽车上，有人注意着时，我也会连忙地在一个不相干的站头上跳了下去。"

一九四〇年，日本外务省设在上海的情报机关"上海自然科学研究所"，出版《中国文化情报》期刊，刊有《上海现在的中国文化界知名人士录》，对郑振铎的行踪与时事态度进行分析研究。负责人就是喜欢《金瓶梅》的清水董三。他托一汉奸送来大额支票，被郑振铎当场撕毁。之后，清水董三下令搜捕包括郑振铎在内的十四位中国文人。一月八日晚，日本宪兵搜查郑宅。郑振铎提前获悉消息搬家，销声匿迹。

一九四三年夏，与郑振铎有过交往的附逆文人樊仲云，在棋盘街蹲守，像蹲在棋盘上的一枚棋子，准备颠覆另一枚即将出现的棋子。半个月过去了。某日傍晚，终于看见一个异常高大的男子蹲在地摊上翻书。与记忆中的郑振铎形象比较，此人似是而非：头发散乱，长褂陈旧，皮鞋破裂。但一种孤拔高傲的文人气难以掩藏。樊仲云端详一番，趋前伸手拍这男子肩膀："郑先生……"不应。樊仲云继续拍："郑先生！"依然不应。微转首后，那男子突然起身拔腿就跑。樊仲云紧追不放。两人在四马路上开始长跑比赛，以樊仲云失败而告终——那男子取胜于一双长腿，消失在拐角处人群里。

　　八年全面抗战间，类似险象屡屡发生。郑振铎独自在深渊与薄冰之间秉烛前行。

　　高仓正三在一九四一年三月病逝于苏州前夕，仍对六次去上海都未能与偶像见面，深感困惑。在给老师吉川幸次郎的信中说："他们未必就是关紧大门不让人进、不好商量的人。"显出一个侵入者的无知。尽管这"侵入"并非发生在烽烟战场，但文场遭逢，同样有霜天号角动地来。郑振铎与高仓正三，无意中就苏州刘公鲁藏书发生过一次争夺。一九四〇年一月，郑振铎请动年逾古稀的张元济，一同去刘公鲁散出的藏书购买者孙伯渊处鉴定，后立即购买之。此前一个月，高仓正三恰恰在拜访驻扎苏州的日军长官，请其伴随去刘家查看藏书，得知书已售出，仰天长叹。

　　一个由日军长官陪同行事的文人，如何能够与一个由国家在背后隐秘助力的文人，成为友朋知己？

　　一九四一年十二月最后一课罢，郑振铎彻底隐踪匿迹，不再出席任何活动或发表文章，如其所言："劫中余闭户索居，绝人世庆吊往来。"两个面包，一个烤山芋，就是一天的热量，支持他埋头整理身边最后一部分典籍。"孤灯耿霜夕"，陆游的这一句子和南宋况味，郑振铎大约时时吟诵、体会。只有翻印、出版相关史料的时候，郑振铎才以化名言志、辨理、抒情。在《明季史料丛书》序言中，他以"纫秋山馆主人"为脸谱感慨痛陈："语云，亡人国者必亡其史。史亡而后，子孙忘其所自出，昧其已往之光荣，虽世世为奴为婢而不恤……史不亡，则其民族亦终不可亡矣。"

郑振铎写这篇序言时，必想起苏州河边燃烧数日的大火和蝴蝶般漫天纷飞的纸片——痛彻肺腑谁能诉？

8

一九四一年十二月八日上午的最后一课，郑振铎看到那两辆驶过康脑脱路或者说康定路的日寇军车，其目的地，完全可能就是不远处的孤军营。

八百壮士震惊全世界，坚守四行仓库四天四夜后，谢晋元根据蒋中正命令，在一九三七年十月三十一日凌晨，由英军掩护，率部下越过苏州河，进入北岸公共租界跑马总会。租界当局原计划安排谢晋元借道回归上海以西的中国主力部队，又担忧日军以追击孤军之名进入租界，故变卦。当日，在胶州路堆积垃圾的空地上，围以铁丝网，建立孤军营，由万国商团警戒巡护。

由此，谢晋元与四百余名部下，开始长达四年的"另外一种抗战"。

每天早晨，谢晋元带领战士按时起床，举行没有旗帜的精神升旗仪式，出操，军事训练。开设文化课、思想教育课，研究前线战事。种菜，养鸡，做工——上海一些棉纺厂捐献机器和棉纱，帮助孤军营建立起生产手帕、棉袜、毛巾的小作坊。战士们将这些"孤军牌"产品销售所得款项，捐献给孤儿院、红十字会和抗日前线。每天，大批市民前来慰问，谢晋元必站在孤军营门口欢迎并演讲，激发爱国抗日之雄心。战士们拉胡琴、吹笛子，为来访者演唱抗战爱国歌曲。学生们献上手工制作的小红花，合唱《歌八百壮士》："中国不会亡，中国不会亡，你看那民族英雄谢团长！中国不会亡，中国不会亡，你看那八百壮士孤军誓守东战场……"

孤军营也是课堂，谢晋元在上他的最后一课。

多次拒绝投降之后，一九四一年四月二十四日早晨，年仅三十七岁的谢晋元，被日伪政府收买的四个叛徒刺杀身亡。举国悲愤。上海各界民众三十余万人，持续前往孤军营吊唁。烈士遗体周围，少年们朗读谢晋元写于淞沪会战前的诀别书："我神州半壁河山，日遭蚕食，亡国灭种之祸，发之他人，操之在我，一不留心，子孙无噍类矣。为国杀敌，是革命军人素志也……"谢晋元被国民政府追认为陆军步兵少将，灵柩安葬于孤军营内。

郑振铎在暨南大学最后一课上担心孤军营命运的时候，日寇已开始行动。孤军营代理团长雷雄与全体战士拒绝投降，遂即成为战俘，被押送至宝山日军基地囚禁。后来，部分战士被遣散至南洋充当劳工，部分逃亡者重返抗日战场。光复后，一百余名战士拒绝与共产党军队对垒内战，返回孤军营旧址，在谢晋元墓边搭设帐篷聚居。他们白天在上海滩劳作谋生，晚上陪一个死后成为将军的英雄，在回忆中重归苏州河畔硝烟炮火。墓前，他们种下的一棵香樟树，日渐壮烈，像谢晋元从泥土中伸出来指挥进攻的绿拳头。

多年后，一个黄昏，我前来探看。孤军营的位置，成为静安工人体育场和名叫"晋元里"的居民小区。谢晋元墓已迁往万国公墓。那只拳头、那一棵香樟树，越来越大，高昂着，举到周围公寓三层楼以上的天空里了。

一群老人在街头跳健身操，孩子们在草地上奔跑欢呼。

突然想起郑振铎翻译的泰戈尔《飞鸟集》中的两个句子："大地借助于绿草，显出她自己的殷勤好客。""我将死了又死，以明白生是无穷无尽的。"

9

从晋元里步行到"国立暨南大学"旧址，我用了十五分钟。

那一座三层小楼的外观，依旧是在网上查询到的老照片中的形态。它正在被建筑公司改造。尝试推开虚掩的一楼铁质大门，客厅墙壁上贴有影视明星照片，大概曾作为酒吧或咖啡馆。几个废弃的旧沙发萎靡不振。通往二楼的楼梯被封闭，无法去看当年郑振铎上课的教室。退出小楼，在路边，仰望二楼那三个半圆形欧式阳台，像三个欧洲籍失恋者的空怀抱。

询问门前保安，这里将改作什么用途？他摇头。若能恢复当年格局，作为暨南大学最后一课的纪念地，才算好吧。

小楼西侧是一片拆迁后的废墟。一台推土机张大嘴巴前进，像觅食的恐龙。沿街临时砌成的围墙上，有孩子们涂抹出的花草虫鱼和梁启超名句："少年智则国智，少年富则国富；少年强则国强，少年独立则国独立；少年自由则国自由，少年进步则国进步。"缓和了围墙内的荒凉，也让我猜想，废墟上会建立一个小学或幼儿园吧。

一个巨大变压器，挺立在小楼门前。电流们由此变幻内在的压力，再转化为万家灯火？像一个人的心脏，承受时代重负，再说出体内的爱与光明。

对面，路边，是一个公交车站。几个候车人低头盯着手机，对眼前这一座建筑物视若无睹。我也曾多次路过这里，视若无睹。直到读了郑振铎的一系列日记、回忆录，才知道发生在上海的最后一课、另外一种抗战。这座建筑物在我心中，像一幅插图在中国现代史里，顿然严肃、生动、珍贵了。

胡适在一九一二年翻译的都德小说《最后一课》，进入一代代中小学教材，影响巨大。对此，钱锺书父亲、张寿镛聘请的光华大学教授钱基博，在一九三八年提出"最前一课"之说：

　　说到最后一课，山穷水尽，似乎有些绝望，我们要把现在的最前一课，结束从前的最后一课……从前种种，譬如昨日死；此后种种，譬如今日生。所以我们要努力现在的最前一课，另辟生路；勿再留恋从前的最后一课，自陷绝望！……所以抗战，是我们中华民族最前的一课……凡我同仁，慎终如始，最前一课，尚宜努力！

这一位留着长须、戴着瓜皮帽的前贤大儒"最前一课"之说，我认同、敬重。正是有了八年全面抗战这"最前一课"，方有后世的万象康定、海晏河清。但"最后一课，山穷水尽"之危机感，亦须时时抱持，方能破"最前一课，大道朝天"之新局。

在康定路，在棋盘街、晋元里、苏州河，在上海，我是"中国之依恋"这"最后亦最前"一课的攻读者。授课者阵容死了又死、无穷无尽，如野火春风中的绿草大地。

1

　　一座小楼、三棵香樟树构成的这一院落，安定坊五号，位于江苏路、愚园路交叉处。

　　附近是地铁二号线江苏路站、静安寺、上海戏剧学院、华东医院……院落大门敞开，可开进并容纳几辆轿车，目前空落落。一地黄叶，说明冬至后的寒意达到极端，但暗自酝酿新一轮的生发与蓬勃。静悄悄。没碰到一个人。

　　小楼建于一九三六年，德式风格。砖木结构，三层，水泥拉毛外立面。若干大小不一的铁框磨砂玻璃窗，紧闭，像嘴巴，坚守室内的幽暗和秘密。三条黑色排水管道，有锈迹，并列着紧贴墙壁、贯天彻地，隐隐有哗哗啦啦水流声。两个崭新的空调外机，很突兀。小楼顶端高耸的烟囱及紧密联系的室内壁炉，大约已废弃功能。红瓦铺陈于阁楼倾斜的尖顶。一群鸟飞过。若鸟瞰小楼，大约近似于"L"形格局，像一个人张开双臂，试图抱住一切出入于内心的事物。楼道入口，那心脏般的位置，位于"L"的直角转折处、连接点，斜放一自行车。

墙壁镶嵌标牌，镌刻文字："傅雷旧居。一九四九年至一九六六年在此居住。"

一白猫盯着我，嗖一声，窜进小楼东侧拐角处，像向导，指出南侧那一个后花园的存在——

站在后花园里，我一眼就看见傅雷与妻子朱梅馥某张黑白合影中的背景：客厅外封闭阳台旁的后门，三层台阶。那一日，傅雷站这台阶下，穿衬衫，结领带，平静面对镜头；朱梅馥站台阶上，穿旗袍，低头笑着。傅雷心情应该比较好，朱梅馥乃至全家的心情也就比较好，像轻雷隐隐的春日天气。拍照者，应是傅雷的小儿子傅敏。时间，大约是五十年代初期，大儿子傅聪已被国家公派波兰留学。我此时或许就站在傅敏拍照的位置？后门紧闭，三层台阶依旧。透过阳台窗子，可以看出室内的吧台、沙发，似乎是一个倒闭或歇业的俱乐部、咖啡馆。当下，庚子年末，因新冠肺炎侵袭，傅聪的身体也在伦敦倒闭、歇业，终年八十六岁。

花园已被水泥硬化，一把可以折叠的巨大红伞下，有一张玻璃圆桌、三把藤椅。靠近围墙的地面，用一块太湖石装饰出小规模的沙滩，暗示着湖水、舟、隐逸、消失？傅雷没见过这些景象。他和朱梅馥喜欢种花，曾在这里种大片月季，深夜里也会点着灯来观察，研究开花、嫁接的规律。举动异常，引发其他小楼邻居的猜忌、举报，招来上海音乐学院的学生，在后花园挖地三尺……

我回到前院，从楼道入口走进去，绝对不能像那些学生一样跋扈狂热，大概像傅雷那样沉重？

木质楼梯旋转着，上升，从一楼到二楼、三楼。我放轻脚步，屏紧呼吸。楼梯陈旧，咯吱咯吱作响，像一个老人的脊骨与肝肠，充满骨裂肠断的危险。傅雷喜怒不定，走在这楼梯上的响动应该比我大，像雷鸣，随时带来春雨或暴风。在底楼客厅中练钢琴的长子傅聪，做针线活的朱梅馥，读连环画的小儿子傅敏，对于从三楼书房走下来的脚步声或者说雷声的意义，很敏感。它沉重或轻快，决定一个家庭半天的阴晴晦朗。

当黄宾虹、刘海粟、钱锺书、杨绛、柯灵、施蛰存、楼适夷、宋淇等友人来访，甚至过夜，就是傅家最愉快的时光。作为主人，傅雷微笑着，显得腼腆、羞涩，双手抱着烟斗与客人聊天，轻声细语。话题冷门、有趣，比如"普希金的枪伤有无可能治愈""英国诗歌中的布谷鸟意象""作家体质与小说品质之间的关系"等等，笑声时时响起。多年后，傅聪回忆，钱先生幽幽缓缓的话最有趣，机锋暗藏。当客人邀请傅聪弹奏一曲肖邦，琴声响起，傅雷表情更愉快。朱梅馥会脚步轻盈地端来点心、续茶。更多时候，傅雷与客人闭门深谈沉重的话题，比如内战、民主、中国的未来。被排斥在话题外的傅聪、傅敏，坐在门外楼梯上偷听、沉思。门突然打开，傅雷在逆光里咆哮，一把尺子随即飞过来。两个孩子噔噔噔噔跑上楼去。朱梅馥一边骂他们，一边用手安抚丈夫胸口……

傅雷租居的这座小楼，主人是宋淇，其父宋春舫，中国现代戏剧理论家，一九三八年病故，家族殷实。安定坊内共计十六座小楼，都是宋春舫投资建起的家业。除傅雷外，其他著名房客还有科学家钱学森、钢琴家顾圣婴、电影演员祝希娟等等。四十年代，物价飞涨，货币贬值，宋家提前收取的房租急剧缩水，陷入困顿，移居香港后，成为张爱玲著作版权的代理人、持有者。每推出一部张爱玲小说，就引发文学界、读书界的一次轰动、一番猜想。那些真实或虚拟的旧事前情，让上海保持梅雨季一般的恍惚、江潮一般的冲动。

宋春舫曾留学欧洲，通五国语言，痴迷于巴黎、伦敦、日内瓦各个剧院的声腔灯火，是将西方小剧场艺术样式引进中国的第一人。安定坊五号亦如戏台，装台工、布景工宋春舫退场，演员卸妆，旧剧落幕。我像迟到的场记、戏剧评论员？在现场徘徊，看一个时代作为编剧、导演所创造的悲欢离合，还有什么遗迹余音。

门坎和与其相邻的阶梯、穿堂、走廊等时空体，还有相继而来的大街和广场时空体，是情节出现的主要场所，是危机、堕落、复活、更新、彻悟、左右人整个一生的决定等等事件发生的场所。

在《长篇小说的时间形式与时空体形式》一文中，巴赫金如是说。傅雷的一生，也是一部长篇小说，在这座小楼里完成高潮和深渊。现在，小楼的新主人紧闭几扇门扉。"福""吉祥如意""喜来运旺"等等对联、门心，旧了，大约对新一轮春天的到来充满期盼。借助楼梯的转折、穿堂的过渡、走廊的长驱直入，以及愚园路、江苏路、外滩这些周边大街与外景的推动，门内的人，书写个人史，暗自希望比一九六六年消失于此地的那个文人，写得好一点。二楼楼梯拐角处墙壁，并列三个长方体电表，分别有黑色水笔潦草写下的名字"顾浩培""王淑兰""包美芳"，像傅雷翻译的巴尔扎克《高老头》那样，这也是以人名为书名的三部长篇小说封面？电流隐蔽，充满光明的动机和黑暗的伏笔。

我上楼下楼，又上楼下楼，试图能碰到一个人开门。聊聊傅雷？这并不是一个合适的话题。居住在傅雷的阴影中，多么不安和庆幸。

透过楼梯拐角处的窗子，可眺望隔壁另一院落。那同样风格的红色屋顶下，有着怎样的隐痛？我试图体会傅雷与傅聪们多年前的立场和心境。

2

八十年代，我在中原一座小城谋生。长发散乱，焦虑，抽烟，写诗。与周遭格格不入。逆反期、青春期似乎过于漫长。渴望远方，却不知道远方的经纬度是什么。父亲，小镇公务员、酒徒、象棋爱好者、业余书法家。给我写信，洒脱的行书竖排在稿纸上，像充满忧虑的秋日细雨："儿子，你要适应环境，要安心、开心，找一个女孩早日成家。""我的教训很多，你不要像我这样直肠子、急脾气。古语说得好，贵人语迟。""能不能先别写诗，会不会伤脑子？"如此等等。一九九七年冬，父亲六十岁，脑溢血突发，去世。一个人的晚年刚刚开始，就草草落幕，像一部无力完成尾声的戏剧。

如今，我头发已剪短、灰白，逐渐接近父亲去世的年龄。不再抽烟。诗写得少了。在散文中散怀抱，对精神的伤害强度会降低一些？与周围人物客客气气、保持距离。庚子年，疫情绵延未了，脸上的口罩像掩体、山顶积雪、面具，似乎在揭示生活真相。不知道我现在的样子，符合父亲期愿否？完全可能被他质疑："你早年的孩子气弄丢到哪里去了？"父亲们面对子女一辈都是矛盾的、纠结的。诗与现实之间，这古老的敌意，由李白、杜甫、苏东坡们次第遗传下来，也是全人类面对、求解的广阔敌意。

大学时代，我读过法国作家罗曼·罗兰的《约翰·克利斯朵夫》。庚子年，疫情断续未了，带来空前焦灼和危机感。我用三个月时间，戴耳机听完二十世纪初期问世、四十年代由傅雷翻译进入中国的这部小说，重新走完主人公从德国到法国、意大利的一生。每每听罢一节，结尾处，就有贝多芬的《命运交响曲》片段雷鸣雨泻一般，贯彻身心。我与一部小说长久相处，从青年，到逐渐进入晚年，是因为时代的疑难始终伴随。在一个深夜，终于听完整部书，泪流满面，好在无人知晓而不至于难堪。像约翰·克利斯朵夫那样，在绝境中重生勇气，去爱着，去追求美与真理吧。

傅雷历时二十年，三度翻译《约翰·克利斯朵夫》。第一、第二个译本，分别在一九三七年、一九四一年，由商务印书馆、骆驼书店分别出版。当时，傅雷刚从巴黎回上海不久，住在贝当路即今衡山路上的巴黎新村。这两个出版年份，怵目惊心，恰恰是上海"孤岛"期、沦陷期的两个开端。书甫一出版即畅销风行。小说扉页题记，在中国南北传诵："献给各国的受苦、奋斗、而必战胜的自由灵魂！"沉浮于迷茫和苦难中的知识分子乃至一个民族，在约翰·克利斯朵夫身上，辨认并复活自己。以中华民族生死存亡的关键时刻，作为《约翰·克利斯朵夫》的传播背景，可以解释法国文学界的一个困惑：为何这部在法国没有太高评价的小说，在中国却拥有如此重要、广泛、恒久的影响力？

解释这一困惑，另一重要答案在于翻译者是傅雷。他用雅正美好的汉语，重新书写了一部异域小说。

我曾在上海图书馆举办的"傅雷手稿与文物展"上，目睹傅雷用毛笔书写，竖排，再用钢笔小字密密麻麻修改的各种文本。他常常半夜爬起来，打开台灯，改掉一句话，躺下。又爬起来，打开台灯，再改掉一句话，躺下。就这样一日日、一夜夜斟酌推敲，让罗曼·罗兰、丹纳、巴尔扎克等作家抵达汉语，获得亲切动人的面孔和身影。对文字，对生活，一概追求完美和准确，以至于苛刻、不近人情，傅雷的魅力在于此，他乃至周围人的痛苦也在于此。家中的茶瓶、茶杯摆放顺序乱了，日历撕去不及时了，这类小事也会令他雷霆大作，更何况，"文章千古事"。正是在安定坊五号，傅雷完成《约翰·克利斯朵夫》的第三度重译，由人民文学出版社持续出版至今，印数惊人。前两个版本，傅雷屡屡向朋友讨回、道歉、销毁，再奉上最新版本。

一九七六年十一月初，"四人帮"覆灭不久。一天清晨，几辆卡车从上海市虎丘路某地下室内，运出一批尘封多年的旧书，奔向上海火车站。《高老头》《安娜·卡列尼娜》《雾都孤儿》《基督山伯爵》《简·爱》《红与黑》《唐璜》《悲惨世界》《德伯家的苔丝》《双城记》《静静的顿河》……像一群流亡者，在数天后，抵达内蒙古一个偏远小城——集宁。按照国家文物局要求，上海这一批被抄家而来、没有主人记录的文学经典，被调拨给边疆地区图书馆。集宁文化局干部、文学青年李尧，赶来上海迎接并与这些"流亡者"踏上长路。在仓库中整理这批来到草原上的书籍，他发现一本《约翰·克利斯朵夫》第一卷，扉页上，有一列用毛笔工工整整写下的字，"译者自存，一九五二年"。李尧周身涌起热浪："天啊！傅雷自存的书！是傅雷字迹！"细细寻找其他各卷，无果。李尧将这一卷孤零零、纸张泛黄、散发霉味的书，小心翼翼塞进胸前衣服内，回家，像拥抱着一个前辈脆弱的身体。反复打开书，像反复打开前辈内心。在一些句子、一些词上，傅雷用红笔修改的痕迹犹在。"他还在修订，寻找更好表达……"李尧体会着、感动着。他不懂法文，就找出英文版《约翰·克利斯朵夫》来对比傅雷译本，发现两者神似魂通。因傅雷，因这本流亡到草原上的书，多年后，李尧也走上翻译之路。其译著，有我喜爱的澳大利亚作家帕特里克·怀特的自传《镜中瑕疵·我的自画像》。每有新译著出版，样书扉页上，李尧也像傅雷那样写下"译者自存"字样，这是一种致敬和自勉的仪式。一九七八年，通过给上海翻译家任溶溶、作家柯灵写信，辗转获得定居北京的傅敏地址。李尧把这本傅雷自存的书，包裹得严严实实走进邮局。一个父亲残存手迹的手温，终于回到儿子身边。

"傅雷手稿与文物展"，出现了这本"译者自存"的《约翰·克利斯朵夫》。旁边，是六十年代零散四方后重聚一堂的《论语》《孟子》《庄子》《红楼梦》《骆驼祥子》……这些傅雷生前读物，揭示了一个翻译家汉语美感的秘密源头。正是在反复揣摩曹雪芹、老舍等人文字的过程中，他顿悟，如何将西语的长句连绵，与古汉语的省净、简劲，两相融汇，去创造一种全新的现代汉语，从而有能力叙述一个全新的、剧变中的世界。

江声浩荡，自屋后上升。雨水整天的打在窗上。一层水雾沿着玻璃的裂痕蜿蜒流下。昏黄的天色黑下来了。室内有股闷热之气。

初生的婴儿在摇篮里扭动⋯⋯

这是《约翰·克利斯朵夫》史诗般的开篇，傅雷在三度重译时定稿，不再更动，随即震撼数代读书人的心灵。健笔陡起，像韩愈、苏东坡那样鹰视周遭，又蓦然落回绵密细节构成的烟火人间：窗玻璃上的雨流，婴儿摇篮的晃动⋯⋯

曾翻开《约翰·克利斯朵夫》另外两个他者译本，开篇分别是："江流滚滚，震动了房屋的后墙。""屋后江河咆哮，向上涌动。"叹一口气，我合上书，不再继续对比。言辞的选择，就是世界观的选择。在对比中，确认傅雷对现代汉语美感与力量的贡献，满怀感激，像曼德尔施塔姆所期待的、在未来海滩捡到漂流瓶的人，感激多年前的深情抛瓶人。如果没有这样美好的漂流瓶，世界多么荒凉。一个好翻译家，必然是好作家、好诗人，使原著在新国度获得新生——写字台，类似于约翰·克利斯朵夫出生后扭动、啼哭的那一个摇篮？

在安定坊五号，傅雷翻译《约翰·克利斯朵夫》过程中，书桌旁的唱机，持续播放贝多芬的一系列交响曲或短章。这些雄拔或柔和的旋律，与书中主人公的悲恸或狂喜，两相激荡。这小楼，与约翰·克利斯朵夫出生时莱茵河边的家，有类似的风格和气质。走在楼梯上，我耳边响起贝多芬的命运敲门声，那也是傅雷命运的敲门声：咚咚咚咚——咚咚咚咚——

在楼梯拐角处止步。这一扇窗子前的立场和心境，像书中那一少年激烈的立场和心境？

这一刻，上海晴朗，没有雨水沿着历史的裂痕蜿蜒流下。

3

能够写出"江声浩荡，自屋后上升"这一惊人句子，缘于黄浦江横越傅雷出生地——浦东下沙。每个人，都是其所处环境、种族、时代的产物——丹纳《艺术哲学》中这一观点，傅雷翻译，并以自己的道路和命运加以确认。

一九〇八年，傅雷脐带刚被接生婆剪开就哭声如春雷。父亲傅鹏飞欢喜，为儿子起名"雷"，字"怒安"——"文王一怒而安天下之民"，源于《孟子》。一个父亲，在儿子身上寄托儒家伦理：入世济民安天下。傅雷四岁，父亲遭构陷，入牢、去世。母亲带他迁往离城区和黄浦江更近的周浦镇上学，力图使傅家唯一的香火，更明亮壮大地燃烧，光宗耀祖雪恨。当傅雷顽皮、逃学、走神，母亲就哭、殴打，甚至以自杀相逼迫。多年后，傅雷给远在异国的傅聪写信，反思早年教育儿子时为何充满暴戾，意识到：一个人童年中的阴影始终存在于自身，像病灶、暗疾，须用一生去治疗。他期望从傅聪开始，终止这一"家族疾病"的遗传，给孙辈以充分自由和欢乐。他甚至给从未谋面的儿媳、小提琴大师梅纽因的女儿弥拉写信，谈约翰·克利斯朵夫和自己的童年经历，感谢她爱傅聪……

黄浦江宽阔、浩荡，充满傅雷的视觉听觉，为一个终生天真而勇敢的人，指出广大的入海口。

一个人的名字就是提前宣示的命运？傅雷，的确君子振振，选择了孟子式的阳刚一途，在愤怒中安放良知和义理。

中学时代参加学生运动，在街头演讲，抨击国民政府腐败专制，遭学校开除。不得已，在一九二七年十二月三十一日赴法留学。母亲卖了数十亩地，为儿子筹措路费学费。一九三一年秋，与画家刘海粟等友人一同归国。完婚。受邀到刘海粟创立的上海美专任教。这一学校，开中国美术教育史上裸体素描课之先河，刘海粟被保守势力称为"上海滩三大文妖"之一。另两位妖怪，是写靡靡之音《毛毛雨》的黎锦晖和写《性史》的张竞生。为一个生病同事争取待遇改善，未果，傅雷愤而辞职并与刘海粟绝交，斥责其"商人习气"。直到十多年后，他才打去电话："我来看你。"刘海粟在电话另一端哽咽良久："怒安兄……好的……"正是傅雷，与郑振铎等人在四十年代发起成立"中国民主促进会"，与国民党斗争，"我是可以扛着自己的棺材，去死谏的！"许多友人都记得他说这句话时的决绝神情。风雨如晦，鸡鸣不已。五十年代初，傅雷以一篇长文点名道姓，抨击翻译界的种种平庸、惰性，呼吁维护汉语的纯粹、鲜活与正大，惹来同道声讨与疏离，成了孤家寡人。他也曾与周建人争论：新中国在苏联、美国之间如何选择？傅雷认为，国家利益至上，独立自主发展，警惕苏联企图。这一观点，在一九五八年以"倡导中间道路，亲美反苏"之名遭批判。

巨鹿路，上海作家协会大院。一九五八年某日，著名的爱神雕像，俯瞰傅雷缓慢走进来，像一头孤单、瘦弱的鹿。在群雄逐鹿的时代氛围里，雕像中的爱神，对自身、对这座城市许多人的存在，充满不安预感。傅雷站在聂鲁达、叶夫图申科等中外作家曾经出入的华丽大厅，接受批判。除了在上海美专任教两年，傅雷一直以稿费维生，没有单位和工资，上海文人中只有他和巴金如此。与上海作家协会的关系，无非是挂一"理事"虚名。中国民主促进会在四十年代成立之初，傅雷作为发起人就声明：待完成使命，即从中退出。果然，他后来专心于翻译事业。在疏离中介入时代，于一己间贡献民族，这是傅雷的选择，清醒而又艰难。

那一日，朱梅馥在家中等待丈夫从巨鹿路回来。一次次走到窗前、大门口，眼巴巴盼着。天黑了，那鹤一样瘦高的身影，还是没有出现。保姆端来的晚餐凉了，朱梅馥和幼小的傅敏，都没动一口。大街上隐约有锣鼓声、口号声传来。直到深夜，听见大门推开的声音，朱梅馥"啊"一声冲到院子里，丈夫游魂般晃进来。看着趴在沙发上入睡的小儿子，傅雷低声说："冤啊……若不是阿敏太小，今天……"回家前，他拐弯到苏州河边站很久。苏州河下游是黄浦江、东海。朱梅馥拥抱着此刻软弱得像孩子的傅雷："忍一忍，总会过去的，总能弄清白的，想想阿聪阿敏，想想我……"

早逝的父亲傅鹏飞，不知道傅雷多年后的遭际，否则，会为儿子起一个逍遥、避世、不怒而安的名字，从而能避开种种危境？

安定坊五号，傅雷在一九四九年入住后，称之"疾风迅雨楼"，与其名"雷"、其字"怒安"相呼应。他显然没把此地视为逍遥避世的桃花源，也从未将自我定位成隐士高人。始终在人间，抱持家国情怀，"小楼一夜听春雨"，或"铁马冰河入梦来"。他也常用"疾风""迅雨"为笔名，力图以惊蛰之雷，焕发春风新雨洗尘埃？评论张爱玲的一篇文章，就是以"迅雨"之名刊于报端。他是最早肯定张爱玲才华的评论家，也质疑其部分小说格调不高。惹得才女不快，写一篇小说影射傅雷情事作为报复。多年后，张爱玲对此举很后悔，认为傅雷的批评是准确的。她当时所住的常德公寓，离安定坊很近。

傅雷也常常自称"怒庵"——庵，一座在雷声大作中保持安详的庵堂？他自印的专用稿纸顶端，有"疾风迅雨楼"五个字，是自我勉励，也像预言。恶风苦雨果然迅疾而来。

一九六六年八月三十日，深夜十一点，上海音乐学院学生突袭安定坊五号，在后花园深入挖掘，失望，遂开始抄家。书籍、名画、瓷器、钢琴，被烧毁、砸碎或装上卡车运走。那些充分宣示资产阶级生活方式的咖啡壶、烟斗、西服、领带、西式餐具、唱机，被丁零当啷甩向门外。一堆火在院落里燃烧，照亮满地的玻璃、陶瓷碎片，也照亮周围扭曲变形的脸。大部分房间被贴上封条，只留下一间房供傅雷和朱梅馥容身。小楼挂满标语，贴满大字报和漫画。终于，在小楼尘封一角，学生们搜查出傅雷遗忘多年、亲戚寄存、挂一把铜锁的旧皮箱，撬开——三十年代的一个小镜子背面，竟有蒋中正肖像！青年们狂喜高呼："罪证找到了！找到了！打倒傅雷！"傅雷的脸一阵阵苍白、通红，嘴唇哆哆嗦嗦："那箱子，我从未碰过，不知道有这镜子和照片啊……"嗓音从嘶哑渐趋低微。

周身充盈胜利喜悦的青年们，像处于狂欢节，烟花在头脑深处喷薄怒放，怎会去俯身听取这嘶哑、低微的辩解？傅雷明白，更巨大的耻辱即将来临。

九月二日傍晚，朱梅馥告诉保姆，不用买太多小菜。台灯下，傅雷用毛笔给妻兄写遗嘱，就火化费、保姆生活费、存折中的余款处理等十三项事宜，一一交代清楚，没有一笔涂改的墨痕。不欠人间债，了却尘世情。天将亮，窗子有微白的光，九月三日来了。傅雷、朱梅馥用土布床单撕成的布条，绾成两个巨大句号状，系在窗框上……"凡是被爱过的都是不死的。"罗曼·罗兰的这句法语，通过傅雷译笔，越过中法之间无数的山脉、城阙和大海，转化为汉语。一种爱，越过生死间的边境线得以永生。中国成语有"死去活来"，出自《红楼梦》，我对此有区别于原意的理解：自身体的死亡，得到精神的复活。一切耻辱、惊惧、卑怯，都会消失，而狂喜与尊严终将传布人间。

这一年，傅雷五十八岁，朱梅馥五十三岁。

这一夜，书桌上的台灯一直亮着，协助这对夫妻的灵魂，上升，到浩荡江声和云朵里去。

4

借助于一沓黑白照片，眺望朱梅馥——

少女时代裹头巾。成为新娘，站在傅雷旁边身穿婚纱。与自己的"情敌"成家榴，并肩立于丈夫身后。中年后身着旗袍或列宁装做家务、出行……体态逐渐发福，大眼睛始终明亮。从她银盆圆月般的面孔，就能判断：这是一个典型的中国贤良美人，可相夫教子，可寄托门风与家运。傅雷去法国留学的前提，是必须与远房表妹订婚。一个暴烈母亲为儿子做出这一选择，有远见卓识。难以想象，同样暴烈的傅雷，除了这大地般宽阔的朱梅馥，能有哪个女子可供其安身存心？多年后，儿子傅聪说："没有我母亲，就没有翻译家傅雷。"

用朱红色梅花的芳馥，抵御寒意侵凌，是一个女子在姓名中确立的宿命。朱梅馥原名"朱梅福"，少年傅雷感觉"福"字俗气，更改了，才去十六铺码头坐上开往巴黎的轮船。外滩海关的钟楼当当作响。

十五岁的表妹在岸上挥舞手帕，似乎为揩拭未来汹涌的泪水而练习。

在巴黎，傅雷给朱梅馥寄来一张照片：穿着她手织的毛背心，手抚一本书，侧脸望着窗台外的街景，或许正沉浸在《约翰·克利斯朵夫》《贝多芬传》情节中。正是这些书，让迷茫、消沉的傅雷号啕大哭："如受神光烛照，顿获新生之力，自此奇迹般振作。此实余性灵生活中之大事。"他给罗曼·罗兰写信表达敬意，决心迟早要翻译这些巨著。他给朱梅馥抄赠唐诗《春雨早雷》："东北春风至，飘飘带雨来。拂黄先变柳，点素早惊梅。"朱梅馥捧着照片、情书，被远方雷声一阵阵惊动芳心，在回信中连连呼唤"哥哥""怒庵哥"……教会学校毕业的朱梅馥，字迹端庄如其人。英语、法语、钢琴，皆能熟稔操持。婚后，家务之余，为傅雷承担起校正、誊写稿件的秘书性工作，夫妻二人笔迹竟渐渐趋同。如同苍白宣纸接受了一枝梅花的颜色滋漾，傅雷中年后的肖像，被朱梅馥氤氲着、影响着，减却几分孤寒，平添一抹宁静。

黄浦江边，小镇上，少女朱梅馥弹钢琴，总觉得像叮叮咚咚制造春日轻雷，走神，想念乘坐慢船去了巴黎的少年。她后来才知道，一个法国女子玛德琳的突然出现，使未婚夫的雷声变调并恍惚、微弱，差点永远消失。同在巴黎的刘海粟，把陷入新恋情的傅雷交给自己转寄朱梅馥的解除婚约信，扣留，笃定等待。数日后，傅雷果然来敲门、唠叨："完了！完了！玛德琳找不到了！变心了！一切都完了，巴黎的，上海的……我要自杀。"刘海粟拿出那封信，抖了抖："还在这里呢。上海的，没有完……"傅雷呆了，接过信，泪水夺眶而出。即便后来发生冲突、断交，"扣信"这一细节，使傅雷对刘海粟终生怀有感激。

傅雷另一次情感危机，发生在婚后，就是被张爱玲写进小说的那一情事。女高音歌唱家成家榴，刘海粟妻子的妹妹，与张爱玲同窗期间的一朵校花，明艳照人，暗香浮动。她闪耀在傅雷、刘海粟应邀出席的音乐会上，接受掌声和欢呼；又闪现于安定坊五号，身姿、声音与眼波流转，使傅家秩序混乱了。成家榴气质迥异于朱梅馥，似乎不适合成为任何人的妻子和母亲，只宜于供奉在舞台般的高处，接受仰慕和聚光灯。这一种缺乏安全感的美，令傅雷心慌意乱。能写出《世界美术名作二十讲》作为上海美专教材的这样一个苛刻、敏感的审美者，"如何教我不想她"？坐在钢琴前，他弹奏赵元任作曲的《教我如何不想她》。年幼的傅聪、傅敏，望着突然沉默寡言的母亲，似懂非懂。朱梅馥勉强笑着，解释："爸爸弹得好……阿聪要弹得比爸爸还要好，好伐？"八岁开始爱上钢琴、被父亲惩罚不怕挨打只怕锁上钢琴的傅聪，点点头，伸手去抚摸母亲的脸，那皱纹像旧瓷器纹理一样加速蔓延。

住在安定坊另一小楼中的成家榴，时常步态优美地迈进安定坊五号，以芳邻、学生的双重身份来请教傅老师，关于意大利歌剧与中国戏曲之异同，关于诗词韵律与演员的声腔呼吸……朱梅馥笑着端茶、续茶，再掩门、上楼。丈夫坐在书桌前，酷似被母亲长久约束的一个孩子，面对成家榴，像看见久违的童年玩伴，那高声部的、明亮的无边欢愉……朱梅馥感受着，疼痛着。紧闭门窗，楼下的笑声琴声，仍隐约传来。她用手按着心头，像在担心那一个关键的器官，是否会碎裂……

成家榴去云南演出了。这一时期，傅雷正重新翻译《约翰·克利斯朵夫》。推进不畅，因一个女子多日没有出现在大门外、院落里、书房中。失神落魄。在《约翰·克利斯朵夫》中，主人公命运起伏转折的关键时刻，都有女子出现来推动叙事与沉思。"成家榴，你在哪里？在做什么？是否永远不再回来？"傅雷脑海里总在盘旋这些问题，像海面上盘旋的台风，扬波激浪。握着烟斗，他沿楼梯上上下下，在花园里进进出出，像一头笼中老虎。

"老傅——老傅——"这是朱梅馥对丈夫的公开称呼，听起来像呼喊"老虎——老虎——"。一头焦灼躁动的老虎。朱梅馥明白原因，给成家榴写信，嘱咐她保重身体，询问她何日回上海。听说成家榴归来，朱梅馥马上打电话："家榴啊，总算回来了啊，老傅……和我都很想念你啊，来吧，一起晚餐！"成家榴就欢天喜地来了。一头老虎冲出笼子跃进万重青山……

《傅雷家书》中也收有朱梅馥给傅聪所写的几封信。她为傅雷对儿子们的爱、对家庭的爱、对事业与真理的爱，辩护。期待儿子能爱父亲，谅解那过于沉重的父爱所带来的伤害。在信中，一个母亲，也为自己对婚姻抱持隐忍态度，向儿子解释：爱他们的父亲，就必须接纳一切。她的确曾经准备带儿子们离开安定坊五号，只要傅雷明确做出另一种选择。

八十年代的一个夜晚，香港，傅聪在钢琴音乐会开始前，讲了这样一段话："今晚，我演奏的曲目，都是父亲爱听的……"观众席上，被傅聪邀请来听音乐会的成家榴，白发苍苍，泪流满面。音乐会结束，成家榴对傅聪说："我那时真爱你爸爸，那么有才华，高贵不俗，我怎么能不爱……可你妈妈多好啊，你们安定坊的家多好啊，我只能选择离开，远远地……"在傅聪眼里，这个独身女子到晚年依然是美的。

他理解父亲能为她动心一年，是美的，就像自己曾经为女钢琴家阿格里奇短暂动心一样，是真诚的。香港街头灯火中，傅聪与成家榴拥别，像代替父亲，去拥抱早年的上海时光——我在照片中看到这一场景。我也寻找、阅读过傅雷分手后写给成家榴的信，全是关于读书、绘画和音乐的心得，无一丝暧昧和晦暗，端正、干净得像初冬的早晨。

"我的玛格丽特，我亲爱的玛格丽特……"傅雷私下这样呼喊朱梅馥。"玛格丽特"，这爱称，源于歌德《浮士德》中的一个女子。傅雷私下呼喊着。从朱梅馥的爱与谅解里，似乎看到自己翻译的罗曼·罗兰《托尔斯泰传》中那个俄罗斯圣者的形象，他深深震惊、羞愧。他呼喊着"玛格丽特，我的玛格丽特"，表达依恋和感动。这样的呼喊，使朱梅馥只能担负起玛格丽特一般的命运，去佑护和救赎这个刚烈、软弱、天真的爱人。这样的爱，有几分小母亲的色彩？只有朱梅馥知道。当然，"玛格丽特"这一爱称，完全可能与《浮士德》无关，欧美女子中常见这一名字。比如，法国作家玛格丽特·杜拉斯。德语犹太诗人策兰的《死亡赋格》也出现了玛格丽特："清晨的黑牛奶我们在夜里喝……你的金色头发呀玛格丽特"。玛格丽特或朱梅馥，但丁《神曲》中的维吉尔、贝雅特丽齐，俄国十二月党人们的妻子，用铁饼锅夹层保存曼德尔施塔姆遗作的娜杰日达……这一个美好女性们的阵容，有霞光在她们的瞳仁和怀抱里，一次次破晓、喷薄，让人间永不黯淡绝望。

在《浮士德》结尾，歌德写出一个名句，也写出真理——

永恒之女性，引领我们上升。

5

江小燕走进安定坊五号，是在一九六六年的九月六日上午。

小楼楼道口的门紧锁，贴封条。风，拍打三楼一扇没有关紧的窗子，发出吱吱呀呀的声音，似乎在呼唤："来呀，关上呀，冷呀……"墙上贴满的大字报，被前一夜雨水冲洗得字迹模糊，像女子哭花了妆的脸。"傅雷夫妇自尽了。"江小燕从辅导她弹钢琴的老师那里听到这一消息，震惊。尽管这座城市每天都有死亡消息流传，但，傅雷决绝而去以及朱梅馥的追随，还是让江小燕打起寒战。她加穿一件衬衫，仍止不住这寒战的阵阵袭来。从钢琴老师那里问清地址，走进心目中这一光辉院落，眼前一切，墓地般黯淡死寂。

这一年，江小燕二十七岁，待业。读过《约翰·克利斯朵夫》。最喜欢书中的安多纳德。那一个法国女子，对困顿、挣扎中的约翰·克利斯朵夫，充满温情与善意，彼此并无深刻纠葛，在街头湍急的人流两端对望着、召唤着，走散了。

与安定坊隔一条马路的上海第三女子中学，前身就是张爱玲、成家榴等上海名媛读书的名校圣玛利亚女中。一九五四年一月，江小燕走进学校音乐厅，听傅聪去波兰留学前的告别演出音乐会。前排就坐的公众人物，有贺绿汀、傅雷等等。舞台上，翩翩少年手指下倾泻的音符，潮水般漫过江小燕内心。当然，她从未想到会与傅家产生交集，像不同种属的鱼群游动在不同水域，冷暖自知。一个平民家庭女子，在弄堂深处逼仄、杂居、油盐气息飘荡、流言蜚语滋生的空间里，幻想着，成长着。高中时期，众多同学遵从纷纷揭发一个俄语老师的"罪状"，江小燕选择拒绝。毕业时，被学校做出"立场不稳"的政治鉴定，失去考大学、就业的资格。"'不可作假见证'，这是《圣经》上的话，我信之，我行之。"多年后，回望这一选择带来无业、独身的生存状态，江小燕无悔无怨。她埋头自学大学教材、练钢琴、画画。直到一九七二年，父亲去世，家中唯一的生活来源枯竭，她才被安排在街道工厂，正式进入社会，三十四岁。

一九六六年九月这一天，江小燕又将做出另一重要选择，与高中时期那次选择，源于相同的逻辑力量：为道义，为慈悲。她尤其怜惜追随傅雷而去的那一个妻子、母亲。想想那女子的刚烈、爱，看看安定坊五号此时景象，江小燕忍不住眼含泪水。

"姑娘找人吗？"身后传来询问。江小燕赶忙擦拭眼睛，转身，看见一瘦小老人。江小燕解释："我，想看看这小楼，我知道傅先生……您？"老人叹息："我是傅家保姆。"江小燕握着她的手："您现在怎么安身？"老人答："安定坊另一家人，也是傅先生朋友，见我无处可去，让我暂居一段。这两天，害怕路过这里，又想来这里。与他们一起十多年，先生、太太待我好。先生脾气不好，心好。我病了，催我吃药休息。好人没好报啊……"江小燕问："他们火化了？有人送吗？"老人摇摇头："我一个人去送了。阿敏在北京劳动回不来。阿聪还不知道家中出了大事情。骨灰不让我领，因为不是亲人。太太娘家，也没人出面……"江小燕周身又涌起一阵寒战，继而燃起一场火焰。向老人问清哪一家殡仪馆，急急离去。

在傅雷、朱梅馥灵魂上升的漫漫长途中，又一永恒的女性，出现了。

江小燕戴着大口罩来到殡仪馆。"我是傅雷养女，来领爸妈的骨灰。"火化工狐疑，像狐狸一样打量着口罩上方的大眼睛："他们自己儿女呢？""我就是他们养大的，亲女儿一样，哥哥们来不了，我不能不管，人得有良心，不能忘恩负义，您说是吧？"火化工似乎被"良心""恩义"这些庄敬词汇说服，点点头，拿出一纸袋骨灰，装入江小燕买来的骨灰盒。傅雷、朱梅馥化成的尘埃，被一个陌生女孩怀抱着，穿过半个上海。她担心坐公交车会被拒绝。江小燕家阁楼里，两支线香点燃在骨灰盒前，烟缕袅袅上升，安抚亡灵。数日后，她又怀抱骨灰盒去永安公墓，办妥存放手续。在死者名字一栏，江小燕用端庄楷体写上"傅怒安"三字。她明白，用"傅雷"这一如雷贯耳的名字存放，不妥。回家，给周恩来总理写了一封没有署名的信，为傅雷鸣冤。当然，这封信不可能离开上海。盘踞上海市公安局闹革命的工人造反派，从信中的雅正言辞，推测是一个有阅历的老者所写，遂通过邮戳、指纹、笔迹对比，追查到江小燕，有些吃惊、失望。

　　爸爸和妈妈站在弄堂口，看一辆吉普车带走江小燕，担心着。半小时后，一个工厂仓库改造成的审讯室内。三个工人虎背熊腰，面对这一瘦弱女子，很困惑："你为什么给反革命分子傅雷叫屈？""傅雷不是反革命，是老革命，解放前就反蒋介石，爱新中国！他翻译了好多书，对国家有贡献——反革命都戴鸭舌帽、戴墨镜，你们看过电影吧？傅雷不戴鸭舌帽。"三个审问者无言以对。冷场半分钟。又问："他儿子叛逃了！他就是反革命！""不是叛逃，国家还让他们父子通信呢——叛逃了还会让通信吗？那不是里通外国了吗？公安局不是太笨了吗？"审问者语塞、气恼，拍桌子："傅雷自绝于人民！你为什么给他收留骨灰？阶级立场哪去了？"江小燕答："人死要收尸，自古以来天经地义，这点义气你们大男人有没有？我还有。"审问者张大嘴巴，半天发不出声音，眉头紧蹙，像遇到难题的笨学生。冷场。继续厉声厉色："为什么给周总理写信？大胆！谁在背后指使你？""没人指使，我闲人一个，待业青年，整天待家里，给总理写写信、说说话，不犯法吧？"三个审问者面面相觑。

多年后，江小燕向一朋友回忆这场审讯，感到庆幸："那三个工人还算淳朴。我有意识强调'义气'二字，打动他们。说话也故意像孩子一样任性、幼稚。查不出我有啥政治背景、政治目的，关一天就放了。临走，求他们不要告诉我家街道居委会，不要告诉上海音乐学院——那学院与傅雷根本没关系，但如果知道收藏骨灰的事、写信的事，就麻烦大了。三个工人答应了。吉普车送我回家，在离家稍远的街口把我放下来。但我一直忧心别人知道这些事。许多年，听见警车、救火车、救护车的喇叭响，就心跳加速、失眠，头发早早白了，一把一把掉。我多次跑去找那三个工人，确认他们的承诺，神经质了。那三个工人讲义气，没食言，是好人。傅家后人感谢我，其实不必。我能在傅家灾祸覆顶的时候站出来，也就能在傅家无上荣耀时消失。无非做了一件符合良知的事罢了，无愧，不内疚，就是善报。"

　　无比宽宏的天恩啊，由于你
　　我才胆敢长久仰望那永恒的光明，
　　直到我的眼力在那上面耗尽！
　　我看到了全宇宙的四散的书页，

完全被收集在那光明的深处，

由仁爱装订成完整的一本书卷。

《神曲》中这六行诗句，像江小燕在吟诵，也完全像致敬江小燕的献词——在疾风迅雨的年代，用仁爱收集、装订那四散飘零的书页。

一九七九年，傅雷平反昭雪的消息在《文汇报》上刊登，江小燕的心一下子落定，失眠症旋即消失。上海作家协会遍寻傅雷骨灰，无线索，某日，接到一陌生女子电话："请去永安公墓骨灰存放室，找'傅怒安'。""谢谢！谢谢！请问您是谁？怎么联系您？"女子把电话放下了。

同年，经邓小平批准，傅聪回国参加上海市文联、上海市作家协会共同举办的傅雷追悼会。这是他一九五四年去波兰留学、出走后，第一次回到祖国。怀抱骨灰盒，怀抱已改变成木质长方体的父母，泪流满面。听到江小燕的故事，哽咽不止。他与弟弟傅敏托人请求登门致谢。江小燕再三推辞，最后答应在当时供职的上海大学见一面。拒绝合影。只接受一张傅聪的钢琴音乐会门票。当傅聪在舞台上抱着鲜花，朝江小燕座位的方向深深鞠躬，她悄悄起身，离去。周围是掌声、灯火、星辰高悬。

我没有也不可能找到一张江小燕的照片。风吹云散雨无痕，才更像一个上海传奇。

6

傅聪坐在沙发上。修长、宽阔的双手，戴着黑色半截手套，这是手掌受伤后形成的习惯，即便弹琴时也不摘去，像突破黑夜包围的十棵小树，在晨风里摇荡不息。一双价值连城的手，不知为其买了保险没有。

周围，一群记者手持相机、话筒、笔记本，坐着、站着或者半蹲。若干摄像机镜头虎视眈眈，像老虎，像老傅雷，紧盯这一个早已越过少年边界进入暮境的人。

八十年代后，傅聪每年都要回中国，举办音乐会、大师班。每次都有记者云集风从，屡屡吃闭门羹。在上海，傅聪终于答应接受集体采访。记者多，那一间下榻的客房满盈，只好移步于酒店大会客室。傅聪始终呵呵笑着，配合记者要求，从沟通采访提纲，到调整拍照角度。头发向后梳，一丝不乱。尽管老年斑点点如繁星，形象依旧英朗如夜空。手捏烟斗的姿势酷似傅雷，脸型已有大差异。父母的面相中和之后，傅聪脸庞少了傅雷颧骨的耸峙，多了圆融通达。但耿介之气在父子眼神中一脉相承。

"你召唤我成为儿子，我追随你成为父亲。"这是北岛诗句，傅聪可能没读过。但"召唤与追随"，是所有父子间共同的命题。答案与分数，则需要幽明两隔中的父子们，一再订正、补习、复试？

记者开始提问。背景中偶尔有手机响，傅雷表情平静，略停顿，再接着回答。

"您往往被称为'钢琴诗人'，怎么理解这一称谓？"

323

"这是别人的说法，不是自我命名。但的确有一种诗性，在我音符里回荡吧。可能与爱肖邦有关。肖邦被称为'钢琴诗人'，像我父亲一样挑剔，太追求完美，音符啊、节奏啊、气息啊，都讲究得不得了。我也与肖邦有缘分，一九五五年得了肖邦国际钢琴比赛第三名，新中国成立后获得的第一个国际奖，全国轰动啊。肖邦去国怀乡，很忧伤，诗人气质浓烈。少年时代，父亲领我读李后主的词，句句是故国山河、春风秋月啊。我后来的经历也像肖邦，自然而然，旋律中有乡愁……"

"多年后，回头看当初您从波兰去英国这一选择，有何感想？抱歉，如果先生不想回答，我们换个问题。"

"可以回答。一九五八年，在波兰听到传言，我有可能中途结束学业、被召回国内批判，就担心不能再爱钢琴，有了到英国继续学琴的念头。我没背叛国家，国家也始终没以叛国之名加罪于我。周总理一直要求上海方面，不要阻碍我和父亲通信。他对我老师马思聪的命运也很关心。马思聪的钢琴曲《思乡曲》，我不敢听啊，听一次就流一次泪……万不得已，如何会离开祖国和父母？在英国，遇不到说汉语的人，很孤独。埋头读唐诗宋词，我的孩子已经不懂——那种美啊，'悠然心会，妙处难与君说'，四顾无人啊，如何说？父母在，尚有家书，他们走了后，我彻底孤独了。我知道自己当年的出走，惊天动地，父母受了巨大打击……"

"父亲对您走上钢琴演奏之路的影响是什么？"

"他首先是艺术家，懂音乐、美术，然后才是翻译家。我从小就受到家庭氛围的熏陶，很多画家、歌唱家、钢琴家，是父亲的友朋知己，常来家做客。我爱听他们聊天。还没钢琴高，就喜欢爬上琴凳乱弹琴。

父亲最初想让我跟着黄宾虹学画，发现我对钢琴着迷，就为我请教师、编教材。我没上过音乐学府，靠每天八小时练琴，靠对钢琴的爱，有了一些成绩。当然，小时候淘气、逆反，偷偷跑到街头看景致，或者弹琴的同时翻《水浒传》，爸爸发脾气，大吼一声真像黑旋风李逵啊。打，打得真疼啊。母亲就来宽慰爸爸，保护我。有一次，我弹练习曲烦躁了，扔开琴谱，随手弹，爸爸在书房听出不同，噔噔噔下楼来到钢琴边，我吓坏了。爸爸问什么曲子啊，没听过。口气温和。我说随意弹的。父亲连说好听好听，把刚才的旋律再弹一遍。他一边听，一边拿笔在五线谱上记录下来。就叫《春天》吧，父亲说。我就有了第一首自己的作品。这情景，完全像约翰·克利斯朵夫童年乱弹琴，被祖父记录下来、起标题。父亲对我管教严，期望高，他后来在信中过度自责了，你们千万别把我童年想得多么悲惨，开心的时光很多很多呵呵。关键是我爱钢琴，就能理解父亲苦心。"

"您的后代有钢琴家吗？"

"没有。一个都没有。他们欣赏音乐，就行了，从事其他职业也挺好。我对他们是放养，与我父亲方式不同，呵呵……"

"您还经常看看《傅雷家书》吗？这是一代代人都在读的经典。"

"这倒不用刻意去看，父母的话，就在脑子里。一九八〇年，傅敏来伦敦，把父亲给我的信带回国，整理后，出版了这部书。傅敏也有很多父亲的信，不敢留，烧毁了。父亲给我的信，一百八十多封，每封信都有编号，字迹干净。他反复叮嘱我，要先做人，再做艺术家，最后才是音乐家、钢琴家，这顺序不能颠倒。他用写信完成家庭教育，也用写信完成一个父亲的形象，那就是'赤子'。赤诚的孩子。对国家，对艺术，对友人，没一丝卑劣和虚伪，严霜烈日般，容不得一点点苟且、谬错、龌龊。他有两三年时间不能以'傅雷'本名出版译著，家里断了收入。母亲来信让我给他们寄一点生活费，父亲对此感到很难过。人民文学出版社劝父亲化名出版，他拒绝了，认为这样很屈辱、无尊严。幸好出版社体恤，以预支稿费的名义，每月寄来生活费，父亲才能够把巴尔扎克翻译下去。父母落葬后，墓碑上刻有'赤子孤独了，会创造一个世界'，这是我从父亲信中挑出的一句话。"

"您给父母的回信，在《傅雷家书》中没看到。您觉得自己这一生，合乎父亲的理想和期望吧？"

"那时候，他们很孤苦，无人交流回应，就等我的信。我演出忙，回信少，他们就着急。邮差来敲门，是他们最开心的时候。我嘛，事业上，也许能给父母一些安慰，但作为儿子，很有愧，很痛苦……"

"先生回到上海，去安定坊五号的家看过吗？"

傅聪摇摇头，突然用双手覆盖住眼睛，长久不语。稍顷，一名漂亮女记者上前献一束鲜花。傅聪缓缓放下手，抬起头，笑了，高大地站起来，抱着鲜花与记者们合影。

我通过一个长度约半小时的旧视频，目睹新世纪初上海某日的以上场景。

这一日之前，中午，傅聪去海港陵园祭拜父母。那里是黄浦江进入东海的地方。法国诗人瓦雷里有名诗《海滨墓园》，傅雷在巴黎留学时读过并深深喜爱，大概没想到完全像是为自己所作：

　　大海，大海啊永远在重新开始！

多好的酬劳啊，经过了一番深思，

终得以放眼远眺神明的宁静！

下午，傅聪从海边回到上海音乐厅，面对空无一人的观众席练琴直到黄昏，为晚上的个人钢琴音乐会而准备。开场前，像孩子一样在后台嘀咕："弹不好了，弹不好了，真担心……"友人忙安抚："一定好，一定好，不担心的……"每次走上舞台，傅聪总保持着初恋般的紧张。灯光师调暗舞台，幽会般的气氛呈现，傅聪才缓缓走到亲爱的钢琴前，让肖邦、李斯特、贝多芬们在起起落落的琴键流水里，潜泳或仰泳，到听众内心深处去，掀起波澜。音乐会结束，掌声不息。傅聪松一口气，在渐渐明亮起来的灯光下，笑了。走出剧场，坐上轿车，应邀到诗人白桦家去做客。七十年代末，正是通过阅读国内文学杂志，傅聪读到白桦、刘心武等等作家的作品，在伦敦感受到故国解冻、春山可望。那一夜，傅聪、白桦喝了两瓶茅台酒，醺醺然到天亮……

一九八一年，经楼适夷推荐，三联书店的掌门人范用，力推《傅雷家书》问世。之后，出现众多版本，印数惊人。一代代读者从中获得艺术的、爱的、人性的启蒙。我手中的版本，蓝色封面上，一片白色羽毛翩然飞动，设计者是傅雷在巴黎求学期间结识并成为知己的画家庞薰琹。《夏倍上校》《贝多芬传》等傅雷译著的封面设计者，都是他。这位同样受过折磨的中央工艺美术学院副院长，在为亡友家书设计封面时，心情或许如大海般汹涌难平。"青鸟海上来，今朝发何处"（李白）。"青鸟不传云外信，丁香空结雨中愁"（李璟）。"烽火连三月，家书抵万金"（杜甫）。"欲作家书意万重"（张籍）。"江水一千里，家书十五行"（袁凯）……青鸟来去，一代代游子、浪子、流亡者，只能在家书里拥紧亲人故土。当下，手机、电脑的即时性，取代纸墨和邮路的缓慢悠长，让乡愁与情思的重量变轻了？

傅雷给傅聪写第一封信，是在一九五四年一月十八日晚。前一天，一月十七日，全家到上海火车站，送傅聪去北京，赴波兰参加第五届肖邦国际钢琴比赛并留学。月台上，父子、母子、兄弟一一拥抱，泪水中的笑脸像阵雨中的花朵。

孩子，你这一次真是"一天到晚堆着笑脸"！教人怎么舍得！老想到五三年正月的事，我良心上的责备简直消释不了。孩子，我虐待了你，我永远对不起你，我永远补赎不了这种罪过！这些念头整整一天没离开我的头脑，只是不敢向妈妈说。人生做错了一件事，良心就永久不得安宁！真的，巴尔扎克说得好：有些罪过只能补赎，不能洗刷！

昨夜一上床，又把你的童年温了一遍。

跟着你痛苦的童年一齐过去的，是我不懂做爸爸的艺术的壮年。幸亏你得天独厚，任凭如何打击都摧毁不了你，因而减少了我一部分罪过。……孩子，孩子！孩子！我要怎样的拥抱你才能表示我的悔恨与热爱呢！

你走后第二天，妈妈哭了，眼睛肿了两天：这叫作悲喜交集的眼泪。我们可以不用怕羞的这样告诉你，也可以不担心你憎厌而这样告诉你。人毕竟是感情的动物。偶然流露也不是可耻的事。何况母亲的眼泪永远是圣洁的，慈爱的！

7

安定坊五号，种种剧情落幕后的一个舞台。

"荷衣兮蕙带"，"芳菲菲兮袭予"，屈原的两个句子。一个最早以自尽表明心志的诗人，让汨罗江像一面波动的巨镜，供历代士子端正衣冠、洗尘去垢。傅雷熟读《离骚》、痛饮酒，看看这一巨镜。在空间中消失，在时间中永恒。荷香与蕙芳，自古至今浩浩荡荡吹袭身后人。让我们从莎士比亚式的悲剧里，感受阵痛；又在契诃夫式的悲剧里，忍耐着、惭愧着、重生着。

我沿楼梯又走一遭，依然无人开门。像一只手掠过旧琴键，没听众。我的脚步声中，变奏着傅雷、朱梅馥、傅聪、傅敏等人的脚步声？

不知傅雷那个冲洗照片的暗室，设在哪一房间。他曾对摄影狂热过一个时期，去黄山、杭州、台州等地游走拍摄。与友人同行，会提前两天让朱梅馥用面粉、糖、肉糜、芝麻，精心制作出一种傅家点心，在路上共享。合影时，他难得咧开嘴欢笑。一九四三年，在上海费心操持"黄宾虹八秩诞辰书画展览会"，写文章发表在报端，解读泼墨与积墨技法中的山水，举相机拍摄照片留存资料，去银行为黄宾虹汇寄卖画所得款项，像一个儿子对待老父。他从黄宾虹身上感受到缺失的父爱。通过能查询到的傅家照片，我在脑海中尝试还原这座小楼的室内陈设：书架，花瓶，钢琴，墙上悬挂的字画，写字台，窗子，傅雷、傅聪坐在沙发上讨论一本打开的画册，朱梅馥坐在他们对面织毛衣，穿衣镜映出摄影者模糊的身影，大约是傅敏。那本打开的画册，可能就是比利时木刻家麦绥莱勒为《约翰·克利斯朵夫》所作的插图集。我看到过这一插图集。约翰·克利斯朵夫出生、成长的那座莱茵河边小楼，被木刻刀刻画得像苏州河边的这一小楼，黑白分明，犹似深夜里大雪压境。

　　傅雷离世后，小说家、翻译家、傅雷老友施蛰存，来这一院落站立很久。在翻译原则上，二人观点有异，曾在傅家客厅发生争论。施蛰存主张，达意即可。傅雷则坚持不仅仅要达意，还要传神，并给施蛰存举例：莎士比亚《哈姆雷特》第一场，有一句"静得连一个老鼠的声音都没有"，纪德由英文翻译成法文时，这一句变成"静得连一只猫的声音都没有"。傅雷对施蛰存说："这不是翻译错了，是传神。"施蛰存反问："这么说，中文译本里这一句应该是'鸦雀无声'？"傅雷击掌而笑："对呀！"施蛰存狡黠一笑："不行哦，怒安兄，莎士比亚时代的英国话中，不用猫或鸦雀来形容静啊。""但我们生活在汉语中啊，'鸦雀无声'，多美好。"傅雷坚持己见。二人没有达成共识，也美好。一九八六年，施蛰存写文章悼念傅雷，感叹："只愿他的刚劲，永远弥漫于知识分子中间。"如此祈愿，大约因这样的刚劲已罕见，精致的利己主义者蹁跹四方，像轻薄的蝴蝶。

　　"刚毅木讷近仁。""狂者进取，狷者有所不为也。""富贵不能淫，贫贱不能移，威武不能屈，此之谓大丈夫。""大人者，不失其赤子之心者也。""何妨举世嫌迂阔，故有斯人慰寂寥。"……这些前贤话语，在傅雷身心回响，像江河潮汐在滩涂上一枚贝壳里回荡。

《约翰·克利斯朵夫》的结尾，回应开篇，在傅雷译笔下保持恣肆与雄阔——克利斯朵夫在梦中又回到童年卧房，一生像莱茵河那样在眼前展开。那些爱过的人，母亲路易莎，舅舅高脱弗列特，知己奥里维，女性友人萨皮纳、葛拉齐亚、安多纳德……一个又一个浮现并与克利斯朵夫深情对话。恍惚间，开始渡河。"他在逆流中走了整整一夜"，"左肩上扛着一个娇弱而沉重的孩子"——

> 早祷的钟声突然响了，无数的钟声一下子都惊醒了。天又黎明！黑沉沉的危崖后面，看不见的太阳在金色的天空升起。快要倒下来的克利斯朵夫终于到了彼岸。于是他对孩子说：
>
> "咱们到了！唉，你多重啊！孩子，你究竟是谁呢？"
>
> 孩子回答说：
>
> "我是即将来到的日子。"

徐家汇：
让光开启暗夜与门扉

Zikawei

1

徐光启明代家宅周围的流水果实，演变成当下徐家汇的人流红灯。

四百多年前，文渊阁大学士、科学家徐光启，在此建农庄宅第，从事农业实验并著书立说。后裔繁衍生息，周围渐成集镇，初名"徐家库"，逐步成为上海市区中心。早年纵横河道，被填充成密集道路。汽车、电车、行人、地铁……冒充浪花或深流，继续奔涌，安慰着长眠于附近光启公园内的徐光启——这个睁开眼睛看西方的第一人：中国生生不息、新新不已。

周遭，"虹桥路""漕溪路""肇嘉浜路""蒲汇塘路""天钥桥路"等路名，委婉泄露出这些道路与古代河流之间的裙带关系——明代小船上的裙子和衣带，决定了今天跑车内的薄袖春衫？对此，当代英雄与美妇，不知不觉，兀自沉溺于徐家汇商圈消费主义的欢乐。

这些道路围合而成的徐家汇公园，徐光启当然没有进来游玩过。

此地曾经为大中华橡胶厂，现在只保留一座烟囱作为纪念标志，纪念工业时代的火焰与热息。周围汽车橡胶轮胎汹涌澎湃，还能使烟囱想起如烟往事？公园一角，有民国时期著名的百代公司小红楼，作为历史保护建筑，如红色大花朵永远不会凋谢。曾经出出进进小红楼灌制唱片的周璇、白光、李香兰们，早已转化为蜜蜂、花香、虫鸣、风，唱片般的月亮，升起在公园上空，试图重现二十世纪三十年代嗓音的沙哑、委曲、柔情万端。

公园风景如画：练瑜伽，野餐，喂鱼，读书，接吻，拉手风琴，拍婚纱照，坐在婴儿车或轮椅里懵懵懂懂、昏昏欲睡……老少游客如画中人，自成一体，把明代徐光启的菜地、书房、后花园、河流，变成悲喜交集之地。人生的起点、转折点和终点，隐秘交会。草色、鸟叫和流水，尝试打破各种明确或隐性的边界，入耳入眼复入心。我，一个加速向晚年过渡的中年人，需要练习在各种边界探头探脑，而不至于遭到嘲笑和责备。那是一种对万事万物充满眷恋的探头探脑。

徐光启如果在墓地内失眠、醒来，应该对周围景象很欣慰——徐家汇教堂传递福音，太平洋百货、汇金百货、东方商厦、港汇广场流通着中国制造的电视、电脑等电器，上海交通大学、徐汇中学课堂讲授着徐光启与利玛窦翻译的《几何原本》……

在东西方之间左顾右盼，并决绝投入中国现代性建设，徐光启不是朽腐的抱残守缺者，对于用线香和沙漏计算光阴流失，充满不安和痛感。他顾后复瞻前，在利玛窦作为礼物的钟表嘀嗒声里，获得蒸汽机一般广阔的激动，朝子孙们的方向大声呼喊："去走一条新路吧！一切都还不晚……"

2

　　四百多年前，大多数国人感觉身处中央之国，华美的是自己，荒芜的是异邦。

　　利玛窦从葡萄牙出发，过好望角，经印度，于一五八二年来到中国。十九年后终于获准进入紫禁城。万历皇帝躲在垂放下来的帘子后，听完利玛窦唱的西洋歌曲，让他走了。一件作为礼物的钟表，留下来，在阴暗宫廷内嘀嘀嗒嗒奔走。皇帝与臣僚，从中听到不同的意味：女子的小脚，心机，雨滴，诗律……

　　在明朝，依旧延续元朝创立的户口世袭制度：全国人口被划分成"兵卒""农人""工匠"三大类，再细分若干类型。其中，工匠，细分出裁缝、木匠、船工、厨师……代代相传，不可更改，以此保持江山稳定感和人间秩序。现在，钟表来了，万历皇帝开始考虑在"工匠"这一大类，增加"钟表修理师"这一新称谓？试图把中国皇帝改造为教徒的利玛窦，失望了，把目光投向徐光启等开明士人。只有徐光启从钟表的嘀嗒声中，听出远方的新异、眼前的死寂。

　　洗洗手上在漕溪或肇嘉浜附近菜地沾上的泥巴，徐光启推开几案上的四书五经："中国自古不缺少闲散雅致之人，让他们埋头经书，我就来做一个务实的俗人吧。"利玛窦将自己打扮成中国儒士的样子，每天晤会徐光启，帮助他琢磨"角""点""线""面""平行线""对角线""相似形""外切"等西方概念的汉语对应词汇。汉语词汇表，在徐光启的毛笔下，一天天拓展、再造、丰富。利玛窦一度怀疑，徐光启这个斯文白皙的文人，是否有毅力、有能力完成《几何原本》的翻译。一年后，清晰、优美的汉字，在六卷本《几何原本》中实现了流畅、精准的表达。利玛窦两眼泪水。

"从西洋人利玛窦学天文、历算、火器，尽其术。遂遍习兵机、屯田、盐策、水利诸书。"（《明史·徐光启传》）西方科学理论通过徐光启译至中国，散发新光辉，重构一个民族的世界观：中国仅仅是人间的一部分而非全部，大海以外的地域，正日新月异。我们的祖先，开始把时间看作直尺画出的一道射线，射向远方未知之地的光线，建立单行道一般的丧失感、紧迫感，不再耽溺于"无限轮回"，也不再相信"天狗"一类虚无意象对天空和人心的占有，直起身来，逐步看清自我和大海以外的世界。"科学与工业技术，我们掌握物质世界的力量，以及这力量给予我们的自由，是古老东方精英们之所以会对西方着迷的奥秘。人类，不再是星辰运转或业律的奴隶。"（帕斯《印度札记》）

正是徐光启，编撰《农政全书》《救灾本草》《野菜谱》，慈悲之心沉沉而绵绵。也是他，反复尝试，率先把番薯引入上海，继而向江浙一带延展。用广阔的爱和智慧，负荷起知识者的责任并示范——

去开启一扇尘封已久的大门，让外面的光芒和风，浩荡涌入。

3

徐光启身后约二百年，林则徐出现。他粗懂英语和葡萄牙语，组织翻译和出版大量西方著作。其核心思想，就是"师夷之技以制夷"。

出任江苏巡抚，林则徐致力于疏浚太湖水系和运河，促进南方漕运业。徐家汇地区的漕溪、肇嘉浜、蒲汇塘，这三条溪流中挖出的淤泥，堆积成一方高地，被命名为"土山湾"。一八六四年，此地建立教堂、孤儿院，先后有数千孤儿接受西式职业教育。中国近代工艺美术、建筑、雕刻、出版、印刷等领域，大都起步于土山湾。利玛窦们的著作，在这里被大量印刷，向中国的南方和北方传播。

某年，春天的一个下午，我进入徐家汇教堂。漕溪、肇嘉浜、蒲汇塘不复存在，化作道路，充满车速。教堂内一派安静，一排排椅子上放有教徒常用的《圣经》，像学生们离去后在巨大教室内留下课本占位置。天窗上，彩色玻璃惊艳，如同教具，阐明天堂的壮丽。这些玻璃，制作工艺从法国引进，由土山湾孤儿精心领会、磨制而成。天使翅膀高远，充满彩绘玻璃所赋予的美感和召唤力，俯瞰我。

一九四七年秋，赵丹拍摄电影《丽人行》期间，爱上影星黄宗英。他多次进入这一教堂，祈祷那一个北平城里的女子早日爱他。冬，黄宗英坐轮船自天津出发，南下，在上海十六铺码头上岸，扑进赵丹怀抱。结婚后，风雨同舟三十载。赵丹并非基督徒。他需要一个载体寄托情怀，需要徐家汇教堂接受倾诉、分担心痛，赐予他爱下去的力量。

我也不是教徒，且非情种。于我而言，唯有写作能够安抚内心。低头面对白纸，与一个教徒、情种面对神灵祈祷，姿态与效果都很相似。诗，就是语言之寺，就是祈祷词。并非只有物理形态的教堂与寺庙，才能让一个人获得信念和宁静。徐家汇教堂天工与人工合作而成的壮丽景象，让我在仰望中同样感受到安慰和希望——

教堂尖顶处，一抹光辉透入，酷似一艘沉船上方舷窗外残余的天空。

4

徐家汇教堂不远处，原上海钢铁十厂——新中国最早的钢铁企业之一，目前转型为"红坊艺术区"。内含上海雕塑艺术中心、民生美术馆、大地书店、乐泰咖啡馆、朵画廊……钢铁腰身，在骀荡春风里转变为杨柳腰，是一种有难度的艺术。

新世纪以来，众多旧厂区越界进入艺术领域，像商人变幻为艺术家。例如，上海第一服装厂（原福新面粉厂）化作"苏河现代艺术馆"，上海春明粗纺厂（最初的一信和纱厂、信和棉纺厂、上海第十二毛纺织厂）更名为"莫干山路艺术仓库"。一座城市，以现代工业推促民族进步，复用后现代艺术向野外致敬，徐光启大约没料到中国如此巨变，但一定欣喜万端，因世界也在如此巨变。

英国雕塑家摩尔的露天雕塑作品展，令人一新耳目。那些铜黄、深灰、青绿的雕塑，仿佛是从这片工业废墟中生长出来的，摩尔，就是钢铁厂失业工人，转型为艺术家？作品中的人物，大都以斜卧姿态出现，似一脉远山。女人乳房，男人膝盖，如苍茫丘陵。面孔一概模糊，与野外经验有关——在野外，只能从一个人远处的身姿而非面影，判断其心境，他扬起双手就是欢乐，他伏身就是悲伤。

在上海，我对远处某人扬手或伏身，无动于衷。他可能在扬手招呼出租车去约会，或伏身拉动一个装满现金的旅行箱——人体姿态的意义，在所处环境中生成、彰显。我更关注银行卡内数字的起落、室内人物的阴晴，对远方和世界都很淡漠。这正是徐光启所深深担忧的、某种由来已久的状态吧？

民生美术馆，曾经是巨大厂房。天车与炉膛已消失，自由感与热力不息——美术，就是美的护身术。各种装置艺术展、摄影展、油画展相继推出。尤其是"诗歌来到美术馆"系列活动影响广泛，策划者是诗人王寅。二〇一二年以来，相继有阿多尼斯、谷川俊太郎等世界各地诗人在此交流、朗诵。王寅主持这一活动很合适。在《朗诵》一诗中，他写下名句："谢谢大家，谢谢大家在冬天里热爱一个诗人。"

二〇一四年冬，诗人沈苇自新疆来到上海。在这一美术馆，朗诵他的代表作《吐峪沟》——

> 峡谷中的村庄。山坡上是一片墓地
> 村庄一年年缩小，墓地一天天变大
> 村庄在低处，在浓荫中
> 墓地在高处，在烈日下
> 村民们在葡萄园中采摘、忙碌
> 当他们抬头时，就从死者那里获得
> 俯视自己的一个角度，一双眼睛。

在徐家汇，在一行诗面前，能够获得俯视自我、上海乃至中国的"一个角度，一双眼睛"？

5

漕溪路有中餐馆"上海老站"。入内用餐，从壁上镜框内照片，我认出这一保护建筑的前身：土山湾育婴堂。目前，天井里陈设着一节慈禧乘坐过的火车车厢，还有一个火车头，相互脱离，关系不好——几个花盆放在这两者之间掩饰尴尬。在晚清，一个中国女人向世界做出前进的姿态，却又原地不动。

当然，那节车厢，现在是小包房，可供四个食客垂帘用餐。

一八九一年十一月二十六日，翁同龢在日记中写下一事件：光绪皇帝准备学习英语。这位帝师深感不安："此何意也？"《纽约时报》知晓这一事件的意义，登载消息并评价："他的政治顾问们在这个问题上显示出很高的智慧和胆量。"

每隔一天，光绪皇帝就上一次英语课，此制度延续至末代皇帝溥仪。甲午战争、戊戌变法，使皇帝的英语诵读声，日益局促、窘迫、游移不定——用英语向西方世界表达疑虑和拒绝？吃西餐、穿西装，让宫廷画师们描绘一种异域风情，尝试向世界表达开放之姿。公主们留洋学习交谊舞、芭蕾舞，回紫禁城，进行小范围演出，西式长裙翩飞如同骤雨打新荷。"那些听不见音乐的人认为那些跳舞的人疯了"（尼采）。这景象，徐光启、利玛窦在多年前预料到了吗？

"洋泾浜英语"，在清末上海滩勃然兴发。首创者是宁波少年穆炳元。定海陷入英国海军之手后，穆炳元接触英人、操习英语，自编教材以口诀形式传授于周围群众："来是康母（come）去是狗(go)，是叫噎死(yes) 勿叫奴 (no)……"后来，穆炳元成为上海滩宁波帮中第一个买办。懂外语者被称为"通事"。游荡于商铺、酒家、茶楼、烟馆、妓院、剧场，促成华洋交易的洋泾浜通事，被称为"露天通事"。晚清，上海租界露天通事，从最初三十余人增加至二百余人，各自掌握的单词七百个左右——那是七百种左右的事物、行动与属性，相互组合纠缠，为一座城市带来无穷尽的活力、传奇和悲欢。

一八六三年，李鸿章在上海创办"广方言馆"，聘请数十位中外籍翻译员，采取"西译中述"方式工作。即，西人口译，华人斟酌转化为文字，翻译出版《防海新论》《东方交涉记》《西国近事汇编》等等，深刻影响康有为、梁启超、章太炎等中国近现代知识分子的思想，也就深刻影响中国的近现代进程。广方言馆，"推广英语这一遥远的方言"，这一命名，可见清朝政府之自大。此馆，亦可称为中国第一所外语专科学校，同时教授算学、代数、几何、重学、天文、地理、绘图等课程，先后培养六百余名具有国际视野的人才，涌现出国务总理、驻外公使、实业家、报人、社会活动家等时代翘楚。

语言史就是社会史、政治史、外交史、商贸史、经济史，就是人类史。

一九一二年以后，"通事"或曰"舌人"之称谓、身份，在坊间消失，由"翻译"一词取而代之，持续在中外、东西方之间，扮演摆渡人角色——让大船小舟彼此往来，这人间才不会成为死水一潭、冰海无边。

我不知道徐光启的英文口语怎么样。

光启公园一角，徐光启墓浑厚如一盏灯，用墓顶野生植物作为葱茏光线，让我和无数黯淡者的脸得以启明——

光启。

1

虹口区在苏州河以北。

随着上海城区的快速扩张，虹口已摆脱二十世纪初期的城郊地位——它曾用彩虹作为嘴巴，向黄浦、静安构成的主城区、话语中心，向世界呼喊，呼喊出广大无名的隐痛和抑郁。

居住于此、长眠于此的鲁迅，嘴巴与彩虹无关。浓密胡须如刺猬之刺，只可能吐出尖锐词汇，刺向或隐或现的对手和自我。

进进出出日本海军驻上海司令部的军人文人，纷纷在嘴巴上修饰一些口红、蜂蜜，冒充彩虹，向周围的中国人喊一些"雨过天晴、东亚共荣"之类的日语或汉语。

一些人信了，成了汉奸。一些人不信，沉默或牺牲。

比如，中国军队某团团长谢晋元。在位于苏州河边的四行仓库、一九三七年十月最悲壮的战场，他率领八百壮士迎着虹口方向攻来的日军，发出枪声、号声、军歌声——那显然是在用铁——发烫的铁呼喊，用流血的伤口呐喊。其实，这一支队伍只有四百人。必要的夸张，是为了迷惑日本人，鼓舞世界和中国。

鲁迅没有听到这些呼喊与呐喊。在一九三六年十月去世，不必看到南京屠城、上海沦陷。

2

当代游客或市民在虹口穿越，屡屡可见历史遗迹——

那些钉在墙壁上的"日本海军驻上海司令部旧址"一类方形铁牌，如伤疤，让这座城市在雨天隐隐作痛。

此地有日本书生内山完造所开的书店，秘密销售日文版及陈望道依据日文版所翻译的中文版《共产党宣言》。这一书店，成为三十年代虹口浓重黑暗中的一盏灯，让日语不至于完全成为深渊。鲁迅在书店里反复出现、埋头翻书，引起内山完造注意，成为朋友。"度尽劫波兄弟在"。在鲁迅眼中，内山完造是跨越恩仇的异邦兄弟。

鲁迅开办木刻讲习班，就是在内山完造家中进行的。来自全国各地的美术青年，聚会在一个日本人家，研究如何以木刻去入木三分地唤醒麻木国人，这是何等奇异的景象？

关于刀子，鲁迅同乡、《阿Q正传》的催生者、《晨报》复刊编辑孙伏园，写过一段有趣文字：

> 鲁迅先生常常从书架上拿下那把匕首来当裁纸刀用，刀壳是褐色木质的，壳外横封两道白色皮纸，像指环一般。据鲁迅先生解说，刀壳原为两片木头，只靠这两道皮纸的力量，才封成整个

的刀壳。至于为甚么不用整片的木头，或用金属的钉子或圈子，使刀壳更为坚固呢？鲁迅先生说，因为希望它不坚固，所以只用两道皮纸；有时仇人相见，不及拔刀，只要带了刀壳刺去，刀壳自然分为两半飞开，任务就达成了。

这"皮纸刀壳"的意义，鲁迅多次给朋友们讲，尤其是微醺后更爱阐述，"引动少年豪气"，又马上自嘲："我又在这儿对着青年自称英雄了。"

鲁迅喜欢用刀子表达内心，与其外科医学教育经历有关。但木刻，这种在木头上挥动刀子的行为艺术，在苏州河以南中心城区，难以实现。正如左翼作家联盟的成立仪式，那个会聚了鲁迅、冯雪峰、柔石、郁达夫、田汉、潘汉年、蒋光慈、钱杏邨等书生向国民政府挑战的仪式，只能在苏州河以北、位于虹口日本控制区域内的中华艺术大学进行。

借助一种黑暗的掩护，攻击另一种黑暗。鲁迅无奈，始终没挑破这一层纸。

自北京，到厦门，至广州，再来上海，鲁迅一路寻找着适宜于思想和写作的地方。一九二七年十月，他在虹口租界内驻步、定居，与许广平结合、生育海婴，直至逝世。九年上海光阴，生命交响曲中的华彩乐段。为躲避戴鸭舌帽的特务袭扰，在多伦路等地多次搬家，最终止步于山阴路大陆新村九号。并未听从友人劝解逃离祖国，选择在虹口内迁徙、徘徊。

先生是英雄主义的，也是现实主义的，所以矛盾、彷徨。他渐渐终止充满寒意、绝望的小说写作——一种小声说话类型的写作。沉痛之至，需要大声说话，让那些被瞒、被骗的国人听见、醒来。于是，杂文等身。那些意味复杂的凛冽文字，像"带了刀壳刺去"的刀子。孤冷与愤怒的表象下，鲁迅用一种饱含热风的文体，吹彻中国——"寒凝大地发春华"。

对于四马路一带报馆、妓院之间栖息留连的鸳鸯蝴蝶派作家，鲁迅持轻蔑状，嘲谑那些蘸着脂粉的笔尖，在五颜六色的报刊上留下"欢娱的擦痕"。

他以《且介亭杂文》作为书名，我理解，是一种自嘲——"且介"乃"租界"二字的一半。失去左边禾苗、右侧田园，这残缺破败的山河，如何能够让一张书桌一颗心，得以安宁？

3

上海地图上的虹口区域，鲁迅无处不在：鲁迅故居、鲁迅公园、鲁迅墓……至于鲁迅公园旁边的"虹口体育场"，虽未以"鲁迅"命名，但时时爆发球迷呼啸，仍暗通于《呐喊》。

雨天，当然是细雨天气而非暴雨时节，一个游客如果在虹口晃荡，最好到山阴路去。雨，会造成一个人回到三十年代的错觉。最好再打一把油纸伞——纸伞仿佛降落伞，把一个怀旧者投入往事。在雨中，就像去大陆新村鲁迅先生家聊天求教的后生，像萧红。最好错敲隔壁小院的门，茅盾先生就走出来，帮助喊："周先生，有人找——"

我曾在先生小院门口徘徊，想起萧红、许广平穿棉衣站在这位置上的合影：她们笑对镜头，也许正在笑对摄影者鲁迅，许广平有意用萧红左肩，遮掩自己丢了一只衣扣的前胸。

从一九三四年十一月乘坐轮船自青岛来上海，到一九三六年七月去日本休养，一个头发过早花白、梳两个大辫子的东北女孩，用两年时间，从文学青年"悄吟"，成为著名青年作家"萧红"。由于鲁迅推荐，萧红的《生死场》、萧军的《八月的乡村》得以出版，震动文坛。在《生死场》序言中，鲁迅赞赏萧红写出了"北方人民的对于生的坚强，对于死的挣扎"。

"坚强与挣扎"，也似乎是鲁迅、萧红乃至一个国度的自画像。

萧红、萧军最初租居于襄阳南路，后来搬到离鲁迅家很近的四川北路，便于来先生家聊天、吃饭。萧红几乎天天往鲁迅家跑，像回家一样自然。

上海梅雨时节长达三个月左右，细雨绵绵，像抑郁的人，难得放晴和乐观。萧红跑到鲁迅家，爬上楼梯时呼哧呼哧喘气。病情不断加重的鲁迅听到足音，就笑了："来啦！"萧红手抚胸口站定后回答："来啦！"鲁迅逗她："有事吗？"萧红说："天晴了！"楼上先生和楼下做家务的许广平都大笑起来。萧红也红着脸笑了。

不开心的日子，萧红上楼梯的脚步就沉重、缓慢。鲁迅明白了，不多问，只是看着她，像冬日模糊的阳光，尽力照拂这一个多才多磨难的女子。他明白，一定是两个年轻人的感情出现波澜。类似于一部舞台剧，萧军在剧情中频频即兴加戏，扯进来一个又一个女子上场。萧红不愿意这样配戏，又担心这男主角换舞台，去与其他人言情叙事。

鲁迅劝慰的话，很没有说服力："又瘦了，要多吃饭。"萧红就反诘："先生更瘦，也是因为不吃饭的缘故？"

两个人都苦笑了。但毕竟算是笑了，室内气氛就缓和一些。

4

鲁迅喜欢吃萧红做的饭——饺子，韭菜合子，葱花烙饼。他喜欢吃这些粗率的食物，以及拍黄瓜、小花生。这暗通于他的性情。难以想象，他吃奶油蛋糕、喝花式鸡尾酒，会是什么姿态和表情。他两次请萧红和萧军吃饭，都是去广西北路上一家名为"梁园致美楼"的豫菜馆。我去寻找，已无踪迹。

先生是美食家，日记中关于下馆子的记载屡屡出现，和逛书店的记录，有得一拼。下馆子的时候，鲁迅开心、幽默，即便这开心中透出沉郁、幽默里暗藏机锋。

一九三四年初，鲁迅、林语堂、胡风、郁达夫、王映霞等人在租界一家餐馆聚会。主打菜是清炖牛鞭，原汤原味，醇香之至。文人聚会，有趣味的谈话比菜肴更重要。林语堂端酒杯，谈起一幅刚看到的版画，画面上是一张床，垂落下来的帐子被画出动荡状。地上有两双鞋子。一只猫蹲在地上，随着床帐动荡而跳跃游戏。林语堂说得沉醉，大家都笑了。王映霞脸色绯红。

鲁迅边抽烟边吃，讲故事："浙西有一个讥笑乡下女人无知的笑话——大热天的正午，一个农妇做事做得正苦，忽而叹道：皇后娘娘真不知道多么快活！这时候还不是在床上睡午觉，醒过来就叫道：'太监，拿一个柿饼来！'"满桌大笑，鲁迅表情如故。

"还有一个笑话，说一个农民每天挑水，某一天突然想，皇帝用什么来挑水呢？接着很有把握地得出结论：一定是用金扁担。"满桌大笑，鲁迅表情如故。

显然，林语堂不会讲这样有寓意的乡下事，鲁迅也不会讲那一幅床帐摇荡的风情画。两个人的长相、气质、趣味、经历，差异大。自然走了不同的路。但毕竟是北京大学、厦门大学里被北洋政府通缉的同道、启蒙者，也就能够围一张桌子吃饭。鲁迅曾列出一个当时最好的散文家名单，第一是周作人，第二是林语堂，他把自己排在第三位。

类似的关系，是鲁迅与胡适。长相、气质、趣味、经历，也差异大。自然走了不同的路。面对当时中国，胡适的态度是"鹦鹉救火"——反复以翅膀载水洒之，"尽我们一点微弱的力量"。鲁迅则认为，这火中的屋子没有可救的价值，"救火"反而是在为国民政府粉饰。一个是宽和的改良者，一个是激烈的革命者。但对"革命"一词，鲁迅又充满警惕："革命是并非教人死而是教人活的。"先生就是这样决绝而多疑虑，对他人，也对自己。所以痛苦、纠结，难以平静。

鲁迅去世后，胡适担任鲁迅纪念委员会委员，力推商务印书馆出版《鲁迅全集》。且一生未对鲁迅这位共同推动白话文运动的早年同道，发一声恶言。白话文运动，本质上就是人性独立与解放运动，这是鲁迅、胡适、林语堂们的最大公约数。比如，对于某君人格，三人有共识。林语堂说得雅致："他集古今肉麻之大成。"胡适说得准确："这个人反复善变，我是一向不佩服的。"鲁迅则直接骂："才子加流氓。"

在租界餐馆里吃清炖牛鞭这一晚，鲁迅调侃林语堂兵荒马乱的年代里办漫画刊物，"每个月挤出两本幽默，真是吃力的工作"。比鲁迅小十四岁的林语堂，憨厚一笑，不辩解，也知道自己辩解不赢，就索性吃青菜、说风月。

鲁迅去世后，林语堂在纽约写了一篇纪念文章，说：

> 鲁迅与我相得者二次，疏离者二次，其即其离，皆出自然，非吾与鲁迅有轻轩于其间也。吾始终敬鲁迅；鲁迅顾我，我喜其相知，鲁迅弃我，我亦无悔……然吾私心终以长辈事之，至于小人之捕风捉影挑拨离间，早已置之度外矣。
>
> 鲁迅与其称为文人，不如号为战士……德国诗人海涅语人曰，我死时，棺中放一剑，勿放笔。是足以语鲁迅。

这样的话，属知己之言。把鲁迅和胡适、林语堂理解为敌人，大概就像说出"柿饼""金扁担"一类拙言妄语的农妇和农夫了。

5

柿饼属于寒性食物，鲁迅患胃病，不宜吃。他喜欢北方菜，大概有一个北方的胃。

其祖上是河南正阳人，不知在东晋时期还是在南宋时期，南渡、定居于山阴。

先生写信也往往用"豫"落款，那是他的字"豫才"的缩写。

中医理论认为，胃病根源在于心情。鲁迅的胃，类似于北方寒天。远在河南的朋友曹靖华，常寄来小米、红枣，让先生熬粥喝，养胃补身。

去世前，鲁迅还在对我故乡南阳出土的、风格"稍粗"的汉画像石，赞美不已，想从中寻找实证，为拟撰写的《中国文学史》《中国字体变迁史》积累素材。据统计，鲁迅先后搜集到的南阳画像石拓片，共二百三十一幅。去世前，一九三六年八月给河南友人写信："……拓片一包，共六十七张，亦已于同日收到无误。桥基石刻，亦切望于水消后拓出……"南阳水消后，鲁迅在人间也彻底消失。

不知鲁迅期待的那块桥基上的石头，深刻什么样的美景。

从根本上讲，我与鲁迅也算同乡、同道。当然，我只能远远追从、景行行止。我没有耀眼的才华和大气象作为资格，与他并肩前行。周围，谈论鲁迅已经不是愉快的事情。或许因为鲁迅的笔，像手术刀，总是能够指向每一代人的隐疾和病灶。

在《为什么读经典》一书序言中，意大利作家卡尔维诺以"我爱"这一句式，写了他喜爱的若干作家。如果我把那些作家名字如"普希金""契诃夫""康拉德""托尔斯泰""福楼拜""巴尔扎克""卡夫卡"，一概替换成"鲁迅"，于我而言，也恰切："我爱鲁迅，因为他是清晰、严肃和讽刺……我爱鲁迅，因为他没有超出他所去的地方。我爱鲁迅，因为他在深渊航行而不沉入其中。我爱鲁迅，因为有时我觉得自己几乎是理解他的，事实上却什么也没有理解……我爱鲁迅，因为在他之后人们再也不能试图像他那样做了……我爱鲁迅，因为他是空想者。我爱鲁迅，因为他是现实主义者。"

一九三六年十月十九日，鲁迅去世。萧红在日本没有及时知道上海消息。知道了，就哭，写《回忆鲁迅先生》。在纪念鲁迅的诸多文章中，萧红这一篇最好。好就好在充满细节。有细节的爱和痛苦才真实可信，远离虚无和伪饰。

萧红去日本前，来鲁迅家告别。先生躺在靠椅上，发着烧，用虚弱的声音叮嘱："每到码头，就有验病的上来，不要怕，中国人就专会吓唬中国人……"

卧床不起后，鲁迅常常看枕头边放着的一幅小画。那是苏联画家的着色木刻。画中，一个穿长裙的女子在奔跑，大风里飞扬起头发。

6

一九三六年五月，一个傍晚，美国青年斯诺来到大陆新村。

不知他乘黄包车还是汽车，一路穿过他眼中的上海滩——

巨大的贫民之窟，西方帝国主义敲骨吸髓的地方，虚荣的社会，灯红酒绿的生活，建之于饥饿之上的巨贾，语言混杂的多边城市，标奇立异的刺激：俱往矣！

再见吧：坐在避弹车内、脑满肠肥，衣冠楚楚，对司机颐指气使的中国达官贵人们；帮会歹徒，敲诈金钱的骗子，绑票勒索的专家们；门禁森严的外国人俱乐部，穿着白色晚礼服的绅士们、女士们……

再见吧，一切夜生活：镀金的歌女，成百的舞池；数不清的鸦片烟窟，无处不有的赌场；猜拳行令的喧叫声，大厅内眩目的灯光，"麻雀"的碰击声；在四川路酒吧间喝得酩酊大醉，在妓院中进进出出的海员……

从姿态到气质都热切模仿巴黎和纽约的上海，斯诺不热爱。但有鲁迅存在，这座城市就有了光辉和力量。

这一晚，斯诺与鲁迅进行了一次以中国新文学运动为主题的谈话。

鲁迅说，从一开始，他就只是站在左联边缘旁观。"我以为在现在，'左翼'作家是很容易成为'右翼'作家的。"他怀疑那些热衷于宗派之争的才子，是否持久拥有抗击"旧社会和旧势力"所需的韧性。他称呼左联内部那些打击异己的人为"革命工头"。这些话刺耳、令人不适。如果知道自己在未来会被神化，被摘引的语录脱离语境，深度介入政治风雨，鲁迅当年文章，大概不会写得这么嘲谑、犀利：

> 去年的有一天，一位名人约我谈话了，到得那里，却见驶来了一辆汽车，从中跳出四条汉子：田汉，周起应，还有另两个，一律洋服，态度轩昂，说是特来通知我：胡风乃是内奸，官方派来的……我的回答是：……我不相信！当时自然不欢而散……

这段话，被用来证明"周扬、夏衍、田汉、阳翰笙站在了鲁迅先生对立面"，也就成为人民的敌人，故四人后来相继受到政治冲击。

周扬屡屡写下回忆、检讨、自我辩解一类的文字。

一九三四年十月的那一天，周扬等人与鲁迅先生相约在内山书店见面，汇报左联工作。鲁迅一边听一边沉思，时而点头，有赞许之意。但田汉贸然说出关于胡风的传言。鲁迅喜爱胡风，脸色一凛。阳翰笙急忙转换话题，气氛稍稍缓和。告别时分，鲁迅还掏出一百大洋赞助左联工作，开玩笑："前清时候花钱可以捐官，现在我身体不好，什么事也帮不了忙，那么捐点钱，当个捐班作家吧。"大家都笑了。

夏衍，即鲁迅笔下那"一位名人"，在七十年代坐了轮椅——他的脊梁被青年学生打折了。对鲁迅先生"四条汉子"之说，他耿耿于怀，发表了《一些早该忘却而未能忘却的往事》一文，纠正鲁迅的记忆和表达：

> 我们的车子过了横浜桥，在日本小学前停下来，然后四人分头步行到内山书店，而其时鲁迅是在书店门市部里间等着我们，不可能"却见驶来了一辆汽车，从中跳出……"的。"一律洋服"也不是事实，其他三人穿什么我记不起来了，而我自己却穿着一件深灰色骆驼绒袍子……至于"态度轩昂"，那时我们都是三十上下的人，年纪最大的田汉三十六岁，身体也没病，所以"轩昂"了一点可能是真的。

鲁迅如果活着，看到一个晚辈无奈、委屈的话，大概哑然失笑、自责，而后，沉默。

关于一九三四年十月这次见面，被解读出无数版本。鲁迅的一生，如何能盖棺论定？他被称为"大先生""旗帜""导师""民族魂""战士"，也被攻击为"骂人专家""刻薄之徒""左派分子"等等。面对大事物，评价者往往显得主观、片面、充满偏见。像苏东坡面对庐山，纵看侧看，峰岭变幻。而高峰下必然是深渊。鲁迅不乐于也不屑于成为完美者，正如其所言："有缺点的战士终竟是战士，完美的苍蝇也终竟不过是苍蝇。"

斯诺眼中的鲁迅，是"教我懂得中国的一把钥匙"。一九三六年五月见面不久，斯诺就去了红星照耀着的延安。

7

瞿秋白对鲁迅有一个定义，出自一九三三年他亲手编辑出版的《鲁迅杂感选集》序言——

> 是的，鲁迅是莱谟斯，是野兽的奶汁所喂养大的，是封建宗法社会的逆子，是绅士阶级的贰臣，而同时也是一些浪漫谛克的革命家的诤友！他从他自己的道路回到了狼的怀抱。

一九三一年，瞿秋白走下中共领袖位置，留在上海治肺病。一九三四年一月离开，赴江西苏区、被捕、牺牲。他和鲁迅相处三年，彼此成为最重要的知己同道。

为帮助瞿秋白解决在上海的生计问题，鲁迅将一系列外国文学作品交由他翻译，并推荐发表，以换取稿费和版税。每每为瞿秋白文情并茂的作品而惊叹，鲁迅呼他"敬爱的同志"。

被国民党以两万大洋悬赏通缉的瞿秋白，通过"何苦""史铁尔""易嘉""何凝""维宁""宁华""宜宾"等笔名，频频出现于上海报刊，翻译、写作共达五十万字的作品。这大概也是他一生最充实、最开心的时光，似乎重新回到书生角色。压低帽子在南京路上逛街，去城隍庙看杂耍，到孔庙淘旧版书籍。《国际歌》歌词翻译者瞿秋白，一生羡慕作家、翻译家、教师、医生等身份，从来就不想做救世主或神仙，眷恋烟火与清欢。

但中国的现代史进程，不会忽视他、放弃他。这一个有胆识、有才华的知识分子，充满了炸药和引信组成的危险性。特务与叛徒，在上海的大街小巷追寻瞿秋白的气息，像嗅觉敏感的警犬。只能不断搬家。醒目的优雅气质，总令他在凡夫俗子当中暴露无遗。每临危急，他就来敲鲁迅家门。鲁迅和许广平打地铺，让他睡床上。"斯世当以同怀视之"——在年轻的瞿秋白身上，鲁迅想念着失和以前的弟弟周作人？

一九三五年六月，瞿秋白牺牲，年仅三十六岁。鲁迅悲痛之至，在致萧军的信中说："中国人先在自己把好人杀完，秋即其一。"秋，即秋白。

自一九三五年九月始，鲁迅抱病整理、编辑瞿秋白遗作文集《海上述林》，分上下卷先后出版。他亲自校对、设计封面、装帧、题签、拟定发行广告。选用重磅道林纸，麻皮面精装，印制精美。为免遭查禁，鲁迅虚构一个出版机构"诸夏怀霜社"——"诸夏"，中国也；"霜"，秋白也。诸夏怀霜，中国怀念一个丧失了的儿子。

鲁迅文章中反复出现"死""怀""纪念"一类字眼。比如，《记念刘和珍君》，一九二六年。《为了忘却的记念》，一九三三年。被枪杀于上海龙华的左联五烈士，都是他寄予希望的青年：诗人殷夫（二十一岁），作家柔石（二十九岁），女作家冯铿（二十四岁），青年运动领导人李伟森（二十八岁），作家胡也频（二十八岁）。

柔石的中篇小说《二月》，一九二九年发表，鲁迅作序，点明小说主题：青年知识分子的徘徊与追寻。在情节与结构上，与鲁迅短篇小说《故乡》相似：还乡与逃离。其实，这样的徘徊与追寻，情节与结构，在城镇化剧变与现代性阵痛中的当下，同样由新一代青年在演绎。一九六三年，《二月》被改编成电影，夏衍亲自定名为《早春二月》，在柔石的故乡宁波镇海拍摄。放映后轰动上海、一票难求，忽然被批判、禁映，理由是"宣传了小资产阶级趣味"。

鲁迅如果活着，大约会愤懑、辩解，或者，沉默。

在为殷夫编辑出版的遗作集《孩儿塔》序文中，先生写道：

> 这是东方的微光，是林中的响箭，是冬末的萌芽，是进军的第一步，是对于前驱者的爱的大纛，也是对于摧残者的憎的丰碑。一切所谓圆熟简练，静穆幽远之作，都无须来作比方，因为这诗属于别一世界。

那些与现实格格不入、冲突、徘徊、追寻"别一世界"的人们，就是诗，就是微光、响箭、萌芽。

瞿秋白去世后一年，鲁迅也合上眼睛，五十五岁。复一年，淞沪会战爆发，壮士们与日军对垒，纷纷牺牲于黄浦江边、苏州河上。

在如此持续、剧烈的丧失里，中国怀抱悲哀与惨烈，怎么能继续昏睡不醒而假装成一头狮子？

山阴路，原叫"施高塔路"。一九四三年后，改以鲁迅故乡绍兴的原名"山阴"为路名。走在这条路上，就像鲁迅的异代乡亲王献之穿行于稽山鉴水，恍惚产生"从山阴道上行，山川自相映发，使人应接不暇"之感。

当代山阴路，远远近近的山川是高楼大厦，鲁迅未曾目睹。宏大的玻璃装饰面上，有霓虹、商品一类景色自相映发。好在，路两侧街区格局未变，梧桐树茂盛一如早年。我注意到，一个假肢商店，在冷静等待种种的创痛和呼喊。时装店橱窗内，普遍站立着木质或者塑料质地的模特，让橱窗前的观察者，摸摸脸，洞察自身的麻木、僵硬、魂飞魄散？

与上海其他街道一样，高档品牌商店在山阴路也时时闪现，是诱惑，更是拒绝，这是一门分寸感很强的艺术。在上海，高档品牌商店般的女子屡屡可见。经营"诱惑与拒绝"这门艺术，追求投资价值最大化，用眉笔、口红、香水、首饰、跑车等元素，修改"资产负债表"。这些情感艺术家、情感资本家，在身体和内心之间，有一个高悬于空中的钢丝绳，让自我游走其上、摇摆。周围心猿意马的爱慕者、蠢蠢欲动者，仰望、惊呼、张开双臂、自惭而去。

在民国时期，鲁迅早已洞悉"诱惑与拒绝"间的斑斓世相。天下巨变，人性守恒。

有轨电车丁零丁零的声音，早已消失。二十一路无轨电车，依旧按原有路线运行，如同一座流动的纪念碑，纪念三四十年代那些跳上车来拜访先生的热血青年。风，吹动落叶落花，如吹动层层堆积的前人足印和履历。某一晚，萧红出鲁迅家门，开心地向胡风倡议赛跑。两个人就在黯淡路灯下奔跑起来。萧军跟在后边奔跑，为萧红喊加油、加油，口袋里揣着鲁迅赠送以应急度日的钱，羞愧。先生来信安慰："稿费总比青年作家来得容易……万不可放在心上，否则，人就容易神经衰弱，陷入忧郁了。"

面对自己喜爱的晚生后辈，短剑般的先生，变成冬日炉火。

"外面进行着的夜，无穷的远方，无数的人们，都和我有关。"先生这样的话，让过小日子的人、隐逸者、帮闲帮忙之流，自卑以至于恼怒。他尖锐、闪亮，在暗夜这黑色无边的剑鞘里，颤动着。《故事新编》中就有一篇《铸剑》，古老南方的复仇故事，被先生翻新，让现实中欠下命债者不得安宁。胡兰成对鲁迅有一句评语："跌宕自喜。"在跌宕中尚有不为人知的喜悦，就是瞿秋白、胡风、柔石、萧红等年轻才俊次第涌现，让鲁迅对民族的赓续与更新，尚怀热愿。他呼吁"救救孩子"，其实就是在呼吁：救救中国。而先生自己"背着因袭的重担，肩住了黑暗的闸门，放他们到宽阔光明的地方去"。

在山阴路，我恍惚觉得：前边，有一个矮小、短发、瘦弱、木刻般的身影，慢慢移动。穿着蓝灰色华达呢袍子，脚上却是橡皮底黑色跑步鞋，上半身的苍老与下半身的青春，就这样矛盾着、冲突着、前行着。在内山书店旧址门前，他停下来。那里已成为人民币、日币在验钞机上沙沙作响、和平汇兑的中国工商银行虹口区分行——

他的目光在标牌上的"中国"二字间久久停留。

9

山阴路附近，溧阳路、海宁路交叉处，有一九三三年工部局建设的上海宰牲厂遗址，现为虹口区创意产业园"一九三三老场坊"。内含餐厅、咖啡馆、小剧场、画廊、设计工作室等，游客连绵。

这一宰牲厂为古罗马巴西利卡式风格。造型奇特，如同发疯了的古堡。钢筋混凝土结构，五层，四面厂房与庭院中间的塔楼，结合成一阔大的"回"字形院落。那"回"字形院落里两个"口"字之间空白处，是盘旋上升的昔日牛道，牛群被鞭策、旋转，踏上上下五层不同类型屠宰间的道路。路面粗放，以增加牛蹄摩擦力。人牛分离。上海早期不多的几部英式老电梯，依然在运行。

牛道与屠宰间由二十六座斜桥凌空联结，宽窄各异，使牛群可根据自身宽窄次第分流。然后，分崩离析成不同的牛肉制品，供应整个上海市场。像人类，通过各种考试、面试、竞赛等宽窄不一的尺度，分流到各个阶层、各种身份，接受时间的咀嚼，最后，消失。

一九三三年这一年，二月，鲁迅、萧伯纳、蔡元培聚会于宋庆龄家花园，留下一张著名的合影。施蛰存主编的《现代》杂志，冒险刊发其他杂志拒绝的鲁迅文章《为了忘却的记念》。五月，巴金"激流三部曲"中的第一部《家》，由开明书店出版。六月，同盟会早期成员、孙中山总统府秘书、中国民权保障同盟总干事杨杏佛，被戴笠手下特务暗杀于上海街头，宋庆龄、鲁迅、何香凝等参加遗体告别仪式。

此前，一九三二年，一月二十八日淞沪抗战爆发。日军狂轰滥炸，进攻闸北，将位于此地的商务印书馆夷为平地，众多珍贵书刊化为火焰、浓烟、纸屑，弥散于整个上海。老舍的长篇小说《大明湖》书稿，在战火中灰飞烟灭，后根据对这一书稿的记忆，写出中篇小说《月牙儿》。中国军队奋力反击，日军受挫，主动要求停战。四月二十九日，韩国侨民尹奉吉在虹口公园投掷炸弹，炸死参加庆祝活动的驻沪日军总司令白川义则。

此后，一九三四年，郑振铎、巴金、靳以编辑的《文学季刊》，发表曹禺的话剧《雷雨》，在日本引起反响。盐业银行、金城银行、中南银行、大陆银行联合投资，邬达克设计的四行大厦即国际饭店，在南京路上建成，高度超过华懋饭店，被誉为"远东第一楼"。鲁迅进入这一饭店会见友人，品尝法国厨师制作的蝴蝶酥。一九三五年，上海电通影片公司拍摄抗日题材故事片《风云儿女》，田汉作词、聂耳谱曲的电影主题歌《义勇军进行曲》，震撼人心，传遍世界。

上海宰牲厂，出现于这样纷乱激荡的时空里，用牛群的哀叫，为附近汹涌浩荡的黄浦江伴奏。

时间的线性延展，使人不至于停滞在眼前痛苦中，对未来尚能抱持希望与幻想。空间的意义，在于人可以尝试越过围墙、深渊、边界，获得新自我、新天地。于牛而言，一座宰牲厂，则是时间与空间的双重终结。

一九三六年十月去世的鲁迅，应该知道距离自家三公里左右这一宰牲厂的存在。他喜欢把自己比作牛。"我好像一只牛，吃的是草，挤出的是奶、血。""俯首甘为孺子牛。"于是后人们无聊地争论"鲁迅是母牛还是公牛"。他既是愤怒的公牛，也是柔情万端的母牛，一头充满尊严、拒绝凌辱的牛。

萧红曾经问鲁迅，他对于后辈的爱，是父性的呢还是母性的呢？鲁迅回答，是母性的。

于鲁迅而言，于一个国度而言，那黯淡、挣扎于其中的岁月，似乎就是一座宰牲厂。

"逃出宰牲厂"，到宽阔光明的地方去，就是中国的近代史、现代史。

10

……我为何

梳理得如此整洁优雅

为何在衬衣的领口，悄悄地

别着一朵清馨的春兰，为什么

一路上胸口悸动脸颊发烫

可这一切

微笑在路边的梧桐

旧时相识的飞鸟都知道

车过甜爱路

没有停下，我一声也不响

心中的天空正在下雨

这是上海诗人张烨代表作《车过甜爱路》中的诗句。她走路时穿平底鞋，手袋里提着一双高跟鞋。某日，参加一个诗歌朗诵会前，她坐在花园长椅上，有些羞涩地向我抬头解释："我要换鞋了。"我见过她年轻时候的照片，很美。

甜爱路，离鲁迅故居很近，离青春和胸口的悸动很近。每逢情人节，有许多人在小邮政所，给远远近近明明暗暗的爱侣，寄一张盖有"甜爱路"邮戳的明信片。邮戳与明信片响亮接触，如亲吻，"吻痕"在明信片上暗红。路边有绿色铁质邮筒。在八十年代以前题材的电影、文学作品中，邮筒是重要场景和细节，负责相关情节的推进和转折。当下，它们逐渐退出银幕和叙事，仍固执站立街头，与定时出现的绿邮差互相怜惜——春天般的身体里，继续汹涌着年轮和叶绿素？

小街上挽手散步的情人很多。女孩子嘴巴涂有唇膏，斑斓多彩，仿佛在印证"虹口"这一街区之名。

鲁迅与许广平应该并肩走过甜爱路。两人年龄差十七岁。他们的甜与爱，因北京城里孤寂的朱安，受到非议和诟病。热恋期间，鲁迅写就关于爱情的短篇小说《伤逝》，显现出对于未来的悲观态度。涓生与子君，这一对情人的形象，让文学界研究到今天。许多人在这篇小说里照镜子。许广平在子君身上看见自己没有？周作人倒声称，子君是他，涓生是鲁迅，这篇爱情小说影射了兄弟失和。

当一对师生成为亲人，鲁迅与许广平的情感，渐渐消失溪水的喧哗，万川入海一般开阔、隐忍。对鲁迅，许广平始终敬着、爱着。帮鲁迅抄稿，坐在埋头写作的先生身后织毛衣。把鱼肉中的刺一一剔去、烧好，端到楼上给鲁迅吃。对自己，则持忽略、潦草的态度，穿旧衣，冬天的大棉靴也亲手缝制。

翻开《两地书》，读到热恋期间鲁迅给许广平起的昵称——"小刺猬""乖姑""莲蓬""小莲子"，许广平则称鲁迅为"嫩弟弟"。日记中记载的"夜濯足""与广平携海婴在卡尔登影戏院观杂片""吃刨冰"等细节，烟火气十足。要有这些昵称和细节，让先生可以获取热量，走下高寒神坛，到人间里来。

但鲁迅只能成为鲁迅，第一人称单数的鲁迅，与复数的人群格格不入复息息相关。"寂寞新文苑，平安旧战场。两间余一卒，荷戟独彷徨。"一个战士，肩扛毛笔左顾右盼，这是先生自画像。画像中，这一个瘦小多病的绍兴人，多么寂寞、彷徨。质疑周遭一切，包括同道和自己，所以悲哀、愤怒。"哀其不幸，怒其不争"。即便许广平，在鲁迅去世后，似乎也成为先生灵魂的陌路人——批判胡风、冯雪峰，赞美周扬而后反对周扬，进退失据。

在大陆新村，在长夜里，鲁迅往往在疲倦的许广平身边坐一会儿，一只手放在她肩上。又常常半夜起床，和衣躺在阳台冰凉的地板上，沉默着。幼小的海婴醒来，看见了，也挤到爸爸身边躺下来。

有鲁迅在虹口躺着、醒着，上海乃至南方、中国，终究能摆脱不幸不争之境地。

昆山花园路：
北斗

Kunshan Garden Rd.

1

沿四川北路向南疾行，丁玲坐在黄包车上，紧盯周围人群车流。初夏，热风从黄浦江和苏州河方向吹来，携带花粉柳絮，让她呼吸有些不畅。

行至昆山花园路口，叫停车夫，下车。在路口站两分钟，前后观望一番，丁玲才朝狭窄的昆山花园路深处走去。停在这排四层高老式洋房的七号门洞前，进入，幽暗楼梯像蛇一样向高处盘旋起舞。蓦然止步，她回望门洞。寂静。心脏鼓槌一般咚咚咚咚剧烈敲打身体。知了叫声隐约传来。再回头向上看，二楼拐角处那一扇熟悉的门，紧闭。迟疑、迈步、到门前，从手包中掏出钥匙。吱呀一声推开门走进去，关上。看看手表，十一点半了。一颗心更剧烈敲打身体，咚咚咚咚……

按照清晨约定，丈夫冯达此时应该已回到家。若中午前未归，说明他已被捕，丁玲应立刻撤离租居的这一房间。

一九三三年五月十四日，丁玲一生中的分水岭，横亘于此时此地。

此前。从湖南临澧那一座小城出走，来上海，丁玲相继进入中国

363

共产党所办的平民女校和上海大学读书；在北京，认识诗人胡也频并同居，复来上海电影界探求表演一途未就，返北京开始写作，在《小说月报》发表《梦珂》《莎菲女士的日记》等，成为冰心之后又一杰出的中国现代女作家；爱上革命者、诗人冯雪峰，与冯、胡一同在情感中挣扎，三人去杭州西湖边租房生活多日，冯急流勇退；丁与胡真正成为夫妻，生子；一九三一年初，胡也频、柔石、殷夫、冯铿等左翼作家牺牲于龙华，鲁迅作《孩儿塔序》《为了忘却的记念》，悲哀于"中国失掉了很好的青年"，"夜正长，路也正长"，如何能够忘却？丁加入中国共产党，担任左联党团书记，主编左联机关刊物《北斗》；随冯雪峰去鲁迅家，选定珂勒惠支的木刻《母亲》作为《北斗》创刊号插图：一个赤裸、瘦骨嶙峋的母亲，举起孩子，闭着眼睛，酷似柔石的那一个失明、被剥夺了儿子的母亲；接受美国女作家、记者史沫特莱的采访，认识其翻译冯达并接受追求，在昆山花园路这一房间成家。

此时。丁玲正准备拎起前一晚就收拾好的行李箱，门被敲响。她蓦然出一身冷汗，拉开门，松一口气。潘汉年的兄长、左联领导人潘梓年悠然而入，说口渴，一屁股坐在椅子上，滔滔不绝谈起约稿一类事务。丁玲端茶，看手表将近十二点，有些着急，提醒潘梓年一同离开："冯达可能出事了！他今早出去时就说这些天被特务盯上了。"潘梓年低头吹着茶杯中的热气："喝完这杯茶就走，别怕，白色恐怖天天都有。"门哐当被撞开，两个便衣持枪闯进来，中间挟持一男人，正是冯达。看见丁玲、潘梓年，冯达脸色一下子白了，慢慢坐在床上，低下头，一声不吭。丁玲一直盯着他、盯着他……

此后，丁玲、冯达、潘梓年被秘密押往南京；"大作家丁玲失踪"

的消息，刊登在全国各地报刊；鲁迅、冯雪峰努力营救，撰写、印刷、传播《文化界为营救丁潘宣言》，谴责国民政府的黑暗暴力行径，震动国内外；一九三六年，监视居住三年后，丁玲怀抱与冯达刚生下的女儿，逃出南京，赴延安，作为第一个到达延安的知名作家，得到党中央和毛泽东的欢迎；出任西北战地服务团主任，在山西、陕西一带宣传抗日；后与陈明结婚并相伴一生；写出杂文《三八节有感》、短篇小说《在医院里》；一九四二年延安文艺座谈会召开后，到河北农村参加土改，在写作上彻底完成转型，出版长篇小说《太阳照在桑干河上》，去莫斯科领取"斯大林文学奖"；成为新中国文艺界重要代表人物，后因"南京三年"受到质疑、离开北京，在北大荒和山西劳动，八十年代重返文坛；一九八六年去世，终年八十二岁。

多年后，三月初的一个下午，我来到昆山花园路。这条东西方向的百米小路，处于南北方向的四川北路、百官路之间，三者构成"H"状格局。其独特意义在于：既是上海最短的公共街道，又是这一排建于一九〇〇年的老式洋房的内部途径。洋房墙面为清水红砖，券式木门窗，随道路一并在中间部位向北方凸出，大致上像字母"V"，像一只鸟展开两翼向北方奋飞。站在这条小路一端，无法看到另一端，眼前一切显得幽深难辨，像无法同时看清一个人的前胸与后背。

"分野中峰变，阴晴众壑殊。"这是王维《终南山》中的句子，完全可以借来描述昆山花园路对于丁玲"变与殊"的意义——

这一排简短逶迤的老洋房，就是丁玲人生与文学双重世界的分野之中峰。

2

一九二二年，一件前所未有的事情轰动常德城——少女丁玲在当地《民国日报》登载了与表兄解除婚约的声明。随即，她跟从自上海来湖南为平民女校招生的王剑虹，乘小火轮，沿沅江，辗转进入长江、黄浦江。几个手提木箱或皮箱的女孩，出现在清晨的十六铺码头：王剑虹，丁玲，王醒予，王一知，王苏群，薛正源……

出发来上海前，她们自己动手剪辫子，齐耳短发，被小城百姓讥讽为"过激党"。走在大街上引发围观议论，她们手牵手昂首前行、目不斜视，像铁，感受到一种隐秘而磅礴的磁场吸引力——到远方去，寻找内心和身体的方向！

丁玲一九〇四年出生于临澧一个大户人家。她这样回忆家族往事：

> 在我的爷爷时代，据说那些爷爷们，这房、那房、远房、近房究竟有多少房，多少人，连姓蒋的自己人也分不清楚，外人就更无从知道，只知凡是安福县的大房子，一片一片的，都姓蒋。这些人都是财主，大财主、小财主，家家都做官，这个官、那个官，皇帝封敕的金匾，家家挂，节烈夫人的石牌坊，处处有。

父亲去世那一年，丁玲四岁，家族迅疾寥落颓败。母亲余曼贞带她到常德城舅舅家寄居，像一件物品，寄存在他人屋檐下。外祖母做主，让丁玲将来嫁给舅舅家表兄。"我宁可死也不会嫁给表兄！"小小的丁玲紧咬嘴唇对母亲说。母亲哽咽："妈也不乐意，女娃儿也要争气。"

常德女子师范校园里出现奇特一幕：余曼贞与丁玲成为校友，一个在速成班读书，一个在幼稚园认字。母女手牵手，背着一大一小两个书包，书包里有课本和饭盒。"离你舅舅家远一点，呼吸畅快多了！"余曼贞像面对朋友一样感叹，丁玲听了咯咯咯咯笑。余曼贞内心打算是，即便将来摆脱不了这一成婚意图，女儿也能因读书而自立谋生，少在家中待着，就能少受一些委屈。

一九一八年，丁玲考入位于桃源的湖南第二女子师范预科班，成为未来好友王剑虹的学妹。五四运动爆发，余曼贞鼓励女儿考取位于长沙的周南女校。那是一所培养了向警予、蔡畅等人的名校。向警予是余曼贞的知己、结拜姐妹，曾滴血盟誓："振奋女子志气，励志读书，男女平等，图强获胜，以达教育救国之目的，如有违约，人神共弃！"丁玲称呼向警予"九姨"。自幼开始逃婚，丁玲离故乡、离舅舅家越来越远，内心越来越阔大敞亮，像被寄存的物品，努力摆脱依附他人的境地，回到自我。

"到上海去！"这是王剑虹见到丁玲时的呼吁。"去平民女校读书，还能做工养活自己，学新知识，成为独立自由新女性！"丁玲心动，母亲也心动："去吧，越远越好，去过新生活。"舅舅阻扰，摆宴席请家族亲友一同说服余曼贞和丁玲。余曼贞面对自己的母亲、兄长、亲戚，慷慨陈词："女娃儿也是人，能做自己的主，不乐意的事怎么能强迫？北京都闹了五四运动，时代变了，婚姻自由了——女娃儿也有一条自己的路可走！靠人养着，迟早会被人抛弃嫌弃，终究是可怜的人……"大约联想起自己眼下处境，余曼贞哭了。丁玲也哭。舅舅通红着脸怒吼："别讲什么新道理！几千年的老规矩不能破，不然，余家脸面往哪里搁？上海是坏地方，女娃儿怎么活？不能去！"扬起一个茶碗摔碎在地上。余曼贞拉起丁玲起身就走。遂有了报纸上的解除婚约声明和一群女孩的出走之举。

当下，上海静安区一块绿地中央，有两座紧邻的石库门建筑，一为平民女校旧址，一为更著名的中共二大会址。陈独秀、李达的寓所和《新青年》杂志编辑部也位于附近。两处红色历史教育基地内，充满游客、导游、学者、记者、开展情景体验教学团队、摄像机、解说员。其中，平民女校教室黑板，有一行繁体粉笔字"妇女解放"，课桌、板凳以及宿舍内的高低床，作坊里的织袜机、缝纫机等机器，都显得过于崭新，原物大概消散遗失。所谓遗址与旧址，仅仅是对历史的一种尽量符合逻辑的想象而已。类似于写作，这一种内心考古学行为，用笔尖作为鹤嘴锄和洛阳铲，在纸上寻找精神遗迹，尝试建立起碎片般的细节之间的因果关系。彻底还原往事前情，则完全是奢望与虚妄。

中国共产党在上海开办的第一所平民女校，意在争取妇女解放，培养妇女干部，去纺织厂、烟厂等女性集中的工厂，调查、授课、演讲、救助，赋予那无望沉寂的底层以新机与生意。课堂上，丁玲睁大本来就很大的双眼，听陈独秀讲社会学，李达讲代数，刘少奇讲苏联十月革命，陈望道讲《共产党宣言》的翻译与作文的意义，茅盾讲英文口译与写作，邵力子讲时文阅读与名著欣赏……"我大开眼界，感觉世界真大，能够高高飞起来了。尤其是陈望道上课讲的话：'旧式婚姻是机器的婚姻、兽畜之道德，女性觉醒的辉光正在到处闪烁！'让我流泪。他说得那么动人，像诗一样！"晚年，丁玲对来访者感慨，眼睛会蓦然一亮，像早年的光，返回倦意深深的眉目间。

左联机关刊物创刊时，丁玲给远在北京的沈从文去信，商量如何取名。未等到回信，就想出"北斗"这一刊名，得到鲁迅和冯雪峰赞同。北斗，在中国西北上空闪烁，是对于黎明终将到来的承诺，也表明在边缘处才会萌动巨变。丁玲主编这一刊物，是一九三一年的事情。五年后果然奔赴西北。而"北斗"逐步成为一种政治象征。在一幅著名木刻作品中，鲁迅手捏一张纸昂首眺望，画面一角就有北斗闪烁。

北斗七星，赋予困顿孤绝的人们以暗夜中的方向，以途中的慰藉和脚力。

延安高架路与南北高架路，垂直交叉，构成当今上海主城区"申"字形高速通道网中的那一个"十"字。平民女校、中共二大会址，就位于这"十"字的左上方交会处，那里正是中国现代红色叙事、丁玲心灵史的关键处。以"延安"命名这一高架，富有政治寓意——东来复西去。这，也是丁玲的心迹和履历。

3

在上海，原名"蒋伟"的湖南少女改名"丁玲"，其命运也被这座城市改写。

五四运动前后，新女性改名成为一种风气。从寄寓着三从四德、温柔敦厚等传统意旨的原名中解脱，就像是蝶化、蝉蜕、鹰换喙，获得新生命，翩飞、鸣啼、高翔于新世界。

平民女校教员之一的向警予，原名"向俊贤"。在二十世纪初期严峻激变的时代背景中，她以"警予"这一新名警示自我：去走自强自由的一途，而非沉溺于"俊美"这一资本、"贤良"这一道德。向警予长相的确俊美，男性追求者多多。与蔡和森一道赴法留学，在上海报刊引发轰动："中国妇女解放史上一件别开生面的佳事！""女子勤工俭学实为前所未有，亦中国女界之创举。"

回国后，向警予担任《妇女周报》主编，参加中共二大。带领丁玲们脱下皮鞋，换上布鞋，去工厂宣讲妇女解放。"男女平等""结婚离婚自由""十小时工作制""反对缠足""反对纳妾蓄婢""禁娼"等关键词，让女工们鼓掌、欢呼、流泪。在上海闸北丝厂、南洋烟厂争取权益的罢工运动中，屡屡有向警予、丁玲们的身影和呼声："姐妹们！兄弟们！改变命运靠自己！"

一天，来自湖南的几个同学从工厂回到平民女校，在宿舍商量改名字。

杨代诚说："九姨名字改得多好，多有劲！咱也改改吧？"秦德君拍拍胸口："我早就改了，'秦文骏'——有文化的骏马！"大家笑了："你文章好，也跑得快，名副其实！"王淑璠响应："我也想改！改什么呢？"她拍着脑袋做思考状，忽然笑了，"我喜欢龚自珍的一个句子——'万一禅关砉然破，美人如玉剑如虹。'姐妹们，从今天起我就叫'王剑虹'了！"蒋伟击掌赞叹："好！剑虹！有男儿气！"她拿着字典闭眼随手一指："剑虹同学，帮我看看是什么字？"王剑虹一看是"玲"字，蒋伟眉梢一扬："我就叫'玲'了！干脆把姓也改了，最简单的丁姓——丁玲，多响亮，风吹铃铛响叮叮，怎么样？'丁'也是平民的意思嘛！"大家笑成一团："好好好，不过，要请蒋家祖先在天之灵原谅你吧！"丁玲撇撇嘴："他们松一口气呢！不为我操心了！杨代诚想好了吗？干脆也姓王，和剑虹一家吧！"杨代诚点头："姓王好，老虎头上有个'王'呢，没人敢欺辱！从老家到上海，一直懵懵懂懂，上了平民女校才知道自己一无所知，现在有所知了——就叫'王一知'吧！"大家鼓掌："王一知——知道自己是一个什么样的人！真好！"

所谓更名，即更改一种定义、道路与愿景。几个湖南女子焕然一新，围在一起煮面条庆新生。当然，要爆炒一把辣子刺激味蕾，继而像湖南辣椒，去刺激一个古老国度咀嚼苦难和酸楚，更新肺腑与肝胆，在这风雨如晦鸡鸣不已的时代里，苏醒，站起来。

王剑虹与丁玲在瞿秋白引导下，去国共两党合作建立的上海大学继续读书，与施蛰存等人成为同学。两人都对身材修长、气质儒雅、《国际歌》歌词的翻译者、中共领导人之一的瞿秋白，有好感。"说一口南方官话，话不多，但很机警，当可以说一两句俏皮话时，就不动声色地渲染几句，惹人高兴，用不惊动人的眼光静静飘过来。"丁玲被这云朵般的目光笼罩着，心跳着。但瞿选择王作为爱人。一九二四年成婚，不久，王剑虹感染上瞿秋白的肺结核病，用同一重疾，证明爱情的深刻与决绝。不治身亡，年仅二十三岁。丁玲愤懑，扑在王剑虹遗体上大哭一场。

王一知经刘少奇介绍，成为平民女校中首个加入中国共产党的学生，与中国社会主义青年团创始人、第一任书记施存统相恋。"一味尽孝是不合理的，要以父母子女间平等的爱来代替不平等的孝！"施存统在讲台上激烈陈词，王一知听着，脸发烫。后来，施存统不再激烈，冷漠晦暗下来，王一知心凉，分道扬镳。始终激烈的张太雷出现在讲台，与王一知相恋成婚。张太雷，字泰来。太响亮的一声声春雷，在金丝边眼镜所点缀的儒雅面庞上，轰鸣不息，最终被飞来的三颗子弹，消歇于广州起义，年仅二十九岁。王一知后来嫁给以僧人身份为掩护的地下党员龚饮冰，在武汉、长沙、重庆、上海，辗转设立秘密电台，向中共中央传递情报。新中国成立后，王一知相继在上海、北京从事中学教育。

秦德君或者说秦文骏，比丁玲小一岁。因发动女生剪头发、呼吁男女平等，震动忠州城。被学校开除，假扮成男孩出走、出蜀，在重庆被一小报编辑灌醉后奸污、怀孕。此时，她十五岁。荷载着身体与精神的双重负担，到北京寻求去苏联留学未果。遇李大钊获得指引："去上海吧！那里有纺织厂，可以工作谋生，还有一所平民女校，有你的同乡同路人。人道的警钟已经响了，自由的曙光现了，去吧！"在平民女校认识茅盾，一九二八年结伴去日本留学，生发恋情。正是她，把茅盾这一时期所写的长篇小说《幻灭》《动摇》《追求》，定名为"《蚀》三部曲"。一九三〇年春，回上海，同去看望鲁迅，加入左联。分手。茅盾母亲早早选定的儿媳是孔德沚。茅盾、秦德君两人去南京路一家照相馆合影留念。面对一碗黄酒，茅盾哭了。出餐馆，秦德君就进入诊所打胎。晚年回忆录中，茅盾只字未提这一女子。秦德君后来参与中共情报工作，被捕，临刑前夕，解放军摧枯拉朽打开囚牢。一九八一年，秦德君收到茅盾遗体告别仪式邀请函，未去。在家中热一壶黄酒，自己慢慢喝一碗，桌对面是另外满满一碗。对坐无人雨敲窗。

向警予在一九二八年三月因叛徒出卖被捕，宁死不屈。国民党军警有意识推迟到五月一日行刑，似以此宣喻世人：这女子乃至某一类人的事业，与劳动者、与被压迫被侮辱者的命运，存在生死关联。

一系列追求性别解放和身心自由的女子，在五四运动前后，倒下，或中途匿迹，或歌声不辍、坎坷挣扎于漫漫长路，在中国现代史、革命史内，成为一系列显豁的小标题、关键词、脚注。

在九姨向警予这一革命家、女权主义者身上，丁玲读出未来的自己。胡也频牺牲后，她进入左翼文学阵营，彻底踏上革命之路，别无选择。如果把"丁玲"二字倒过来读，发音与"伶仃"相同。在修改名字的一九二二年，丁玲没有意识到：未来，伶仃感，将会一次次扑面而至——从引路人的消失，爱人的死亡、疏远、背叛，再到同行者的质疑、排斥、羞辱，乃至文学修辞转向带来的非议，一次又一次，伶仃感扑面而至。但也正是这种种伶仃，造就一个孤绝独特的现代女性。

4

一九三三年五月十四日这一个中午，丁玲在昆山花园路秘密被捕，三年无消息。坊间盛传其已遭国民党杀害。

其间，一九三四年，沈从文写作、出版长篇小说《边城》和《从文自传》，在文坛上横空出世。悼念色彩浓郁的《记丁玲》，由上海的良友图书印刷公司出版，畅销一时。书中，沈从文这样写丁玲：

> 在做人方面，她却不大像个女人，没有年轻女人的做作，也缺少年轻女人的风情。她同人熟时，常常会使那相熟的人忘了她是一个女子，她自己仿佛也就愿意这样。她需要人家待她如待一

个男子，她明白两个男子相处的种种方便处，故她希望在朋友方面，全把她自己女性气分收拾起来。

约束、隐匿甚至消除自己的生理特征，似乎是丁玲乃至五四运动前后左翼阵营女性的一种趋势？

显然，沈从文对待丁玲，怀有手足般的情感，如同对待胡也频，完全没有在一九二八年爱上张兆和时的那种心潮汹涌。沈、丁、胡三人"大被同眠"，这一传说完全可信，但温暖、干净。他们是曾经分食一个馒头的患难知己。在北京，在上海，三人租居同一公寓，各自埋头写作，相互评点臧否。偶尔得一小笔稿费，就欢天喜地拥抱着去小酒馆，只炒一盘菜，慢慢分享一小碗酒，诅咒黑暗，听胡也频醉红着脸读诗：

> 到处是一重阴郁，
> 即在最近的屋端，
> 亦不见乌鸦或孤雁的飞翔。
>
> 呵，这欲雨的天色，
> 如小孩子的哭脸，
> 又如新时代的青年之苦闷。

"阴郁"，"欲雨"，"苦闷"，这些词是三人心境共同的底色，像外滩上空终年低垂的灰色云团。

沈从文对于胡也频、丁玲的革命热情，持异议，兀自追求文学的纯粹和自我的独立，拒绝在政治上的左右力量之间选边站。但对三人友情始终珍视。冯雪峰出现，丁玲心动："他是我真正爱上的第一个人，那么有理想、有见识。"西湖边的"三人同居生活实验"失败，胡也频失魂落魄跑回上海，沈从文嘲弄他："你这个海军学生，一个人回来了？你的军舰呢？还想改天换地闹革命呢，连一个爱人都守不住！还记得过去生活的那些细节吗？你们俩，陷在北京西山下泥地里，干脆看着星星，背诗，等待过路人出现时把你们拉出去，多好的细节——她这会儿也站在泥地里，你要去拉呀！"胡也频跑回西湖边去拉。冯雪峰退却。"这时，我才接纳也频的爱。"多年后，丁玲这样回忆。一九三一年二月七日，夜，春雪飞落，在军警刺刀下，柔石、胡也频等二十四个共产党人，各自用铁锹挖开土穴，站进去，在枪声中倒下。胡也频穿着沈从文的虎皮纹棉袍，倒下。抱着胡也频的孩子，拿着邵洵美赠予的二十元大洋作为路费，沈从文与丁玲假扮夫妻，摆脱监视，辗转千里去湖南常德，把孩子寄养在余曼贞手里。而后，各奔前程，渐行渐远渐无语。

胡也频牺牲前的一九三〇年九月，茅盾主编的《小说月报》，发表了丁玲的短篇小说《一九三〇年春上海》，其中，有胡、丁、沈、冯四人的影子：

> 他们是毫不愉快，又无希望的生活到春浓了。这个时候是上海最显得有起色，忙碌得厉害的时候，许多大腹的商贾，为盘算的辛苦而瘪干了的吃血鬼们，都更振起精神在不稳定的金融风潮

下去投机，去操纵，去增加对于劳苦群众无止境的剥削，涨满他们那不能计算的钱库。几十种报纸满市喧腾的叫卖，大号字登载着各方战事的消息，都是些不可靠的矛盾的消息。一些漂亮的王孙小姐，都换了春季的美服，脸上放着红光，眼睛分外亮堂，满马路的游逛，到游戏场拥挤，还分散到四郊，到近的一些名胜区，为他们那享福的身体和不必忧愁的心情更找些愉快。这些娱乐更会使他们年轻美貌，更会使他们得到生活的满足。而工人们呢，虽说逃过了严冷的寒冬，可是生活的压迫却同长日的春天一起来了，米粮涨价，房租加租，工作的时间也延长了，他们更辛苦，更努力，然而更消瘦了……春是深了，软的风，醉人的天气！然而一切的罪恶，苦痛，挣扎和斗争都在这和煦的晴天之下活动。

这篇小说时代背景中的一九三〇年，发生一场持续数月的中原大战，亦即南北大战：占据江南的蒋中正，与盘踞西南和北方的李宗仁、阎锡山、冯玉祥，相继在陇海、津浦、平汉三条铁路线周边激战，共投入兵力一百多万，死亡三十余万人，最终，南方力量在秋天获胜。其间，上海证券市场出现"大战公债"，为蒋军筹集军费，战事起伏直至最终胜负，与投资盈亏挂钩，亦即与三十余万人的生死存亡挂钩。遂出现奇特一幕：大腹的商贾、吸血鬼们，去投机，去操纵，买通媒体制造战场胜败假新闻，甚至贿赂南北双方指挥官在战场做出虚假进退状，继而低买高抛，诱导芸芸股民去掏钱、亏损、倒地痛哭、跳楼自杀……

爱人消失于子弹之后，无数人消失于子弹、饥饿、压迫之后，一个作家，怎么能避开种种的惨淡与丑恶，去写那谈吃论茶、吟风诵月的雅致文字？如何能躲进小楼虚构桃花源？丁玲感受着、思想着、写着。"困苦，饥饿，流离，疾病，死亡"，无所不在，"世界上其实许多地方都还存在着'被侮辱和被损害的'人"，也就需要"为这些人们悲哀，叫喊和战斗的艺术家"——鲁迅的这些话，时时回响于耳边心头，鼓舞一个女子走上"为人生而写作"之长路。

春天的罪恶，一代青年的苦痛，底层民众涌动不息的挣扎和斗争，自丁玲笔下涌现，文风粗砺以至于显得粗糙。在小说中，胡、丁、沈、冯的那些化身，那些记者、作家、家庭女性，乘电车去静安寺，车身摇晃得像春天一样动荡不宁，必须抓住车顶悬垂下来的一排救生圈般的藤圈；在南京路边先施公司里，买绿色旗袍料、稿纸、笔，盘算文章稿费与读者反响；去大光明电影院看电影，内心孤愤而焦虑；回到租居的亭子间，就报纸上的文艺大众化问题争论不休，以致冷漠相对；在兆丰公园，讨论家庭女性的苦闷与出路；装扮精致，与衣衫破旧的工人集会时自感羞惭；主席台上，演讲者挥动左手像插着路标；"五一"国际劳动节，马路上游行示威的人们奔走呼号高唱《国际歌》……

借小说中女主人公形象的塑造，丁玲持续表达一代新女性的"觉醒与出走"：

> 她要在社会上占一个地位，她要同其他的人，许许多多的人发生关系。她不能只关在一间房子里，为一个人工作后娱乐，虽然他们是相爱的！

一篇篇小说轰动文坛，丁玲确立了左翼作家形象，并最终在延安完成大众作家身份的塑造。走出租居的亭子间，走出客人般迷茫的自我，到广场、大街、人间里去，建立第一人称单数"我"，表达女性第三人称单数"她"，并在民族存亡的斗争中，汇入复数第一人称宏大叙事中的"我们"——

似乎是一个悖论。但更是一种宽阔有力的复调与交响。

5

丁玲微笑着，看咖啡桌对面西装西裤的史沫特莱、打着黑色领结的冯达。

一盏瓦斯灯，低垂在咖啡桌上方。墙上挂着几幅异国风景的油画。座位靠背很高，隔开邻座的视线与闲谈，像火车硬座车厢，使对坐交谈者产生奔赴同一地址、同一命运的亲密感。一曲爵士，在留声机里低沉萦回。此时，一九三一年四月，周璇、王人美等未来影星歌星还很幼小，《天涯歌女》《夜上海》《玫瑰玫瑰我爱你》等歌曲，也要等几年后才被创作、唱红、回响在中国南方与北方。一代人有一代人的旋律和欢悲，不要急，也不要躲避，慢慢来吧。

两杯咖啡微微散发热气。位于四川北路、多伦路交叉处的这个"公啡咖啡馆"，是一幢三层砖木结构的街角小楼，老板是犹太人。楼下卖花花绿绿的糖果点心，吸引孩子。二楼卖咖啡，可容纳十二三人消遣。三楼是老板家人空间，楼梯拐弯处加上一扇木门，贴着赤面关公手执大刀的木刻年画。

多伦路一带，居住众多影响中国三十年代精神风貌的文人，鲁迅、茅盾、瞿秋白、郭沫若、叶圣陶、柔石、冯雪峰、夏衍、陈望道……一九二九年十月，左翼作家联盟筹备成立，潘汉年、冯雪峰、阳翰笙、夏衍等人屡屡来公啡咖啡馆，商谈相关事宜。在中国共产党主导下成立的这一联盟，试图停止创造社、太阳社、语丝社、文学研究会等左翼作家内部派系的纷争，团结在鲁迅旗帜下，确立文艺要为"工农大众"服务的方向，以动地歌吟拯救"万家墨面没蒿莱"之哀凉中国。

鲁迅自家中步行到咖啡馆，约需十五分钟。他往往先去内山书店翻一翻书，再来这里会见友人，比如萧军、萧红。当然，萧军、萧红在上海出现，是丁玲因于南京后的事情。在这一咖啡馆，周扬、田汉、夏衍、阳翰笙，曾经向鲁迅质疑胡风，引发不快，这同样是丁玲被捕后的事情。左联解散于一九三六年，内部的宗派主义绵延为汹涌暗流，为新中国文坛种种风波而蓄势。鲁迅对喜欢喝咖啡的茅盾发牢骚："左联那些朋友，实际上把我也关在门外了。"这牢骚，被他的学生、朋友在若干年后做出不同解读，以自卫或出击。

每次来公啡咖啡馆，鲁迅总坐在最深处同一位置。倘有人占先，鲁迅就转身回楼下，看孩子们买糖果。直到那位置空出来，复上楼入座。就是这样执拗。进咖啡馆不喝咖啡，一辈子只喝绿茶。多年后，这一咖啡馆成为纪念景点。服务生在一杯咖啡表面调制图案，不是其他咖啡馆常见的心形、花朵形、树叶形，而是鲁迅侧面头像，不知先生在天之灵是否乐意。我喝之前，用咖啡勺把头像图案搅散，像是让鲁迅思想弥漫开去……

比丁玲大十二岁的史沫特莱，生于美国贫穷工人家庭。当过报童、侍女、烟厂工人、推销员。自学，考入大学。一九一六年在纽约投身政治运动，成为社会主义刊物《号角》、女权运动刊物《节育评论》的专栏作家，被指控以煽动罪逮捕。出狱，继续受到迫害，远走德国，参加男女平权运动。一九二九年，她以该报记者身份来上海，与鲁迅初相识即认定："我遇见一个伟大的中国人。"一九三〇年十月，她选择法国公园内部的一家餐馆，为鲁迅操办五十寿辰。来宾云集。她提心吊胆，一直站在餐馆门口，手持高脚酒杯，观察门外形迹可疑者和法国巡捕动静。断断续续传来鲁迅在草地上的谈话声："愿中国青年都摆脱冷气，只是向上……"这次采访丁玲，也是鲁迅给史沫特莱建议："丁女士是为大众的作家，懂得中国的悲哀。"

昆山花园路离公啡咖啡馆不远。出门前，为掩盖胡也频刚离世带来的憔悴，丁玲淡淡敷了腮红、口红，圆脸庞顿然多了一抹亮色。对镜观察，一件绿色旗袍，一双高跟鞋，使她发现自己竟藏有不多见的妩媚。"终究还是女子。"她这样想着，微微一笑，心中又蓦然一凛："终究还是弱的？"多年后，这张脸在北大荒被一群造反的学生用墨汁涂黑。那一刻，她很平静，想起在上海会见史沫特莱这一天的淡妆，以及去延安后参加西北战地服务团在舞台上演出时的浓妆。在北大荒，那一天，丁玲也不洗去墨汁，走回家，躺在床上等陈明回来。"我要让他看看，让他心疼一下我。"临终前，她这样回忆，眼神热烈得依旧像恋爱中的少女。当然，在一九三一年四月这一天，丁玲对未来一无所知。不要急，也不要躲避，慢慢来吧。

高大的史沫特莱一见娇小的丁玲，就展臂拥抱："你真美！真坚强！"丁玲回应："你也美，太有力量，漂洋过海来中国。""中国吸引我，鲁迅先生和你们吸引我，我和中国人有一样的命运，我快忘记自己是美国人了！遗憾的是，不会说汉语，影响与中国男子谈恋爱啊。"史沫特莱哈哈大笑，丁玲忍不住也哈哈大笑。胡也频离世两个月，她第一次感到内心畅快许多。临别，史沫特莱拿出相机："来，美丽的女士，我为你照一张相，留念。"丁玲习惯性地把左手支在嘴巴旁，望着史沫特莱手中的镜头，眼睛星光一般明亮。

九十年后，面对这张照片，再对比丁玲其他时期照片，我认定，这是她最美的上海瞬间。

目前，多伦路成为文化名人旧居旅游区。这条路与秦关路交叉的街口，有一座铜雕：一个短发齐耳的女孩，坐在巨大皮箱上眺望远方。注释文字表明，女孩就是丁玲。雕塑立于此地，不知是有意还是巧合：她最终越秦关而去，站在北斗星下的高原上。

6

上海贡献出三位现代杰出女作家：丁玲，萧红，张爱玲。丁玲与四十年代初才登上文坛的张爱玲，无交集。与萧红相识则是迟早的事情——她们都是故乡的出走者、婚姻逃离者，都改名、敬爱鲁迅，就有了共同的精神谱系和心律。

这一相识，迟至一九三八年春初才发生在山西临汾。

一九三六年春，丁玲躲过国民党的监视逃出南京，到上海，想去看望鲁迅，被冯雪峰劝阻："先生体弱，不宜见人，你抓紧去西北，以免再生是非。"丁玲后来才知道，鲁迅对于她如何能活着和逃生，有疑虑，反复看冯雪峰转来的丁玲问安的那封信，叹气。不久，鲁迅去世。想到永远无法消除先生可能的误解，丁玲的心隐隐作痛。一列绿皮火车，自上海北站出发，蜿蜒横贯中国腹地，哐当哐当的节奏持续数日，像一个民族的心脏在大地深处隆隆作痛，持续千载。萧乾受冯雪峰委托一路陪同丁玲，眼神警觉，在每个站点仔细观察进入车厢的人。丁玲在卧铺车厢铺位上跳下来再爬上去，跳下来再爬上去。萧乾不解："怎么了？像小孩子！"丁玲朗声回答："我练习骑马呢！上马，下马，懂吗？"萧乾赶紧低声劝阻："别说骑马的话……"丁玲顿然明白，捂着嘴巴。看四周旅客无精打采，松一口气。在延安，终于学会骑马的丁玲，走路像踩在棉花上："做梦一样啊……"中共中央在窑洞中举行宴会，标语上写着"欢迎大作家丁玲来延安"。去保安前线，跟从彭德怀进行战地宣传和新闻采访，丁玲收到毛泽东发来的电报："昔日文小姐，今日武将军。"

在临汾，因鲁迅力推其长篇小说《生死场》而成名的萧红，初见丁玲。眼前，的确是一个武将军，与想象中的"莎菲女士"完全不同——身穿臃肿的军棉服，脸胖，如果没有步姿与声音泄露性别，丁玲与男性军人毫无差异。萧红则依然是都市打扮：皮鞋，黑色丝袜，裙子，贝雷帽。丁玲双手紧紧拉着小自己几岁的萧红，恍惚看见上海时期的自我，欣喜异常："终于有个能说话的人了！"看萧红体态柔弱，脸无血色，丁玲暗自心惊：她大约不会长寿。一九四二年一月，香港，萧红去世，用刚完成的《呼兰河传》作为长眠中的枕头、河岸。身边没一个爱自己的人了。

丁玲带领西北战地服务团，来临汾宣传抗日。萧红、萧军、端木蕺良等人，由武汉到临汾，在民族大学任教，遂有了鲁迅诸多弟子的这一相逢。丁玲抱着被子跑到萧红房间，把萧军赶出去："我们姐妹好好聊一夜，明天还你。"萧军怔怔看着比自己大三岁的丁玲。这个满身热力的女子，历遭磨难而天真依然——她有光。萧红情绪灰暗，对琐碎细节过敏复唠叨，让萧军厌倦。拍拍丁玲肩膀，他转身而去："萧红送给你了！"自上海、武汉、临汾，再到后来所去的西安，一路上，萧军与萧红就"爱情与前途"这一主题争吵不休，最终分手。萧军选择去延安，大声宣言："我爱的是史湘云或尤三姐那样的人，不爱林黛玉、妙玉或薛宝钗……"萧红怀着萧军的孩子，拒绝丁玲"去延安养一养身体"的邀请，选择与端木蕺良结合，朝南方、朝着生命的终点，辗转而去……

爱情的路，终究也是政治的、人生的路，如何能将它们对立、分开、回避？"万郊怒绿斗寒潮，检点新泥筑旧巢。我是江南第一燕，为衔春色上云梢。"瞿秋白在一九二三年给王剑虹的情书中，写了这首诗。所言"新泥""旧巢"，指家国变革，似也可指男女情感变故，一概需要愤怒的绿，去抵御寒潮之重重威逼。

在临汾，萧红与丁玲一夜未眠。关于出走、逃婚、爱，关于写作、鲁迅，关于上海、延安，两个人絮絮叨叨错错杂杂到天亮。窗外，就是曲折流入黄河的汾河，哗哗啦啦，也像在进行一场关于"源头与归宿"的谈话。谈到激动处，起风了，两人哽咽相望。萧红说："命中注定，女人的天比男人的天低矮啊，低矮许多啊，姐姐。"丁玲劝慰："我们能做的，是爱自己，对自己尽责，哪一个男人的肩膀都依赖不得，自己强，总有出路可走。"萧红点头又摇头："理应如此，但太难。一个挺着大肚子的女人，与一番恩爱后拍拍屁股走了的男人，如何平等？"丁玲无言以对，用双臂去搂萧红，像在一次次伶仃中搂紧自己。她想到南京三年，想到冯达彻底转身的那些日子……

一九四二年春，丁玲在《解放日报》发表杂文《三八节有感》，对女性解放问题，延续临汾这一夜晚的思考，引发争议，"表现阴影"云云。摘抄部分文字如下：

"妇女"这两个字，将在什么时代才不被重视，不需要特别的被提出呢？

年年都有这一天。每年在这一天的时候，几乎是全世界的地方都开着会，检阅着她们的队伍……

…………

女同志的结婚永远使人注意，而不会使人满意的。……但女人总是要结婚的（不结婚更有罪恶，她将更多的被作为制造谣言的对象，永远被污蔑）。……她们都得生小孩。小孩也有各自的命运：有的被细羊毛线和花绒布包着，抱在保姆的怀里；有的被没有洗净的布片抱着，扔在床头啼哭……然而女同志究竟应该嫁谁呢，事实是这样，被逼着带孩子的一定可以得到公开的讥讽："回到家庭了的娜拉"。而有着保姆的女同志，每一个星期可以有一次最卫生的交际舞。虽说在背地里也会有难听的诽语悄声的传播着，然而只要她走到哪里，哪里就会热闹，不管骑马的，穿草鞋的，总务科长，艺术家们的眼睛都会望着她。这同一切的理论都无关，同一切主义思想也无关……

离婚的问题也是一样。……而离婚的口实，一定是女同志的落后。……她们在没有结婚前都抱着有凌云的志向，和刻苦的斗争生活，她们在生理的要求和"彼此帮助"的蜜语之下结婚了，于是她们被逼着做了操劳的回到家庭的娜拉。她们也唯恐有"落后"的危险，她们四方奔走，厚颜的要求托儿所收留她们的孩子，要求刮子宫，宁肯受一切处分而不得不冒着生命的危险悄悄的去吃着坠胎的药。……她们的皮肤在开始有折皱，头发在稀少，生活的疲惫夺去她们最后的一点爱娇……

我自己是女人，我会比别人更懂得女人的缺点，但我却更懂得女人的痛苦。她们不会是超时代的，不会是理想的，她们不是铁打的。她们抵抗不了社会一切的诱惑，和无声的压迫，她们每人都有一部血泪史，都有过崇高的感情……而且我更希望男子们，尤其是有地位的男子，和女人本身都把这些女人的过错看得与社会有联系些……

然而我们也不能不对女同志们，尤其是在延安的女同志有些小小的企望。而且勉励着自己，勉励着友好。

…………

第一，不要让自己生病。……没有一个人能比你自己还会爱你的生命些……

第二，使自己愉快。只有愉快里面才有青春，才有活力，才觉得生命饱满……

第三，用脑子。……才不会上当，被一切甜蜜所蒙蔽，被小利所诱，才不会浪费热情，浪费生命……

第四，下吃苦的决心，坚持到底。……不悲苦，即堕落，而这种抱负只有真正为人类，而非为己的人才会有。

写这篇杂文时，丁玲一定想到自己和萧红的命运，想到鲁迅《娜拉走后怎样》那一著名演讲。丁玲、萧红，乃至每个时代里的女人，都有可能是公开或隐蔽的娜拉。萧红出走，没有返回呼兰河与萧军，这地理意义、精神意义上的两个家，已无路可归。丁玲得到萧红死讯，是上述杂文发表后的四月中旬。萧军在日记中写道："师我者死了！知我者死了！"鲁迅、萧红死了，萧军才感受到自己的痛失，四望无归途。或许，每个男人也都有可能是公开或隐蔽的娜拉。五月一日，延安文艺界举行萧红追悼会，丁玲致悼词时哭了。第二天，延安文艺座谈会召开，合影时，坐在朱德身边的丁玲表情明亮，像出走后终于找到归宿的一个娜拉。萧军站在后排人群中，面目模糊，与丁玲距离显得遥远了。

正是在临汾，在西北战地服务团，丁玲爱上比自己小十三岁的陈明："我看上你了！"陈明惶恐，匆忙间与一女子成婚，以逃避这个强势的作家、领导、大姐。丁玲不放弃，托人给陈明传信："我等你，不着急。"陈明心动，离婚，与丁玲结为夫妻。丁玲走向乒乓球台，双肩一抖，披在身上的军大衣向后飞起，陈明上前一接、抱在怀里，整个过程流畅自如、充满默契，在场者发出意味复杂的笑声。这场婚姻，在延安掀起巨大波澜。丁玲安慰小丈夫："咱不是给他们过日子的，让他们说去，说一段就没意思了。什么配不配，地位呀、年龄呀、婚史呀，都是陈腐的老道理！爱，还是不爱，才是配与不配！"

去世前，丁玲拉着陈明的手说："我是爱你的，你亲一亲我……"

昆山花园路，是丁玲在上海唯一的旧居遗存，其他租居地渺然不可寻觅。

这一路名，源于路东端的昆山花园，一个在二十世纪初期建成的小公园。其内，一棵建园时种下的皂荚树，是上海目前最老的皂荚树。皂荚成熟时节，风一吹，哗哗啦啦响，像在用从前的方法，继续洗涤天空这一件过于宽大陈旧的蓝衣。各色各样的花，四季开放在公园里。昆山花园路，一条通向花朵、蜜蜂和美的小路，也是一条阴性、女性、母性的路？是公路、雄性之路的反义词？小路与公路，两种道路相辅相成，使这纷繁复杂的人间保持平衡感。失衡了，梗塞了，就是悲剧和苦难。

昆山花园路这一排老洋房的七号门洞，左侧，墙壁镶嵌一小块方形石牌，镌刻"作家丁玲旧居"六个楷体字。我想起丁玲去延安后一系列旧照片。那些军服，左胸口处，都缝缀一小块方形标志，"中国工农红军""中国国民革命军第八路军""中国人民解放军"。我站在这块方形石牌前，像面对一个战士，楼道口是她张开的嘴巴和胸襟，连通一颗集体意志与女性情感相互交织又冲突的内心。

来访的这一天，三月初，我比较愉快，抱着希望生活到了上海的春浓时节。三八妇女节将至。街头、电视、手机中，商家广告缤纷狂欢："向你的女神表达浓情蜜爱与化妆品！""为你的女王献一颗心形钻戒！""给你的女生读一首情诗附带小户型公寓！"女作家们在微信中转发丁玲的《三八节有感》，共鸣着、感慨着："女性解放，依旧在路上！""比起香水口红这些礼物，更想要平等、独立和尊重。"云云。漂亮女孩组团出现在高消费场所拍照自炫，假扮上海名媛寻求阶层跃迁机遇，这一类消息，似乎是翻新、化装了的三十年代旧闻。"Me too运动"，当下世界范围内的新热点。男性强势地位对女性的侵犯和冒犯，历史悠久。我关注的一个女性主义公众号，摘发波伏瓦著作《第二性》中的片段："女人不是天生的，而是被造就的。""女人姣好的容貌是一种武器，一面旗帜，一种防御，一封推荐信。"等等。阅读量竟达数万，留言无数。在新时代，在三月里，唯有女性才会真切感受到一种深层次的倒春寒？

波伏瓦在二十世纪五十年代来访北京。丁玲在家中设海鲜宴，接待这位法国作家、女权主义者。波伏瓦没读过《三八节有感》，对丁玲的长篇小说《太阳照在桑干河上》兴味浓烈，交谈中，始终围绕一条北方河流两岸生死浮沉的人们。在后来完成的一部著作里，波伏瓦以《太阳照在桑干河上》为素材，对土地改革时期中国农民的行为进行分析。八十年代，丁玲复出文坛，率中国作家代表团出访巴黎前，细细阅读《第二性》。"你认为自己是一个女权主义者吗？"在塞纳河边一个咖啡馆里，波伏瓦问丁玲。丁玲想了想，回答："女权主义、女性主义这些概念，太复杂，我说不清楚，但我是社会主义者，这一主义自然就包含人的解放、女性的解放，尤其是女性的自我解放。"波伏瓦看着眼前穿红毛衣的作家，点点头："男人比女人幸运，原因在于他们很早就要踏上艰苦的路，但那也是一条可靠的路。女性要自我解放，须从各种欲望和诱惑的包围中，冲出来，这难度很大。冲不出来，发现被愚弄欺骗，就太晚了，没力量挣扎了。"两个有力量的女人，举起咖啡杯向对方致意。窗外，塞纳河波光闪烁，丁玲想起一生中经历的沅江、长江、黄浦江、苏州河、汾河、黄河、延河、桑干河……

　　昆山花园路也是艰苦、可靠的路，一个有力量的女性，短暂栖息此地，促使它成为一处上海名胜。就在丁玲、潘梓年秘密被捕的那一日下午，应修人也出现在昆山花园路。快步走进七号门洞，到二楼，推开丁玲家虚掩的门，看见两个陌生人守株待兔般兴奋的脸和手枪。怔了怔，他兔子般转身朝楼梯顶端跑去。持枪者紧追不放。应修人从一扇窗口跃身而出，在地面溅起血光。周扬此时也恰恰走入这条小路来访丁玲，见众人围观喧嚣，知道出了大事，遂假装是无关的路人，压低帽檐，从同志的尸体旁走过去。这一年，应修人三十三岁，一个诗人、革命者的死，成为当天各类小报上的新闻。应修人十四岁从浙江乡村来上海，在钱庄当学徒、写作、加入左联，与冯雪峰、潘漠华、汪静之等人结成"湖畔诗社"，是《北斗》的供稿者。

　　　妹妹你是水——
　　　你是荷塘里的水。
　　　　借荷叶做船儿，
　　　　借荷梗做篙儿，
　　　　妹妹我要到荷花深处来！

　　这是应修人的一首情诗摘选，大约面对七月的西湖写成。

　　情哥情妹间、男女间的关系，是这世界赖以生生不息的基本关系。女权主义、女性主义、妇女解放等命题，是建立于如何处理这一关系

389

的巨大疑难。直到今天，仍无完善的方法，文学也就有了存在的必要——去探究，去呼吁，去建构。五四运动与白话文运动，这两种革命紧密相关，逻辑正在于此：语言的命运，就是人的命运。陈独秀主办的《新青年》杂志，在一九一八年就开始争论：用"伊""他（女）"，还是用刘半农新创造的"她"字，来指代女性第三人称单数。此前，数千年，中国的第三人称，只有"他""彼""伊"等汉字可运用，男性与女性、单数与复数模糊难辨。当剧变中的外部世界以文本形式进入中国，屡屡涉及一问题："she"与"he"，如何在汉语中拥有清晰的表达？亦即，人的现代性身份如何确立？鲁迅、周作人和胡适率先采用"她"字。风起云从，一代代书写者，持续建构中国女性的面孔与灵魂。未完成。只要关于妇女保护的法律条文，仍须存在、呼吁、行使。只要三八妇女节前夕的种种商业广告，年年翻新面目汹涌而至……

在三月，在这一天，我像丁玲、应修人那样，走进昆山花园路七号门洞。楼梯间依然幽暗，重重跺脚，一盏节能灯呼应于足音，亮三秒，又熄灭。继续跺脚，灯再亮三秒。就这样走到二楼，止步，再走到三楼、四楼，转身下楼。各扇门都紧闭着。丁玲曾租居的二楼那一房间内，新时代男女过着新生活，有昆曲声隐约传出。我没有敲门打扰。丁玲当年的邻居，大约已没有人活在尘世上了。我又能体会几分丁玲最后一次进出这楼道的心境？

一个长裙女孩，从七号门洞走出来，无视站在路边观察与思考的我，朝四川北路方向走去。祝愿她，有一条自己选择的路可走。祝愿她，一路顺着风的方向。祝愿她，像昆山怀珠藏玉，像花园含苞待放，被周围的人们爱着、尊重着、赞美着。

白马咖啡馆：
一个仁慈的黄昏时刻

White Horse Inn

1

白马咖啡馆门外台阶，卧一只黑猫。

鲁迅不喜欢猫，原因有二：猫在春天的嚎叫声，欲望毕露，扰人清梦。周作人曾搬出茶几，鲁迅站上去举着竹竿，合力把屋檐上的一群猫拍散。兄弟失和后，周作人时时想起北京生活中这一场景。猫的媚态，类似于鲁迅眼中某些汉子。捕鼠，猫也不会一口吃掉，而是放走它，再捉，再放走，再捉，"颇与人们的幸灾乐祸，慢慢地折磨弱者的坏脾气相同"。

鲁迅喜欢马，给萧军、萧红的信中说："我是南边人，但我不会弄船，却能骑马，先前是每天总要跑它一二点钟的。"他读书时给自己起过一个别号"戎马书生"。想想先生骑在马上的样子，我笑了，端一杯拿铁咖啡，像拿着铁器的战士？

白马咖啡馆建于二十世纪三十年代，三层德式风格，历史保护建筑。位于舟山路、长阳路、海门路交叉处，距离鲁迅先生去世前居住的山阴路很近。不知他来这里消磨过时光没有。

下午的咖啡馆，气氛有些疲倦，像一场欢愉后的妇人。两个服务生穿着印有白马图案的绿色工作服，在几个男女客人间往返传递餐品，像两匹白马在往返追逐自身的草原。

2

沿木楼梯上楼，无意间低头，从小窗口窥见一楼女客人裙裾下的白皙长腿。惭愧。

二楼，四壁悬挂二十多个镜框，展示犹太摄影家霍斯特·艾斯菲尔德的旧日上海记忆，部分图片说明文字摘抄如下——

"一九三八年十一月，我十三岁生日刚过不久，就揣着一架简单的箱式照相机来到上海，躲避纳粹迫害，爱上这一座接纳了无数犹太人的东方城市。"

"没有收入的难民，在路边卖掉不需要的物品，以换取购买食品的现金。"

"犹太小难民的学校运动会。"

"白马咖啡馆内的犹太人婚礼。"

"合屋，日本军人，犹太难民区最高管理者，矮小，凶暴，对矮小的犹太人稍微友好一些，对高大的犹太人常常出手攻击。"

"避难所食品分发的场景。最困难时期每天只有两餐，每餐只有一小片面包、一碗土豆汤。"

"在中国人家里做客，烧麦很好吃，我喜欢上了酱油。"

"一九四〇年，我哥哥欧文与第一家路易咖啡馆的中国烘焙员工合影，咖啡馆开设在静安寺路上。此后，他在上海又开了第二、第三家咖啡馆。"

"一九四四年，我当时的女友格尔达·史韦林在虹口马路市场朝我招手欢笑。"

"一九四五年九月十九日，美国舰队抵达上海黄浦江。"

"一九四六年，市政府监狱内的战犯审判。"

"十六铺码头，一九四七年，犹太人乘船离开上海前与上海友人合影、告别。"

3

在阳台上，可以清晰看见草地以南、舟山路尽头、一九〇七年建成的摩西会堂，现在是上海犹太难民纪念馆。我刚刚在那里徘徊半天。

那一座三层建筑，底层为小教堂，二层的一半悬空，可俯瞰底层信众并祈祷。三层是一个影像厅，循环播放一个纪录片《犹太人在上海》。从一层到三层，楼梯拐角处的装饰图案都是洋葱头形状，据说，这是犹太建筑风格。

一层一层的洋葱头，惹人流泪。

一九三八年十一月九日，德国境内所有犹太商店、教堂遭到袭击的"碎玻璃之夜"，使排犹运动进入高潮。各国拒绝犹太难民涌入，只有中国发出签证。先后三万余难民，积攒出一张张船票，乘船，用一个多月的时间越过红海、印度洋，来到陌生的上海。摩西会堂、白马咖啡馆周围的虹口区域，建起难民中心、难民学校。犹太人渐渐适应正处于抗日战争时期的上海生活。他们借钱或当掉衣饰，操持起咖啡馆、理发室、面包房、照相馆、时装店、电影厅等生意，做老板，或者当电工、花匠、裁缝、家庭教师、歌手，举办音乐会、运动会和选美比赛。获胜者的奖品，可能是一瓶香槟酒、三封求爱信。

在上海，犹太人恋爱、结婚、离婚，恩怨交加，梦想未来。摩西会堂见证这一切。在会堂一角，我读到一个犹太诗人的句子：

> 请你把我庇护，做我的妈妈、我的姐姐。
> 把我的头抱在你胸前。
> 在一个仁慈的黄昏时刻，请听一听我的苦难，
> 低下你的头颅。
> 人说世间自有青春在，可我的青春又逝于何处？
> 我在人世间一无所有，只有大片的荒漠。
> 请把我庇护，做我的妈妈、我的姐姐。
> 把我的头抱在你胸前。

介于白昼与夜晚之间的黄昏，是仁慈的，喧嚣渐渐歇息，而恐惧尚未浓重。但只要有妈妈和姐姐的爱存在，这喧嚣与恐惧，都可以忍耐和缓解。

4

从摩西会堂走到白马咖啡馆的路上，我经过摄影家霍斯特·艾斯菲尔德所说的"市政府监狱"，即提篮桥监狱。附近是下海庙。

提篮桥，指代一座越过下海的桥，自然早已消失。下海，也从一条河流淤塞成为一条马路——海门路。从前，提篮过桥去买菜、卖玉兰花、上香、送渔船出行，是《点石斋画报》里的一幅风俗画。现在，上海民间的一句诅咒语则是："送侬去提篮桥好伐？"

二十世纪初期，提篮桥监狱由上海工部局建立，被称作"远东第一监狱"，可见其格局之森严、刑罚之冷酷。其中一牢房，天花板可开合移动，在寒冬向天空敞通，让冷风携带雪花涌入；在酷暑，四围密闭，连一扇小窗也被堵死——被囚，也是一种参禅和苦修？监狱的设计建造者，有着多么可怕的想象力和黑暗诗意。

提篮桥监狱史，就是一部中国现代史。革命者、文人、汉奸、日本战犯、普通罪犯，一代一代让历史和世界不安的人，在这里进出或消失。深黑色大门紧闭，只开有一扇小窗，我凑上去窥视，那一刻，感觉自己很像一个来探视章太炎、邹容的进步青年……

提篮桥地区的气质，似乎因为这一监狱的存在，显得阴郁和沉重。

隐约听见监狱内传来合唱声。大概就是著名的"新岸合唱团"在排练、演出。曾经在电视中看见一则新闻：某人盗窃，判刑入提篮桥监狱，释放后继续盗窃，目的是回到提篮桥监狱合唱团担任领唱。

5

舟山路是小街道，早年犹太人建设的各种店铺，已无迹可觅。

一个穿短裤背心的男人，与一个穿睡裙的女子，站在相邻的瓷器店和草席店前聊天。餐馆、烟酒店、家具店也都不太景气，大约由于网络消费方式勃兴的缘故。街道日益虚拟、抽象，像无法进入也不必进入的舞台布景，只有两三个扦脚店很红火。

我没有找到罗生特医生的诊所。在摩西会堂玻璃展示柜中，看到这个奥地利籍犹太医生的名片。地址就在舟山路，门牌号历经时代变迁而紊乱。名片上的两个电话74025（诊所）、71404（住宅），也无法拨通旧事前情。一九三九年，罗生特在纳粹集中营里被关押一年后，获得中国驻奥地利领事何凤山给予的签证，逃亡上海。以精湛医术立足十里洋场，被誉为"犹太神医"，过着大部分犹太难民所羡慕的优裕生活。某一天，波兰籍犹太人、德国共产党员、国际新闻记者希伯敲开罗生特医生诊所的门。这位一九二六年就来中国参加北伐、访问延安的革命者，以所历所闻与所思，重建罗生特的世界观和价值观，继而有了"第二个白求恩"的出现。

一九四一年三月，罗生特乘船离开上海，去苏北参加抗日战争，在新四军中开设卫生学校和医院，抢救将士生命。一九四九年，罗生特带着新中国政府颁发的荣誉证书，回奥地利寻亲。父母已死于集中营，早年恋人失踪。一九五一年，罗生特向中国政府提出回上海的请求，"我爱中国，我爱上海"。尚未得到回应，就因突发心脏病在以色列去世，年仅四十九岁。

罗生特写过一系列关于上海的回忆录，涉及这片复杂的街区：提篮桥监狱，摩西会堂，白马咖啡馆，下海庙，舟山路。

"舟山"，万舟涌动如群山，是浙东沿海一个群岛的名字。这片街区，乃至整个上海和人间，柴米油盐酱醋茶，苦辣酸甜臭麻咸，喜怒哀乐悲恐惊，赤橙黄绿青蓝紫，纷纭复杂如沧海横流。我走过，微弱得如同海中的一茎水藻、一粒盐？

6

下海庙与罗生特诊所、摩西会堂，功能大致相似——无论汉族人还是犹太人，都需要一个神、一个神医、一个妈妈和姐姐，"听一听我的苦难"。

庙内前后两个大殿，分别供奉菩萨和妈祖，一种奇特的组合。庙檐下悬挂的彩色木雕，龙头鱼身，结构新异。风吹来，龙头鱼身所隐喻的大海就动荡澎湃。

庙内一角，贴有一张纸色消褪的通告：

观音成道日延生众姓祈福法会，阴历六月十八日，早上五点至七点，祈福内容：身体健康学业有成工作顺利等等。冬至众姓超度法会，阴历十一月十七日至二十三日，超度内容：过世宗亲、普利十方等等。客堂白。

喜欢"客堂白"三字。

自古至今，祈福与超度，其修辞均随时代而嬗变，唯"客堂白"三字大抵如旧。若理解成"客堂白了，月色与晨光一地"，也好。大好。

庙内一角，种植番茄、豆角、韭菜。陶缸里，三朵荷花吸引七只蜜蜂嗡嗡参悟，形势喜人。

7

手中的拿铁咖啡凉了，一个仁慈的黄昏时刻来了。

二十世纪中期，在巴勒斯坦旁边，从上海以及其他国家、地区汇聚而去的犹太人，建立起一个新国度以色列。全世界的犹太流浪者有了家园。一种从地理到精神上的双重流浪感，使这个民族涌现众多作家、艺术家：本雅明、茨威格、策兰、索尔·贝娄、罗斯、塞林格、曼德尔施塔姆……语言中的美与爱，是唯一不可被剥夺的故土，庇护流浪的灵魂。

鲁迅也像犹太人？从地理到精神，都充满流浪感，且没有什么同道人。利用他来谋取一己之利的人，倒是很多。

以色列与巴勒斯坦之间的纷争依然持续。这两个国度，有我所热爱的两个伟大诗人：阿米亥，达维什。达维什认为，阿米亥的诗歌对他提出挑战，"因为我们写的是同一片土地"。两个诗人之间存在一种竞争，"谁是这一片土地的语言的拥有者？谁更爱它？谁写得更好？"

被两种语言争夺的同一片土地，灼热而疼痛。进入诗篇的语言，毕竟有大剂量的爱存在，有对战壕另一侧诗人的谅解存在，这土地上的青草和虫鸣，就还能够小心翼翼生长。现在，阿米亥和达维什都去世了，只剩下政客们炮弹般的语言掀翻大地，那泥土里的草种和昆虫，如何活下去？

罗生特医生墓地位于特拉维夫。如果有机会去，我会向他献一束鲜花。在希伯来语中，"特拉维夫"的意义是"春天的废墟"，充满绝望与希望。

此刻，那一只黑猫，鲁迅所不喜欢的那些人性，窜进白马咖啡馆，让我一惊。

德式雕花风格的窗子外，天色暗了。马路上，车辆来来往往，亮起前灯和尾灯，像一个个瞻前顾后、左顾右盼的奔跑者，寻找妈妈的怀抱和姐姐的庇护。

川沙：
水木作

Chuansha Ancient Town

1

川沙，名字很美——大川流沙。

"川"，黄浦江与东海；"沙"，江沙与海沙。

此地，清嘉庆十五年（一八一〇年）设抚民厅，一九一一年改厅为县。管辖范围涵盖黄浦江以东广大滨海地区。从川沙县城摇橹划船进上海滩，晨发而夕至。一九二五年，上川铁路建成通车，一个小时就可以自县城直抵黄浦江，客人下火车、乘船，到浦西去谋生、求学、远赴异国他乡、交易、相亲、诉讼、革命、逛十里洋场……

宋庆龄、黄炎培、杨斯盛、胡适们的面影背影，曾经在川沙县城与上海滩之间，反复闪现，进入中国现代史、川沙地方志的字里行间。"千淘万漉虽辛苦，吹尽狂沙始到金。"刘禹锡诗句，抒写的正是时间的力量：它吹拂，尽情尽力吹拂，英才俊彦们才会金子般，从芸芸众生中脱颖而出，改变人世景观。

目前，川沙建制缩小为镇，像一个人在中年后缩小身心、接受丧失，但固守记忆、固守大川流沙间的往事前情。立足于浦东国际机场、

400

迪士尼度假区之间，川沙，能否以古旧抗衡新异？很难，它趋新入异、弃素朴而逐繁华的可能性更大。其风貌与中国当下城镇景象无异：麦当劳、肯德基、茶餐厅、时装店、首饰店、电器城、水果店、旅馆、小杨生煎店、咖啡馆、面包房、茶室、保姆中介所、书画培训中心、小公园、棋牌麻将室、旗袍店、美发美容室、足浴店、家具城、菜市场、海鲜店、药店、手机店、中国移动、中国联通……

在川沙镇晃荡的这一个下午，毫无惊喜感。直到它向我涌现新词语："水木作"。万般惊喜动地来。

史料中初次呈现这一词语，在清道光二十五年，即一八四五年。"水木作"，泥水匠与木匠合力造就建筑物的一种组织，是晚清时期建筑作坊向现代建筑企业转型的过渡形态。其后，在川沙，在上海滩，相继出现中国早期的营造厂、建筑公司。一个水木作，大致上由泥工、木工、雕锯工、石工、竹工、油漆工等各类工匠组成。水木作的领导者，被称为"作头"，以师徒、家族、同乡等情感关系为纽带，相互约束与助力，共谋生计与前途。

于我而言，"水木作"，这一新词语带来新世界。我更想把"水木作"理解成：水与木的作品。上海滩，尤其是外滩一系列建筑物，都是川沙工匠们的水木作：沙逊大厦、百老汇大厦、都城饭店、工部局大厦、汇中饭店、友利银行大楼、怡和洋行大楼、外白渡桥、国际饭店、大新公司、永安公司、百乐门舞厅、哈同花园、衡山宾馆、迦陵大楼、新光大戏院、国泰电影院、乐安坊、西摩别墅、雷士德工学院、中央造币厂、河滨大楼、俄罗斯领事馆、江海关……

这些晚清、民国时期创造的惊世之作、杰作、遗作，就是水木作。

作头，就是一个杰出作家。他构思、运力、修订，严格遵循"修辞立其诚""辞达而已"的古老原则，让诚实可信的砖、石、门、窗户、走廊……抵达正确位置，次第发表出版，成为争相阅读的楼阁、花园与通衢。建筑风格就是文风，"言之无文，行而不远"。

一个作家死去了，若有文字在纸墨间流传，就有血液与力量，参与新时代、新生活。在壮丽外滩和各个弄堂角落，石头外立面墙壁与钢窗玻璃交相辉映，青铜或黑铁大门连绵开合，塔楼与尖顶指出云朵与霞光，洋溢出经典名著气质。游客与过客流连其间，就是读者。他们往往迷失于这些水木作的封面之美，很少悟得深意，仅仅仰望、窥探、抚摸、留影，转身去了机场和车站，像一个浮泛浅薄的文学爱好者，离开浩大无际的图书馆。

唯有进进出出于这些镶嵌"历史保护建筑"铭牌一类大厦楼阁的种种董事长、行长、社长、首长，以及其雇员、秘书、随从，像名著里的悬念和细节。在川沙工匠们打造出的木质或铁质楼梯上，他们转身复转身，向上再向下，回应开篇，像这些名著里的新言辞、新表达，在不断转折中达到高潮、陷入深渊——

"人事有代谢"，这样一种水木作，永远无法定稿，从而拥有无限的可能性和魅力。

像一场又一场雨水浇灌的南方水杉、玉兰、香樟，永远未完成。

2

自先秦至今，东海一米一米，持续自上海境域向东撤退。早年可以望洋兴叹、筑城御寇的川沙县城，在晚清，与大海产生隔阂。滩涂成为陆地。民众谋生手段，也由制盐、捕鱼，转变为"三刀（泥瓦刀、菜刀、剪刀）一针（绣花针）"。

一八四三年十一月十七日，上海开埠，新街区、新市场、新移民，急切呼唤一系列新建筑，来勾勒其轮廓、拓展其空间、栖息其身心。水木作，这一种建筑组织在川沙纷纷涌现。渔民和盐工的后代，自生疏到熟练，操持斧头、锤子、锯子、刨子、墨线、泥瓦刀，陆续奔赴上海滩，结成中国建筑业里著名的"浦东帮"。

一八六四年，十三岁的寒门少年阿毛，经同乡长者、厨师、后成为牧师的倪蕴山介绍，为上海租界里的外国人盘垒灶台。这个父母双亡的少年，盘垒的灶台形式大好：火苗旺盛烟气小，煤块寥寥热度高。被江海关看中，聘任为房屋修缮维护经理。他细心观察、揣摩西方建筑工艺，对水泥、大理石、玻璃、钢材这些陌生建筑材料，如何与中国传统的木头、砖瓦相结合，心悟神追，技艺精进。

一天，去江海关上班途中，阿毛捡到装有一大沓银票、外币的钱包。原地等候多时，不见失主。继续等候，会因为迟到、旷工而被辞退。但阿毛想象到失主的痛苦与沮丧，就坚持站在原地等候。想象力，就是一种爱与疼痛的能力。恶人歹徒，只拥有清点眼前得失的算计和手段。大街烈日炎炎。饿了，渴了，阿毛就去路边买一个饼子、一碗水。人来车往，烟尘浩荡。

直到第三天，一个形色黯然的外国人来到路边，东张西望。阿毛上前询问："先生有事情吗？"外国人说："钱包丢了两天，许多钱呢。没希望了。今天路过这里，就再瞧瞧吧。上帝啊。"阿毛问清钱包的颜色、样式，掏出来，递上去："先生看看钱数错不错。"这个名为阿摩尔斯的英国商人，惊愕复惊喜，接过钱包就掏出几张英镑递过来："没想到啊上帝！我要谢谢您，年轻的先生！"阿毛摇手谢绝："钱包还您，我心安了，就好了，不用谢了。"阿摩尔斯伸开双臂："拥抱一下，成为朋友，可以吗？"阿毛搂了搂这个公和洋行大班，双臂有些僵硬。他更习惯搂一棵大树，去判断木质与用途。

一八八〇年，在阿摩尔斯的信任、支持下，二十九岁的阿毛创设了上海乃至中国近代第一个股份公司性质的建筑企业"杨瑞泰营造厂"。想象力、诚实、律己、忍耐，这些品质，使阿毛转型成为一个新人"杨斯盛"——阿摩尔斯建议他改名，于是有了这一个盛大名字。

"于斯为盛"，出自《论语》。杨斯盛，中国近现代建筑业的鼻祖，用上海滩一系列建筑以及教育救国之举，对称、响应了汉语之美，没有辜负孔子的遥远诵叹。

盛矣哉，斯人与斯城。

3

一八九一年，新江海关的建造过程，惊心动魄，也是奠定杨斯盛业界领袖地位的重要基石。

杨斯盛或者说少年阿毛曾供职的江海关，亦可称为"江海北关""新关""洋关"，专理外国商船载运货物的进出口税务，初建于一八四六年。一八五三年，小刀会起义、纵火，毁灭这一个三大进结构的中式建筑物。一八五七年，第二代江海关建成，牌楼式大门之内，是一座两层砖木办公楼，西式烟囱叠加中式四重屋檐，类似于将长袍、西服与毡帽相组合，不伦不类。门前大街被命名为"海关路"，即今天的汉口路。

"欧洲诸国百十年来，由印度而南洋，由南洋而东北，闯入中国边界腹地，凡前史之所未载，亘古之所未通，无不款关而求互市……合地球东西南朔九万里之遥，胥聚于中国……阳托和好之名，阴怀吞噬之计，一国生事，数国构煽，实为数千年未有之变局……"李鸿章内心汹涌着不安和忧郁，在上海视察江南制造局、招商局，又来海关路。看了看这一个代表清政府权威与形象的江海关，扫视周边纷纷落成的西式巍峨建筑群。沉默良久，叹一口气："落伍了。落伍了。"

一八八三年，清政府雇用的江海关总税务司赫德，提出重建办公设施的请示，获核准。一八九一年，新版哥特式江海关大楼建筑设计方案，进入建筑商招标阶段。参与投标的建筑商众多，一概雄心勃勃，欲留下供他人风追云从的标志性作品——风起云涌上海滩。

新江海关大楼地基，紧临黄浦江。土质疏松，如同骨质疏松的老者，经不起重负重托。源自黄浦江的地下水，旺盛异常如壮年。参与投标的建筑商相继知难而退，余下中国、德国、意大利三国建筑商，角力竞争。杨斯盛即为其一。拿着那一张复杂的设计图，杨斯盛和助手白天去黄浦江边勘察，晚上琢磨方案。有人泄气，打退堂鼓。杨斯盛的话像巨石掷地有声："中国人要争一口气！杨瑞泰营造厂也十岁了，能够建洋楼、建高楼！建好了这座江海关，还有什么关口过不去？！"

最后中标者，却是意大利建筑商皮特克。

皮特克的人马浩浩荡荡，在黄浦江边安营扎寨。地下水也浩浩荡荡，嘲弄、淹没皮特克的挖掘机、木桩。抽水机不止不休。地下水不休不止。施工期为此消耗三个月，无进展。从春风得意如桃花，到一败涂地似落叶，皮特克沮丧之至，责备、要挟上海道台：甲方没有告知地质真实情况，乙方有权要求延长一年施工期，造价再增加两倍，位置向西移动两条马路的间距，远离黄浦江。道台未诺，坚持按原合同追责。皮特克发誓："如果有人在原地、原价、原工期内建成江海关，我甘愿受罚。"

杨斯盛接受这一挑战，在原地、原价、原工期内建成江海关——建筑外立面呈"凹"字形状，钟楼高达一百一十英尺。布设新式的暖水汀、百叶窗、避雷针。顶楼安装英国制造的四面大钟——钟声浩荡，自屋顶云间涌起，提醒黄浦江上的外国商船：快！快！快快快！加速入港报关，以免误了深夜零点，就需要多计一天税款了！

在这一新江海关建设过程中，杨斯盛探索出滨江松软地质建筑新工艺：拉大作业区域，外围周边，凿四眼深井吸取地下水，用抽水机外泄而出，待中央地基逐渐干燥，以万千木桩密集打压，再施以钢筋水泥，把整个地基联合为一个命运共同体。其间，遭遇皮特克破坏：偷偷布设水管，深夜向地基灌水。杨斯盛查出水管位置，以水泥石料封堵，皮特克的"坏水"不得其门而入，回流倒灌于租界街区，引发公愤和媒体揭露。皮特克灰溜溜乘船而逃，消失在吴淞口外的海平线上，像错别字，被一卷恢宏的上海建筑史删除。

一九二五年，上海的全球航运地位不断上升，江海关大楼功能与城市地位不再相称，被拆除。在原址新建起的第四代江海关，即当下的海关大楼，保留原来的钟楼样式。播送的报时音乐，已经是《东方红》旋律。这一版江海关的建筑商，是"新金记"。杨斯盛去世多年，其勇气、技艺传承于新一代中国工匠。一系列建筑群相继落成于滨江地区，造就闻名世界的外滩天际线。

因杨斯盛的引领、襄助和遗泽，众多水木作，在上海滩云集成一个广大阵容：江裕记，顾兰记，裕昌泰，协盛，余鸿记，姚新记，王发记，周瑞记，久记，陶桂记，馥记，新仁记，张裕泰，新申，新亨，朱森记，魏清记，永大，久泰锦记，陶记，陆福顺，赵新记，李顺记，张兰记，六合，桂兰记，创新，安记，陆根记……

4

> 六月炎天绝了风
> 俏佳人避暑在房中
> 身披蝉翼轻纱衫
> 斜倚凉床懒绣工……

那一个咿咿呀呀的沪剧诵唱者，也是俏佳人。旗袍腿部的开叉高邈，像一条小路通往隐秘的春日花园。她站在木质小舞台上，婉转咏叹，像一朵荷花在小池塘中随风摇曳。

前代伶人尚需要一个乐队手工伴奏。当下，只需要用音响播放伴奏带，就省却若干弓弦鼓板的簇拥衬托。一切趋于简化、高效，仪式感弱了，入耳入心的力量就打了折扣。诵唱者显得孤单，且俏且佳，孤单万分。她一吟三叹，精神已越出眼前几位茶客，远远看见前代女

407

子的闺房生活？

这家匾额为"老祖禅堂"的茶室，位于乔家弄五号，川沙镇古街道十字口处。

一座两层楼沿着十字口两条街展开，呈"L"形格局，水泥外饰面。茶室位于楼底层，面朝街心。楼顶浮凸红五星、两束稻穗簇拥的楷体"稻香"和"1956"字样。无疑，这是一九五六年落成的社会主义风格建筑。楼身一侧，浮雕同样楷体的"稻香食品商店"六字招牌。可以想象，当年，这一商店内的食品，吸引了无数川沙县城干部、人民公社社员、生产队长、妇联主任、知识青年、少女、孩童……

稻香食品商店对面，乔家弄十号，大约在同时期建成的两层建筑，浮雕有楷体"国营工农饭店"六字。楼顶保留着"伟大的领袖 伟大的导师 伟大的统帅 伟大的舵手 毛主席万岁"的魏碑体标语。魏碑体比楷体锐利有力。目前，此处仍是一家饭店，进进出出的食客，不太像工人农民，着装时尚，香水荡漾。

杨斯盛如果见到这两座建筑，大约会对后世水木工匠想象力和手工技艺的阶段性退化，感到痛心。

我要一盏茶，就有了坐在老祖禅堂消磨时间并倾听俏佳人诵唱的资格。茶桌上，一册"沪剧评弹周周演"广告单，三段文字很醒目——

沪剧演出每位三十元（含茶水），评弹演出六十八元（含茶水）。

沪剧源于乾嘉年间的川沙东乡调，取材于男欢女爱、民间百态，是当时劳作、嫁娶、杂耍时的民歌。代表作有《卖红菱》《借黄糠》《庵堂相会》《罗汉钱》《看灯》《游码头》《小孤孀》。

原川沙县沪剧团演出剧目有《代代红》《千万不要忘记》《社长的女儿》《年青的一代》。

广告单上，印刷有十位民国时期女艺人的黑白合影：袁雪芬、尹桂芳、筱丹桂、范瑞娟、傅全香、徐玉兰、竺水招、张桂凤、徐天红、吴小楼。注有"大都会照相馆摄"字样。一概旗袍、短发，面容英朗或妩媚，可辨认出她们老生、小生或花旦的舞台身份。

把这张内涵复杂的广告单小心收藏起来，专心听舞台上新时代俏佳人的诵唱。时节尚属暮春，还没有到六月炎天，茶室有凉意。几个茶客盯着俏佳人，偶尔窥视窗外街道，间或低头摆弄手机。两三声蛙鸣传来，我有些走神。不知是茶室后院池塘中青蛙在叫，还是对面国营工农饭店里的青蛙在叫。两种青蛙，叫声有何差异？

上海民间有"卜蛙声"之说：通过蛙声，卜算未来田野丰收或歉收。翻阅黄炎培编订的《川沙县志》，读到一则谚语："雷打惊蛰天，米价贱如泥。"惊蛰听雷声，阴历三月三前后听青蛙叫，都很关紧。"青蛙叫得哑，稻米塞塞牙。青蛙叫得响，稻船过大江。"这是《川沙县志》中另一则谚语，没详细说明青蛙何种音高、音量，才算哑或者响——哑了，雨量少，农人抑郁。响了，雨量充沛，美景在望。

今年惊蛰那一天，上海打雷否？有些恍惚。显然，我已成为农事与自然的逆子。此刻，在老祖禅堂听到的青蛙叫，与川沙田野有多大关系，也很难说。上海周围已经不见稻浪。市民通过菜市场、粮油超市，间接热爱山水大地，抽象赞美二十四节气。这浮雕"稻香"二字的旧建筑，像是为稻香而设立的纪念碑。

但毕竟有蛙声传来，能从中听出我一年运气的好与坏吗？

出茶楼，对面街角是徐祥记肉庄。墙上嵌有石刻文字：

一世祖：东岩公，于（清）嘉庆六年，在城内牌楼桥，创办
"徐祥记肉庄"。五世祖：介繁公，于二十世纪二十年代，历任原
川沙县第六届商会会长。六世祖：庆平公，继任徐祥记肉庄，至
公私合营为止。二○○八年由徐祥记后人翻建，敬立为念。

不知道杨斯盛、黄炎培、宋庆龄、胡适们，在徐祥记买肉吃否？
他们位于川沙镇上的旧居，离牌楼桥很近，游客如云。

5

天下的善意与美感，似乎都关联在一起，明确或隐约，如万川
归海：

——推介少年阿毛去给外国人盘垒灶台，促使其成长为名人杨斯
盛的倪蕴山牧师，是宋庆龄的外祖父。

——倪蕴山的夫人，是明代政治家、科学家徐光启的第九世后人。

——宋庆龄一八九三年出生于川沙，当时租住的"内史第"，是清
朝内阁中书沈树镛的宅第，有六七十个房间之多，又称"沈家大院"。
沈树镛的姐姐是黄炎培的祖母。黄炎培一八七八年出生不久，父母双
亡，作为沈家亲戚，长期生活于内史第，直到外出求学、革命、探索

现代教育制度。

——自一八九二年起，同样是内史第，收留了自安徽移居川沙的幼年胡适与母亲。多年后，在北京，胡适与黄炎培相遇谈天，才知道各自的父亲胡传、黄叔才，曾经是同僚友好。川沙城"胡万和茶庄"，是胡适家族的百年招牌，目前已不可寻觅。

——作曲家、上海国立音乐专科学校教授黄自，是黄炎培的侄子，代表作有《抗敌歌》《玫瑰三愿》，其学生有贺绿汀、刘雪庵、丁善德等等。

——一九〇三年八月十二日，黄炎培在新场镇一茶馆发表革命演说，被南汇知县戴运寅拘捕，是杨斯盛出面营救，方得脱身。杨斯盛欣赏这一同乡晚辈身上的纵横志气，像倪蕴山青睐少年阿毛。当时，他找到上海基督教堂总牧师求情，花重金聘请一著名律师，雇一艘汽轮自上海赴南汇县城。在江苏督抚"就地正法"命令到达之前的半个小时，黄炎培由总牧师出面保释出狱，旋即乘汽轮至十六铺码头，登轮船赴日本避难。一年后，回上海，黄炎培在上海南市城东女校、丽泽小学任教。后加入同盟会，对精神导师蔡元培表态："刀下余生，只求于国有益，一切惟师命。"

——杨斯盛创办广明小学、广明师范讲习所，聘黄炎培为校长，支持其实验新式教育。一九〇五年，杨斯盛倡议在六里桥创建浦东中学，无富豪响应捐助，独自力撑，矢志不移。先后耗去三十多万两白银，被誉为"毁家兴学"。黄炎培出任校长。高中理科教材全为英文版。陈独秀、茅盾、邵力子、郭沫若、章乃器、杜威、钱基博、樊映川、叶元龙、吴保丰、胡彬夏等名人，先后来校任教或演讲。毕业生有张闻天、范文澜、潘序伦、钱昌照、王淦昌、闻一多、谢晋、胡也频、殷夫、蒋经国、蒋纬国、夏坚白、卞之琳、马识途、叶君健……显然，这是一个影响了中国现代史表达方式的名单。一九〇八年，杨斯盛积劳成疾去世，年仅五十七岁。

——一九一七年，黄炎培发起，蔡元培、伍廷芳、张謇、梁启超、唐绍仪、张元济、史量才、蒋梦麟等四十八人响应，在上海创立"中华职业教育社"，宗旨即"谋个性之发展，为个人谋生之准备，为个人服务社会之准备，为国家及世界增进生产力之准备"。

——一九三二年，宋庆龄作为主席，与蔡元培、杨杏佛、史沫特莱等人发起成立"中国民权保障同盟"，维护人权。鲁迅、胡适、胡愈之、林语堂等参与相关活动……

万川流水入大海。他们以高海拔的头颅为源，沿各自血管奔流而下，汇入上海和人海。而爱与想象力，对少年，对少年般柔弱而又广大之中国的爱与想象力，就是海中盐。

五四新文化运动时期，"南有浦东，北有南开"之说，广泛传扬。叶圣陶在苏州甪直，夏丏尊在绍兴白马湖，纷纷开始教育实验，与蔡元培、黄炎培们的教育思想相呼相应——健全人格，立己济民，重理工但不轻人文，"去铸一柄合用的斧头"（叶圣陶）。

没有念过私塾，靠看沪剧、听评弹接受启蒙，在盘灶台、办水木作、开营造厂的过程中，学会认字、读报、讲英语、辨人伦、观天下，杨斯盛懂得教育之重要，无论个人胜败，还是家国兴衰，皆系于强大心力与时代新知。浦东中学，对于中国教育变革史之意义，他尚未充分感受就去世了。但生前身后读书声始终不绝，这就是一个水木工匠、建筑业巨人，最幸福的事——浦东中学位于六里桥，杨斯盛长眠于操场旁一角，虫鸣与校钟断续有致。

临终前，杨斯盛仍为无力替所有学生全免学费、生活费，而惆怅。立下遗嘱：家宅全部捐献，作为浦东中学校舍。黑板太亮，有反光，损伤学生视力，务必更换。

一九一三年，蔡元培来浦东中学追思并演讲，赞颂杨先生"是一代伟人，而足以为吾人模范也"。胡适以白话文作《杨斯盛传》，颂赞杨斯盛为"中国第一伟人"。黄炎培为杨斯盛墓碑题词"静听书声"。他懂得这一位同乡前贤的热心、爱意、未竟之志。

抗战期间，浦东中学被日军轰炸成废墟，后复建，像被斫伐的树木在雨水里重新开枝散叶。

6

六里桥，顾名思义，此地距黄浦江有六里的路程。一九〇三年，杨斯盛定居于此，所修家宅素朴无华，由杨瑞泰营造厂设计建造。

杨斯盛在这里栖息而后长眠，静听书声，也静听流水——校园北侧的白莲泾，两端连通黄浦江和川沙县城。当年，家居浦西的学生来浦东求学，可在十六铺码头坐小火轮，先朝南航行，后向东折入白莲泾，在六里桥下船就到了学校。家居川沙县城的学生，需要在三灶港登船，自东而西，沿横沔、长浜、牛角尖、北蔡、六里桥，曲折而来，或乘上川铁路直达。

如今，白莲泾没有了胡适在文章中念念不忘的小火轮。上川铁路消失。川沙与黄浦江、浦西之间，依赖华夏高架公路、大桥、隧道、地铁，高速沟通人流、物流、现金流、信息流。

我站在南码头路桥上，看桥下白莲泾静静东流。不见白莲，可俯瞰浦东中学的大操场、教学楼。我家位于附近，故常常经过校园门口。一方石头上镌刻校训"勤朴"二字，隶体。校园内，一处古旧四合院，层层青瓦海浪般涌向天空。周围，奔跑着新时代少年，像风中的船帆。我一直不清楚浦东中学的来路和传奇。直至在川沙镇晃荡的这一下午，认识"水木作"一词并寻根究底，蓦然发现：自己凡俗的日常生活中，竟隐伏一壮烈之士，如金似玉，醒目惊心。

川沙古城墙立有一块岳飞诗碑。其上有我熟悉的狂草："学士高僧醉似泥，玉山颓倒瓮头低。酒杯不是功名具，入手缘何只自迷。"在我故乡南阳卧龙岗上，立有二十八块岳飞诗碑，深刻诸葛亮《出师表》，狂草，如风起云涌。岳飞率岳家军路过南阳，挥涕走笔，留下墨迹，向异代前贤致敬。但他没有来过川沙，在汴梁城舞剑阁写就这首七言绝句，对金兵压境之际诸般醉生梦死景象，愤懑、痛惜、劝勉。岳飞好友、大学士李梦龙，携此墨迹奔赴天台山，剃发出家。其弟子承继墨迹，来川沙建立"种德寺"，将岳飞墨宝珍藏其中。清道光十二年，即一八三二年，这首诗被刻立于城墙，成为川沙一景。

少年阿毛爬上城墙看诗碑，不懂。他请读私塾的小伙伴教自己先认识两个字："岳"，"飞"。

古城墙外，东海隐隐在望，海浪如岳梦中飞——岳飞。

从史料里查找到杨斯盛的一张照片：戴毡帽，着大衣，面庞清癯，端坐如钟。完全是谦谦君子态，毫无声名震世者常有的霸气。一生远离酒、色、赌、毒。他给后人、弟子和所办学校师生们演讲，屡屡提起岳飞诗碑上的句子："酒杯不是功名具。"

浦东中学校徽是一个三角形锦旗图案，包含有红色砖墙、泥瓦刀。校园内立有杨斯盛铜像，一九一七年由各界人士捐款建造。校园种满香樟树。上海乃至整个南方多云多雨，有利于此一树种生长。

无穷无尽的校园与少年，雨水与花木，像水木作，合作一个绿荫高阔、生生不息的中国。

1

北宋诗人周邦彦的一首词《少年游·并刀如水》——

并刀如水，吴盐胜雪，纤手破新橙。锦幄初温，兽烟不断，
相对坐调笙。低声问：向谁行宿？城上已三更。马滑霜浓，不如
休去，直是少人行。

写的是周邦彦与李师师携手缠绵前的过渡性场景，如电影。李师
师低声询问、试探、挽留："三更夜了，有霜，路难走，马也嫌路滑呢，
歇息吧……"微妙而动人。

并州的水果刀，吴地的盐，女子新橙般的腰身，组成东京汴梁的
一个好夜晚。

周邦彦所说的吴盐，即江南一带、东海岸边的盐。

盐，分井盐、湖盐、海盐三种。海盐最好，海水经盐灶灼烧蒸
发后余下的盐，最好。唐宋时期，江南一带著名盐场达二十七个，自

扬州、崇明蜿蜒向南而至海宁、杭州。其中，规模最大的盐场，即新场——今上海浦东的一个小镇，最初处于长江入海口。煮海为盐，像诗人煮墨为字。盐民苦，盐商乐，盐政官员乘轿子、坐马车在海边出没，忙着收税与盘剥。

清代，江宁织造、曹雪芹的祖父曹寅，同时担任两淮巡盐御史，负责监管盐政事务的范围除江南地区，还广及安徽、江西、湖北、湖南、河南，直接向康熙皇帝负责报告种种大事与隐情，大权在握，深渊在望。

《红楼梦》中，贾宝玉清晨用盐擦牙，下午想着吃袭人或者鸳鸯的胭脂。

2

以盐为力，新场镇的酒绿与灯红，异常汹涌——驿站、酒馆、书场、妓院……娱乐业异常发达，有"小苏州"之称。不知道康熙下江南来此地私访否，也不知道曹寅来此地巡视否。长江水携带泥沙沿海岸线南下，与钱塘江水汇合时受江海潮汐作用而沉积，由滩涂化为陆地，上海浦东地区渐渐阔大。新场镇与东海，不断拉开距离——目前为三十五公里，且保持年均二十一米的速度向东推进海岸线，生动诠释一个成语：沧海桑田。

江南一带盐场渐渐转型为田野、市镇、人烟。新场周边地区开始以桃树、西瓜、土布、海滨浴场……闻名江南。我在新场镇小型博物馆里，还能看到两筐盐，雪一样白——李师师一样白？我怀疑博物馆中用来诠释盐民劳作的灶台、耧、耙、蓑衣是赝品，也怀疑这雪白是虚拟的。用指节沾几粒雪白，尝尝，咸，的确是盐——吴盐胜雪。

"肩扛着现实，他／在盐库守着波涛的记忆。"想起法国诗人勒内·夏尔的句子，在梅雨时节的这一下午，站在新场老街吃桃子，汁水四溅。

街道窄，大约仅仅能容一匹马、一头驴擦肩而过。在冬天，来往行人穿上棉衣棉靴，会使街道更狭窄。街对面咖啡馆，有一女子在观察窗外街景，又低头，避免直视恰好有桃子汁液溅上我眼镜的尴尬相。

咖啡馆窗子上，手绘一句话："熟练使用'关你屁事'和'关我屁事'，可以有效节约 80% 的时间。"不知咖啡馆老板对这两种说法运用熟练否。不知道他节约下来的时间干什么去了，发呆、想一个人、弹奏古筝、读书？关我屁事。

3

小街，石板路，被千年来的鞋子、马蹄、驴蹄消磨。低洼处，也不至使人跌跤，积累一汪雨水，可供麻雀啄饮；凸起处光亮如玉，也不至于绊脚。石板路遇到河，就一阶一阶高耸起来，成为半月形的石桥。到对岸，又一阶一阶矮下去，继续成为石板路，托起各种鞋子、马蹄、驴蹄、雨水、麻雀……

当然，前朝的绣花鞋、布鞋、棉靴，转变为眼下的运动鞋、皮鞋，步姿与足音也有大变化。马和驴消失，转型成自行车、摩托。盐库消失。路边门店除了咖啡馆，还有茶馆、旅馆、酱园、布店、水果店、餐馆、泥塑店、灯彩店……

河不宽，石桥也就不必阔大。路、河、桥有了恰当的分寸感就好，像人与人之间的话语往来，有了恰当的分寸感才好。

石桥边，清代建立起的书场延续至今：一座小楼，二层可喝茶、聊天、看河景，一层可听艺人怀抱三弦说书。窗半开，我在窗外探头探脑。听不懂说书人讲的故事与传奇。一群人各自守一碗茶，眼睛半睁半闭，头脑半清醒半混沌，在传奇故事的边缘沉浮。一老人把假牙托从嘴巴里掏出，又安装回去，再掏出复又安装回去，像孩子摆弄玩具，在怀疑自己一生情话与诺言的真诚度？

河边连廊下，几个妇人蹲在菜摊前，仔细调整那些番茄、小白菜、豆角、茄子的位置和姿势，像写作中的人在调整纸上言辞。

整个镇子很安静，没有叫卖声，只有流水声和风声。

新场，为我猜想旧人旧生活，提供一个样式。就像母亲保留的一沓亲人鞋样，用报纸剪出的鞋样，依稀指出多年前一双双大脚小脚之间的血缘关系。小镇，适合思考如何作为"一个人"而不是"一个人物"，去活着、喜悦着、疼痛着。

4

镇上嵌着"不可移动"石质铭牌的古宅，有二十余处：张宅、叶宅、周宅、朱宅、闵宅、奚宅等等。大都建于明清或民国，每一方院落里都有无限的前欢旧事可供猜度。

那些黑黝黝的大门，或紧闭，门前台阶上竟然生长花朵或青菜，蜜蜂嗡嗡；或敞开，院落内的景象因群居、分隔而散乱无章，电视剧里的对白、收音机里昆曲吟诵声和婴儿哭啼，交响共鸣，遮蔽了旧时代的惊艳与哀凉。楼梯口贴有警示字条："私人住宅，游客勿进。"

无意中看见一旧门，刻有八个暗红楷体大字："曲江养鸽，京洛传钩。"主人以两个典故暗示：此为张家宅第。唐代诗人张九龄，乃韶州曲江人，故称"张曲江"，养鸽子以便与亲友通信。《搜神记》有言：

> 京兆长安有张氏，独处一室，有鸠自外入，止于床。张氏祝曰："鸠来，为我祸也，飞上承尘；为我福也，即入我怀。"鸠飞入怀。以手探之，则不知鸠之所在，而得一金钩。遂宝之。自是子孙渐富，资财万倍。蜀贾至长安，闻之，乃厚赂婢，婢窃钩与贾。张氏既失钩，渐渐衰耗！而蜀贾亦数罹穷厄，不为己利。或告之曰："天命也。不可力求。"于是赍钩以反张氏，张氏复昌。故关西称张氏传钩云。

张氏家族有才复有财，两全其美。

大门旁高墙嵌一石头铭牌："张信昌宅第。形式风格：中西合璧四进式建筑。年代：清光绪年。建筑材料：砖木结构。"我真希望这张先生就是张九龄后裔才好，会背诵《望月怀古》才好。

> 海上生明月，天涯共此时。情人怨遥夜，竟夕起相思。灭烛怜光满，披衣觉露滋。不堪盈手赠，还寝梦佳期。

一首好诗，让不同时代、不同地域的读者产生代入感，置自我于其中，获得深广，消解卑微。不知道张九龄这首诗写于东海还是南海，但适用于人海之上所有的春夜。

我在新场一带的东海边游荡，看一钩新月皎洁，如水果盘里一把并州刀子——周邦彦那首《少年游》，如果让张信昌诵读、体会，很合适。

只有少年，如新月和刀子一般有力，破开新橙般鲜美的女子，像《诗经》中的男女那样感叹："今夕何夕，见此良人。"

5

新场镇另有一处"不可移动"的张宅，名为"张小乙宅"。石头铭牌上注明："张氏二房宅。日式风格三层建筑，民国初期建设。"不知道张小乙与张信昌是什么关系——"二房"字眼，引发我诸多联想：是第二座房屋，还是第二夫人的房屋？

"大房""二房"乃至"三房""四房"……这些称谓，是古中国对女性身份的隐喻：她们就是一座座房子，为丈夫乃至整个家族遮风避雨、安神存心。荣光吗？实乃重负与牺牲。

问镇上老人，"张氏二房宅"含义如何，都摇头："不清楚。张家是大户，户大人众故事多……"

我匆匆掠过那些三进四进的院落，门扉开开合合，佳人云集少年游。

在唐代，以《少年行》为题写作的诗人，有李白、王维等。其中，李百药的一句诗最著名："少年不欢乐，何以尽芳朝。"正是一系列英气勃发的《少年行》，催生《少年游》词牌，像盐，催动新场这一小镇在宋代生成。

新场曾经像少年，越过少年期，如今成为古镇，但镇上的早晨和春天新新不已。

下雨了，打开伞，我假装是海边一棵生枝散叶的小桑树，暗藏丝绸和良宵。

召稼楼：
大地的转换

Zhaojialou Ancient Town

1

大海缓缓退潮，持续形成滩涂良田。上海地区的农耕作业，始于这座黄浦江边的元朝古镇"召稼楼"。一座钟楼，召唤庄稼拔节分蘖、抽穗结实，以钟声在晨昏打破田野寂静，是先民与稼禾、阴历相互致意的一种仪式。每次敲钟，一百零八记，蕴含十二个月、二十四节气和七十二候。

眼下，钟楼和钟声不复存在，大地、节气和粮食还没有抛弃上海。

与其他江南古镇相比，召稼楼也有大致相似的格局：流水、小舟、桥、游客、茶馆、酒楼、蹄髈、叫卖声、狭窄的石板路、知墙白且守瓦黑的老房子……相异的是，墙皮剥落处暴露的旧砖，一概浮凸制砖工匠署名"吕恒丰"。一片"吕恒丰"叠加在一起，被建筑工随意正砌或倒砌，成为一堵墙。被颠倒身体的那块砖、那个"吕恒丰"，头晕吧？把泥土通过火焰转换为一块砖、一堵墙，需要署名，以确保这一转换的力量和责任感。类似作品署名，要求书写者"修辞立其诚""辞必己出""惟陈言之务去"。

另外一个相异点：召稼楼销售粮食的店铺，远多于其他古镇。店铺内粮食的来源、价格、功能，从一个个插在粮食上的标签可以看出——

大别山野生茯苓（每斤二十八元，补气、消肿、祛湿、补脾、养心、定神），东北黑麦（每斤十元，降血糖、降血脂），陕北黑小米（每斤十二元，补脾、安眠），伏牛山黑木耳（每斤一百零八元，活血、滋肾、养胃），西藏血麦片（每斤四十元，补血、补肾），太行山绿豆（每斤十五元，清热、败火），青海亚麻籽（每斤十元，润肠、通便、抗癌），黄冈金麻籽（每斤十二元，降三高、润肠通便），梵净山小黄豆（每斤五元，防冠心病），贵州薏米仁（每斤十元，祛湿），湖南野生糯薏米仁（每斤十八元，补肾、补脾、养胃），华北纳豆（每斤十五元，抗血栓、软化血管、排毒、降三高）……

标签下的粮食五颜六色：黑、红、黄、褐、白、绿、金、灰……暗暗携带各地的天光水色、花香鸟语、汗息、欢笑、哭泣。以庄稼立身、立命、立名的这一个上海小镇，似乎把中国大地都转换进我身心。大别山、东北、陕北、伏牛山、太行山、青海、黄冈、梵净山、贵州、湖南、华北……浩荡而来。不知它们一路经过了怎样的颠簸：农夫的肩膀、驴车、手扶拖拉机、卡车、船、火车、自行车……

通过种子、节气和人力，大地持续进行自我转换，以保证人世烟火新新不已。被粮食养育的人，即便那些自称为"天子"的皇帝，死去，也无法埋葬到天空里。所有生灵终将转换为大地的一部分，去还债、还情、还愿。

2

我来召稼楼晃荡这一日，恰好是春分，春天一分为二——春天梳成中分发型，像英俊少年。

尽管二十四节气的制定，最初针对中原、北方，但南方风土同样服从于阴历的力量。十五天前，傍晚，惊蛰，上海城区回荡着一声声春雷，像青铜大钟被铿然敲响——这永远不会废弃的钟声，召唤云朵、雨水和春心。

春分这一天，白昼与黑夜的时长相等。之后，白昼时间渐渐拉长，在夏至那一天达到极端，以便于农人在田野里多待一些辰光，播种、浇灌、除草、收割。之后，白昼退潮，一点点退回在春季过多占有黑夜的那部分时间，在秋分形成新的均衡，白昼与黑夜的时长相等，农人直起腰来，稍微松一口气，在暮色里牵牛回家。之后，黑夜的时间会渐渐拉长，在冬至那一天达到极端，农人守着粮食入睡，一年的疲倦在磅礴鼾声里得到释放……

物极必反，阴阳循环。大地按照日光节律，转换景象、气息、湿度与悲欢，不休不息。

老子云："道生一，一生二，二生三，三生万物。"他一定长期观察了时光运行与万物生发、人性成长之间相契合的规律，顿悟：这就是道。合于道，则生生不息。得道多助，失道寡助，去成为丰富或匮乏的人。

人到中年，我大约隶属于秋分状态，要有所收获和收敛，为晚年的到来积攒一些回忆和养老金。

孔子说，五十知天命。在人类寿命很短的先秦，五十就属暮年，才知悉"天命"亦即自然的意志。孔老师对众生觉悟能力的迟缓，很谅解。对人在青壮年时期一系列不自然的错误，很谅解。

我已越过被谅解的年龄段，那就应当自然而然，像召稼楼周边的田野。

3

召稼楼本地出产的著名农作物，有桃子、西瓜、水稻、玉米、油菜。目前，小镇田野把主要精力用在油菜上，让油菜花显得才华淋漓。

一丛桃树惊艳，野蜜蜂定居于树枝最高处的巨大蜂巢，嗡嗡嘤嘤，在讨论桃树和田野的美感、含糖量？小路上，一个养蜂人戴着面纱和草帽，像手持暗器的侠客，在一排蜂箱周围游走。他偶尔仰头，看看桃树上的蜂巢，对自成一体、无门无派的野蜜蜂无可奈何。

池塘边，一小块三角形菜地里，有一年迈农妇在种菜。我询问："阿姨呀，种的什么菜呀？"她回答："芋头。""多长时间能长好呀？""十个多月吧，到冬天就能吃到了。"我吃惊："需要这么长时间呀！""好东西都长得慢呢。"

一个召稼楼哲学家的警句：好东西都长得慢呢。大地在春日里通过农妇教育我。

不久前，在电视里看见名为"小冰"的机器人，与四个依靠粮食而非电流生活的诗人比赛写诗，最终取胜。机器人拥有强大的自我学习能力，一瞬间博古通今博采众长，以"速生"战胜"缓慢"。人类的

"缓慢"，应拒绝去与机器的"速生"一逐高低。粮食们，就绝对不屑去与交流电一决雌雄。

与大地无关的人、机器人，如何能够成为诗人？大地就是庄稼，就是脾、胃、心、肾、肺、血、气，就是一言难尽的苍茫、自相矛盾的日夜山水，就是冷峻或热烈的天气及其带来的丰收与丧失，就是诗。机器人，以成功，以更快更新更强大的成功，作为唯一价值观，毫无痛苦、暧昧、激情、反讽、犹疑不决、失败、孕育、死亡等隐疾暗忧，如何能写诗？如何能战胜一个诗人？除非那诗人本身，就是一台可疑的机器。

"大地是承担者，开花结果，伸展成石头和水，产生了植物和动物"（海德格尔），诗人是转换者，像农人，把与泥土紧密相关的生、死、美、爱，转换为语言、音韵、节律。每一次分行、转折，都像召稼楼的田野、小路、溪水，自然而然，又出人意料。杰出的语言必来自悠长的转换，像完成一茬芋头，需要十个多月的耐心和成长。

芋头含有糖类、膳食纤维、维生素、钾、钙、锌等，有开胃生津、消炎镇痛、补气益肾等功效。本质上，依然是大地的功效通过芋头完成转换。

在书桌上，面对一张白纸，的确与农人面对田野，有相似的姿态和心境。半天过去了，纸上的字迹收成如何，依然是巨大的未知和悬念。

4

一个召稼楼农妇，让我与童年乡村生活恢复关系。但我为这"恢复"设置了"农妇"前提，是企图继续过一种麻木不仁的生活？

同事中不少药物科学家，在实验室内劳作，握着丰满、荡漾的烧杯，像握着丰收的水果。摇床，在摇动中合成、分解药物，像热风摇动中麦稻生长的田野。我写字，笔尖同样有麦芒稻芒的形状，充满成熟的愿念和贡献的潜力？在召稼楼，我感觉自己也像一小块田野，拥有转机与未知。

在上海，我应该能够做到：不论何时何地，都能看到一个农妇劳作的身影，从而不放弃"自然而然""顺其自然""劳作""隐忍"等责任和品质。

一个人并非只有隐居乡野，才有资格像陶渊明、王维、梭罗、利奥波特、怀特那样，掏出"自然之子"身份证。通过旅行社去热爱四季和大地，可笑复可疑。城市与乡村，并非势不两立的反义词。生息于节气中，一个人就应该持守土地与自我的完整性：提着布袋子去菜场买菜，拒绝用塑料袋腐蚀大地；动手做晚餐，不要让孩子以为快递员送来的餐盒就是田园；把落地的幼鸟捧起来，送回树上鸟巢……

我开始把洗澡、洗衣的水龙头拧得稍微细小。一辈子下来，也许能节约出一条小溪。

农妇弯下腰去，撒出一把把草木灰为菜地施肥："草木灰养出来的芋头，比化肥养出来的好吃。"

我好奇："草木灰，稀罕啊。你家还有灶膛啊？"

"是啊，邻居们都用电炉、液化气了。我还有一个灶膛，烧树叶树枝，做出来的饭也香呢！镇上就我这一个灶膛了，很快就没有了。种田的人少了，都去做生意、进工厂，挣大钱了。"

她弯下腰，像地平线上一轮沉沉的落日。想起法国诗人勒内·夏尔写下的句子："你只为爱而弯腰。"想起俄罗斯诗人帕斯捷尔纳克在巴黎演讲时引发掌声的一句话："要善于弯腰，诗歌在草地上。"想起德国诗人荷尔德林精神分裂后的自言自语："如果大师使你们恐惧，向伟大的自然请求忠告。"

一只蜗牛在田埂上慢慢移动。它的壳，有着旋转的形状，像一个乐手背着圆号，去参加昆虫界音乐会。路过我鞋子的时候停下来，辨认一下，走了。它要奔赴一个没有脚气味的音乐厅。

祝福召稼楼的炊烟和蜗牛。感谢农妇、芋头和所有晚熟的事物，给予厌倦者、迷茫者以教益和热力。

白莲泾：
在还俗中还乡

Bailian Creek

1

黄浦江的这条支流，长约二十公里，途经浦东地区的北蔡、花木、严桥、六里——像一枝白莲？曲折穿越北蔡、花木、严桥、六里，伸向黄浦江的灯影鸥鸣。

我移居白莲泾边一公寓已多年，没有看见白莲。从"白莲泾"这一地名，猜想早年莲花摇荡、桨声欸乃的景色。像失恋的人，只拥有恋人名字。即便重逢，那人与最初的爱意美感，早已无关。

研究浦东地图，凌空鸟瞰，可见这条河时窄时宽、时南时北，最终融进东部的川杨河，潺湲入东海。通过白莲泾、川杨河，黄浦江与东海，相互提前沟通了一些咸淡滋味、小道消息，而不仅仅依靠黄浦江下游崇明岛处的入海口——这张大口，发表一番"关于在潮汐节奏、滩涂延展、货运业、旅游业、鸟类保护等等问题上加强江海合作"的新闻公报。

白莲泾就是曲径，通往幽深大海，一尾鱼，从淡水游入咸水，就成为参禅悟道之人。

周围，有写字楼、磁悬浮车站、地铁六号线、白莲泾汽车站、后滩、世博园、南码头渡口——这一渡口，位于白莲泾与黄浦江汇合处，像白姓弱女子，与黄姓壮汉久别重逢，拥抱在一起。隧道与大桥密集联系起黄浦江两岸，南码头仍有不少乘客，骑自行车、电动车、摩托车直接上渡船，去西岸工作、探亲、游荡。卖轮渡票的两个小窗，很陈旧，像双眼——两个卖票女子坐在小窗内阴影里，像疲倦的眼珠。

白莲泾两侧高高修筑防洪墙，使河边居民无法近距离与河水交流感情。站在楼上、桥上，才能俯视被防洪墙制约的蜿蜒细流。

一个夏日中午，我在浦三路桥上站半天。河面，有一男子裸体端坐于旧汽车轮胎上，停滞在桥墩处阴影里，避暑。像一只很简陋的蜻蜓，立在一朵很凑合的莲花上。几分钟后，他用一把破扫帚作为桨，拨动河水，朝南码头渡口方向缓缓移动。这是一种行为艺术，纪念多年前一叶满载莲藕的小舟？

白莲泾旁有古寺。传说，寺内有身怀绝技的僧人：脚踩水桶，手握树枝拨动流水，横渡白莲泾——像诗人脚踩墨水瓶、手握笔，拨动一行句子，就能渡过白纸。这情景，我没有看到。就像一个诗人伏案写作的场景，他人无法目睹，除非这写作成为表演、诗成为商品。

我的诗写得一般，因笔杆拨动白纸的力量比较薄弱？

2

白莲泾旁，曾经在二〇一〇年举办世界博览会的世博园，像下完棋之后的棋盘，大部分棋子（建筑、人）消失，棋子行走的线条、道路仍在，暗暗期待复盘？

当年汹涌于整个夏季和秋天的人流，不复存在。大部分国家馆、企业馆拆除，仅保留以下建筑物——

沙特馆，世界博览会期间最热门的国家馆，更名为"月亮船"，席地幕天的电子屏幕持续播放中东地区的沙漠、天空，让游客产生鸟飞翔的眩晕感。做一只中东的鸟，须学会热爱那广大而寂寞的黄与蓝。意大利馆，更名为"上海意大利中心"，各种名车、首饰等奢侈品荟萃闪耀。中国馆，更名为"中华艺术宫"，动画版的《清明上河图》永久展出，并举办各种美术展览。

不久前，进入中华艺术宫，我看了《米勒、库尔贝和法国自然主义：巴黎奥赛博物馆珍藏》。八个章节："风景：从柯罗到库尔贝"，"米勒"，"写实主义"，"自然主义"，"画家'梦蝶'"，"布尔乔亚的低调魅力"，"孩童"，"苍生疾苦 振臂一呼"。尤其喜欢米勒笔下的法国乡村：浓雾中渐渐浮现的牛群、月光里的羊、与天空一起弯下腰肢的农妇、湿润的土地……

其中一个细节：《春》，画面左侧不起眼的"丫"字形树干，仿佛儿童举臂拥抱天空。米勒和库尔贝，一概在法国乡村长大，"撒手播种，用腰部插秧"（勒内·夏尔），终生描绘土地。"一种诚实的写作，范围不应该超过三十平方英里"（沃尔科特）。诚实的画笔，范围也不会超出家乡三十平方英里？

中华艺术宫常年上映一部电影纪录片《海上传奇》。贾樟柯受上海电影集团邀请，为二〇一〇年的上海世博会而作。在海内外采访八十多位与上海相关的名人或其后代，最终选择杨杏佛之子杨小佛、杜月笙的女儿杜美如、曾国藩的曾外孙女张心漪、费穆的女儿费明仪、上官云珠的儿子韦然等十八人，作为电影叙事者，从十八个角度，观察、表达这座与他们家族乃至中国相互纠结的城市。

《海上传奇》把许冠杰的粤语歌曲《浪子心声》，作为背景音乐，与镜头中的外滩、外白渡桥、苏州河、陆家嘴、徐家汇等景观，两相恰和："难分真与假，人面多险诈。几许有共享荣华，檐畔水滴不分差……谁料金屋变败瓦……雷声风雨打……"

我与贾樟柯有过一次近距离相处。二〇〇八年，一个姓武的上海青年，通过网络组织"与小武一同看《小武》"的观影活动。当时没有微博、微信，我通过豆瓣网站报名参加。那一天，冬至，下午五点，上海的天空就黑了。坐在比夜色更黑的剧院里，看这部描写汾阳旧事的电影。写实、粗犷、缓慢、诗意，是贾樟柯持续至今的叙事风格。

电影结束，贾樟柯走上舞台与观众对话，显得青涩、羞怯。"其实汾阳的烟尘浩荡，也很美……"他的这一句话，声音很轻，在场观众似乎并未在意。他大概暗暗把荒凉故乡与华丽上海，做了对比。用电影为故乡辩护、做证，像米勒、库尔贝用油画笔为故乡辩护、做证。所有艺术表达，都是在为自己青春期前后的三十年时光辩护、做证。喜欢他这一句话。贾樟柯电影《任逍遥》的背景音乐和歌词，也长时期回响我耳边："随风飘飘天地任逍遥，英雄不怕出身太单薄……"

我同样出身单薄，但南阳的烟尘浩荡也很美，使一个移居者在上海充满底气和定力，即便不会成为时代英雄。

3

后滩公园，是由上海钢铁厂原址改造成的湿地公园——像现代之后是后现代，需要后退一步，让钢铁的灼烫，后退为一派湿地的清凉。将工业遗址还原为大自然，像是将颜料这些商品，还原为米勒、库尔贝画笔下的乡村。

世界博览会举办期间，我并未到后滩一游。热衷于去欧美展馆排队浏览，假装到达了巴黎或柏林。多年过去，对那些热情展示未来进步趋势的发达国家展馆，印象模糊不清。更快、更高、更强的欲望冲动，模糊不清。脑海中日益明晰的，反而是非洲国家展区内的景象：独木舟、海水、阳光、女性木雕……

尤其是猛然意识到后滩的存在。我往往在周末步行来后滩晃荡一下午，像探亲，充满归意。

游人不多，芦苇拥挤。原上海钢铁厂内流水线位置，成为小溪流水，大致与二十米外的黄浦江平行——点点钢花，转化为水中暗红色的游鱼。荷叶被秋风吹老，边缘剥蚀如同绿裙子的蕾丝花边。一只蜻蜓或一缕秋光，把荷叶穿身上，在跳舞。我像失业复失恋的炼钢工人，充满挫败感；也像一块废铁，尚能去加固一段溪岸、加入一座小桥？鸟群掠过我，像钢厂天车掠过一个炼钢工人或一块废铁。一个俯身溪边玩耍的孩子指尖滴水，自言自语："空调滴水……"我笑了。这肯定是一个在电器之间生长的孩子。拥有乡村生活经验的人，指尖滴水，只会想到青瓦屋檐上的雨季。

南京诗人韩东有一首代表作《温柔的部分》——

我有过寂寞的乡村生活

它形成了我生活中温柔的部分

每当厌倦的情绪来临

就会有一阵风为我解脱

早期经验影响每个人的身体构成与行为方式，无论韩东、贾樟柯、我，还是米勒、库尔贝。后滩，溪岸上芦苇拥挤，总使我感觉回到南阳与童年。那时，那里，芦苇拥挤，白头到老。

眼前草地上有许多帐篷。帐篷紧闭，外面摆一双高跟鞋、一双皮鞋，可以推想内部情景。有人把下半身伸出小帐篷门外，像河蚌张开一半。更多家族式聚会在进行，男女老少绚烂团坐于布毯上，姿势不羁，享受阳光、风、江上汽笛声。巨大货轮或游轮掠过江面，像一只只大手擦拭天空。

万物嚣扰，众生奔竟，需要若干角落安慰内心。后滩，给予这"若干角落"一个形状，像佛龛给予禅理一种形状，戒指给予恋情一种形状，画框、纸、银幕给予故乡一种形状。野外的风、禅理中的月色、恋爱期的热、颜料内的乡村、诗行间的轻轻一跃、银幕上的四方形窗口，都有能力散发出驴粪、马粪、牛粪的勃然腥气，以及野草、烟尘、流水的无量芬芳，让聆听者、感受者、恋爱者、阅读者，觉得自己也脱掉皮鞋，处于驴粪、马粪、牛粪、野草、烟尘和流水之中了。

艺术的目的或者说牧笛、墓地，就在于召唤一个人还乡，乘着驴粪、马粪、牛粪、野草、烟尘、流水的气息，还乡，酣睡。后滩，就是还乡过程中的一个驿站。在后滩，给内心的马匹喂草、喝水，骑上去，奔腾而去。

卢浦大桥、南浦大桥，一南一北，像黄浦江这一匹大马身体两侧的马镫，呼唤我骑上去、奔腾而去？

江声浩荡，自大马嘴巴里一阵一阵升起。

4

我的书房窗口，正对白莲泾彼岸一个新落成的公寓。在长达两年的建设期，我目睹了它无中生有、在空无中生发出纷繁灯火的全过程——

一块野地。生长蔬菜、野草、麻雀。被围墙拦起。植物们被推土机、卡车、建筑队践踏进泥土。麻雀们失去树枝、野草的颤动感，只能飞到塔吊上，感受钢铁的僵硬与冰冷。

建筑公司开始"三通一平"，通水、通电、通路、平整地面。巨大广告牌树立起来，浓墨重彩描绘未来的高贵景象：楼群、地下车库、花园、喷泉、酒吧、林荫小路、飞鸟、美女、宠物狗……一个工人提着颜料桶手握排笔，在临时搭起的简易住房后墙上，用宋体刷标语："创建优质工程，争夺鲁班大奖！"

掘土机隆隆运作。在未来楼群应该耸立的地方，出现一个深坑——欲扬先抑。坑的深度与楼群高度成正比。钢筋一层一层密集编织于深坑内，如同大树复杂有力的根部。水泥浇注的地表，永远丧失植物生殖力，如绝育。框架结构的楼群底层，凸出地面，像一头大动物跃出地平线。

工人随着楼群上升。口音杂乱，服饰各异，只有头盔是统一的红色，来自河南、陕西、安徽、四川等地。那些项目监理衣服整洁，面目雅致，手拿图纸，顾盼自雄。红色头盔佩戴方式也不同。那是一种礼帽或鸭舌帽般的戴法：半倾斜着，扣在额角，起一种点缀装饰作用。他们的头颅比较安全。把手伸出去："要有一点弧度。"就有工人出现在二十五层或者三十层，为那一点弧度埋头劳作、焊枪闪烁。

楼群继续上升。工人运送钢筋玻璃、粘贴墙面砖、铺设电线、安装下水管道。

基本结构终于完成。阳光下，一座座高楼像一张张人体 X 光照片，骨骼分明，有待血肉丰满。更像即将完成的露天舞台，工人走来走去，为未来剧情的上演布置道具。

主人们从不同区域赶来观察、仰望。像演员看见即将出场亮相的位置，兴奋，又略带茫然。按照时代所倡导的理念，构思自己参与其中的剧情。无论通俗或脱俗，均依赖于房间内沙发、音响、烛光、浴巾、香水、鲜花、床榻、照片、时尚杂志等元素的支持。喜剧化的构思大致相同，因欲望大致相同，却可能演成悲剧。比如，二十三楼或者四十五楼窗口，在春夜坠落一个厌世者。被雨水冲洗抚慰一夜。在凌晨，居民、警察、记者们才发现一个人的消失。

楼面清洁。几个工人腰系保险绳、手握清洁剂，自楼顶垂悬而下随意摇荡，像壁虎，附着于墙壁。他们能偷窥到多少不为人知、超出作家想象力的隐秘景象？甚至会从旁观者转换为剧中人，破窗而入，参与或推动若干房间内剧情的转折。一只壁虎的能量，墙壁和老虎知道吗？

砖土结构围墙拆除，代之以图案繁复的铁质篱笆，像布衣女子换上镂空纱裙。

在农作物、野草生长的地方，铺设进口草坪，栽花，种树。一棵野生于田间小路上的大樟树，被设计师保留在原地。但"田间"不再，成为楼群峡谷里的网球场。"小路"不再，成为小花园之间的连廊。牛羊、野兔、土拨鼠窜行其间的乡野不再，代之以深夜卡车从异地运来的速成树林。那些来历不同、毫无关系的大树，在这里练习和谐相处、交换花香和蜜蜂。

一个建筑商模样的男人来到大樟树前，对其立场表示不满，大臂一挥呼来吊车和工人。大樟树周遭泥土被挖开。树根切断。用钢缆把它高高吊起、吊起，脱离地面。地面露出巨大树坑。大樟树在空中缓慢转身、转身，再落回坑内——这棵树枝叶最为茂密、造型最为优美的一面，就正对中心广场方向了。一棵被外力改变站姿和世界观的树，树上鸟巢内的目光和翅膀，会混乱多长时间？像野兽被培养成家禽，这样一棵野树才能在人群中活下去。输液瓶吊在大樟树上，滴滴答答，似乎在劝它忘掉履历和脚痛，热爱、参与新生活。

开盘仪式。讲话，祝福，歌手演唱，分发钥匙。一辆辆搬家公司汽车进入公寓。灯光逐渐密集。

超市、邮局、银行、发廊、酒吧、餐馆、小学、幼儿园、健身中心、售报厅、居委会、派出所、广场晨练者的舞曲及红色折扇、出租车候客区、通往市中心的公共汽车新站牌、拾垃圾的落魄老人、黄昏时分叫卖鲜花的女孩……这些与公寓相配套的景象，次第呈现。

一座村庄繁衍上千年也只有数百人规模。一处公寓的生长速度，无与伦比，瞬间形成数千人乃至数万人栖息于此的新局面。当然，他们彼此的血液、姓氏、口音、长相、风俗、信仰、经历，毫无关联。公寓的命名，也不能再像某座村庄用居于主导地位的姓氏命名为"张村""马家河""余冲""王起鳌"，只能很浮夸、很抽象地称作"××花园""××世家""××公馆"。

一块蝉噪蛙鸣、蜜蜂飞舞的野地，彻底消逝于黄浦江旁、白莲泾边。

5

自南阳移居上海之初，我曾因腰部疼痛，去白莲泾边的浦南医院问诊。

那段日子里，夜晚，躺在床上如卧针毡。白天，疼痛无踪无影，仿佛腰部暗藏一群持刀舞戈昼伏夜出的蝙蝠。躺在医院 X 光机下，按照医生指令平卧、侧卧，接受不同角度的拍照，毫无 T 型舞台上模特左转复右转的洒脱妩媚，有军事卫星笼罩下一片丘陵的不安。惶然。穿过医院走廊上由多种疾病统治着的人群，暗想：开始与医院建立全面战略伙伴关系了？刚刚开始上海生活就陷入痛感，是一种警示。

数日后，一位拿着 X 光照片的医生说出结论："骨头无问题。刚来上海吧？腰疼可能与换了新床不适应有关。腰下垫一个枕头，侧卧数夜，即可解除疼痛。"我讶然：上海在通过一张床，嘲弄我这个外省人的腰部和内心？遵嘱，每晚入睡前将枕头垫于腰部，侧卧如同弯弓，仰卧类似孕妇。半月后，疼痛消失。适应一张上海市内的床，再回到故乡一张床，疼痛又会重现？

疼痛，是故乡对一个出走者的惩戒；不疼痛，是故乡对一个归来者的怜惜。

腹泻，持续不息。再去医院问诊。医生微笑：不用吃药，每次饮水时放一小撮故乡黄土于杯中，沉淀，饮下，不久即可痊愈。"水土，水土，一方水土养一方人呵！"他感慨万端，我迷惑：一捧故土，就能使一个人得以安详？母亲用特快专递寄来一袋黄土。饮服，三天后腹部安静。剩下半袋土，装入花盆，开出的花朵像故乡的女子。

只有故乡，对背弃自己的浪子、逆子和游子，宽厚无怨。

又开始无休无止打喷嚏。泪眼汪汪，仿佛陷入极度忧伤。在欲"打"未"打"、似"打"非"打"之间，很尴尬。随时要脱离正在交谈的人，面对角落酝酿一番情绪，将"啊——嚏——"二字响亮咏叹，快感贯彻周身。同事调侃："有人想你了，一个美人想你了。"打喷嚏，缘于被远方某人思念，这是一个古老猜想。暗喜，孤独感消除许多，猜测哪个美人在念叨我的名字。不知道其电话号码，无法谢绝，只能再一次去医院诊治。

一个面目雅致的青年医生，用鸟鸣般的沪语告诉我："过敏症咿。"他指指周围几个与我一样热爱打喷嚏的人："你们都是过敏的人咿。"翻开一本医学杂志，他讲解：美国加利福尼亚州的乡村园丁，偶然发现过敏症急剧增加的原因，是榛树、桦树、松柏的花粉，被风吹送到长期远离它们的人身上，造成过敏症。"花粉随风飘扬，寻找那些与树木关系疏远了的人。"他陶醉在树木花粉阴影里，忘记自己是一个理性的诊断者，反而诗人般抒情。有诗人气质的医生，前程堪忧。

我问："什么药能够治愈，啊——嚏！"他说："无药可治，多到公园、树林走走。多到那个白莲泾公园走走，增强与树木的亲和力。猎人和伐木工不会过敏。越远离自然、用消毒液清洗，越苍白柔弱。穷人和流浪汉，生气勃勃！"

我怀疑自己进入一家文学院而不是医院。三位医生，分别从睡姿、水土和树木三种角度，指导我如何与上海建立全新关系，在异乡重构一个隐秘故乡。

怀疑眼前医生就是一个树木使者，为我这个被树木而非美人遥遥挂念的游子，揭示"啊——嚏"之后的秘密。他甚至就是一棵树——榛树、桦树或松柏？

6

于是多到树木茂密的白莲泾公园走一走。

爱尔兰作家罗·林德说过："成千上万的男人和女人活了一辈子，到死也分辨不清山毛榉和榆树，说不清画眉和乌鸫的歌声有什么不同。"白莲泾公园有没有榆树、山毛榉、画眉、乌鸫？我分辨不清。所以浑浑噩噩。

日常生活中树木密度不断加大。喷嚏果然消失，花粉的袭击告一段落。我对白莲泾公园树木、街道树丛、郊区森林，全面加深情感。我，一个腰疼腹泻打喷嚏的人，有没有力量使一棵树也打个喷嚏——惊飞树上一只鸟？使一丛树林打个喷嚏——街头刮起一阵风？使一座森林打个喷嚏——旷野下起一场雨？全世界的树木如果获悉这一奇迹，都会满脚泥泞一步一个树坑，走在通往上海的路上……

白莲泾公园一角，有露天堆积的废弃家具：沙发、席梦思、床头柜、书桌、餐桌、落地灯……在回味、怀念室内生活？那些残留汗息、体温、呓语的席梦思，方方正正，像封面破损的小说，弹簧内外，积蓄了爱恨情仇间的巨大张力和弹性。若干人站在废家具旁，观察、议论、发呆，想起一部分隐秘的自我。趁暮色，有人把白天看中的某把椅子或沙发，捆在摩托或者三轮车上，拉回家，让它们拥有新生活和存在感。

三群人跳集体舞。一群人合唱。若干人捏手机或提鸟笼走路。树枝上，两三只拒绝鸟笼的鸟，正使劲颤动着爪下的枝条——大概觉得那树枝也是自己翅膀，想带动一棵树起飞？有几只彩色的风筝陷入苍穹。更高处，云朵和飞机偶尔掠过。相比之下，树枝上的鸟和云朵更自然优美。有鸟群和云朵飞过，卑微者的生活就还能够持续下去——相信鸟和云朵，仰起头，就是一种信仰、一次出家。低下头，走回门洞和楼梯，就是还俗。反复仰头与低头，反复地出与还，一生就这样延展而后收束。

暮色深，头顶树叶在晚风撩拨下，忍不住发出喘息与叹息。隐约有巨大鹰隼飞入树林。草丛中的鼠类开始警惕、窜动。上海生物学家调查发现，各大公园、植物园中藏匿的鹰类数量近年迅速增加，表明生态持续好转，呼吁市民不能再施以药剂除鼠，免得动物食用死鼠中毒。二〇一六年冬，在纽约中央公园、时报广场和哈得孙河上，我看见巨鹰一群群展翅掠过。全纽约有二百余只巨鹰游荡，把摩天大厦作为悬崖热爱，频频攻击烟囱上劳作的维修工。中美两国的鹰叫，不需互译，一概硬语盘空，像咄咄逼人的成功者、进取者——我的笔杆像烟囱？

手机计步器数字渐渐达到一万步，我在朋友圈内排行榜上处于不前不后的位置。连"散步"这种个人化活动，也被时代纳入竞争领域。有人把手机放进模拟走路的摇摆器，坐沙发里喝咖啡，看它替自己"走路"；或者把手机拴在宠物狗身上，让它奔跑，替主人赢得某个圈子内的欢呼和奖励。我拒绝摇摆器和宠物狗。

"水流心不竞"。杜甫的句子。这个沉郁顿挫、多病登高的中原人，在战乱中面对异乡流水，获得内心的安定。我看着白莲泾，亦复如是。

白莲泾流动，大鸟掠过，这些名词与动词，很好。尽管没有白莲盛开，也好。像某人失联，但知道她面目全非地存在于世上，也还算好。

松江：
云朵间有巨口细鳞之鱼
Songjiang District

1

松树加上黄浦江等于松江，一个小镇。位于上海西南边缘，接壤浙江、江苏，距西塘、乌镇等江南名镇五十公里左右。

在松江，松树已很少。方塔公园内，小山上有一片松树林，我去一一清点，三十五棵。那一天，春分，春天用南风这一吹风机，想把松树和我头发吹分成左右对称的样子。身靠一棵白皮松休息十分钟，有烈士暮年壮心不已的感觉，不妥。换一棵湖边的柳树靠着，惬意许多，像浪子荡子了。做浪子荡子比做烈士的难度小，但姿态轻浮，也不妥。干脆什么树也不再依靠，在一块石头上坐下来。女子们在湖边来往，风摆柳一样，想让柳树向她们学习？

黄浦江不改初心，持续流淌。源于浙江安吉境内的龙王山，经松江，到达下游主城区，过崇明，加入东海。运沙船、垃圾船、渔船、渡船……突突突突轰鸣的柴油发动机声，淹没水声。柴油机用工业化噪声，反对田园诗。一条驳船掠过，舷边蹲一条狗、晾晒一条红裙子，酷似日本电影大师小津安二郎《浮草》中的镜头。人生如船，光阴如江水载浮载沉。水上、水边的生活，易产生伤逝之感，易造就诗人。突突突突轰鸣的柴油发动机声抑制水声，为了减弱伤感、反对感伤、嘲谑诗人？

二〇一三年春，数千头死猪以平均每天六百余头的节奏，顺黄浦江朝上海主城区方向浮游，在松江一带被中断泳姿、上岸、深埋。猪们的仰泳，目标是江水下游的陆家嘴、大海？它们戴着养猪场用以追溯踪迹的电子耳标，像戴着耳环，让死亡显得很时尚。贾樟柯根据此事件拍摄了一部故事片《海上浮城》。

黄浦江上游、松江以南，是新市。宋代杨万里写过一首诗《宿新市徐公店》："篱落疏疏一径深，树头新绿未成阴。儿童急走追黄蝶，飞入菜花无处寻。"古典春日画卷。现实景象却是，篱落不再，猪场密集。

拥有乡村生活背景的几位上海诗人，在这个春季吟诵童年时代的水井、河流。水井消失，水杯成为水井正直的纪念碑。河流也终将消失？水龙头，与龙的关系已断绝，成为河流扭曲的墓碑。

我不想以乡愁为主题写诗作文。浏览书刊，看见大批量、低廉、无效的乡愁，甚厌倦。乡愁成为朗诵会上可以表演的资源。所谓故乡，不仅仅在地图里消失，在钟表里失踪，最终，在日益衰老的身体里崩溃。一个杰出的写作者，无家可归，独自去走笔杆这一漫漫长途。

所谓写作，就是为了随身携带一个故乡，进入大海般的晚年，无忧不惧。

2

G60 高速公路，即"沪昆高速公路"，自上海，过松江，经杭州，最终抵达昆明。

大量高速公路出现，带来数字化命名的时代，便捷，理性，像子嗣众多的懒惰家长，用"老大""老二""老三""老四""老五""老六""老七"去命名子女一样，背离古人在"华亭""云间""松江"等地名中隐含的命名原则：有画面感，一切景语皆情语。

G60 高速公路以南，松江古城区，古人轶事萃集之地。以北，松江新城，大学云集，少年与初恋云集。泰晤士小镇，由若干英伦风格别墅区组合而成的街区，成为《松江旅游图》上的焦点，游客、婚纱摄影者流连。在这英式的教堂、铁桥、咖啡馆、小街道上拍照，可产生"到英国一游"的迷离恍惚，据说引起英国原版小镇不满。还算节制，此地尚未虚构出泰晤士河与《泰晤士报》。但虚构上海滩——车墩影视城，一座梦工厂，制造旧梦、美梦或噩梦，制片人、剧作家、导演、演员、剧务……是梦工厂里的工人、梦游人。

我在车墩影视基地内晃荡。有八个剧组正在拍戏，其中，五个剧组在抗日。午休，日本鬼子与八路军女战士站在一起吃盒饭、谈笑，景象怪异。一个抱着婴儿的游客，走过日本宪兵司令部门前，目光与脚步有些犹疑。突然，婴儿哇哇大哭。游客转身小跑到了河边，婴儿平静下来——恐惧，也能遗传？我远远绕开那些日军哨兵和三轮摩托车，绕不开周围时时响起的枪声。剧务人员在小路上泼洒着掺杂有红墨水的液体，冒充血迹。李安的代表作《色·戒》，曾在这里拍摄部分镜头：南京路，电车，咖啡馆，石库门，学生集会，汤唯穿旗袍在苏州河边步行，梁朝伟戴墨镜在轿车里偷窥……

站在虚拟的南京路上等待有轨电车。这条路比真实的南京路狭窄，产生艳遇、奇遇、悲惨遭遇的概率更大？贴满花花绿绿旧广告的建筑物并不巍峨，逻辑关系混乱：百乐门舞厅的拐角处是大光明电影院，徐家汇大教堂对面是马勒别墅……符合梦境的逻辑。先施、永安、新新三大公司，如山岳，并峙于这条南京路。三阳南货店、沈大成点心店、日升楼、盛锡福鞋帽店、一乐天茶楼、王星记扇庄、亨得利钟表店、张小泉刀剪，扇面般在路边依次打开……

电车驶来，跳上去，我像旧时代革命青年或流氓。环绕影视基地叮叮当当游一圈，假装环绕混乱残缺的老上海和旧时代游一圈。

众多写有"××剧组"标志的汽车，停放在各角落。穿戏装吃盒饭的演员，表情中有被游览的羞涩或自得，又有与现实格格不入的自惭和焦灼。剧务用一条绳子封闭街道或小路口，把游客拦在镜头外、剧情之外，喇叭在规劝、解释："退一退，让一让，免得穿帮，免得穿帮。"戏装与时装，把演员和游客在同一空间并置于不同时代——必须有强大内心，一个人在影视城才不至于精神分裂。

在这虚拟的街头巷尾，我像浪游者、小报记者、幽灵，读墙上张贴的美人图和老广告——

征婚——沪西愚园路，有韦姑娘者，秀外慧中，待字闺中，因感生活寂寞，欲得一知心良伴，应征者宜品学兼优，且备有男子妙药猛虎丸三盒，以增进爱情之功力。大瓶三元。小瓶一元三角。香港大中洋行总发行。上海分销处——五马路二八〇号（棋盘街口）大中药房；天妃宫桥五洲药房；南京路先施、永安、大新西药部，均售。

美宝砵酒——葡萄醇酿，味美品高。自用，提神补血。馈赠，名贵大方。总经销：先施公司洋酒部。

哈兰士药膏——烂脚、烂腿、湿疹、脓包令人触目生厌，虽体态苗条、衣服华丽亦无有愿接近者。如迅速敷搽哈兰士药膏，则收效奇速，不留疤痕。君如感患此中痛苦，一经使用，即知其优良功效矣——各处有售。上海太和大药房发行。

海宝——内含维他命甲丁两种功能强身固体助长发育男女老幼均宜多服。公司药房均有代售。总经理港沪志成公司。于仁行四楼。

美丽牌香烟——日寇入侵，时局紧张，读报上消息，满腹悲愤，此时此刻，唯有吸一支美丽牌香烟，才可以透口气来。全国各地有售。上海华成烟草公司。

再读下去，我可能无法返回当代的姓名、身体和生活了。急忙转身，回到新世纪、新困境、新难题，松一口气。我又能依靠哪一种美酒良药，拯救自我、壮体强心？

洗手间内的肮脏墙壁写满暗语："办学历证身份证1382……"，"美女1377……"，"真枪QQ22……"，"窃听器1287……"，"我爱刘凤丽"，"女演员求包养1389……"，"山西大同张卫国你在车墩吗回家吧老婆跑了你就别演戏了"……

一个潜逃多年的杀人犯，在车墩暴露行踪和智商：警方在多部电视剧中发现一张被通缉的脸，追踪而来，将一个小有名气的群众演员抓捕归案。显然，影视表演，不是隐者和逃亡者适宜从事的行业。隐匿与逃亡，最好的观众，是抽着北斗星烟斗的老月亮，最好的影视城是表里山河——由蟋蟀录音，让萤火虫摄像，看蛇在沙地上修改充满毒素和诱惑的剧本。

3

松江古称"华亭"。

《三国志·吴志·陆逊传》记载，东汉建安二十四年，公元二一九年，东吴陆逊破荆州有功，被封"华亭侯"。其孙即陆机、陆云。"华亭"首次出现于典籍。华亭，华丽的长亭短亭，迎送南来北去的官员、游子、走卒，可见历史上本地水路陆路之密集便捷。

华亭、上海相继设县后，此地成为"松江府"治所。元代起，棉花一望无际。松江作为全国棉纺业生产制造中心，家家种棉纺线，再送到上海、苏州去织染、抛光。通常织成青色厚棉布，经上海出口到欧洲市场。正是松江棉布，让贵族之外的广大民众普遍获得棉花的庇护。

一八三〇年后，松江棉布出口量急剧下降。经济学家分析，是西方轧棉机的发明，导致国际市场原棉价格大幅下降，美国棉布产品迅猛进入中国市场。植根于棉产品和运输业的上海蒙受重创，必须调整城市结构。于是，来自徽州、泉州、宁波、绍兴、广州等地的人口，携带财富、经济形态和梦想，涌进这座嬗变复剧变的城市……

松江府很失落。棉花和织布机渐渐消失。从海南回到松江故乡传授技艺的黄道婆，成为传说。

本地另一雅称"云间"，兀自保持高傲。陆机、陆云、董其昌、陈子龙、夏允彝、夏完淳等本地文人，喜欢这两个字，陆云应该最爱。他本身就是一朵有天赋的云，被天空赋予自由精神。上述几位不同朝代的著名文人，如果联袂而行，青衫应当飘动成一小块天空。草体墨迹长满春风中的宣纸，印章如灯火，照亮各自来路与前途。

陈子龙、夏允彝、夏完淳三人，在雅士骚人之外多一重身份：义士。一六四五年，清兵破金陵，陈子龙与夏允彝毁家立旗、起兵复明。失败，被俘，夏允彝投水自尽。其子夏完淳依旧追随陈子龙抗清，后被俘，行刑时傲然挺立、拒不下跪，十七岁的头颅随刀斧一闪，落日般砸向大地。我去寻访夏允彝、夏完淳父子之墓。小昆山下，田野里，树有陈毅题写的一方墓碑。墓地呈半月形，像落日沉没后，向黯淡人间归还一弯新月。

此地曾盛产一种丹顶鹤"华亭鹤"。唐代诗人白居易出任杭州刺史，有诗自况："万里归何得，三年伴是谁。华亭鹤不去，天竺石相随。"北归洛阳，"鹤与琴书共一船"。遇刘禹锡，还邀请其上船鉴赏那两只华亭鹤。刘禹锡艳羡不已。白居易出任苏州刺史后，常来华亭寻鹤。李白《行路难》中亦有句子："华亭鹤唳讵可闻。"

随着海岸线渐次东移，华亭或者说松江、云间，与大海拉开距离。环境变异，华亭鹤消失。华亭鹤般的英俊之才，难得一见。"华亭鹤唳"在文章中难得一用。少年夏完淳是华亭鹤。其遗作《别云间》，如鹤唳破空惊心：

三年羁旅客，今日又南冠。
无限山河泪，谁言天地宽。
已知泉路近，欲别故乡难。
毅魄归来日，灵旗空际看。

"古人云""岁云暮矣""云头雨脚""云泥之别""云云"……这些"云"，这些动词、名词、语气助词，以高贵之美，洗刷古往今来字里行间种种颓靡与苟且。

在云间，就是处在怀想与眷恋之间。

4

余山、天马山、凤凰山、薛山、辰山、钟贾山、厍公山、机山、横云山、小昆山……十二座高度在百米以下的精致山峰，绵延于松江西北，达十余公里，组成上海境内唯一的山脉群落。远远望去，像参差断续、湿涩变幻的"一"字——陆机书写《文赋》时，在窗外天色空茫处，毛笔挥洒出这"一"字吗？

古人以"九"为大，这一系列山脉，合称"云间九峰"。

最初，云间九峰一概是岛屿。上海地区曾是东海的一部分，汪洋恣肆，渐渐演变为滩涂、陆地。海水在时间面前节节败退。如今，山中偶尔可见贝壳、海藻化石，像大海留下的遗嘱、纪念品？

佘山曾被康熙题名为"兰笋山"。康熙对佘山兰花之幽香、笋味之鲜美，印象深刻，遂于一七二〇年春，在紫禁城书写匾额"兰笋山"。杭州织造员外郎孙成至、苏州织造司库那尔泰，北上接匾，坐船南下，至松江佘山，于山下宣妙寺举行上匾朝贺之仪式。康熙所题匾额及宣妙寺，已不存，佘山兰花与竹笋年年生发。大概没有人会向康熙提醒：小昆山下，有一处不寻常的父子墓地。

佘山山顶建有天主教堂。满山绿树，教堂暗红如一束花，献给天空、天主和真理。一八四四年，法籍传教士南格禄在江南漫游，至佘山，一见倾心，遂勘测筹建教堂。一八七一年动工，一八七三年落成，一九三五年重建工程竣工，精雕细琢，中西合璧，采用无木无钉无钢无梁结构。教堂可容纳三千信徒，不用音响，即可将布道声传递至每个角落；不用灯光，即可借助彩绘玻璃天窗投进的日色，让信徒依稀看到上帝慈悲和光辉。管风琴声与歌声荡漾，有替代山间风声、鸟声、泉水声之趋势。

二十世纪四十年代，佘山教堂成为世界闻名的天主教圣地之一，每日，尤其是每年五月的"圣母月"，各地信徒群集，沿山中"之"字形的苦路（这一路名别有深意）登至顶峰，入教堂。江南地区天主教信徒，渔民占大比例，往往划船至佘山下，上岸朝圣。佘山附近小河浜舟船密集。以船渡身，以山载心。今山中建有索道，乘索道者往往是非教徒身份的游客，凌空而起，轻松而至，对教堂内神圣气氛望而生畏，探头探脑、照相、下山。

教堂旁，有天文台建于一九○○年，是我国现代意义上最早的天文台，安装巨大的光学天文望远镜、激光望远镜、射电望远镜、光学折射望远镜等仪器设备。把天主教与天文学相结合，顺理成章：一概是对于上苍的发现与表达，与形而下、山下的世俗人间，看似无关实相连。

透过佘山天文望远镜眺望星空，一个人，能从月色云朵里读到神的微笑，继而获得安详和自由？月色和云朵，就是天文、天空中的文章。

在佘山下一家小饭馆内坐下来，吃松江鲈鱼，喝黄酒，让肠胃到松江一游。渐渐有了与陆云、陆机、董其昌、夏允彝、陈子龙、夏完淳共进晚餐的恍惚。他们环坐大桌，我坐旁边小桌，偷听他们高谈阔论。一个人的才华、豪气、酒量，应该与饭桌大小成正比。

苏东坡《后赤壁赋》中，描述一尾鱼"巨口细鳞，状如松江之鲈"。不知他来过松江否？若来松江，陆云、陆机、董其昌、夏允彝、陈子龙、夏完淳们，一定会穿朝越代与他共进晚餐，环坐大桌，吃松江鲈鱼，喝黄酒。

醉了，破门而出，去云间、去巨口鲈鱼般的夜空，漫步成细鱼鳞般的星星。

1

四千年后一个夏天的正午，当我站在广富林文化遗址深处、远古时期滨海平原的位置，祖先们在此地烧陶、种稻、捕鱼、逐鹿、建筑、接生、送葬时的风烟心声，就扑面而来……

这个开头，是对马尔克斯《百年孤独》的模仿。模仿就是致敬与倾慕，承袭与延展。

我的身体、血液、气息、面容、语调、履历，就是对四千年前一批从中原移居海滨含盐之地者的模仿——来自他们的身体，就必须让他们活在自我之中。不论在遗址的内与外、表层与根底，我都是祖先的遗物，复制他们的喜、怒、哀、乐、悲、恐、惊。我写字，与他们在陶器上刻下纹理，毫无区别——

墨水瓶是对陶罐的模仿，陶罐表达对果实、孕妇身体和日月的忠诚。

2

沿遗址内游览路线，从地面向下探索，就是回溯，泥土颜色与质地不断嬗变——在大约负十五米处，我直面距今八千年前的墨绿色硬土层。当时，这片土地上方是汹涌东海。

再缓步向上，泥土颜色渐渐转为灰色、白色，似天色破晓。负二米以上，已属于四千年前的广富林文化时期。移民南来，在大海和盐分不断消退的平原上定居生息。残留的柱础，表明当时存在一种凌空以便于除湿的干栏式建筑，启发后世木楼、石库门、摩天大厦的次第涌现。用破碎陶片铺设的小路，残长十米，呈现出自西北而东南这一走向，这是朝东海走去的方向。由此衍生出石板路、煤灰路、沥青路、水泥路、高速公路……

人间烟火就这样在模仿中渐变、剧变，唯有二十四节气亘古如初。目前，夏天的灼热形势与农事，先民们曾经面对，并将经验传授于后人。不同的是，东海与此地的距离，已拉大到一百多公里。当年，他们在劳作间隙，直起身来，就能看到附近的波光粼粼和海鸥翩翩。

那时，尚处于周代以前新石器时期的漫长光阴，"波光""海鸥"这些名词尚未造就，期待内陆男女迁徙而来，辨认并命名。

"大海保存着它们的秘密，在那里，炽热的阳光伴随着智慧。"热爱大海的法国作家加缪，还说过另外两句动人的话："我拥护大海。""我身上有一个不可战胜的夏天。"显然，他热爱夏天大海，从而形成热烈、巨阔、无休不息的气质，去热爱纸卷内外的万物人间。

加缪叼着烟卷直视前方，样子很英俊，像看见海滩上的情人。他在一篇文章中提出"南方思想"。正是南方大海和阳光，建立起一个正午般平衡的世界，使加缪避开"每个艺术家都应该警惕的两种正相对立的危险：怨艾和自满"。加缪的大海是地中海，我的大海是东海。但全世界的大海是同一个大海，正如人间的秘密与智慧也无大差异。我时常震惊并困惑于各个种族的先民，在世界不同角落，发明出类似的生活方式：从器皿、饮食、衣着、行止，到沉思、歌吟与言说——

因为人类拥有同一个大海？需要向大海求教、领悟，继承它所保存的美感与力量。

广富林遗址被保存在一个巨大的人工湖下。遗址博物馆的玻璃屋顶，像一角白帆露出湖面。我理解，设计者是在用湖水模仿海水，让遗址下的生活形态，继续得到大海的声援与安抚。

3

一九五八年，松江农民修河筑堤，挖掘出一系列灰陶、黑陶、彩陶碎片，引起学界关注。其后四十余年间，考古队根据挖掘出的骨针、石斧、石犁、房基、墓穴等遗存，形成结论：这里存在一个与南方良渚文化类型有异、与中原二里头文化隐秘呼应的"广富林文化"，一种移民文化。它像一种召唤，让四千年来无数异方族群迢迢而至，建镇造城，繁衍生息。"华亭""云间""松江""上海"这些地名，方得以次第出现于史志和诗篇。

二○○○年秋，我自中原移居上海。直到这一正午，我才徘徊于早期中原移民的遗址足迹间，多么不易，多么惊心动魄。无数祖先的一系列偶然，联合起来，决定了我在此刻的必然出现。他们的相遇和纠葛如果缺少一个细节、一次高潮，就没有我，就没有眼前这些文字的灼热与爱意。其他人，亦大抵如此。

每一个人、每一首诗，即便再笨拙愚蠢，也是大地上、纸墨间的奇迹。

4

"广富林文化"之命名，取决于此地发现的墓穴与陶器传递出的人间消息——

五座墓穴里的死者，处于射灯照耀和游客目睹下，无法安眠，灵魂只好转移进云朵里？墓穴间距甚远，人骨头部朝向不一，与二里头文化中的死亡有着同样的散漫无序。良渚文化中的墓葬秩序，则集聚而统一。死亡形式不一，表明生存形态的差异。

由碎片复原后的大量陶器，陈列在遗址公园内一系列玻璃展柜中，彼此保持对比和呼应。属于广富林文化的那一组陶器，粗朴、实用，有着中原人的醇厚与直接。陶罐上渐渐出现树叶纹、草席纹，像午睡后的人，身体有树叶、草席的烙印，甚至爱人的齿痕。这些空腹陶罐，如同穿着用树叶和青草织成衣服的先民，张嘴，呼喊出自己的渴、痛、怕、爱？良渚文化时期的陶罐，则充满细密花纹或几何图案——圆形、菱形、三角形、正方形等等，已经有了自感性向理性跃迁的冲动。

广富林文化之后、一千年后，西周时期陶器，出现云雷纹——云朵与雷声交织，让大小不一的陶罐像大暑时节的苍穹，涌现出雨季来临、五谷丰登的征兆。那云朵，繁复连绵环绕陶罐，用什么工具、耗尽多少夜晚才制作而成？或许正是这些巨大陶罐的启发，让汉语中出现一个新词——"大器"。大才之人，须经历泥土、水、火焰的不断参与和转化，方能成为巨大陶罐般缓慢完成的大器。

一个制陶者面对陶窑火焰，与诗人面对稿纸、丈夫面对怀孕的女子，心境相似吧。

5

"文章"二字，即源于先民在陶罐刻画纹理时的冲动与惊喜，就是"花纹与章法"。从龟甲卜辞、竹简宣纸，到雕版印刷、激光照排，一代代书写者向后世传递人间消息的这一欲望，始终未变。像海滩上的晚潮与早潮，一行又一行涌动、吟诵，始终未变。

"日中则昃，月盈则食，天地盈虚，与时消息。"《易经》首次出现的"消息"一词，广富林文化遗址内的先民，念诵否？天地间的寒暑、枯荣、生死、动静、得失、成败、悲欢，这种种消息，他们最早感受在身体里、遗传在血脉间，并以言说与修辞，让后人对种种消息的来临有所准备，不至于茫然四顾、孤立无援。

最早的人间消息，写于安阳殷墟出土的兽骨。妇好墓内挖掘出的"一篇散文"，由数百条兽骨上的文字组成，记载这位商代王后、女将军率领军队数次南下"征贝""征玉""征铜"的故事——叙事、言志、抒情，三者兼备，大致确定了中国文章的范式。

南方与大海，充满海贝、美玉、青铜、盐粒和好天气。南方大海的美与力，吸引中原将士与平民挟带一身寒气迢遥而至。不同的是，妇好完成征伐后还乡北去，平民们则用石器铁器，把这宜于生存的亚热带异乡改造为故乡。经济的南方，政治、军事的北方，似乎在广富林文化前后，就初步确定了中国地域功能的分布。

我大概不再北去还乡，我没有马与剑。我不是将军，也不是记叙将军事迹的史官，缺乏衣锦还乡的荣耀和动力。童年与中原，早已面目全非。"家乡"仅仅是"故乡"的一个近义词、路标和沙盘。我只能把一张纸改造成为故乡，像广富林遗址深处的先民，把一块盐碱地改造成为稻田，充满同样的难度和激情——

墨水瓶像陶罐和大海，在书桌一角暗蓝、汹涌不息，有责任保存一切悲哀和欢欣。

6

"广富林"一词最早的书面表达，出于元末明初杨维桢的《干山志》。干山即天马山，松江九峰之一，由远古时期的海岛转型而成，如黛眉。目前，这一脉浅山仍在，像女子的容颜已衰枯，眉梢依旧暗含余韵。

遗址公园一角，有朵云书院，我迈上二楼，喝茶。隔窗隐隐可见天马山、佘山。这座木结构书院，以安徽山区一座明代高房为"旧素材"，解构后，一一捡拾，在此地重新结构而成一篇"新散文"——让祖先们热爱过的旧词汇，溢出新意生机。"新散文"这一概念，周作人在"五四"时期最早提出来。他说，新散文好像是"一条湮没在沙土下的河水，多少年后又在下流被掘了出来，这是一条古河，却又是新的"。朵云书院是一座古建筑，却又是新的。遗址上的夏天是古老的，却又是新的。我，由无数古人暗暗组成的一个老人，却又是新的。

朵云书院由书店、展室、咖啡吧、茶室、庭院等单元构成。空调、管道、照明等现代化系统，一概被隐藏得不露痕迹。十几把纸伞作为灯罩，掩盖电灯的现代性——杨维桢如果在这个正午走进来，不至于会受到惊吓。这位诸暨人，被誉为元末江南诗坛泰斗。中年辞官不仕，居松江，吹笛写诗。"浮云载山山欲行，桥头雨余春水生。"这一名句，是否就写于松江、广富林？

在书架上看见加缪的随笔集《反抗者》，这不是我有意虚构出的巧合。的确有这样一本书，在此时此地等我。加缪无所不在，正如反抗无所不在——自古至今，从广富林文化的创造者到杨维桢，从加缪到我，反抗虚无，反抗时间的流逝、黯淡、恐惧、匮乏与孤寒。

买了这本书，边喝茶边读。直到暮色与凉意稍微生发，才起身、下楼、走出朵云书院。

7

我喜欢加缪这一个澎湃如大海般的法国人。《反抗者》一书中的话，像在为我这次广富林之行作旁白和脚注——

"中午在历史的运动中大放光芒……世界在光明中成为我们最初的也是最后的爱。"我推开朵云书院那两扇黑色木门。它吱呀一声，像惊讶的黑衣女子，很开心。门环像手镯一样当啷作响。入车库，打开车灯——它们延续正午的光芒。

"为了成为人而拒绝成为神。"在装神弄鬼的人们中间，我应该像一个制陶者、一个用骨针缝制渔网和衣服的妇人，保持安定的手势和心境，多么难，就多么值得——我只愿意把握自己的方向盘。我不想左右他人的路线。

"越过虚无主义，在其废墟上为人类的新生做准备。"越过上海市中心的南北高架路，再旋转冲上南浦大桥。汽车两侧，黄浦江滔滔汩汩涌入东海，欢迎新黎明从含盐的子宫里喷薄而出。

"我们每个人都要拉开弓经受考验……收获他的田地中贫瘠的庄稼与这片大地上短暂的爱。"妻迎上来，环抱我肥胖的腰，把一个中年男人当作即将废弃的弓与箭？

"拒绝将欢乐推迟到未来。在痛苦的大地上，欢乐是不倦的与众不同的东西，苦涩的食物，从海上吹来的风，往昔的与新的曙光。"不倦的、与众不同的大海，把它保存着的今年第一场台风和积雨云，吹来了，我家楼下街道上的树木普遍开始激动、战栗。

嘉定：
临去秋波那一转

Jiading District

1

嘉定，位于上海地图最北边缘，接壤苏州。

明代，苏州人祝允明，与唐寅、文徵明、徐祯卿，时常联袂漫游嘉定。几位吴门才子，喝酒、题壁、看如花女子春衫薄弱，微醉缓缓归。因手有六指，祝允明自号"枝山"，可见其内心之豁达与喜悦，有理由成为众多话本、戏剧中的有趣角色。在嘉定一寺院，祝枝山看到《西厢记》中崔莺莺画像，赞叹："妖妍宛约。"复困惑：寺庙墙壁上有一妖妍宛约女子，对那些参禅清修的僧人，是多么艰难的晚课。

我多次来嘉定，晃荡于几个寺庙，为了像祝枝山那样看到崔莺莺画像，或像张生那样窥觅当代崔莺莺，无果。

周围，嘉定新城众多楼盘推销广告林立，有如下字眼："本小区配套设施有超市、公园、邮局、幼儿园、学校、医院、寺庙。"我笑了。"寺庙"。楼盘开发商也开始关心未来居民的精神生活。但嘉定寺庙自古有之，且繁多，乃提前为当代楼盘配套而布局？佛心慈悲，历久弥深。

嘉定有菩提禅寺、云翔寺、曹王禅寺、吴兴寺、护国禅寺、震竺

462

禅寺、留云禅寺、华藏禅寺、万佛讲寺、孔庙……不知道祝枝山在哪个寺院看到崔莺莺"临去秋波那一转"。王实甫《西厢记》中，张生最动人的念白，就是"空着我透骨髓相思病染，怎当他临去秋波那一转"。《西厢记》故事发生在一座寺庙的西厢，别有意味。男女春情与寺庙清秋气，构成对比和冲突，方能趋于深沉和明净？

嘉定寺庙之所以出现"临去秋波那一转"，或许阐明：只有面对并克服崔莺莺所象征的尘世诱惑，一个人方能悟道参禅在彼岸。多么难。

2

在嘉定孔庙这一江南地区著名的古代科举考场，我看到另外一种"崔莺莺"：历代状元榜后面的宦海仕途，吸引莘莘学子囊萤夜雪、悬梁刺股。

大成殿、两庑、大成门、棂星门、名宦土地祠、乡贤忠孝祠、崇圣祠，在孔子旗帜下，萃集于这座南宋时期有"吴中第一"之称的庙宇内。江南书生凡欲博取功名、光宗耀祖，无不骑马乘舟徒步，来此烧香膜拜孔子，再进入旁边考场，一决雌雄。

嘉定孔庙内，陈列历代状元姓名与籍贯一览表。细读之，我发现，宋元以来的状元多出自江苏、浙江一带，北方寥寥无几，充分印证了经济繁盛与才子如云之间的逻辑关系。展柜中，部分状元的考卷及考官的红色眉批，字迹均端正、无味，类似儒生面孔。作弊者在马甲背心、手帕、鞋底、裤头上用蝇头小楷密集抄录的"四书五经"，如同恶作剧者的鬼脸，有趣，就可爱了。

考场遗存格局如下：一条长廊，两侧为一间间由木栅栏隔阻的半开放式小屋，考生一人一间，如囚犯，如战壕单兵；考生身旁有食盒、便桶，面前有笔墨纸砚，但砚台须薄，笔管须空，食物须切开，以免作弊；巡考官或在长廊逡巡，或在考场一角高台凌空俯视，如苍鹰、摄像探头、信号弹……

一个埋首走笔的前朝书生，脑海大约回响宋真宗赵恒的《劝学文》："书中自有千钟粟""书中自有黄金屋""书中自有颜如玉"那如玉容颜，就是崔莺莺"临去秋波那一转"的妖妍宛约吧。

激励但丁的是贝亚特丽齐，率领浮士德的是格蕾辛、海伦，鼓舞张生的是崔莺莺。

"永恒之女性，引导我们上升。"（歌德）

<h1 style="text-align:center">3</h1>

明末清初，嘉定并非才子佳人的后花园——"嘉定三屠"赫然列于史册。

多尔衮控制江南后，令百姓一概剃发，汉族绅民激奋、反抗。嘉定起义，遭屠城；再反抗，再遭屠城；第三次反击，又遭屠城，数万人遇难。亲历者朱子素著有《嘉定屠城略》，记叙："市民之中，悬梁者，投井者，投河者，血面者，断肢者，被砍未死手足犹动者，骨肉狼藉。"

屠城指挥者李成栋，本系李自成手下将领，降明复降清，率部下进攻江南、福建、广东，以嘉定三屠成就恶名，后又起兵反清，战败而死。

这一个反复无常的人，谁引导他，在脱离人性的道路上狂奔？吴三桂还可以用陈圆圆作为"红颜一怒"的理由来遮脸，李成栋呢？我对这个宁夏农夫出身的男人心智，很困惑。他应该没读过《论语》《西厢记》。历史的主导者、书写者，往往不会、不必也不能去读《论语》《西厢记》，否则，怀一颗柔软仁慈之心，如何穿州越府、杀伐四方？

江南平定后，清朝鼓励天下书生读一读《论语》《西厢记》，包括延续科举制度，建设一个秩序性、抒情性的民间，以解除统治之忧。嘉定孔庙内，存有清朝祭孔记录和雍正祭孔诗：

> 扶植纲常百代陈，天将夫子觉斯民。
> 帝王师法成隆治，兆庶遵由臻至淳。
> 道统常垂今与古，文明共仰圣而神。
> 功能溯自生民后，地辟天开第一人。

这"地辟天开第一人"的画像，凛然于嘉定孔庙正堂墙壁。不知孔子在天之灵，对雍正的赞美诗，是否厌倦、忧愤、抱持异议？大概不愿意做一个被过度利用的圣人吧。

我更愿意把孔子看成先秦时期的思想者，中国早期散文家群体中的一员，为后世传递早期人间消息。我喜欢"取瑟而歌""咏而归"中那个天真狂喜的孔子。先秦时期的散文观，大约就是"天真与狂喜"——

老子："道法自然。"

庄子："磅礴万物以为一。"

孟子："万物皆备于我。"

孔子："言之无文，行之不远。""辞达而已矣。""修辞立其诚"。

4

一八八八年，嘉定城诞生一孩子，三岁入私塾读《诗经》《论语》，十六岁赴美国纽约州库克学院学习英语，后入读哥伦比亚大学。课余组织社团活动，编辑校报，参加辩论赛。一九一二年回到新生的民国，希望以学识才干立民族、报中华，任外交部顾问。一九一五年，重赴美国担任驻美公使，二十七岁，成为华盛顿有史以来最年轻的外国使节。

他，就是顾维钧。

一九一九年，第一次世界大战结束，巴黎和会召开，准备拟定对德条约。英、美、法、日以一等国家自居，欲瓜分世界。此时，顾维钧的妻子刚病逝。怀一腔哀痛，他代表中国来到巴黎，义不容辞。被视为末等国家的中国，只有两个席位，低于其他国家各自拥有的五个或三个席位。日本突然要求继承德国在山东的权益。没时间准备，也无人可商议，顾维钧站起来，即兴陈词，说一战期间，中国共向欧洲战场输送十四万华工，为协约国的胜利，做出巨大贡献和牺牲。他们，大部分来自山东。中国也因此成为战胜国。如果一个战胜国的领土山东，被日本无理掠夺，牺牲的中国人的灵魂，不能安息，人类的公理将蒙受耻辱！他说："西方有一个圣人，叫耶稣，被钉死在耶路撒冷，耶路撒冷成为西方的圣城。中国也出了一个圣人，叫孔子，出生地就在山东，山东成为中国的圣地。正如西方不能失去耶路撒冷一样，中国也不能失去山东！"

全场寂静，而后掌声雷动。美国总统威尔逊、英国首相乔治等政治家，被顾维钧的雄辩震撼，起立，鼓掌。法国总理称赞顾维钧："像猫在戏弄一只老鼠，尽显擒纵之技能。"

顾维钧三次代理或实任内阁总理。二战期间，奔走呼告。一九四五年，代表中国在《联合国宪章》上签字。一九八五年在纽约去世，九十七岁。

是孔子隐秘支援了一个人的巴黎时刻，乃至终生。每当孤立无援，顾维钧眼前总会浮现出故乡这一座孔庙吧。

5

孔庙前，一棵高大繁茂的许愿树，系满红色布条，写着"保佑刘晓莉考上清华大学数学系""保佑高源考上复旦大学新闻系""保佑张明考上苏州工艺美术学校"等字样，迎风飞动，如同一个披散头发的精神恍惚者——

"天真与狂喜"的气象，安在哉？

自从被化装、修改，进入历代皇帝所需要的孔孟之道统，孔子即丧失人间烟火气。在一尊神面前，匍匐在地的人，没有爱，只有势利和妄念。

顾维钧所爱的孔子，与我眼中的孔子一样，是哲学教员、沉思者、散文家。所以，敬爱。所以，必须以诚实而恳切的言辞传情达意，克服谎言和假象。

孔庙左侧偏房内，传来朗朗读书声。一个少儿国学班在上课。孩子们背诵孔子编辑整理的《诗经》："蒹葭苍苍，白露为霜。所谓伊人，在水一方。"这些天真与狂喜的句子，很美好，童声很美好。

多年后，孩子们长大，将会明白：伊人永远在水的另一方，像崔莺莺。

孔庙附近有顾维钧旧居"厚德堂"。我去看了，大门紧闭。墙壁上有铭牌"上海不可移动文物"。《易经》言："地势坤，君子以厚德载物。"苍茫大地是中国士子的精神参照，坚定不移。

嘉定周围有多家汽车制造厂，以及F1赛车场。汽车引擎铿然轰鸣，寺庙钟声隐约荡漾、交响，让新一代读书人的内心，在种种秋波和童声之间沉浮不定。

金山嘴：
最初的，最后的
Jinshanzui Shoal

1

沪杭公路，穿过金山嘴，像一根漫长的冰糖葫芦被嘴巴咬住——两公里长的上唇、下唇，涂抹着鱼市、客栈、渔具博物馆、游客接待服务中心、观景平台等口红唇膏。

这条民国时期修建的中国第一条跨省现代公路，在上海、杭州之间，迤逦联系起金山嘴、平湖、南北湖、海盐等市镇，凸出平野三米，高出海水六丈，地基为明清时期修建的抵御风浪侵袭的漫长海堤。

也像一条索引，沪杭公路牵连出一部喜、怒、哀、乐、悲、恐、惊的中国现代史。

一九三四年十一月，《申报》主编、民主人士史量才，被埋伏于这条公路上的戴笠手下的特务枪杀。一九三七年十一月，某日，凌晨大雾，日本军队在金山卫登陆，沿这条公路进入上海，途中烧、杀、抢、掠，为期三个月的淞沪会战由此进入尾声……有意味的是，这条被日军狂轰滥炸、弹坑累累的公路，在一九四五年抗战胜利后，被放下武器投降、暂时滞留于上海的一个日军师团修复。监督这一工程的中国军官，有之后写出《黄河青山》《万历十五年》的黄仁宇。

我在导航仪指引下，开车，穿越这条充满历史感的公路。近百年了，它宽度始终未变（双向两车道），树木沉默成长（浓荫代替天色，与地面组成一条暗绿色的隧道），地面由最早的土路、石子路，变迁为现在的沥青柏油路。道路时时转折，与附近海岸线的蜿蜒委曲，同命运，共悲欢。

2

处于金山嘴这一嘴巴里，我是一块苦瓜？被它略微品尝一下就吐掉了。

一座旧瞭望塔，立于沪杭公路与一道伸进大海的短堤所形成的"丁"形交叉处。两只海鸟，在塔顶，代表东海和杭州湾俯视我、鄙视我？我肥胖，飞不起来，也不会游泳。与大海的交往很浮浅，仅仅是与海鲜、快艇之间的付款关系。我接受俯视与鄙视。

伸进大海的一道短堤，像一只手，指向二十公里外轮廓叠印在一起的金山三岛——小金山、大金山、浮山。它们最初是真正的山川而非岛屿，在南宋，沦陷入海。一千年前，海岸线尚在这三岛以南，三山连绵为一，其上有城池楼阁，名曰"康城"。王安石登山咏叹："山风吹更寒，山月相与清。北客不到此，如何洗烦醒。"现在，我，一个北方客子，无法登山登岛。那三山或曰三岛，已封闭为自然保护区。如何洗烦醒？

海水侵袭并渐渐定形为金山嘴。浦东因长江泥沙俱下渐渐成陆。

陆地与江海，讨价还价、亦退亦进，达成共生局面。金山嘴成为上海地区最初的小渔村。上海的简称"沪"，即源于渔民发明的渔具：一种插在海滩上的竹编器物，耐心等待涨潮把鱼群带来，落潮后，来不及撤退的鱼群就成为"沪"中物、腹中物。沪之外的渔具还有舢板、机动船。目前，舢板进入渔具展示馆，几艘机动船在海滩上的野草间生锈，等待潮水涌现时重温大海怀抱。

金山嘴，目前是上海地区最后一个渔村，终将消失于博物馆、地方志？

3

二十世纪八十年代渔业鼎盛时期，金山嘴渔民达两千多人。每次结伴出海时间长达数月，远抵钓鱼岛、济州岛一带，在充满敌意的子弹呼啸声和充满同情的海鸥鸣叫声中，打鱼养家。船翻了，就趴在倒扣于海浪间的船舱上等待救援。落水死去，则连一个尸首都没有，如何接受亲人的抚爱和悲伤？海边墓地，常常只能埋葬一件渔民的旧衣——"旧时天气旧时衣"，衣襟间空虚得只有泥土和青草。

周边海洋因工业化进程而生态恶化。渔民规模萎缩。新一代金山嘴人，开始热爱银行、酒吧和金融。目前，只有二十多个渔民坚持在近海捕鱼，勉强使"渔村"这一能指与所指，得以赓续。

"我喜欢听黄鱼唱歌——黄鱼唱歌，说明附近有大鱼群。打鱼苦、累、险，可这大海里的美，你不知，我也说不出。上岸了，平安了，又没什么意思。"鱼市上，一黑瘦如铁锚的男子，递给我一根香烟。他姓张，五十六岁。看着泥黄色的江水与海水，眼神惆怅，像一个在情人与老妻之间很惆怅的浪子。东海与钱塘江在此冲突而又交融，江水与海水无法明确区分，只有航行到普陀山一带，才算完全彻底进入大海。

现在是夏季休渔期，老张无聊，睡懒觉，在茶馆与几个出生入死的兄长叔辈聊天，来鱼市视察妻子卖鱼状况。沿公路展开的鱼市案几，陈放腌制或冷藏的鱼，一层盐粒如白露霜降。鲜鱼少，人工养殖或从异地运入？不宜深究。我不能冒犯渔民的尊严。就像不宜深究一封情书中的诗句是不是抄来的一样，不能冒犯爱的尊严。"过两年就不干了，船怎么办？"他有些闷闷不乐，像一个书生"再写两年文章就不写了，书桌怎么办"一样苦闷。书桌之外也是大海，人海茫茫，鱼龙变幻。

买老张家两条风干鳗鱼。其妻挥刀，梆梆梆梆将鳗鱼分割成一小段一小段，像要斩断丈夫的情事与惆怅。"蒸熟，什么佐料都不用加，放米饭里炒，鲜美得很——鳗鱼炒饭！"老张嘱托我，表情顿然明朗，像海中那三座小岛在正午阳光下摆脱黯淡。我问老张上过那三座岛吗？老张显得羞涩。老婆瞪他一眼，回答："上过！骄傲一辈子呢！"原来，少年时代因惹上赌瘾赌债，他被父亲摇船送上岛去。用一条被子、十斤大饼，煎熬五天，在天光水色里眺望金山嘴烟火，像幽灵。复登岸，浪子回头，焕然一新。

看着那三座浓淡参差、连绵一痕的小岛，我和老张都笑了。忽想起"小山重叠金明灭"这一名句。晚唐花间词派的温庭筠描述女子眉毛，像赞美这三座小岛亦即小山。岛上有灯塔，像眉毛间一点美人痣？宋代《金山县志》所附地图，有"西施坟"字样，其位置，在三岛以西十五公里左右海水中。那里，曾经是原野。一个美丽女子，用这一带小山亦即小岛作为眉毛，惊艳。

4

提一袋鳗鱼在金山嘴四处晃荡，我像一场方向不明的台风提一袋大海。

"我认出风暴而激动如大海。"诗人里尔克拥有海边经验。大海，风暴，对一个诗人的生成具有重要作用。广阔与动荡，美感与暴力，紧密结合，对一个渔夫的塑造同样具有重要作用。

一个老人坐在庭院里，抬头看看我这一袋鳗鱼，辨认出风暴而激动如大海？没有。他面无表情，继续埋头做船模。据《金山嘴旅游地图》解说：这位老人，云师傅，八十多岁了，是金山嘴最后一位造船人。晚年乏力且不需要再造船，就做船模。按十比一的比例，数百个部件被切削、打磨、拼接成一条船的模型。在船模的感觉里，云师傅是按照一比十的比例放大成巨人了？我手中鳗鱼也放大十倍。我也被放大十倍？这船模，能从我身上感觉到渔夫的伟大气息？或许，我只配当作衬托云师傅的斜风细雨。

美国思想家、作家爱默生认为："真正的船是造船者。"云师傅，是金山嘴最后一艘真正的船。

以色列诗人阿米亥低语："一代人的希望破灭，支撑起最新一代的渴望与幻象。河流，即使干涸也仍叫作河流，欢乐，依然承载欢乐的名分。"即使渔船消失，金山嘴也仍叫作金山嘴。我依然承载诗人的名分，这些年，却写不出诗了。

罗马尼亚作家齐奥朗的观点惊心动魄："一个作家的源头，正是他的羞耻。""你的生活失败了，就这样进入诗歌——无须天赋的支持。"在海边，在金山嘴，在最初与最后之间，一个人的羞耻感与失败感开始涨潮，有助于好文字的产生？

云师傅家屋檐下，金山嘴各家屋檐下，都悬挂着木头质地的双鱼，彩绘或者原木色，新旧不一，在风中哗哗啦啦摆动如同游动于海水。这是渔家吉祥物，也是早年渔村男女间的定情物，隐喻鱼水之欢。

忽想起早年认识的一个女子，喜欢戴各种造型的硕大耳环，其中就有双鱼造型。走路的时候，两条大鱼在她左右颤动，让一个少年的心像台风和大海，咸涩、汹涌。

炮台湾：
来自黑海的番鸭

1

炮台湾位于吴淞口，原名"杨家嘴"，与陆家嘴、金山嘴一样，把半岛状、嘴唇状的陆地伸进江水，痛饮不息。长江、黄浦江在炮台湾交汇，入东海，形状似少年手中弹弓——东海日出恰如脱手之弹丸。

当然，炮台湾因炮台而更名复定名。上海史的许多章节，与曾经涂满朝霞的杨家嘴、而后咬紧铁齿钢牙的炮台湾，息息相关——

一四〇三年，明永乐元年，经疏浚，黄浦江夺取吴淞江之主流地位，千帆万船越过杨家嘴，抵达五湖四海。这一年，上海县建筑城隍庙，被朱元璋封为城隍的秦裕伯（宋代诗人秦少游后人），成为上海守护神，重任在肩、在泥塑的双肩。

明王朝初年颁布海外贸易禁令，杨家嘴冷清，盛景不再。上海衰落两百六十多年。一六八四年康熙废除禁海令，根植于海洋经济的上海重获生机。杨家嘴赢得活力，又赢得不安，像恋爱中的人同时充满失恋的危险。

一八五九年，清咸丰九年，法国苦力船"吉尔楚德号"装载被拐卖的数百华人，停泊炮台湾，拟开往哈瓦那。这一年，意大利人卡斯特拉尼率领一支"蚕业探险队"，乘船掠过更名后的炮台湾，抵十六铺码头登岸赴湖州，秘密收购蚕种，进行为期两个月的实验，对比中意两国养蚕方法之差异，使地中海各国蔓延的"家蚕微粒子病"得以遏制。

一八九四年，甲午战争爆发，日本驻沪领事馆招聘轮船引水员，指导日本军舰进入长江，遭上海各界抵制。清朝拟封锁炮台湾，未遂。美驻沪领事馆宣布代理日本领事馆业务和产业，并在日本领事馆悬挂美国国旗以示保护。这一年，中国第一套纪念邮票"慈禧太后六十寿辰纪念"邮票发行，韩邦庆的长篇小说《海上花列传》出版。

…………

炮台湾，与上海唇齿相依。唇亡则齿寒。唇含鲜血，那满嘴铁齿钢牙就只能说出冷峻峥嵘的言辞。

2

我坐在炮台湾临江栈道边长椅上，是二十一世纪某个春日的午后。此地已被改造为滨江湿地公园。

早年停泊敌国军舰的位置上，一艘艘白色游轮，在诠释和平、远方、浪漫主义和异域情调。一条栈桥从炮台湾伸向深水区，车辆与游客来来往往。看见游轮比看见军舰愉快，看见游客比看见敌人愉快，看见栈道边广告牌上中日两国政府共同签署的"候鸟保护协定"，比看见种种不平等条约愉快。

长椅另一端，坐一观鸟人，戴软边帽、太阳镜，对我观察一番后打招呼："先生也喜欢鸟？研究鸟？"我回答："是啊，闲看而已。""您来对了，炮台湾啊鸟类繁多，大概有十四目、三十九科、一百四十四种鸟，其中啊，水鸟四十七种、陆鸟九十七种，白额雁啊，鸳鸯啊，凤头蜂鹰啊，日本松雀鹰啊，赤腹鹰啊，灰脸鵟鹰啊，红隼啊，游隼啊，小鸦鹃啊，等等。我姓刘。研究鸟。"刘先生是热心人，滔滔不绝。他一手吃面包，另一手扶着固定在支架上的大镜头照相机，对准芦苇丛里时时蹦跶越出的鸟影。

闲谈中，知悉刘先生是动植物学家，喜欢鸟，从复旦大学退休后，成为炮台湾湿地的鸟类观察员，拍下许多精彩照片，在上海美术馆举办过主题为"炮台湾上的鸟语"摄影展。"鸟语能拍下来吗？"我开玩笑。他直视我，不笑："能啊，炮声都能拍下来呀——不过，那都是黑白照片啦，从前的事啦。"我看看他，点点头，彼此都明白对方想到了什么。

附近有一白色灯塔，塔身竖写四字："禁止游泳。"一座被禁止游泳的灯塔，只能站在岸边，等待在夜晚获得存在感和自由度。

明永乐九年，即一四一一年，朱棣批准在吴淞口"立堠表识"，建立导航标志。次年春，此地即以巨木为桩，托起大量石块与泥土，造就一座人工山丘，被称为"宝山"。其上，昼举烟，夜明火，为往来长江、黄浦江与东海的浩荡船队导航，郑和船队也曾被宝山顶烟火所迎送。后来，"宝山"成为上海地名，那一座山丘消失。取而代之，是同治元年，即一八六二年所建的一座灯塔。

眼前这一灯塔，更新于二十世纪七十年代——

477

光的献礼，无须语言，

这世界的每个瞬间

已起身与它会面。

美国诗人乔治·欧康奈尔的这一句子，写日出，也写给一切有光的
事物。

3

二〇一一年一月六日，刘先生在炮台湾用相机捕捉到彩色的黑海
番鸭。这一种北半球寒冷地区常见的生物，屡屡被刘先生镜头捕捉。
他打开手机，让我看黑海番鸭的照片：矮胖，雄性体黑，雌鸟为烟灰
色，嘴部有大块黄色，能潜水也能展翼飞行。

我好奇：这么远，它们从黑海飞来，还是游来？刘先生说，两种
可能性都有，"黑海连东海，北半球连着南半球嘛"。我们俩都笑了，
像多年老友在谈论往事。

黑海番鸭喜欢栖息于海港及河口。在陆地行走显得笨拙，除繁殖
期外多见于海洋，主要以贝类为食。黑海番鸭的巢，通常置于离淡水
不远的草丛或灌木丛，四周放有从雌鸟身上拔下的绒羽，作为安家标
志，像爱的一种仪式。黑海番鸭每窝产卵八枚左右，颜色为淡绿褐色
或淡黄色。雌鸟独自孵卵，孵化期约一个月。期间，雄鸟反复飞到海
上谋食再飞回……

"诗是生活在陆地却希望能飞在空中的一种海洋生物所写的日记。"

美国诗人桑德堡对诗歌的这一定义，完全像是在描叙黑海番鸭。它打破陆地、海洋、天空的界限，比一个仅仅处于"希望"之中的诗人，更开阔有力。

刘先生小声告诉我：栈道边，芦苇丛中，就有黑海番鸭的巢。

童年，我有过短暂的养鸭史。在中原，外婆家的院子里，砖块、树枝搭成的一个两层结构的建筑物，比我当时的身高还巍峨。其中，第一层住鸭子，第二层住鸡。清晨，打开这一建筑物简陋的门扉，鸡率先喔喔喔喔窜出来，鸭子再踱着慢步嘎嘎嘎嘎晃出来，身上落满腥臭鸡粪，充满忍辱负重的气质。

中原鸭子不会飞，也没有大海大江来宽阔眼界。有池塘和小河提供各种小鱼、水虫，鸭蛋味道比鸡蛋鲜美。外婆把鸭蛋攒起来，用一个粗陶坛子和盐粒，腌制咸鸭蛋。有亲戚来访，才掏出几颗咸鸭蛋，煮熟，切开。我和鸭子关系很好。常常去河滩泥巴里，摸河蚌、螺壳、螺蛳、蚯蚓给它们吃。它们追着我跑，像一群美食家们追着一个名厨。我上学，它们也追到校门外等着，放学了就一块"嘎嘎嘎嘎"地回家，声势宏大。

外婆杀鸭子招待贵客的时候，我就大哭着躲到很远的地方。那些鸭子的肉，我也不吃。当然，父母带我和弟弟去街上餐馆吃陌生鸭子时，就幸福了。

4

炮台湾的黑海番鸭，是鸭子种族中的精英？海外来客？与中原鸭子的词汇表，大概差异很大。我与远处游轮上的异邦客人，也无法对话。我只会说汉语。喜欢说汉语中那些抒情的句子，霸气和征伐气异常匮乏。

当然，黑海番鸭比游轮上那些异邦客人更自由，不需要护照、签证、居住证、翻译、银行卡，就能从黑海来到东海，游弋甚至安家。

以鸟眼、黑海番鸭的眼睛，翻阅山海大地，种族间的边界、恩怨、冲突、纷争，都显得微不足道。但人类毕竟不是鸟类，人心比鸟心硕大、复杂，心理学诊所和心脏外科医院遍地皆是。一个人的欲望，大于他家附近的河滩和贝类。对异性，如果用一个草丛、灌木丛、芦苇丛来表达爱，也缺乏感染力和说服力。

一个国家的欲望，大于它周边的湖泊与海洋。对遥远异域的怀想和贪图，从冷兵器战争、热兵器战争、信息化战争，到未来可能发生的太空战争、核战争，甚至机器人与人类之间的战争，让无数人不安。就在我游荡于炮台湾的这个下午，若干国家间的贸易纷争正在展开，各自抛出惩罚性关税的清单，像一轮又一轮战火冲出炮膛。接下来，将是谈判、讨价还价、妥协……握手言欢？多国大规模军演，正在相关敏感海域密集进行。

一八三二年，六月二十一日，历史上第一艘长驱直入黄浦江的西洋帆船，是英国东印度公司的"老特阿马斯特"号商船。它沿黄浦江游弋十八天，测航道，绘海图，查点进出黄浦江船舶数量以备未来征伐之需。传教士郭士立三次上岸，窥测上海县城及港口，收集情报。

此后，一八四二年，四月，英国舰队抵达炮台湾，江南水师提督陈化成率部迎战，牺牲。英军溯黄浦江而上占领上海县城，司令部设于豫园城隍庙,烧杀抢掠。八月,《南京条约》签订于长江上的一艘英国军舰,上海由此开埠。十二月,巴福尔成为英国首任驻上海领事。

自一八四〇年鸦片战争开始,至一九三七年淞沪会战,日、英、法、美等异邦之坚船利炮,在炮台湾轰然撞开中国门户,进入南京、武汉、重庆、上海,改写中国近代史、现代史——用毛瑟枪、刺刀、火炮,写出《南京条约》《马关条约》《辛丑条约》……

那些外国军舰吼叫着、引领着,相应国家的商船、客轮紧随其后,这是长江上长时期存在的一种奇观。

5

炮台湾与崇明岛之间,是长兴岛。新世纪初,江南造船厂由黄浦江边搬迁到那里,众多吊塔高耸如林,一派苍茫。

江南造船厂,前身即李鸿章在一八六五年开办的江南制造总局。那一时期,官方或民间性质的各种机器厂、枪厂、招商局、纺织厂……纷纷在上海出现,标志着中国民族工业的诞生和成长。

李鸿章在上海初次亮相,是在一八六二年,奉曾国藩之命,率领草创而成的淮军士兵六千余名,分三批,乘七艘持英国执照的蒸汽船,由英国海军战舰护送,顺长江而下,自炮台湾进入上海。六月与太平军对决于虹桥,一战成名定乾坤。年底,升任江苏巡抚。

我曾在上海图书馆查找资料。一八七二年十一月二十九日,《申报》第二版,刊载了李鸿章议立轮船招商局的消息。一篇题为《洋务自累与轮船招商》的文章记载:至同治十年(一八七一年),上海建有轮船四号：恬吉、威靖、测海、操江。福建船厂建成轮船五号：万年清、湄云、福星、伏波、安澜。但养护轮船费用巨大，曾国藩、李鸿章、左宗棠的幕僚们，因私利与国是冲突，发生分歧。"功未及半，而经费已虞，自强转为自累，可谓造船与养船所面临的最现实景况。"一些视官职为驿站传舍之人，不会忧国如家、虑远如近，甚至发出天下安定、可暂停船政计划的论调："此项轮船将谓用以制夷，则早经议和（指一八六〇年的《北京条约》），不必为此猜嫌之举。"

左宗棠正在边陲远征，忽闻朝堂杂音嚣然，愤然函告："朝士于当时应节俭之费，不一置喙，独于此断断不舍，不解是何居心？"

李鸿章在一函件中写道："兴造轮船、兵船，实自强之一策，惟中国政体，官与民、内与外均难合一，虑其始必不能善于后……前兴之而后毁之，此信之而彼疑之……财欲其费，效欲其缓，百年或有与洋制争胜之日。"

在"前兴之而后毁之，此信之而彼疑之"间，乏力无识，遂有甲午战争、庚子事变接踵而至。

甲午战争后，日本军方形成一个关于两军士兵体质分析的报告，从年龄、身高、体重、胸围，到呼吸缩长差、肺活量、握力，细细进行对比。清兵除身高略占优势外，其他指数完全劣于日兵，尤其是年龄（老于日兵八岁）、体重（轻于日兵六公斤）。可见清兵体质之差，亦可见国力之衰弱。失败或胜利，自有其逻辑以及逻辑的起点。

一九〇〇年九月十九日，八国联军总司令瓦德西乘军舰越过炮台湾，在十六铺码头上岸。次日，在跑马厅即当下人民广场，检阅各国驻沪军队和万国商团。马蹄声碎风云急。

次年，李鸿章吐一口血，在北京贤良寺去世。临终哀叹："这大清如一间破屋，由裱糊匠东补西贴，亦可支吾应付。我办了一辈子的事，练兵也，海军也，最后，都是纸糊的老虎……"

6

我徘徊在炮台湾的累累炮台间，步履沉重，像中弹后的两块废铁。从陈化成就义时的十二英寸口径大炮，到后来屡屡增设又屡屡被敌人毁灭的大口径快炮，炮台上，废铁累累。

尤其是一九三七年的淞沪会战，炮台湾所设置火炮最先进，战争最酷烈。淞沪会战自八月十三日至十一月十二日，恰好历时三个月。中国先后投入地面部队有七十八个师、七个独立旅、三个暂编旅，兵力总数达七十五万人，伤亡三十余万人。日军总兵力达二十八万人，伤亡四万余人。其间，炮台湾一带江面，有日军战舰一百余艘。战斗机屡屡自航空母舰上起飞、袭来，轰炸炮台湾、罗店、宝山、大场，直至上海市中心。

关于这一战役，与炮台湾有关的细节多多——

中国士兵的战壕里堆满战友遗体。活着的士兵只能趁天黑开始吃一口热饭，老百姓冒着炮火送来的馒头篮子，就放在那些遗体上。

日军轰炸机黑鸟一样布满天空。弹坑遍野。张治中将军骑着自行车冲向前沿阵地亲自传令。

一个中国旅长战至最后，被日军包围并意图活捉，他用手枪杀死五个敌人，看了看弹匣，将剩余一颗子弹对准自己头颅，扣动扳机。

日军震撼，脱帽致礼……

祝愿炮台湾永远像这个下午，安和、平静。有鸟飞过头顶，向我投掷一些鸟粪，也是好的。一个写作者的祝愿，何其乏力。但如果全世界的写作者，都影响身边的人去读诗观鸟，这希望的达成，就不会完全令人绝望。当下世界，依旧被辩护词、本报讯、最后通牒、协议等实用主义文体所主宰，诗意的语言被嘲讽，其实就是美和爱被嘲讽。恨意和疑虑，依旧在主宰这个世界？

我并非避世隐逸之人，尚存济世情怀。也似乎只能以情怀来济世，就显出几分悲凉。

炮台湾的一只黑海番鸭，让我想到黑海及其所联系的一些伟大诗人。

> 我永远不会忘记你庄严的容光，
> 我将长久地，长久地
> 倾听你在黄昏时分的轰响。
>
> 我整个心灵充满了你，
> 我要把你的峭岩，你的海湾，
> 你的闪光，你的阴影，还有絮语的波浪，
> 带进森林，带到那静寂的荒漠之乡。

这是俄罗斯普希金的诗句，赞美大海和自由。

如此幸福的一天。

雾早就散了，我在花园里劳作。

歌唱着的鸟儿正落在忍冬花上。

在这世界上我不想占有任何东西。

我知道没有一个人值得我嫉妒。

…………

挺起身来，我看见蓝色的大海和帆。

这是波兰米沃什的诗句，诵唱幸福与尊严。

普希金、米沃什和我，面对各自的黑海与东海，面对共同的汹涌人海。黑海番鸭知道，没有一个人值得它嫉妒。它就是一种伟大的诗人。

有伟大的诗人存在，有诗存在，这世界即便倾覆，也能够减缓倾覆的速度吧。

崇明岛：
晚景中的独白
Chongming Island

1

上海地图最东侧的崇明岛，在长江入海口处浮动，如一叶绿舟正驶入东海。

东西长八十公里，南北宽近二十公里，面积约一千三百平方公里，系世界上最大的一个河口冲积岛——长江，长身玉立，脱口而出崇明岛这一个感叹词！

自唐朝年间成陆，崇明岛至今已有一千三百多年历史。

长江携带青藏高原上的黄土植被、淡水鱼、桨声灯影，一日日迢迢奔来，在此地，搁置泥沙东流去——江心洲出现，渐渐放大延展……清顺治年间，崇明岛以西长江口水道又露出两个小沙洲，被称为"鸭窝沙"，像两只鸭子卧在那里。历两百年时光，鸭窝沙渐渐长大，像大鸭子卧在那里。道光年间，清廷凭借鸭窝沙围滩造田，形成当下的长兴岛、横沙岛。

元代，崇明岛建制为"崇明州"，隶属于江淮行省的扬州路，与松江府并肩而立。松江府的棉花，崇明州的鱼，各有各的生计和欢喜。

明代，改建制为"崇明县"，先后隶属于苏州府、太仓州。直到一九五八年，崇明县才隶属于上海。二〇一六年升格为"崇明区"。

称谓递嬗，由"州"而"县"而"区"，隶属关系不断递嬗，崇明作为岛屿的属性没变。"岛"，一座山，追随一只鸟的脚踝，飞起来，在大海液体的蓝天里，飞——这一汉字的创造者，洞悉波涛中央这一秘密。

当下，崇明岛依然处于青春期，每年约有几十亩新滩涂在四周涌现，像一只持续生长的大鸟，像少女不断放大的裙边绣满芦花。东滩湿地，西滩湿地，就是由滩涂一点点、一年年扩张延展而成。芦苇苍茫起伏，根茎呈空心状，大约受鸟类启发，充满起飞的欲望和能力？

鸟类骨头都呈空心状，以便减轻重负、获得轻盈。人类的骨头实心，笨重，只能在大地上行走，仰望那些鸟群、飞机和蒲公英，充满愧意和爱慕。

2

来崇明岛看鸟的游客，大都集中在东滩湿地、西滩湿地，买张门票进去，仰头张望复失望。我曾在东滩湿地待一天，共计看见三只鸟，在人行栈道不能抵达的湿地深处淡淡飞掠。

《崇明旅游手册》说：

> 崇明岛湿地拥有丰富的两栖动物和植被资源，是候鸟迁徙途中的集散地，也是水禽的越冬地，仅东滩记录的鸟类达三百一十

二种，迁徙水鸟上百万只。有国家一级保护动物四种，国家二级保护动物四十三种。

对于掏钱购买鸟影与鸟鸣的俗人，鸟类一概远遁或潜隐。岛上渔民农夫周围，必有鸟群伴飞。鸟儿在头顶振翅鸣叫，一个人就增强活下去的勇气。它们藏在各类湖泊、内河、芦苇丛、灌木林、稻田、沼泽、薰衣草里，幽幽窥视岛上日益增多的人流、车流、物流、现金流、信息流……

目前，上海主城区联通崇明岛的途径，是现代化隧道和大桥。之前，崇明岛与上海之间依靠轮渡来往。一种缓慢的沟通，需两小时，遂生发诗意。诗意不讲效率、拒绝速度。在一艘慢船上，命运与共的感觉油然而生，适合恋人谈心、仇人和解、文人研讨作品，不适合商人谈判、律师辩论。适合拍艺术电影，不适合开记者招待会、新产品发布会。

多年前，曾经坐一艘渡轮去崇明岛。渡轮拥挤。鱼腥气、水汽蒸腾澎湃。在人与人之间缝隙处，我看见一只少年的手，在一个少妇穿着黑色丝袜的长腿上，蜻蜓点水般怯怯掠过。那少妇故意装着没觉察的样子，扭头去望江面，脖子却红了。我也扭开头去，望江面。没有蜻蜓。一群江鸥朝着入海口方向飞，就能剧变成一群海鸥？需要更换"海鸥身份证"？它们飞翔路径凌乱，一定有鱼群在水面下，磁铁般暗暗诱惑它们的视线、嘴巴和胃。

万事万物相互吸引与排斥，构成这爱怨不已的烟火人间。

3

少女汪明荃在二十世纪六十年代，坐一艘慢船离开出生地崇明岛，去香港，成为影星歌星。知道这一背景后，我总感觉她歌声里洋溢崇明岛的风声和薰衣草香。

崇明岛目前有许多风力发电机，叶片旋转，把风声转化为电能，落实到灯火、电视、音响等各类电器的运作。抽象的风，转化为具体景色。"风景"一词的合理性，在崇明岛不言自明。

与汪明荃逆向而行，六十年代，上海知青乘慢船越过长江，登崇明岛，插队落户。那时，崇明岛还很荒凉，次第出现一系列农场：红星农场，长征农场，海燕农场，前哨农场，东风农场，前卫农场，前进农场……这些名称保留至今，从中可以索引出锣鼓、红旗、口号、军装、歌声，索引出一个时代。

目前，这些农场退耕还林，整合为现代化农业社区，或成为度假旅游区。草地上，高尔夫球蹦跳，模仿野兔的方向感、速度和活力。打高尔夫球的人，体内滋生出打猎般的愉快、打击对手的愉快。最狡猾的兔子，只需要三个左右的洞窟，高尔夫球场以无数小洞窟表明：这些高尔夫球、高尔夫球手，有着高于一般野兔、一般猎手的智商、欲望和能力。连片酒店和别墅，连片成功人士、美女、高级跑车。需要城市，也需要岛屿、长江、大海，成功人士胸襟很宽阔。岛上酒店和别墅区里，胖子较多，依赖背带裤阐释腰围和襟怀。

一九七八年以后，大部分知青回到主城区，返回主流生活。小部分人选择留下来成为岛民。对上海那座日益庞大、风云变幻的城市，怀有复杂情感。我与他们在海边抽烟、闲聊。"岛上空气好，生活简单。东南海风朝着西北吹，就吹到市区里了——崇明从来没有雾霾。""自己种的菜和米，自己养的鸡鸭，能放心吃，多好。""年轻人总想去上海闯荡，喜欢繁华。岛上老人孩子多，安静。现在游客多了，噪声多了。"他们以局外人眼光，看待对岸的上海和世界，像超尘脱俗的隐者高士。

碰见一个大篷车艺术团，唱沪剧、昆曲、重金属摇滚。一光头演员很醒目，周围总有几只小鸟盘旋。他多年前靠捕鸟为生，能模仿几十种鸟叫，吸引那些因珍稀而孤单感强烈的鸟儿，趋近这位戴草帽、蹲草丛的"同类"。直到一张大网铺天盖地，这些鸟才明白末日来临，"恨关羽不能张飞"。因触犯野生动物保护法律而坐牢，出狱后，他成为口技演员，随艺术团在岛上晃荡。孤单时吹吹口哨，就有几只鸟儿追随、翩飞，谅解一个人从前的罚与罪。

我也总感到孤单，学他的样子，噘起嘴吹吹口哨。周围景象毫无变化。那光头演员看我很沮丧，大笑起来。

4

上海国际诗歌节在崇明岛举办。

在长江结尾、东海开始的地方，与诗、诗人、诗神欢聚，很合适。世界上的岛屿，气质与风景大抵相似，充满与社会学、政治学、经济学绝缘的孤傲，诗的孤傲。一个人，像一条长江，从上游雪山的童年、中游三峡的壮年，在崇明岛进入晚年般的东海——回忆吧，眷恋吧，说吧。

从地图上俯瞰，崇明岛像上海手持的一盏油灯，汲取来自长江、黄浦江的灯油，向东海，倾吐无穷无尽的惆怅、欢悦和光。"边缘不是世界结束的地方，正是世界阐明自身的地方。"（布罗茨基）崇明岛，是上海阐明自身的地方——崇尚光明。

在岛上，对流逝、丧失的敏感，会比在陆地深处强烈。领会孤绝的难度小许多，成长为诗人的难度也小许多。崇明岛上生发出的诗人有徐刚、赵丽宏等等。他们把海平线、日出、潮汐、滩涂、虫鸣、渔火、水车、奶牛、少女、晨雾，不加修饰、搬上书桌，分分行，就能成为美好诗篇。一座岛，帮助它的孩子，自然而然成为诗人，用墨水瓶作为另一种油灯，抵抗晚景寒意和黯淡。

丹麦诗人亨里克·诺德布兰德，在崇明岛领取上海国际诗歌节"金玉兰奖"，表情兴奋。玉兰在春天里才会绽放。他牵着中国养女——一个十多岁的孩子，徘徊四顾，只能看到秋风中充满歉意的玉兰树。微微惆怅。没有花朵的玉兰树，正在构思春风、蓓蕾和暗香？

在崇明岛一所中学内举行诗歌朗诵会。欧阳江河、张烨、杨克、陈东东、陈先发、臧棣、缪克构等诗人纷纷登台。我与匈牙利诗人伊什特万·凯梅尼，分别用汉语和匈牙利语，朗诵了他的诗歌《伟大的独白》。

这一天，我写下短诗《在崇明岛》，在汉语中，渴望东海般伟大的独白：

一场诗歌朗诵会结束后，

中外诗人进入长江入海口处的湿地。
芦苇朗诵出风声和鸟叫，不需要翻译
就懂了，就惭愧。

几艘废弃的旧渔船，像歇笔的诗人
依然眷恋稿纸般的滩涂。
一把旧桨，近于腐朽，
像破钢笔沉溺于墨水般的草绿。

走出湿地，诗人们赶赴傍晚的酒会——
这没有影响一座岛屿的完整性。
只要芦苇和旧渔船没有出走
只要月亮一夜一夜在东海上升起。

大师们永远在海边散步，
保持背影的美感和神秘性。
小人物热爱市井，比如我，在弄堂里
想念岛上的草香和鱼腥气。

后 记

上海，被一代代写作者持续表达，从韩邦庆、周瘦鹃，到鲁迅、茅盾、郁达夫、丁玲、张爱玲，到王安忆、孙甘露、金宇澄、陈丹燕……

缺乏表达力的人，不被表达的世界和时代，一概没有存在感和生命力。

自中原移居这座混血之城逾二十载，逐渐形成《上海记》：以地理为切入点，在笔墨间整合上海记忆、融汇个人经验。或许片面、主观，反而有可能保持锋芒与深情——笔尖般的锋芒，墨水般的深情。

一切观察、判断与言说，"惟陈言之务去"（韩愈），且"合乎自然""邻于理想"（王国维），方能"孤帆一片日边来"（李白），拥有独一无二的面目与意义。

我尝试通过这部书，与上海构成相互辨认与对话的关系，彼此见证与纠正。晚年在望，一个人的白发、皱纹和老年斑，正契合于这座海边城市的汹涌云团、密集街巷和丛生暗疾，类似山水画中的飞白、枯笔和墨痕斑斑。

"要么我谁也不是，要么我就是一个民族。"加勒比海边的诗人沃尔科特如是说。同样，要么我谁也不是，要么我就是上海、中国。

上海雅称"海上"——到汉语的大海上去，是一个写作者的宿命和荣光。

汗 漫

二〇二四年春于上海